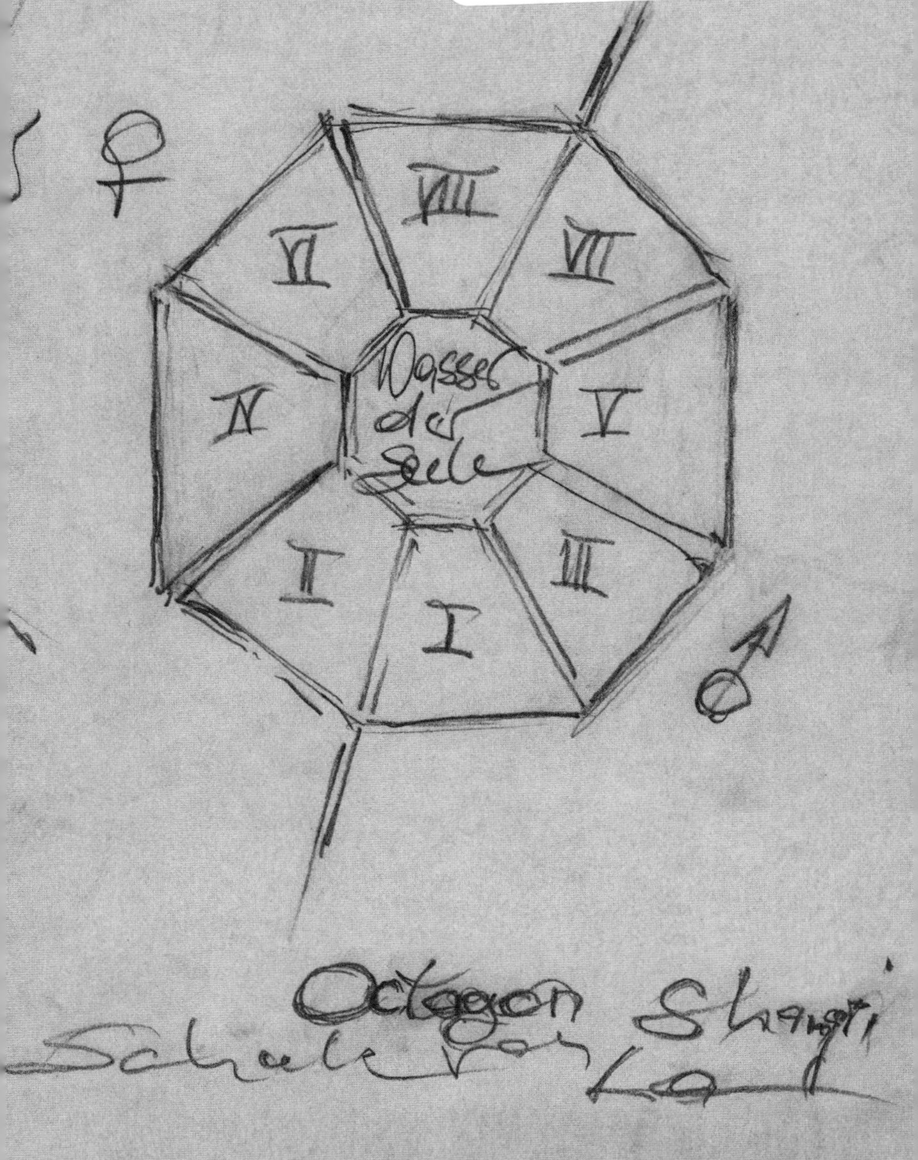
VIII
VI
VII
IV
Wasser der Seele
V
II
III
I
Octagon Shangri
Schale von

Michael Weger

Octagon

Am Ufer der Seele

Roman

Bibliografische Information der Deutschen Bibliothek
Die Deutsche Bibliothek verzeichnet diese Publikation in der Deutschen Nationalbibliothek; detaillierte Daten sind im Internet über http://dnb.ddb.de abrufbar.

1. Auflage 2015
Originalausgabe

Inh.: Cornelia Linder, Hirnsbergerstr. 52, D - 83093 Antwort
Tel.: +49 (0)8053 – 7992952, Fax: +49 (0)8053 – 7992953
http://www.sheema-verlag.de

ISBN 978-3-931560-61-4

Coverabbildung: © shutterstock | kesipun
Autorenfotos: © Isabella Weitz
Bildmaterial/Zeichnungen im Innenteil: © Archiv Michael Weger
Umschlaggestaltung: Sheema Medien Verlag, Schmucker-digital, Patrick Connor Klopf | bluepepper.at
Gesamtkonzeption: Sheema Medien Verlag, Cornelia Linder
Druck und Bindung: Druckerei Theiss GmbH, A-9431 St. Stefan

Für Luc und Isa, wie alles

Ist das innere Octagon im Ausgleich,
entspringt aus seiner Mitte ein Fluss,
der das Leben trägt und nährt.
(Sanskritinschrift, um 650 v. Chr.)

Wer das ganze All kennt,
und kennt sich selbst nicht,
der kennt das All nicht.
(Thomasevangelium, Logion 67, um 150 n. Chr.)

PROLOG

Die alte Frau war auf dem Gipfel angekommen. Ihre dunkle Silhouette hob sich scharf vom Weiß der Schneelandschaft ab. Trotz des hohen Alters bestieg sie einmal jährlich die Nordflanke des Namenlosen Berges.
Ihr war bewusst, dass sie dabei jedes Mal ihr Leben riskierte. Doch nahm sie das Wagnis auf sich. Teils um sich selbst und ihren Körper der Prüfung zu stellen, teils um während der langen Stunden des Aufstiegs mit dem Tod an ihrer Seite ein vertrautes Gespräch zu führen.

So viele Jahre waren vergangen, seitdem sie das erste Mal an das verwitterte Gipfelkreuz gelehnt die dünne Luft eingeatmet hatte. Ihre Augen funkelten aus dem wettergegerbten Gesicht, als sie nun mit Genugtuung den Blick über ihr Land schweifen ließ.
Und mehr noch: Sie öffnete den Mund und entließ im kehligen Klang einer uralten Sprache Namen in die Fernen der vier Himmelsrichtungen.
Als würde sie Kinder zu sich rufen, eigene, fremde und vielleicht sogar ungeborene, stieß sie die Worte mit gesammeltem Atem und langen Vokalen in die Weiten hinaus.

Und irgendwo, fern, unter den Dächern der Welt, fanden sie zueinander, die Namen mit ihren Menschen, die sie trugen, und die Paare, die sich auf den Weg machen sollten zu ihr und zur ewigen Lehre am Ufer der Seele.

20.5.2014

TEIL 1

Shaligram Shila

1

Paul atmete erleichtert aus. Er fuhr sich durchs Haar und brachte dabei den blonden Schopf noch mehr in Unordnung. Als er den stürmischen Applaus bemerkte, huschte ein Lächeln über sein Gesicht. Er verneigte sich kurz und griff nach den Notizblättern.

Mit einem Blick auf die über hundert Zuhörer im Kemenatensaal des Schlosses trat er zum seitlichen Bühnenrand, übersah jedoch den kleinen Treppenvorsprung und stolperte direkt in die Arme von Lena Kessler.

Die engagierte Tagungsleiterin war gerade auf ihn zugekommen, um sich für den beeindruckenden Vortrag zu bedanken. Im letzten Moment konnte sie seinen Sturz noch abfangen.

„Doktor Stenson, nicht so schüchtern“, flüsterte sie ihm lächelnd zu. „Das war ganz hervorragend. Kommen Sie doch noch mal mit auf die Bühne und genießen Sie Ihren Applaus.“

Paul starrte sekundenlang in ihr Gesicht und fragte sich, warum ihm diese klaren, dunklen Augen nicht bereits früher aufgefallen waren.

Schließlich folgte er ihrer Aufforderung und ließ sich zurück vor das Auditorium führen.

In den folgenden Minuten unter anhaltendem Applaus hielt er ihren Arm so fest, als wollte er nie mehr loslassen.

Mit den vielen Worten des Lobes, die er während der Signierstunde zu hören bekam, löste sich langsam die Anspannung. Immer wieder blickte er auf die eindrucksvolle Schlange, die

sich mittlerweile gebildet hatte. Er war stolz über jeden Teilnehmer, der ihm eines seiner druckfrischen Bücher vorlegte, und nahm sich ausgiebig Zeit für persönliche Widmungen. Zusehends fühlte er sich wieder wohl in seiner Haut.
Zuletzt trat Lena strahlend an ihn heran: „Ich freue mich sehr über Ihren Erfolg. Noch mehr würde ich mich freuen, wenn Sie auch mir eine kleine Zeile widmen." Lächelnd reichte sie ihm den Band und während Paul besonders ausführliche Dankesworte formulierte, setzte sie sich elegant auf eine Seite des Tisches. Sein Blick streifte über die grazile Silhouette ihrer Hüften und eine Hitzewelle jagte ihm durch den Körper. Die eben gewonnene Sicherheit geriet sofort wieder ins Wanken. Zugleich erlebte er erneut ein Gefühl tiefer Vertrautheit mit ihr.
„Sie sind nicht sehr geübt im Umgang mit Frauen, nicht wahr, Doktor Stenson?", sprach sie ihn kokett auf seine Verunsicherung an und fuhr, ohne eine Antwort abzuwarten, fort: „Erstaunlich für einen so attraktiven Mann." Sie lächelte verführerisch. „Die Tagung ist zu Ende. Ich muss mich nur noch von einigen Referenten verabschieden. Wie wäre es, wenn wir den Abend zusammen verbringen?"
Paul brachte kein Wort über die Lippen und seine Antwort fiel, in Form von großen Augen und zögerlichem Nicken, wenn auch stumm, so doch allemal liebenswert aus.

Sie hatten sich zum Essen im Arkadencafé verabredet.
Nach umfangreichen Renovierungen in den Achtzigerjahren nahm das Café mit seinem stilvollen Ambiente aus historischer und moderner Architektur das halbe Erdgeschoss des Schlosses

Goldegg ein. Das aus dem vierzehnten Jahrhundert stammende Anwesen im österreichischen Salzkammergut bot als Kultur- und Seminarzentrum den idealen Rahmen für Tagungen.
Paul war ein paar Minuten zu früh im Café und wählte einen Tisch an einem der seitlichen Rundbogenfenster.
Lena hingegen erschien auf die Minute pünktlich und hatte ein enges, schwarzes Abendkleid angelegt.
Sie sah atemberaubend aus.
In Leinenhose mit dunkelblauem Hemd fühlte sich Paul ihr gegenüber gleich zu leger gekleidet, gestand sich diese Nachlässigkeit aber im Schwung seines erstarkten Selbstvertrauens durchaus zu.
Zum Essen bestellten sie zur Feier des Tages einen Brunello di Montalcino und schon nach dem ersten Glas spürten beide die wohlige Wirkung des schweren Weins.
Das Gespräch fand schnell jene Tiefe, nach der sich Paul in vielen Situationen mit Bekannten oder Freunden oft vergeblich sehnte. Und auch Lena schien die Unterhaltung zu genießen. Sie lachte und flirtete unverhohlen mit ihm, während sie immer wieder kurze Worte an die verbliebenen Tagungsteilnehmer richtete, die gekommen waren, um sich von ihr dankend zu verabschieden.
Auch Paul erhielt noch einiges an Anerkennung und bedankte sich seinerseits voll Freude.
Lena erzählte davon, dass ihr in diesem Monat noch die Abschlussprüfung des Medizinstudiums an der Universität Wien bevorstand. Sie hatte das Studium in Rekordzeit absolviert und geplant, sich im Anschluss alternativen Heilmethoden

zuzuwenden. Die Organisation der Jahrestagung zu diesem Thema war ihr nur kurzfristig in den Schoß gefallen.
Ein befreundeter Arzt konnte die Aufgabe – der um Wochen zu frühen Geburt seiner Tochter wegen – nicht mehr wahrnehmen. So kurz vor der Prüfung würde die Zeit nun, mit dem vielen Lernstoff, den Lena noch zu bewältigen hätte, etwas knapp werden, doch war sie überzeugt, ihren Abschluss mit Bravour zu bestehen.
Paul genoss das Gespräch und fühlte sich immer mehr zu ihr hingezogen. Dennoch schreckte ihn ihr ausgeprägter Ehrgeiz etwas ab.

2

Nach dem Essen standen die beiden an der Balustrade der Terrasse. Das Schloss war auf einen Felsvorsprung des *Salzburger Sonnenplateaus* gebaut und bot bezaubernde Ausblicke.

Sie hatten sich kleine Cocktails aus dem Café mitgenommen und genossen zum ersten Mal an diesem für beide gleichermaßen aufregenden Tag ein paar Momente der Stille.

Die österreichische Landschaft mit ihren Bergen, verzweigten Auen und Bächen lag ihnen zu Füßen. Während die Sonne langsam hinter den westlich gelegenen Gipfeln verschwand, spiegelten sich die Strahlen auf den sanften Wellen des Goldegger Sees.

Ein lauer Spätsommerwind spielte um Lenas dunkles Haar.

Paul war zufrieden. Ihre direkte Art hatte ihn den Abend über zwar immer wieder um Worte ringen lassen, doch fand er sich unter zunehmendem Einfluss des Alkohols immer besser damit zurecht. Nun genoss er ihre Nähe und vor allem das nachhallende Gefühl eines großen Erfolges.

Der Vortrag auf der renommierten Tagung war ihm schon in den vergangenen Wochen wie eine Meisterprüfung erschienen. Er hatte sich gründlich darauf vorbereitet und war doch von erheblichen Selbstzweifeln geplagt gewesen.

Vier Jahre lang war er bereits erfolgreich als Psychotherapeut in der Kölner Gemeinschaftspraxis seines Mentors Doktor Carl Seyfried tätig. Die reiche Erfahrung hätte sein Selbstvertrauen eigentlich ausreichend stärken sollen. Umso mehr fragte er

sich, warum ihn der Auftritt vor der durchweg wohlwollenden Zuhörerschaft wieder dermaßen verunsichert hatte.
Nun stand er neben Lena auf der Terrasse und die Gerüche des Landes, das sich zur Nacht bettete, vermischten sich mit dem zarten Duft ihres Parfüms.
Vielleicht reicht unser Unterbewusstsein mitunter ja doch in die Zukunft und hat schon erahnt, dass noch einiges mehr im Spiel war, dachte er jetzt mit einem Lächeln.

Lena griff in ihre Tasche und legte einen schwarz schimmernden Stein vor ihn auf die Balustrade. Das rundliche, fast faustgroße Objekt wies einen schneckenartigen Einschluss in goldgelber Farbe auf. Sie schwieg.
Paul blickte sie fragend an.
„Ich habe zwei davon. Einer war wohl für dich bestimmt", sagte sie sanft und wandte sich ihm zu. „Mein Bruder hat sie von einer Weltreise mitgebracht. Das war vor drei Monaten. Seitdem trage ich die Steine bei mir. Er hat mir empfohlen, einen davon einem Menschen zu schenken, der meine Seele berührt. Gut für's Karma, meinte er." Sie lächelte kurz, sah Paul in die Augen und fuhr mit ernster Miene fort: „Weißt du, ich bin in einer Beziehung."
Paul war einmal mehr überrascht von ihrer direkten Art.
„Mit einem verheirateten Mann. Und niemand darf etwas davon wissen", ergänzte sie mit sarkastischem Unterton. „Doch dieser Mann berührt mich nicht. Nicht mehr. Es ist der Arzt, für den ich die Leitung der Tagung übernommen habe. Mehr muss ich wohl nicht sagen."

Paul blickte auf die gekräuselten Wellen des Sees, die im letzten Sonnenlicht glitzerten.
„Du musst jetzt nicht antworten", sprach sie weiter, „ich wollte einfach, dass du weißt, ich bin nicht frei und zugleich wollte ich dir den Stein schenken und dir erzählen, welche Bewandtnis es damit hat. Nach deinem Vortrag dachte ich, es könnte eine heiße Nacht werden. Aber mittlerweile bist du mir zu schade für eine Nacht."
Paul verschlug es wieder die Sprache. Es mangelte ihm einfach an Übung im Umgang mit Frauen, die sich kein Blatt vor den Mund nahmen. Vor allem, wenn er sie gleichermaßen attraktiv wie faszinierend fand. Allzu oft stand ihm dann seine Schüchternheit im Weg.
„Was", fragte er ausweichend, „hat es nun mit dem Stein auf sich?"
Lena empfand Pauls Unsicherheit längst als anziehend.
„Mein Bruder kam völlig verändert von dieser Reise zurück", begann sie lächelnd zu erklären. „Es war, als wäre ein Feuer in ihm entfacht. Er war voller Selbstvertrauen und zugleich ruhig und ausgeglichen, wie ich es nie zuvor an ihm erlebt hatte. Er berichtete von einer Art Tempelschule, auf die er irgendwo in der Welt per Zufall gestoßen war. Dort würde man, sofern man einen der Steine vorweisen könnte, freundlich aufgenommen und durchliefe in acht Stationen eine Form von uraltem Übungszyklus. Weibliche und männliche Meister lehrten einen, die archetypischen Charakteranteile des eigenen Wesens zu ergründen. Schließlich würde man den Tempel als neuer Mensch verlassen. Er meinte, es wäre die aufregendste Selbsterfahrung, die

er je erlebt hätte. Und er sprach davon, seine Mitte und seine Berufung gefunden zu haben.“ Lenas Blick streifte in Gedanken versunken über die dämmrige Landschaft.

„Mehr konnte ich ihm nicht entlocken“, fuhr sie fort. „Auf alle weiteren Fragen gab er nur zur Antwort: Das müsse jeder für sich selbst herausfinden. Allen Menschen, die diesen magischen Ort oft erst nach Monaten verließen, wäre es ausdrücklich aufgetragen, nichts als diese Steine aus dem umliegenden Landstrich mitzunehmen und sie an würdige Menschen weiterzugeben. Die fänden dann zur rechten Zeit von selbst ihren Weg dorthin. Alles andere müsse ein Geheimnis bleiben.“ Sie strich sich eine dunkle Strähne aus dem Gesicht. „Das war die Geschichte der Steine. Ich bin mir nicht sicher, was ich davon halten soll. Aber da mich dein Vortrag heute so oft an die Erzählung meines Bruders erinnert hat, dachte ich, das kann kein Zufall sein. Wie auch immer, dieser hier ist für dich.“, sagte sie in einem abschließenden Tonfall mit ihrem schönsten Lächeln.

3

Lenas Geschenk fand seinen Platz als Briefbeschwerer auf Pauls Schreibtisch in der Kölner Praxis.
Der Abend mit ihr lag nun über zwei Monate zurück und es verging kaum ein Tag, an dem Paul nicht an die Stunden im Schloss zurückdachte.
Nach der Erzählung über die Tempelschule hatte Lena sehr bald ihre Unterlagen aus dem Tagungsbüro geholt und sich zum Aufbruch bereit gemacht. Es wäre zu früh, hatte sie nur noch erklärt, sich aus ihrer Beziehung zu lösen und auf einen anderen Mann einzulassen. Wenn die Zeit reif wäre, würde sie Paul schon finden oder das Schicksal würde sie wieder zusammenführen. Mit diesen Worten hatte sie sich verabschiedet, ihm noch einen Kuss auf die Lippen gehaucht und war in ihr nahe gelegenes Hotel gefahren. Die beiden hatten nicht einmal ihre Telefonnummern ausgetauscht.
Paul war noch eine Weile auf der Terrasse geblieben, dann auf sein Zimmer gegangen und schnell eingeschlafen. Die Anforderungen des Tages hatten ihn sehr erschöpft.
Als er am darauffolgenden Morgen erwacht war, hatte er sich beeilen müssen, um rechtzeitig in Salzburg anzukommen und den Retourflug nach Köln zu erreichen.

Wie so oft in den letzten Tagen saß er nun in einer Pause zwischen den Therapiestunden an seinem Schreibtisch. Das antike Möbel aus der Zeit der Jahrhundertwende war das Einstandsgeschenk seines Mentors gewesen. Paul hatte sich kurz nach seinem Abschluss dessen Team anschließen dürfen. Carl Seyfried hatte von Beginn an große Hoffnungen in ihn gesetzt und war vom Lehranalytiker bald zum väterlichen Freund geworden. Nach kurzer Zeit schon hatte sich Paul in der Praxis heimisch gefühlt.

Nun saß er da, betrachtete den schimmernden Stein und verlor sich einmal mehr in Gedanken an Lena.

Die Erinnerung an sie, die Vertrautheit, ihre liebevollen Augen und ihr direktes Wesen ließen ihm keine Ruhe. Auch der Tempel aus ihrer Erzählung hatte sich so lebendig in seinem Bewusstsein abgebildet, dass es ihm beinahe schien, als wäre er bereits dort gewesen.

Konnte das sein? Konnte es tatsächlich irgendwo auf der Welt einen geheimen Ort geben, an dem annähernd jene Form der Charakterbildung betrieben wurde, die er in seinem Buch in Grundzügen vorschlug?

Als wissenschaftlich geschultem Therapeuten stand Paul eine Reihe von Methoden und Techniken zur Verfügung, um die Seelennöte seiner Klienten zu mildern und sie bei der Lösungsfindung zu unterstützen. Doch allzu oft erlebte er seine Bemühungen als gescheitert oder zumindest als unzureichend.

Vor allem schwebte ihm eine *in die Gesellschaft und das Ausbildungswesen integrierte Form der Persönlichkeitsbildung* vor, die von Kindheit an den Menschen im Umgang mit sich selbst schulte. Es sollte erst gar nicht zu den komplexen Verstrickungen und Störungen der Psyche kommen müssen, die er jeden Tag bei seinen Klienten erlebte. Dabei maß er dem wahrhaftigen Ausdruck der Gefühle durch Sprache, Stimme

und Körper die größte Bedeutung zu. Diese Schulung des Ausdrucks war in der Methodik der wissenschaftlichen Psychologie allerdings nicht oder nur in Ansätzen enthalten.
Dass er damit einen Nerv der gegenwärtigen Gesellschaft getroffen hatte, bewiesen auch die zahlreichen Reaktionen auf sein Buch. Der Erfolg seines Werkes war überwältigend und er hatte nach wenigen Monaten schon einige Tausend Exemplare verkaufen können.
Die Feldstudien, die er noch während seines Studiums begonnen und erst mit der Fertigstellung des Buches beendet hatte, ergaben einen belegbaren Zusammenhang zwischen der Erhaltung der Gesundheit und persönlicher Authentizität. Einfach gesagt lebte man umso länger und gesünder, je mehr man sich treu bleiben durfte. Für die meisten Menschen, die unter psychischen Nöten litten und sich isoliert fühlten, schien der Ursprung ihrer Seelenqual genau darin zu liegen: Sie konnten ihr wahres Selbst nicht ausdrücken, geschweige denn es im Lebensalltag verwirklichen.
Doch so sehr Zahlen und Recherchen diese Thesen auch bestätigten, halfen sie nicht dabei, das Problem zu lösen. War die Persönlichkeit erst einmal geprägt, stieß sie immer wieder an dieselben Grenzen. Bekannte Therapieformen schufen zwar ein großes Bewusstsein über die Ursachen der eigenen Störungen, doch letztendlich hoben sie diese nicht oder nur teilweise und oft viel zu langsam auf.
Oder, wie Carl ihm einmal in einer abendlichen Nachbesprechung in vertrauter Atmosphäre gestanden hatte: „Weißt du, ich bin meine eigenen Neurosen bis heute nicht ganz los. Nach

Hunderten Stunden der Eigentherapie während der Ausbildung vor gut dreißig Jahren und noch mal so vielen Stunden der Supervision während meiner beruflichen Laufbahn plagen mich immer noch Selbstzweifel und Versagensängste. Der Unterschied ist: Mittlerweile weiß ich immerhin, warum ich sie habe."

Paul nahm den Stein in die Hand und war abermals erstaunt, wie viel Wärme und Ruhe von ihm ausgingen. Die glatte Oberfläche des schweren Materials fühlte sich sanft und wohltuend an.
Über eine interne Sprechanlage meldete sich die Sprechstundenhilfe der Gemeinschaftspraxis und unterbrach seine Überlegungen. Sie teilte Paul mit, dass sein nächster Klient aus familiären Gründen eben abgesagt hätte. Paul bedankte sich bei ihr und trug eine kurze Notiz in die Akte des Mannes ein. Er würde ihn in der kommenden Sitzung darauf ansprechen. So kurzfristige Absagen verbargen manchmal tiefere Ursachen.
Da dies seine letzte Therapiestunde für heute gewesen wäre, stand ihm nun unerwartet ein freier Spätnachmittag zur Verfügung. Er beschloss, einen kleinen Herbstspaziergang in die Innenstadt zu unternehmen.

Sein Weg führte ihn einmal mehr in die Hohe Straße.
Der gleichmäßige und unpersönliche Menschentrubel in der berühmten Kölner Einkaufsstraße hatte eine durchaus beruhigende Wirkung auf Paul. Im Vorbeischlendern konnte er die Menschen beobachten und sich ihre Geschichten ausmalen.

Schon in der Kindheit, als er seine Mutter, die vor einigen Jahren verstorben war, beim Einkauf begleiten durfte, gehörte dieses Kopfkino zu seinen liebsten Beschäftigungen. Nebenbei ermahnte er sich, den nächsten Anruf bei seinem Vater nicht wieder auf die lange Bank zu schieben. Der ehemalige Rechtsanwalt verlebte seinen Ruhestand mittlerweile auf den Kanarischen Inseln.

Wie von selbst steuerte Paul das Café Jansen an, das in den letzten Wochen zum lieb gewonnenen Aufenthaltsort für seine Ruhephasen geworden war.

Im typischen Wiener Flair des Cafés fühlte er sich Lena näher. Er entschied sich an diesem Nachmittag jedoch für einen Platz im straßenseitigen Gastgarten, um der für ihn amüsanten Beobachtung der Passanten weiterhin nachzugehen und die letzten Sonnenstunden vor dem nahenden Winter zu genießen.

Schon nach wenigen Minuten verfiel er in einen Tagtraum.

Lena kommt mit offenen Haaren und einem hellen weit fallenden Sommerkleid direkt auf ihn zu. Sie lächelt ihn an, als würde sie zum alltäglich vereinbarten Treffen erscheinen. Mit einer anmutigen Kopfbewegung wirft sie ihre Haare über die Schultern, stellt ihre Tasche auf einen der Sessel und drückt Paul einen Kuss auf die Lippen. Alles ist vertraut und wie lange gewohnt, ohne jedoch an Reiz und Verbundenheit verloren zu haben.

Paul lächelte verträumt vor sich hin. In den ersten Tagen seiner Rückkehr ins Kölner Alltagsleben war er mit Therapiestunden und der Beantwortung von Anfragen rund um seine Publikation eingedeckt gewesen. Es blieb kaum Zeit, die Stimme aus

seinem Unterbewusstsein wahrzunehmen, die zwar leise, doch beständig nach Lena rief.
Erst als sich der Terminstress etwas gelegt hatte, fand er sich täglich in Gedanken mit ihr beschäftigt.
Er hätte übers Netz ihre Kontaktdaten herausfinden können. Doch das wäre ihm wie ein Eindringen in ihre Privatsphäre erschienen.
Zudem empfand er es ebenso wie sie: Wenn die Zeit reif wäre und das Schicksal es vorgesehen hätte, würden sie einander gewiss wieder begegnen.

4

Pauls Blick fiel auf die beiden Türme des nahe gelegenen Kölner Doms, die hoch über die Dächer aufragten. Schon lange war er nicht mehr dort gewesen. Während seiner Studienzeit an der Kölner Uni zog es ihn oft in die stille und hohe Weite dieses architektonischen Meisterwerks. Da sich die Bauzeit auf mehr als fünf Jahrhunderte erstreckt hatte, vereinte der Dom sämtliche Bauelemente und Schmuckwerke der spätmittelalterlichen gotischen Architektur. Das machte wohl auch seinen besonderen Reiz aus und ihn darum zur meist besuchten Sehenswürdigkeit Deutschlands.

In den Wintermonaten jedoch kam der Strom der Touristen weitestgehend zum Erliegen. So fand sich Paul oft nur von wenigen Gläubigen umgeben, die jene meditative Stille verbreiteten, nach der er sich im Ausgleich zum Lärmpegel in der Universität sehnte. Auch zur Beengtheit seiner damaligen Einzimmerwohnung bot die Fülle an Raum eine gute Abwechslung.

Zu Anfang seiner Besuche nahm er sich damals Zeit, etwas über die Architektur des Doms zu lernen, und studierte ausgiebig die angebotenen Broschüren. Je vertrauter ihm die unzähligen religiösen Kunstwerke dadurch wurden, desto häufiger entdeckte er versteckte Querverweise zu anderen Weltreligionen. Gegen den Auftrag ihrer katholischen Kirchenväter hatten die Künstler diese über die Jahrhunderte heimlich in ihre Werke eingeflochten.

Da Paul schon kurz nach dem Abitur aus der Kirche ausgetreten war und sich seinen eigenen Glauben aus christlichen, buddhistischen und anderen spirituellen Strömungen gebildet hatte, genoss er die verborgene Vielfalt der Aura dieser heiligen Halle der Religion.

Im Lauf der Jahre seiner psychologischen Studien verbrachte er seine Zeit im Dom immer öfter mit dem Versuch, im stillen Nachdenken das menschliche Wesen besser verstehen zu lernen.

Der Glaube spielte dabei stets eine große Rolle: *Was führt und treibt Menschen schließlich mehr an als ihr Glaube an etwas, ihre Liebe zu etwas oder ihre Furcht vor etwas.*

Paul legte das Geld für seine Melange auf den Tisch, schloss seinen gefütterten Trenchcoat bis hoch zum Hals und machte sich auf den Weg.

Auch in den späten Herbstmonaten war der Dom zwar bis neun Uhr abends geöffnet, doch hatte sich der Besucherstrom zu seiner Beruhigung bereits verflüchtigt. Er trat durch das große Petersportal, ging einige Schritte bis ans hintere Ende der Bankreihen und blieb beeindruckt stehen. Seit seinem letzten Besuch waren gut drei Jahre vergangen. Umso mehr überwältigte ihn nun die Ehrfurcht einflößende Atmosphäre.

Langsam schritt er weiter durch das mächtige Mittelschiff, blickte von den zahllosen bemalten Glasfenstern zu den üppigen Heiligendarstellungen und war einmal mehr fasziniert vom so detaillierten, gotischen Schmuckwerk.

Er setzte sich in eine Reihe nahe an der Mitte der Kathedrale und genoss die reiche Stille, die von einzelnen Trittgeräuschen und dem Flüstern der wenigen Abendbesucher kaum noch gestört wurde.

Sein Blick glitt von der Mailänder Madonna über den Dreikönigenschrein bis hin zum Gero-Kreuz. Vor Jahren wusste er zahlreiche Details der kostbaren Artefakte zu benennen. Mittlerweile jedoch waren die Erinnerungen verschwommen, gingen ineinander über und bildeten vor seinem geistigen Auge nur vage historische Szenerien ihrer Entstehungsgeschichte und langen Reise hierher.
Tiefe Ruhe breitete sich allmählich in ihm aus.
Er lauschte seinem Atem und es wurde so still, dass er seinen eigenen Herzschlag hören konnte.

Ein Tempel irgendwo in der Welt, in dem Meister in acht Stationen die Anteile des Charakters lehren.
Gewaltige Berge und tiefe Täler, von Flüssen zu Schluchten in die Landschaft gerissen.
Ein Himmel mit Blick auf die Unendlichkeit.
Der Atem geht schwer.
Einen Schritt vor den anderen setzen.
In der Ferne wie hinter Schleiern die Silhouette eines vertrauten Gebäudes.
Die Augen brennen von Trockenheit.
Die Rucksackgurte schneiden schmerzhaft in die Schultern.
Ruhen wollen.
Nur noch ausruhen wollen.

„Entschuldigen Sie." Der Mesner hatte seine Hand auf Pauls Schulter gelegt. „Sie müssen aufwachen. Ist alles in Ordnung mit Ihnen?"

Paul fuhr erschrocken hoch.
„Ist alles in Ordnung?“, wiederholte der graubärtige Kirchendiener und sah Paul dabei sanftmütig an.
„Ich muss wohl eingeschlafen sein. Bitte entschuldigen Sie. Wie spät ist es?“
„Kurz nach neun. Ich mache gerade meine letzte Runde, bevor ich abschließe. Sie müssen jetzt leider gehen.“
„Natürlich, ja, ich hatte nicht vor, hier zu übernachten“, erwiderte Paul mit einem Lächeln. „Entschuldigen Sie und vielen Dank.“
„Weder das eine noch das andere tut not. Der Herr zeigt denen, die ihn suchen, stets einen Weg.“
Paul stutzte: „Warum sagen Sie das?“
„Es hat so ausgesehen“, erklärte der Mesner, „als würden Sie träumen und eine schwere Last tragen. Das ist mir nur eben dazu eingefallen. Haben Sie noch einen schönen Abend. Möge der Herr mit Ihnen sein.“
„Danke. Ja. Ich gehe dann.“
Paul wandte sich dem Ausgang zu. Bevor er durch das Portal trat, hob er noch kurz den Kopf und blickte auf das, nach seinem Künstler benannte, Mildefenster. Es reichte bis hoch an das Deckenkonstrukt und Paul erinnerte sich, wie er zum ersten Mal darunter gestanden war. Auch jetzt konnte er den Blick nicht davon lösen. Die achtzehn Malereien der Hauptgläser führten dem Betrachter eindringlich die guten und schlechten Taten des Menschen, wie sie im Alten und Neuen Testament gelehrt wurden, vor Augen. Immer wieder erstaunte ihn die märchenhaft anmutende Doktrin der katholischen Kirche. Ein

Kanon, in dem die Welt in Schwarz und Weiß, Gut und Böse eingeteilt wurde und der die Menschheit in einem kindlichen Entwicklungsstadium gefangen hielt.
Nun stand er noch etwas benommen da und blickte hoch bis zum oberen Bogenfeld der im späten Abendlicht schimmernd illuminierten Glasmalerei. Mit großem Erstaunen nahm er zum ersten Mal das Achteck wahr, das konzentrisch angeordnete Lichtbahnen vom äußeren Rand zu seiner Mitte zeigte.
Er erinnerte sich an seinen Traum von eben, an die vagen Umrisse des Gebäudes und musste lächeln.
Der Herr zeigt denen, die ihn suchen, stets einen Weg.
Und er meint es offensichtlich auch gut mit jenen seiner Kinder, die es nicht ganz so gut mit ihm meinen.
Paul beschloss noch im selben Moment, seinen Weg zum geheimnisvollen Tempel zu suchen und zu finden.

5

„Dem Gewicht und der Zeichnung des Ammoniten nach ist er echt.“ Doktor Erik Riemann hielt den Stein hoch und wog ihn in seiner Hand.
„Tatsächlich ein Shaligram Shila!“, sagte er erstaunt. „Noch dazu ein besonders seltener und wertvoller. Wo hast du ihn her?“
Paul war nicht überrascht, dass sein guter Freund aus Studientagen den Stein so schnell zuordnen konnte. Sie befanden sich im Institut für Geologie und Mineralogie der Uni Köln. Die Fakultät lag nur wenige Häuserblocks von den Fakultätsgebäuden der Psychologie entfernt.
An einem Winterabend vor gut zehn Jahren waren die beiden jungen Männer in einer der beliebten Studentenkneipen ins Gespräch gekommen. Daraus hatte sich eine jahrelange Freundschaft entwickelt.
Nachdem Paul sich nun entschlossen hatte, den Weg zum Tempel zu finden, war sein erster Gedanke, die Spur des Steins zu verfolgen und die Gelegenheit zu nutzen, um seinen alten Freund aufzusuchen. Sie hatten einander ohnehin viel zu lange nicht gesehen und vereinbarten zwei Tage nach Pauls Anruf ein gemeinsames Mittagessen.
Kurz vor Mittag war er in Eriks Labor erschienen, der mittlerweile eine Professur als Mineraloge innehatte. Nur wenige Jahre waren vergangen, doch sah sich Paul zu seiner Überraschung nicht mehr dem hageren, vergeistigten Wissenschaftsassistenten gegenüber, sondern einem gestandenen Professor. Erik hatte deutlich an Gewicht zugelegt und ließ

sich einen Vollbart stehen. Das schelmische Blitzen in den Augen war ihm geblieben.
Die Wiedersehensfreude war entsprechend groß und nach dem Austausch der wichtigsten Neuigkeiten und der gegenseitigen Versicherung, dass es beiden im Leben gut erginge, hatte Paul etwas ungeduldig den Stein in Eriks Hand gelegt.
„Ich hab ihn von einer jungen Ärztin geschenkt bekommen.“ Er lächelte beim Gedanken an Lena. „Vor zwei Monaten auf einer Tagung, bei der ich mein Buch vorstellen durfte.“
„Davon habe ich gehört. Hast es also geschafft?!“, rief Erik anerkennend aus. „Das Buch ist fertig und schon veröffentlicht? Gratuliere, ist ja toll! Musst mir unbedingt davon erzählen! Und natürlich auch von der *jungen Ärztin*.“ Er hob vielsagend eine Augenbraue.
„Später gern“, gab Paul zurück, „aber zuerst erzählst du mir alles über diesen Stein und vor allem, woher er stammt.“
Erik ließ sich nicht lange bitten, wenn er sein reiches Wissen anbringen konnte.
„Nun, es handelt sich, wie gesagt, um ein sehr seltenes Exemplar. Ich müsste natürlich noch eine detaillierte chemische Analyse durchführen, doch da ich in den letzten Jahren einige Fälschungen dieser Steine in Händen hatte und gerade mal zwei echte, kann ich der Oberfläche, dem Gewicht und der Farbe nach auf den ersten Blick mit großer Sicherheit sagen: Das ist ein Shaligram Shila. Wobei er als solches nicht so selten ist. Dieser goldgelbe Abdruck des Ammoniten jedoch macht ihn zu einer wahren Rarität.“ Sein Blick ruhte voll Begeisterung auf dem Stein in seiner Hand. „Warte, ich kenne

eine einfache Methode, die uns verlässlich Auskunft gibt."
Er legte den Stein, behutsam auf ein steriles Tuch gebettet, auf den Labortisch und ging zu einer der verglasten Vitrinen, in denen sich zahllose mineralogische Exponate befanden. Mit einem Schlüssel, den er an einem Band um seinen Hals trug, öffnete er eine der Glastüren und holte aus einer der unteren Laden ein goldenes Nugget hervor.
„Was hast du vor?", fragte Paul erstaunt.
„Du wirst es nicht glauben, aber echte Shaligramas sind zwischen fünfzig und hundert Millionen Jahre alt. Sie sind derart gehärtet, dass ein deutlich sichtbarer Abrieb haften bleibt, wenn man mit echtem Gold über ihre Oberfläche streift."
Er nahm den Stein zur Hand und führte den Test durch. Deutlich war der goldene Streifen zu sehen.
„Jetzt ist er noch wertvoller," sagte Erik mit einem verschmitzten Lächeln, „und das Institut ein klein wenig ärmer. Aber das wird es verkraften und wir brauchen keine Chemie mehr. Dieser Shila ist echt."
„Was weißt du noch?", fragte Paul ungeduldig.
„Über Steine? Alles!", antwortete Erik lachend. „Über diesen hier sogar noch mehr."
„Spann mich nicht so auf die Folter."
„Wie wär's, wenn wir das beim Essen erledigen? Du zahlst natürlich: Mein Minimalhonorar für mineralogische Expertisen."

Das Essen mit Erik wurde zu einer wahren Freude. Sein humorvolles Wesen machte Paul erst bewusst, wie sehr er den guten Freund in den vielen Monaten vermisst hatte.

In Erinnerung an alte Zeiten nahmen sie ihre Mahlzeit *Bei Oma Kleinmann*, ihrer Stammkneipe aus Studententagen, zu sich. Das Lokal mit dem liebenswerten Namen bot eine riesige Auswahl an Schnitzeln und das typische Kölsch, der ganze Stolz der Kölner Bierbrauer, mundete dazu noch vorzüglicher.

„Shila ist das Sanskritwort für Stein und Shaligram bezeichnet jene äußerst seltenen Steine, in denen Hindus die Inkarnation des Gottes Vishnu verehren.“, begann Erik seine Ausführungen. „Die Filamente, diese kreisförmig angeordneten Rillen, stammen von urzeitlichen Würmern, die in dem Stein ihre Behausung fanden. Sie stellen die Chakren des Gottes dar. Es gibt diese Einschlüsse in vielen Farben. Die goldgelben, wie auf deinem Stein, bedeuten, dass die Kraft von Vishnu am stärksten darin wirkt. Du hast einen heiligen Stein in deiner Tasche.“ Er nahm einen kräftigen Schluck und wischte sich mit der Hand den Schaum vom Bart.

„Ich hoffe doch, Vishnu war ein freundlicher Gott.“

„Keine Sorge, er war einer der drei höchsten Götter und steht für die Erhaltung allen Lebens. Hindus verehren seine Steine und beten zu ihnen. Sie bringen ihren Besitzern Glück, Gesundheit, Reichtum und das Beste: sie erlösen sie von schlechtem Karma.“

„Gut für mich“, meinte Paul mit zufriedenem Lächeln, „aber du hast mir noch immer nicht verraten, woher er stammt!“

„Und du mir noch immer nicht, warum dich das so interessiert. Muss wohl mit deiner Ärztin zu tun haben“, erwiderte Erik und grinste genussvoll.

Bei der herzlichen Verabschiedung vereinbarten die beiden, einander bald schon wiederzusehen, dann aber an einem Wochenende, um mehr Gelegenheit zu erhalten, all jene Geschichten auszutauschen, für die in der zu kurz bemessenen Mittagspause keine Zeit geblieben war.

Auf dem Rückweg in die Praxis gingen Paul Bilder von politischen Unruhen, achttausend Meter hohen schroffen Bergen und vagen klischeehaft verzerrten Mythen durch den Kopf.

Denn, wie Erik schließlich offenbart hatte, traten besagte Steine nur an einem einzigen Ort in der Welt aus den Untiefen des Erdinneren an die Oberfläche: an den Ufern des Flusses Gandaki, am Fuß der höchsten Gebirgszüge des Himalaya im Nordenwesten Nepals.

Dieser Hinweis beschränkte das Gebiet, in dem sich die Tempelschule befinden konnte, zwar auf nur rund zweihundert Quadratkilometer, doch gab er in keiner Weise ihren exakten Standort preis. Mehr konnte Paul allerdings auch nicht erwarten. Grenzte es doch schon an ein Wunder, dass der geheimnisvolle Shila überhaupt einem letztlich so kleinen Areal zuzuordnen war.

Zurück in seinem hellen, behaglichen Arbeitsraum positionierte Paul den Stein wieder auf seinem Schreibtisch.

Diesmal jedoch zog er aus der stets für die Tränenflüsse seiner Klienten bereiten Box ein ganzes Bündel von weichen Taschentüchern, formte sie umständlich zu einer Art Nest und bettete den Stein behutsam in seine Mitte.

Nachdem er die Mappe mit den Aufzeichnungen für die bevorstehende Sitzung vom Stapel der Sprechstundenhilfe geholt

hatte, setzte er sich in seinen klassischen Lederfauteuil.
Ohne einen Blick in die Unterlagen zu werfen, ließ er in den wenigen Minuten vor Beginn noch kurz seine Gedanken schweifen.
Eine Reise nach Nepal, in eine von Krisen geschüttelte Region, schien ihm noch weniger bedrohlich als die Vorstellung, inmitten der höchsten Berggipfel der Welt Hunderte Kilometer nach einem ominösen Tempel abzusuchen, dessen Existenz nicht mal belegt war.
Paul hatte auch von der berüchtigten Höhenkrankheit gehört, die zahlreiche Bergsteiger gerade im Himalaya das Leben gekostet hatte. Erst einmal also keine so guten Aussichten.
Da fiel ihm ein und er wunderte sich, nicht schon früher daran gedacht zu haben, dass eine seiner Klientinnen vor etwa vier Monaten ihre Therapie unterbrochen hatte, um nach Nepal zu reisen. Danach hatte sie ihm von einem aufregenden und inspirierenden Trekking berichtet. Sie war als unerfahrene Bergsteigerin bis auf über fünftausend Meter hoch gewandert.
So unmöglich konnte es also doch nicht sein.
Die Tür in den Praxisraum öffnete sich und Ruth Meyer betrat den Raum. Paul sah sie mit großen Augen an: Es war eben jene Klientin, an die er in diesem Moment gedacht hatte.

6

„Ich habe mich gefragt“, begann Ruth nach der beiderseitigen freundlichen Begrüßung das Gespräch, „ob wir die Therapie vielleicht bald ausklingen lassen könnten? Ich fühle mich in den letzten Wochen sehr stabil und denke, dass ich schon ganz gut alleine zurechtkomme. Wissen Sie, die Reise nach Nepal, von der ich Ihnen kurz erzählt habe, war letztlich wie eine Erlösung. Allerdings wäre ich dazu ohne Ihre so hilfreiche Unterstützung in den Monaten davor nie bereit gewesen. Sie haben mir vor Augen geführt, dass ein eingeschlagener Weg, nur deshalb weil er zur Gewohnheit geworden ist, noch lange nicht der richtige sein muss. Ohne Sie wäre ich gar nicht auf die Idee gekommen, mein so vertraut erdrückendes Umfeld zu verlassen“, meinte sie ironisch mit einem Lächeln. „Ich glaube aber, diese schlimme Lebensphase liegt jetzt tatsächlich hinter mir.“

Ruth hatte gegenüber von Paul im Fauteuil Platz genommen. Sie trug Bluejeans, einen lilafarbenen Rollkragenpullover und hatte ihre Beine, wie sie es mittlerweile immer tat, seitlich hochgezogen.

Offen und unbeschwert blickte sie ihn nun an.

Vor nicht ganz neun Monaten war sie blass und zitternd in einem mattgrauen Kostüm mit einem schweren Burn-out-Syndrom zum ersten Mal vor ihm gesessen. Sie hatte als studierte Softwarespezialistin in einem Großkonzern gearbeitet, der Halbleiter produzierte, jene kleinsten Chipbauteile, die in allen Hightechgeräten zu finden sind. Nicht nur die Arbeit im

Vierundzwanzig-Stunden-Schichtbetrieb mit extrem schwankenden Arbeitszeiten hatte sie im wahrsten Sinn des Wortes ausgebrannt, sondern auch die zusätzlich aufreibenden Anforderungen als alleinerziehende Mutter zweier pubertierender Söhne.
Nach der intensiven und langwierigen Gesprächstherapie war Ruth nun so weit ins aktive Leben zurückgekehrt, dass Paul mit gutem Gewissen ein Ende absehen konnte. Sie hatte sogar ihre Anstellung aufgegeben und war in einer Sozialeinrichtung untergekommen, die humanitäre Hilfe für Entwicklungsländer organisierte. Diese Arbeit hatte sie dann auch nach Nepal geführt.
Ihr Exehemann und Vater der Söhne war schließlich bereit gewesen, seinen Teil der Verantwortung für die Kinder zu übernehmen, und hatte die beiden für die Wochen von Ruths Reise zu sich genommen.
„Das liegt vor allem bei Ihnen", antwortete Paul in seiner routiniert offenen Art, nachdem er eine Weile überlegt hatte. „Allerdings höre ich in Ihrer Formulierung noch eine gewisse Unsicherheit mitschwingen. Kann das sein?"
Ruth überlegte und nickte schließlich etwas zaghaft.
„Im Allgemeinen", fuhr er fort, „sollte man sich, um eine Therapie zu beenden, tatsächlich ganz sicher und gefestigt fühlen. Ich möchte auf keinen Fall, dass Ihre so erfolgreichen, neu etablierten Lebensstrukturen erst wieder unnötig ins Wanken geraten." Er hielt kurz inne und sah sie mit sanftem Blick an. „Da ich Sie heute aber ausnahmsweise bitten wollte, mir mehr von eben dieser Reise zu erzählen, gibt Ihnen das vielleicht bis

zu unserem nächsten Termin noch mal Zeit, ihre Entscheidung zu überprüfen. Für heute würden natürlich keine Kosten anfallen. Wären Sie damit einverstanden?"

In der verbliebenen Stunde erzählte Ruth davon, wie sie in die Abteilung für Netzwerkentwicklung der Hilfsorganisation aufgenommen wurde.
Schon nach wenigen Tagen der Arbeit in dem engagierten Team hatte sie eine tiefe Befriedigung im Wissen gespürt, mit ihrer Tätigkeit Not leidenden Menschen unmittelbar helfen zu können.
Bald darauf hatte eine kleine nepalesische Schwesterorganisation ein Hilfsprojekt für nach Nepal geflohene Tibeter gestartet. Ruth war spontan bereit gewesen, zur damit einhergehenden Reise in dieses sagenumwobene Land aufzubrechen.
Die Aussicht auf Wochen ohne geringsten Komfort, umgeben von bitterster Armut hatten sie nicht abgeschreckt. Sie hatte gehofft, dadurch nicht nur räumlich, sondern auch geistig einen Abstand zu ihrer Vergangenheit in der Hightechwelt herstellen zu können. Mit der Aussicht darauf hatte sie es auch geschafft, den Mut und die Kraft zu sammeln, um ihren Exmann in seine Pflicht zu rufen.
Was sie danach in Nepal erlebt hatte, beschrieb sie nun als das tief greifendste und schönste Erlebnis seit der Geburt ihrer Kinder.
Zu Beginn der zweiten Woche in Nepals Hauptstadt Kathmandu, voll nervenaufreibender Vermittlungsarbeit zwischen Ämtern und Volksvertretern, war sie zu einer Trekkingexpedition

eingeladen worden. Das Schwesterunternehmen hatte ihr Arjun Kapur, einen erfahrenen Verhandlungspartner, zur Seite gestellt. Arjun war zugleich einer der verlässlichsten Bergführer mit eigener Agentur für diese bei Touristen beliebten Wanderungen.

Nach einer fast zehnstündigen, beschwerlichen Busfahrt zu einem kleinen Dorf am Fuß der mächtigen Achttausender hatte am folgenden Tag der Aufstieg begonnen. Arjun, der ein äußerst zuvorkommender Hindu der obersten Kaste war, hatte sie ortskundig, mit zahlreichen Hilfestellungen, um der Höhenkrankheit zu entgehen und ihre Kräfte einzuteilen, immer höher und höher geführt. Hin und wieder waren sie auf andere Trekkingtouristen getroffen, hatten in kargen Zimmern übernachtet und waren stets freundlich aufgenommen worden. Die schlichten Mahlzeiten hatten vorwiegend aus Reisgerichten bestanden.

Die körperlichen Strapazen des Aufstiegs waren zunehmend von euphorischen Stimmungen begleitet gewesen, die auf den sinkenden Sauerstoffgehalt der Atemluft beruhten.

Und dann war es geschehen: Auf über fünftausend Metern war wie aus dem Nichts eine bis dahin unbekannte innere Stimme in den Dialog mit ihr getreten. Die Stimme hatte ihr sanft und zugleich voll Stärke Mut zugesprochen und ihr uneingeschränktes Vertrauen geschenkt.

Ganz friedlich erklärte Ruth: „Noch nie zuvor war ich so sehr eins mit allem und von allem zugleich so unendlich beschützt und behütet.“ Sie hielt eine Weile inne, blickte Paul an und ergänzte mit Bedacht: „Seit diesem Augenblick begleitet mich die Erinnerung daran und gibt mir Sicherheit. Sie müssen wissen, Doktor Stenson: Das alles wäre ohne Sie nie möglich gewesen. Ich bin Ihnen unendlich dankbar."

Paul war so gerührt, dass ihm die Tränen kamen und er selbst zu den Taschentüchern greifen musste, die eigentlich für seine Klienten bestimmt waren.

Er konnte nicht genau benennen, was an Ruths Schilderung ihn so bewegte. Neben ihrer aufrichtigen Dankbarkeit war da noch etwas Tieferes. Es schien so, als wäre auch in seinem Inneren eine leise Stimme erwacht, die ihre Wünsche nun durch Tränen zum Ausdruck brachte.

„Ich wollte Sie nicht zum Weinen bringen, bitte verzeihen Sie", meinte Ruth gleich etwas verunsichert.

„Keine Sorge", erwiderte Paul sanft und schluchzte, während er zugleich lächeln musste, „es gibt Tränen der Trauer und Tränen der Erlösung. Diese zählen eindeutig zur zweiten Kategorie."

Nachdem Ruth ihm einige weitere Fragen beantwortet und ihm dabei zahlreiche praktische Tipps für eine Reise nach Nepal gegeben hatte, kam er schließlich noch auf die Tempelschule zu sprechen.

„Dort gibt es unzählige Tempel", meinte sie, „aber an einen derartigen kann ich mich nicht erinnern. Es hat auch, soweit mir bewusst ist, niemand anderer davon berichtet."

Paul nickte nachdenklich, ging zu seinem Schreibtisch und holte den Shila. „Eine letzte Frage noch", sagte er hoffnungsvoll, „sind Ihnen solche oder ähnliche Steine bei Ihrem Aufstieg begegnet?"

„Oh ja“, antwortete sie rasch mit freudigem Lächeln, „von denen kann man dort einige finden. Sie werden aber auch von den Einheimischen zum Kauf angeboten. Einen so schönen hab ich allerdings noch nie gesehen. Sie sollen besonders wertvoll und heilsam sein.“
„Ein Freund hat mir bereits etwas Ähnliches erzählt. Aber es freut mich, dass Sie es bestätigen können.“
Nachdem ihm Ruth noch notiert hatte, wie er mit Arjun per E-Mail in Kontakt treten konnte, vereinbarten die beiden zum Ausklang der Therapie schließlich einen letzten Termin.
Bei der Verabschiedung umarmten sie einander.
Paul konnte gar nicht anders, als sich diese Intimität einer Klientin gegenüber ausnahmsweise zu erlauben. Ruth war ihm in dieser Stunde zu einer Freundin geworden.

7

Das leichte und wärmende Glücksgefühl begleitete ihn den restlichen Tag über.
Die Sitzungen vergingen schnell und als er am Abend die Praxis verlassen wollte, begegnete ihm Carl auf dem Flur.
„So spät bist du doch sonst nicht mehr in der Praxis?“, sprach Paul ihn erstaunt an.
„Es wird Winter und die Golfplätze sperren zu“, antwortete Carl mit seiner sonoren Bassstimme und einem Augenzwinkern, „also bleibt mir abends wieder Zeit, mich im Gegensatz zu Golf mit den unwesentlichen Themen des Lebens zu beschäftigen, wie Terminplanung, Klientengespräche oder der unsäglichen Archivierung meiner Notizbücher.“ Der groß gewachsene, mittlerweile gealterte Herr strahlte schelmisch. „Lass uns noch was trinken gehen“, fügte er hinzu, „haben wir ohnedies schon zu lange nicht mehr getan und gleich um die Ecke hat ein neuer schottischer Pub eröffnet. Die führen gesegnete Single Malt Whiskys.“

Nachdem der Kellner mit schottischem Akzent eine für Paul erschreckend lange Liste unverständlicher Namen von Whiskysorten aufgezählt hatte, war er dankbar, dass Carl kurzerhand für sie beide die Entscheidung traf.
„Zur Feier des Tages genehmigen wir uns einen 18 Jahre alten Macallan. Das ist der Ferrari unter den sanft rauchigen Sorten der Speyside, dem Herzland des schottischen Whiskys“,

erklärte er stolz und fügte hinzu: „Wusstest du, dass der keltische Ursprung des Wortes übersetzt *Wasser des Lebens* bedeutet?"
„Ich wusste nicht mal, dass du ein Kenner bist!"
„Das Ergebnis der Golfreise im letzten Sommer. Mein Golfspiel war grausam, aber der Whisky war großartig." Carl lachte auf.
„Und was genau haben wir zu feiern?", fragte Paul.
„Also", begann Carl nun etwas zurückhaltend, „ich wollte ohnedies schon länger mit dir darüber sprechen, bislang hat sich aber keine Gelegenheit ergeben."
Paul sah seinen Freund erwartungsvoll an.
Carl seufzte tief, schob seine Brille auf die Stirn und beugte sich etwas vor: „Die letzten Monate haben mir gezeigt, dass ich langsam alt werde. Lange Zeit habe ich versucht, die Alterserscheinungen einfach zu ignorieren. Aber mittlerweile geht das nicht mehr. Ich vergesse einfach zu viel. Und allzu oft vergesse ich sogar, das, was ich vergessen könnte, wenigstens zu notieren." Er lächelte mild. „Meine Konzentration lässt zusehends nach und, was das Schlimmste ist, auch mein Engagement. Mein Herz ist müde geworden. Es schlägt, um es pathetisch zu sagen, nicht mehr mit dem meiner Klienten. Ich verbringe meine Zeit mittlerweile tatsächlich lieber auf dem Golfplatz oder mit einem Buch und Whisky auf der Veranda meines Hauses als mit der Psyche der Menschen. Obwohl mich diese Arbeit ein Leben lang zutiefst erfüllt hat."
Der Kellner kam mit zwei kleinen, bauchigen Gläsern, in denen die bernsteinfarbene Flüssigkeit schimmerte. Nachdem

er sie abgesetzt hatte, nahmen die beiden einen kräftigen Schluck, wonach sich Pauls Gesicht zu einer Grimasse verzog. Selbst bei milden Sorten war er den immer noch intensiven Geschmack nicht gewohnt. Carl musste lachen und kam, nun wieder aufgerichtet, mit Elan zum Punkt:
„Ich möchte mich im Frühjahr aus der Praxis zurückziehen und dir die Leitung übertragen.“ Er beobachtete Pauls Reaktion. „Was sagst du?“
Paul war mehr als überrascht. Er wandte sich aus Carls Blickfeld und vor seinem inneren Auge tauchten Bilder und Gedanken der vergangenen Tage auf.
Wie hinter Schleiern die Silhouette eines vertrauten Gebäudes.
Der Herr zeigt denen, die ihn suchen, stets einen Weg.
Eins mit allem und von allem zugleich unendlich beschützt und behütet.
Nach einer Weile sagte er mit Bedacht: „Das ist zu früh, Carl.“
Er atmete durch und erklärte: „Ich bin noch nicht so weit. Ich kenne dich gut und lange genug, um mir sicher zu sein, dass du dir einen solchen Schritt reiflich überlegt hast. Und du liegst vermutlich sogar richtig, wenn du meinst, ich könnte das bewältigen. Nur“, es fiel ihm schwer, die passenden Worte zu finden, um den Freund nicht vor den Kopf zu stoßen, „es haben sich auch bei mir in den letzten Wochen Ereignisse zugetragen, die mir zeigen, dass ich dich zuvor leider noch eine Weile im Stich lassen muss. Darüber wollte ich meinerseits mit dir sprechen. Bis vor wenigen Stunden war mir das allerdings noch nicht so klar.“ Er stockte.

„Sprich ruhig weiter“, sagte Carl mit hochgezogenen Brauen.
„Ich bin gut in dem, was ich tue. Das weiß ich schon“, holte Paul aus, „ich habe viel gelernt, mein Buch ist ein Erfolg und die Praxisstunden sind voll mit Klienten. Doch“, er suchte nach Worten, „etwas fehlt. Ich kann es nicht genau benennen. Auch nicht nach all unseren Stunden der Supervision, den Jahren der Ausbildung und der umfassenden Kenntnis psychischer Zustände, ihrer Ursprünge und Auswirkungen.“ Er wollte es treffender ausdrücken und wusste, das ging nur mit großer Offenheit. „Zum einen ist da diese Unsicherheit, die mich immer wieder einholt. Besonders in Gegenwart von interessanten Frauen. Zum anderen fühle ich manchmal eine Leere in mir, die ich nur durch übermäßigen Arbeitseinsatz ausfüllen kann. In den Abendstunden, wenn ich allein in meinem Bett liege, bin ich oft so erschöpft und aufgewühlt zugleich, dass der Schlaf sich nur schwer und spät einstellt. Etwas fehlt, Carl. Und ich glaube, ich weiß jetzt, wo ich es finden kann.“ Er hielt inne und blickte seinen Mentor direkt an. „Ich werde nach Nepal reisen und dort im Himalaya nach einer geheimen Tempelschule suchen, in der man angeblich alle Charakteranteile durchleben und sein wahres Selbst entdecken kann.“
Sein Mentor richtete sich auf und wollte etwas einwenden.
„Warte noch einen Augenblick, bitte.“ Paul musste seine Gedanken noch konkreter fassen. „Das klingt ein bisschen nach esoterischer Verklärung und hört sich so gar nicht nach mir an, das ist mir schon bewusst. Doch du kennst mich wie kein Zweiter und weißt, dass ich eher zu übertriebener Selbstreflexion neige. Gewiss, man ist immer gefährdet, sich selbst

zu betrügen, doch hier verhält es sich anders.“ Er sah Carl mit wachen Augen voll Energie an. „Etwas hat es mit dieser Tempelschule auf sich, das mich in ihren Bann zieht. Du selbst hast immer gesagt: *Erst wenn objektiv sinnvolle Entscheidungen durch Synchronizitäten bestätigt werden, erweist sich ein Lebensweg als der richtige.* Und damit hast du deinem Namensvetter C. G. Jung alle Ehre gemacht. Was nun diese Reise betrifft, häufen sich die Zufälle auf erstaunliche Weise.“ Er kam zum Schluss. „Worum ich dich bitte ist, dass du deinem Schützling, bevor du ihm deine geheiligte Praxis überträgst, noch etwas zusätzliche Zeit zum Reifen gibst. Es handelt sich vielleicht um ein halbes Jahr, nicht mehr. Danach können wir über alles reden. Glaubst du, so lange noch durchhalten zu können?“
Väterlich legte Carl eine Hand auf Pauls Schulter und antwortete mit seiner beinahe hypnotischen Stimme: „Du weißt, eines meiner Talente war es stets, zu erkennen, wann man dem Schicksal die Führung überlassen muss und wann es besser ist zu intervenieren. Diese Gabe, die Energie des Schicksals zu fühlen, habe ich bis heute nicht eingebüßt. Und was du mir eben erzählt hast, ist voll von dieser Energie und ich sehe dich in deiner Kraft. Ich werde alles tun, um dich auf diesem Weg zu unterstützen.“

8

Arjuns Schriftenglisch war hervorragend. Nachdem auf Pauls erste Mail einige Tage bis zur Antwort vergangen waren und er schon erwogen hatte, sich an eine andere Trekkingagentur zu wenden, lernte er seinen künftigen Bergführer im folgenden Mailverkehr als gebildeten und weltoffenen 35-Jährigen kennen. Arjun ebnete ihm von den Einreiseformalitäten bis zur Reservierung des Hotels in Kathmandu und der Planung der Trekkingtour alle weiteren Hürden.

Als nächstbeste Reisezeit stellten sich dabei die Monate von März bis Juni heraus. Paul konnte somit sein Versprechen Carl gegenüber halten, die Praxis möglicherweise schon im kommenden Sommer zu übernehmen. Zudem hielt er diesen Zeitraum auch für gerade noch leistbar, stand ihm doch noch ein Gespräch mit seinem Bankbetreuer bevor, in dem er um eine vorübergehende Aussetzung der Rate für seinen Wohnungskredit ersuchen musste.

Drei Monate schienen ihm überdies eine ausreichend lange Zeit, um die Tempelschule zu finden und sich den Lehren zu stellen, die sie versprach, bereitzuhalten.

Auf die Frage danach reagierte Arjun in einem seiner Mails jedoch ausweichend, beinahe sogar gekränkt. Man hätte hin und wieder von solch einem Tempel gehört, doch weder er selbst noch seine Kollegen konnten mit Sicherheit sagen, wo und ob er überhaupt existierte. Zudem hätten Berichte, die vereinzelt von Touristen darüber verbreitet wurden, die Schule als

spirituell atheistisch und somit für einen tiefgläubigen Hindu als indiskutabel ausgewiesen. Er versprach jedoch trotz seiner Vorbehalte, Erkundigungen einzuholen, um vielleicht doch eine vage Route bestimmen zu können, die Paul seinem Ziel zumindest näher brächte.
Nachdem Paul seinen Flug gebucht hatte, beendeten die beiden vorübergehend ihren E-Mail-Verkehr mit der Vereinbarung, in den Tagen vor ihrem Zusammentreffen in Kathmandu noch die letzten Daten auszutauschen und den Treffpunkt am Airport zu fixieren. Paul war erleichtert, dass so viele ungeklärte Fragen zu den Details seiner Reise ganz unkompliziert beantwortet worden waren.

Bei einem Treffen mit seiner Verlegerin im Café Jansen während der Weihnachtsfeiertage löste sich schließlich zu Pauls Überraschung sogar noch die Sorge über die Finanzierung der Reisemonate.
„Auch wenn ich es“, begann Jasmin Reuter, „besonders jetzt, da Ihre Verkaufszahlen wirklich beeindruckend sind, gar nicht gern sehe, dass wir die geplanten Lesungen und Signierstunden für, wie lange?!“, unterbrach sie sich abrupt.
„Höchstens drei Monate“, antwortete Paul zuversichtlich.
„Also für mindestens vier Monate aussetzen müssen“, fuhr sie erfahren fort, „freut es mich natürlich zu hören, dass sich ein so erfolgreicher Jungautor wie Sie auf Recherche für ein neues Buch begibt.“
Paul hatte diese Begründung für seine bevorstehende unerwartete Absenz vorgeschoben, in der Annahme, dadurch,

ohne allzu große Einwände, eine Zustimmung von seiner engagierten Verlegerin zu erlangen. Den Beigeschmack der Notlüge konnte er vor sich selbst mit der Aussicht auf einen möglicherweise tatsächlich interessanten neuen Stoff durchaus rechtfertigen.

Reuters Augen funkelten ihn erwartungsvoll an und einmal mehr bewunderte Paul ihren Geschäftssinn, den sie mit Charme und liebenswerter Natürlichkeit so zielstrebig an den Tag legte. „Sie können bei der kommenden ersten Tantiemenabrechnung im Januar mit einer Summe rechnen, die Sie überraschen wird“, fuhr sie stolz mit einem Blick über ihren Brillenrand fort, „und ich wäre möglicherweise nicht abgeneigt, sogar einen Vorschuss auf Ihr neues Werk in Betracht zu ziehen.“

Paul war erstaunt über dieses großzügige Angebot, empfand jedoch im ersten Moment einen gewissen inneren Widerstand.

Er dachte an Lenas Bruder, der berichtet hatte, dass niemand, der den Tempel je gefunden hatte, den Weg dorthin hätte preisgeben dürfen. Und diese Geheimhaltung müsste sich wohl auch auf die Inhalte der Lehren beziehen, anderenfalls hätte man doch bereits etwas darüber gelesen.

„Ihr Angebot ist sehr verlockend, doch muss ich es leider ausschlagen“, formulierte er höflich. „Ich weiß nicht, was mir in Nepal begegnen wird. Ich hoffe etwas“, er suchte die richtigen Worte, „etwas Wesentliches zu erleben. Doch gerade das Wesentliche geschieht immer, bevor etwas geäußert wird oder währenddessen auf einer ganz anderen Ebene. Und danach, wenn es mal geschehen ist, können Worte oft nur den flüchtigen Eindruck der Erinnerung wiedergeben“, formulierte er den oft gehegten Zweifel an seiner schriftstellerischen Fähigkeit. „Ich kann also nicht versprechen, ob ich nach meiner Rückkehr in der Lage sein werde, etwas Sinnvolles darüber zu schreiben. Und ehrlich gesagt glaube ich vor allem, es würde mir einfach zu viel Druck machen.“

„Klingt mir ein wenig nach Ausflucht“, erwiderte Reuter entspannt, „doch wie auch immer, versprechen Sie mir, es wenigstens zu versuchen.“ Sie legte ihre Hand auf seinen Arm, beugte sich vor und sagte eindringlich: „Sie müssen weiterschreiben, Paul. Alles andere wäre eine Schande bei so viel Talent.“

9

Carls Villa in Esch-Auweiler, einem nördlichen Stadtteil von Köln, nahe des Escher Sees, glich einem Herrenhaus und war mit ihren parkähnlichen Gärten und der ausgedehnten Südterrasse seit Generationen im Besitz der Familie Seyfried.

Carl hatte beschlossen, Pauls vierunddreißigsten Geburtstag Ende Januar als Anlass zu nehmen, um das Praxisteam zu einem Abendessen in sein Domizil einzuladen. Unterstützt von seiner treuen Haushälterin Mathilda lebte er vorwiegend allein in den mit Holz getäfelten weitläufigen Zimmern des ansehnlichen Hauses. Seine geliebte Frau war schon vor Jahren einem langen Krebsleiden erlegen und so nahm er jede Gelegenheit wahr, um den leeren Räumen durch die Einladung von Freunden Leben einzuhauchen.

Er selbst, Suzan, die Physiotherapeutin des Teams, deren Lebensgefährtin Annika, eine Quantenheilerin, und Nora, die systemische Beraterin, hatten sich im Vorfeld abgesprochen und sämtliche Informationen über Trekking in Nepal zusammengetragen. Sie wollten Paul mit allem beschenken, was er auf seiner Reise an nötigen Utensilien brauchen könnte. Die Erkundigungen bei zahlreichen Freunden und nepalerfahrenen Wanderern ergab vor allem eine Hauptregel: Reise mit leichtem Gepäck.

Was schließlich am Gabentisch übrigblieb, war ein leuchtend roter, gerade mal zur Hälfte gefüllter, Hightechrucksack.

Bereits vor Pauls Ankunft hatten die Freunde das geräumige

Speisezimmer mit einem glitzernden Spruchband und bunten, *garantiert echt nepalesischen Gebetsfahnen* aus einem Esoterikladen dekoriert. Den ovalen Esstisch zierten üppige Kerzenständer, Silberbesteck und Porzellanerbstücke aus Carls Familienbesitz.
Nora hatte den Wachdienst auf der Eingangsveranda übernommen und so wurde Paul beim Betreten des Hauses von einem aus voller Kehle *Happy Birthday* singenden Quartett mit Sprühkerzen in Händen förmlich erschlagen. Dass einzelne Töne entsetzlich schief gerieten, machte den Auftritt, der üblicherweise in großem Ernst versammelten Praxisgemeinschaft, umso liebenswerter und endete schließlich in ausgelassener Heiterkeit.

„Und das alles wegen einer Frau?“, fragte Nora zu fortgeschrittener Stunde schon mit leichtem Zungenschlag. „Wir sollten noch mal deine Urfamilie aufstellen.“
Das Festessen, zu dem Carl die besten Tropfen aus seinem Weinkeller aufgetischt hatte, lag bereits hinter ihnen. Nun saß die kleine Gruppe gemütlich im Salon vor dem offenen Kamin. Das knisternde Feuer verbreitete seine wohlige Atmosphäre und nahm der in die hohen Räume einziehenden Kälte die Schärfe.
„Natürlich“, entgegnete Paul nicht minder angeheitert, „ich reise knapp zehntausend Kilometer, kämpfe mich tagelang mit Sauerstoffmangel durch die unwirtlichste Region dieses Planeten, um dort schließlich, ganz zufällig, meiner Traumfrau in die Arme zu fallen.“

„Ach, wie romantisch", meldete sich die sensible Annika zu Wort.
„Dabei hättest du das gar nicht nötig!", warf Suzan schnippisch ein, „jede dritte Klientin, die dir im Flur begegnet, fragt mich danach, ob du noch zu haben bist."
„Das hat uns immerhin eine Menge Klientinnen eingebracht", brummte Carl lachend und wollte Paul Whisky nachschenken, der jedoch mit einer freundlichen Geste ablehnte.
„Kann mir jetzt bitte jemand erklären, wozu die Wäscheleine in meinem tollen neuen Rucksack gut ist?", versuchte Paul das Thema zu wechseln.
„Natürlich", antwortete Suzan todernst, „die dient dazu, deine Angebetete an die Leine zu nehmen, dass sie dir nicht wieder davonläuft. Hatten wir ja schon das eine oder andere Mal."
Das schallende Gelächter wurde von Annika unterbrochen, die den Opfern ihrer geliebten Partnerin stets zu Hilfe eilte, sobald sie im angetrunkenen Zustand zu persönlich wurde.
„Also", begann sie laut ausholend, erhob sich und brachte damit die Freunde zum Verstummen, „hier die Gebrauchsanleitung unserer, nach umfangreichen Recherchen akribisch ausgewählten Trekkingausrüstung: Rucksack und Wanderschuhe verstehen sich von selbst. Die Schuhe kannst du übrigens ganz unkompliziert umtauschen, falls sie nicht passen sollten. Wir haben vorsichtshalber die Rechnung aufbewahrt. Hinter der Flasche erstklassigem Single Malt, die natürlich Carl beigesteuert hat, verbirgt sich allerdings schon ein wertvoller Hinweis."
„Nämlich der, dass du nicht vergisst, den einen oder anderen

feuchtfröhlichen Abend einzustreuen“, unterbrach Carl ihren Redefluss.
„Lass sie das erzählen“, stellte sich jetzt Suzan ihrer Geliebten zur Seite.
„Schon gut, schon gut“, winkte Carl mit gespieltem Ernst ab.
„Weiter in der Liste“, fuhr Annika fort, „der Whisky ist nicht so sehr für feuchtfröhliche Abende gedacht – sonst müsstest du ja auch den ganzen Rucksack mit Flaschen anfüllen, sondern vor allem zur täglichen Desinfizierung deiner Mageninhalte. Ohne Whisky überlebt unsereins Nepal angeblich nicht. Also morgens und abends einen kräftigen Schluck zur Mund- und Magenspülung. Kann mir übrigens noch jemand Wein nachschenken? Man trocknet ja völlig aus, wenn man so viel reden muss.“
Carl ließ sich nicht zweimal bitten.
„Danke, großer Meister“, sagte Annika mit einer Verbeugung und fuhr nach einem ordentlichen Schluck fort.
„Jetzt also zur Wäscheleine: Als wichtigste Regel wurde uns aufgetragen, dir jedes überflüssige Gepäckstück auszureden. Und weil sonst der Rucksack bei den Strapazen des Aufstieges auf die Dächer dieser Welt einfach zu schwer wird, wirst du wohl oder übel nicht umhinkommen, deine spärliche Wäsche ab und an zu waschen. Da du aber deinen einzigen Slip am nächsten Tag wieder brauchen wirst, muss selbiger die Nacht auf der Leine verbringen. So einfach ist das.“
„Und ich darf nicht vielleicht zwei Slips mitnehmen?“, warf Paul amüsiert ein.
„Da hat er recht. Das müssen wir noch mal recherchieren.“,

meinte Nora todernst.
„Sicher darf er zwei Slips mitnehmen“, schloss Suzan trocken an, „sonst hat er ja nichts zu wechseln, wenn das Höschen beim Liebesspiel feucht wird.“
Nun konnte sich auch Paul nicht mehr halten und verschüttete beinahe den letzten Schluck aus seinem Glas.
Annika drückte ihrer Gefährtin im allgemeinen Gelächter einen Kuss auf die Lippen und flüsterte für alle hörbar: „Ich geh gleich mit dir aufs Zimmer, wenn du so weitermachst.“
„Tut euch keinen Zwang an“, sagte Carl, „die Zimmer sind ohnedies für euch bereit, die Betten frisch bezogen und Mathilda ist so einiges gewohnt.“
„Aber zuvor muss ich die Liste noch abarbeiten“, entgegnete Annika, „ich bin schließlich noch nicht durch.“
„Aber mach's kurz“, sagte Carl, der noch nüchtern genug war, um eine kleine Spitze anzubringen, „Deine Frau ist wieder mal ganz aus dem Höschen.“
„Jetzt ist aber gut“, unterbrach Nora die ausgelassene Stimmung, „schließlich feiern wir Pauls Geburtstag und sollten, wenn jemanden, dann vor allem ihn verwöhnen.“ Sie hatte schon lange ein Auge auf Paul geworfen, doch war dieser ihren dezenten Avancen stets charmant ausgewichen.
„Du hast völlig recht“, nahm Annika das Wort unter fortschreitendem Einfluss des Alkohols wieder auf, „also Paul, geliebter Paul, zum Abschluss noch zur Stirnlampe und den Batterieboxen: Die haben da einfach zu wenig Strom. In Nepal. Nicht nur hoch oben auf den Bergen, sondern überhaupt, im ganzen Land. Ja, so ist das“, sie schlug abschließend einen pathetischen Ton

an, „und damit du uns unbeschadet erhalten bleibst, möge dieses Licht auf deiner Stirn dir stets deine steilen Wege erleuchten. So, habe fertig, danke.“ Unter Gelächter und Applaus sank sie sichtlich erschöpft in ihr antikes Polstermöbel.

10

Eingehüllt in Decken, mit Wintermänteln, Schals und Mützen bekleidet, standen Paul und Carl eine gute Stunde später auf der Südterrasse. Paul hatte sich noch zu einem letzten Schluck Whisky überreden lassen und auch zu einer Joya de Nicaragua, Carls Lieblingszigarre.

Die Nacht war klar und der Mond warf sein helles Licht auf den verschneiten Park, der sich weitläufig vor ihnen ausbreitete. Einzelne Skulpturen aus Schnee, geformt von den darunter gelegenen Hecken und Büschen, hoben sich in sanften Konturen glitzernd von der Ebene ab.

Die beiden Männer pafften ihre Zigarren und genossen die ersten Momente von Ruhe an diesem ausgelassenen Abend.

Nach einer Weile unterbrach Carl die Stille:

„Deine Klienten sind alle informiert?“ Er wollte kurz auf die offenen Themen der Praxis zu sprechen kommen.

„Es sind nur eine Handvoll“, ging Paul darauf ein, „die du bitte während meiner Abwesenheit betreust. Einen Teil kann ich noch in den nächsten Tagen abschließen und bei den Verbleibenden eine Unterbrechung gut verantworten.“ Pauls Gedanken kreisten um die kommenden Wochen mit all den Vorbereitungen, die noch für die Reise zu treffen waren.

„Was genau ist es, das dich so dorthin zieht?“, fuhr Carl fort und ließ, ganz routinierter Therapeut, seinem Schützling lange Zeit für die Antwort.

„Es reicht nicht, Carl“, antwortete Paul schließlich. „Unser Bemühen dreht sich ständig darum, Störungen der Psyche zu beheben, die irgendwann lange zuvor entstanden sind. Wir versuchen etwas zu heilen, dessen Ursprung bisweilen Generationen zurückliegt oder der Kindheit, dem Elternhaus, der Schulzeit entstammt. Unsere Arbeit beginnt oft erst dann, wenn es manchmal bereits zu spät ist. Doch aus all unseren Erfahrungen und all dem Wissen können wir noch immer keine verlässlichen Regelwerke zur Verfügung stellen, die den Menschen dabei helfen, ihren psychischen Nöten vorzubeugen." Langsam erwachte sein Feuer. „Wir haben das Wichtigste vergessen, Carl. Man hat uns gepredigt von einem mächtigen Mann im Himmel und seinen Kindern auf Erden, die für ihn gekreuzigt, unterdrückt und vertrieben wurden. Man hat uns geschult im Handwerk des Schnürsenkelbindens, des Radfahrens und des Brotschneidens. Man hat uns unterrichtet in Mathematik, Physik und Biologie. Man hat uns gelehrt, Autos, Fernseher und Maschinen gigantischen Ausmaßes zu bedienen. Man hat uns obendrein die Zugangscodes zum gesammelten Wissen der Menschheit übergeben. Man hat uns veraltete Gebote und technisch wissenschaftliches Handwerk beigebracht." Er hielt einen Augenblick inne und fuhr sich über die Stirn. „Doch, Carl, niemand konnte uns zur rechten Zeit während der Jahre unseres Großwerdens lehren, wer wir in der Tiefe unseres Wesens in Wahrheit sind. Und wie wir unsere Gedanken, Gefühle und Körper führen oder bedienen müssen, um die vielen Anlagen, die in uns stecken, angemessen zu verwirklichen. Wir haben das *menschliche Handwerk* nicht erlernt und darum auch gar keine Chance, nicht irgendwann neurotisch, ängstlich, einsam, depressiv oder einfach nur traurig zu werden.

Wir sind Opfer unserer Herzen, die von Opfern ihrer Herzen geschult wurden."
Der Mond war gerade hinter einer Nebelbank verschwunden und es war Paul, als würde er hinter den Schemen der plötzlichen Dunkelheit einmal mehr etwas Vertrautes erkennen. Tief aus seinem Inneren drang ein Lächeln hervor und zeigte sich als einzelne Träne, die ihm über die Wange lief. „Ich glaube, dass es bei all den bereits bekannten Ansätzen der *psychospirituellen Bewusstseinssteuerung* noch etwas mehr geben muss, etwas, das tiefer reicht, wesentlicher ist und sich auch von Kindern anwenden lässt. Und dieses Etwas muss grundlegend mit der Steuerung unserer Herzen und Körper, mit unserem ganzen Charakter zu tun haben." Er kam zum Ende. „Das, Carl, ist es, was mich zum Tempel zieht."

Da er es vorzog, im eigenen Bett zu schlafen, ließ sich Paul von einem Taxi nach Hause fahren. Er konnte sich noch gar nicht vorstellen, wie er die vielen Monate in fremden, kargen Zimmern ohne den Schutz seiner vertrauten vier Wände würde überstehen können.
Zudem wollte er einen Morgen im Kreis der zwar liebenswerten, doch für ihn auch anstrengenden Frauengruppe vermeiden. So sehr der Abend ihn amüsiert und geehrt hatte, fühlte er sich besonders dem angriffigen Wesen von Suzan immer etwas zu hilflos ausgeliefert.
Als er, vor dem Badezimmerspiegel stehend, flüchtig sein Gesicht betrachtete, blieb er kurz in seinem Blick gefangen. Oft empfand er bei der Betrachtung seines Spiegelbilds keinerlei

Regung, doch diesmal schienen ihm seine Augen, trotz des Alkohols und der späten Stunde, überraschend klar und leuchtend. Er stand etwas gebückt mit seitlich geneigtem Kopf, hatte schon Pyjama und Pantoffel übergestreift und verharrte so eine Weile.

Er stellte sich vor, wie Lena ihn ansehen würde. Seit Wochen waren die Gedanken nun plötzlich ganz bei ihr.

In seinen Augen im Spiegel sah er ihre Augen, als würde sie ihn durch ihn hindurch betrachten. Als würden die Augenpaare zu einem werden. *Ich sehe dich,* fiel ihm ein Satz aus einem seiner Lieblingsfilme ein. „Ich sehe dich“, sagte er leise zu seinem Spiegelbild.

Im selben Augenblick noch fand er sich schrecklich rührselig und tadelte seinen Hang zu romantischer Verklärung. Er wischte mit der Hand über den Spiegel, als wollte er ihn, unter dem nach einem heißen Bad beschlagenen Glas, wieder zum Vorschein bringen und stapfte ins Schlafzimmer mit den cremefarbenen Wänden und seinem gemütlichen Naturholzbett.

Er war zu müde, um noch zu lesen, und nachdem er das Licht ausgeschaltet hatte, fielen ihm schnell die Augen zu.

Sein letzter Gedanke in dieser Nacht war, dass er Lena wohl niemals wiedersehen würde – denn nach noch mal vier Monaten ohne Kontakt hätten sich ihre Lebenslinien gewiss zu weit voneinander fortbewegt.

11

Den Anweisungen seiner Kolleginnen folgend, hatte sich Paul für das Mindestmaß an Bekleidung und Ausrüstung entschieden. Am letzten Tag des Februars war er mit einem kleinen Trolley und seinem neuen, randvoll gepackten Rucksack mit dem Zug nach München gefahren.
Für den ersten Teil seiner über zwanzig Stunden dauernden Flugreise über Abu Dhabi und Mumbai nach Kathmandu hatte er einen Fensterplatz im Oberdeck des mächtigen Airbus A380 reserviert.
Der Komfort in dem geräumigen Langstreckenflieger würde ihn allerdings nur bis Abu Dhabi umgeben, denn für die Weiterreise waren kleinere Maschinen im Einsatz.
Nun saß er in einem der bequemen Sitze und bestaunte die Vielzahl der Funktionen des Multimediamonitors in der Rückenlehne der Reihe vor ihm. Eine Stewardess mit arabischen Zügen servierte den im Service inkludierten Champagner. Ihm war zwar nicht nach Feiern zumute, doch hoffte er, damit seine immense Aufregung etwas dämpfen zu können.
Schon in den vergangenen Wochen hatte er immer häufiger ein laues Gefühl im Bauch verspürt, sobald seine Gedanken zum näher rückenden Aufbruch und den weiteren Etappen seines bevorstehenden Abenteuers geschweift waren. Mitunter hatte sich auch noch eine euphorische Stimmung zur nervösen Aufregung gemischt und dieser Hormoncocktail reichte nun in seiner Intensität gut und gern an jene des Vortrages in Österreich heran.

Er vermied es, an Lena zu denken, bestellte ein weiteres Glas Champagner bei der arabischen Schönheit und freute sich über ihr strahlendes Lächeln.
Nachdem er das Glas geleert und sich ohne Erfolg auf Ablenkung durch die unzähligen Kanäle des Bordfernsehen gezappt hatte, starrte er etwas verloren aus dem ovalen Fenster.
Die Wolkendecke unter ihm war eine geschlossene Hügellandschaft aus rosa angehauchter Zuckerwatte. Die Sonne, eben im Begriff hinter dem Watteland zu verschwinden, zauberte im Untergehen auch noch orange Schlieren auf den azurblauen Himmel. Die klischeehafte Romantik der Szenerie drang allerdings nicht bis zu Paul durch. Zu sehr war er mit Zweifeln und Ängsten beschäftigt, die er in den vergangenen Wochen mit Erfolg unterdrückt hatte.
Als wäre ich auf der Flucht vor etwas. Oder jemandem. Ist das Furcht oder Hoffnung, die mich antreibt? Spielt mir meine Psyche einfach einen Streich, lässt mich glauben, aufregenden neuen Erkenntnissen auf der Spur zu sein und verdeckt dabei doch nur die Angst davor, in Gefühlen von Unzulänglichkeit und Minderwert zu vergehen? Oder ist es das alles tatsächlich wert? Soviel Risiko für einen so kleinen Funken Hoffnung und Wahrscheinlichkeit.
Die Sonne war mittlerweile untergegangen und tiefe, undurchdringliche Schwärze hatte sich wie ein Meer ausgebreitet, auf dem das gewaltige Schiff des Flugkörpers sanft schaukelnd dahinsegelte.
Nach einem weiteren Glas Champagner ging es ihm langsam besser.

Gut, dass ich Alkohol nicht vertrage, dachte er angenehm erleichtert, wandte sich dem Bordfernseher zu und ließ sich in die bunte, tanzende Welt eines Bollywoodmusicals hineinziehen.

12

Beim Landeanflug auf Kathmandu stellte Paul zufrieden fest, wie schnell die vielen Stunden in den drei Maschinen, mit Aufenthalten zwischen den Anschlussflügen in Wartehallen und Duty-free-Arealen, letztlich vergangen waren. Die unzähligen Eindrücke von Menschen, Nationen, Farben und Gerüchen hatten die lange Reisezeit buchstäblich verfliegen lassen.
Durch das Fenster erspähte er an den Köpfen der Mitreisenden vorbei einen ersten Eindruck der Metropole. In den frühen Morgenstunden dehnte sie sich noch schlafend unter dem Flieger aus. Der Frühling hatte mit dichten Nebelschwaden bereits Einzug gehalten und die Tausenden teils verfallenen Backsteinbauten in rotbraunen Farbtönen ergaben ein Bild pittoresk verbrauchter Schönheit.
Nach der üblichen Schrecksekunde beim Aufsetzen der Maschine und dem anschließenden Applaus der Fluggäste war Paul zwar erschöpft, doch gut gelaunt und froh darüber, diese erste Etappe seines Abenteuers heil überstanden zu haben.

In der überschaubaren und schlichten Ankunftshalle des Airport wurde er wie vereinbart etwas abseits vor dem Kundenschalter einer bekannten Leihwagenagentur von Arjun erwartet.
Mit dem üblichen Namensschild in Händen und einem freundlichen Lachen auf dem Gesicht winkte sein Reiseführer ihm lebensfroh inmitten einer schnatternden Menge aus hoffnungsvoll Wartenden und erleichtert Angekommenen zu. Diesem

gefühlsbetonten und geschwätzigen Austausch von Neuigkeiten unter der Bevölkerung sollte Paul in den kommenden Tagen noch oft begegnen.
Als er sich zu ihm durchgekämpft hatte, verneigte sich Arjun mit gefalteten Händen auf Höhe des Kopfes, sprach den landesüblichen Gruß *Namaste* und legte ihm einen bezaubernden Kranz aus orange- und rosafarbenen Blüten um den Hals. Paul kannte diesen Brauch nur aus Filmen und Berichten über Hawaii. Er bedankte sich erstaunt lächelnd und erwiderte etwas linkisch zum ersten Mal das für ihn respektvolle und anmutende Begrüßungsritual.

Die beiden waren einander auf Anhieb sympathisch. Paul war beeindruckt von Arjuns höflicher und zuvorkommender Art und konnte sich mit ihm fließend auf Englisch unterhalten. Arjun seinerseits war angenehm überrascht, in den kommenden Wochen einen so herzlichen und rücksichtsvollen Mann begleiten zu dürfen.
In einem völlig veralteten Lada Taiga wurden die beiden von einem älteren Freund Arjuns, dessen indische Züge von tiefen Falten gekerbt waren, ins Zentrum der Stadt gefahren. Auf den holprigen Einfahrtsstraßen hatte bereits dichter Frühverkehr eingesetzt.
Durch das Fenster stachen Paul die unzähligen Straßenkinder ins Auge. In kleinen Gruppen säumten sie munter lachend die schmalen Gehsteige und umlagerten die vor Ampeln zum Stillstand gekommenen Fahrzeuge mit Putzlappen und Touristennippes.

„Sie leben da“, erklärte Arjun, „und sind glücklich. Es wird Sie gewiss erstaunen, Mister Paul, aber man hat versucht, sie in einem breit angelegten Unterstützungsprogramm, an dem ich mich auch als Subkoordinator beteiligen durfte, in neu errichteten Heimen unterzubringen. Doch sie kehrten immer auf die Straßen zurück, fanden sich in den stets selben Gruppen ihrer Viertel zusammen und waren nicht davon zu überzeugen, sich helfen zu lassen. Sie empfanden unsere Bemühungen im Gegenteil als Bestrafung und brachen einfach aus. Irgendwann hat die Stadtregierung das Programm schließlich wieder eingestellt.“
„Ich hätte nicht erwartet, so viel Armut zu erleben“, entgegnete Paul sichtlich betroffen.
„Das Land hat sich noch nicht erholt von der Königsdiktatur vergangener Zeiten. Der Demokratisierungsprozess geht nur langsam vonstatten und das Kastenwesen ist nach wie vor unerbittlich darin, gesellschaftliche Hierarchien aufrechtzuerhalten. Den Armen und Mitgliedern der untersten Kasten stehen keine Bildung und so gut wie keine Aufstiegsmöglichkeiten zu.“ Er hielt kurz inne und blickte im Vorbeifahren gedankenverloren auf eine nicht weit von der Hauptstraße entfernte hinduistische Pagode. „Selbst meine eigene Frau, die aus einer niedereren Kaste stammt als ich, darf das Haus meines Vaters bis heute nicht betreten. Das ist traurig, doch es lässt sich nicht ändern.“ In fröhlicherem Ton fuhr er fort: „Aber lassen Sie uns jetzt über erfreulichere Themen reden. Ich habe Sie für die kommenden zwei Nächte in einem hübschen, kleinen Hotel direkt im Zentrum untergebracht. Für heute Abend darf ich

mir erlauben, Sie in mein bescheidenes Heim zum Essen einzuladen. Meine Frau freut sich sehr darauf, die Bekanntschaft eines deutschen Psychologen und Buchautors zu machen. Sie liest viel, um die ihr teils vorenthaltene Schulbildung wettzumachen. Die Psyche der Menschen ist dabei so etwas wie ihr Steckenpferd. Außerdem", kündete er mit schelmischen Augen verheißungsvoll an, „hat sie etwas über den Tempel, nach dem Sie mich gefragt hatten, in Erfahrung bringen können. Und ich habe dadurch vielleicht sogar eine Route für uns gefunden." Stolz und voll Freude trommelte er mit seinen Händen einen kleinen Wirbel auf das Armaturenbrett vor sich.
Paul war mit einem Mal hellwach.
Nachdem Arjun jedoch keine Anstalten machte, mehr zu verraten, entschied er sich, bis zum Abend auszuhalten und den liebenswerten Nepalesen nicht mit weiteren Fragen zu bedrängen.

Das Zimmer in dem kleinen Hotel erwies sich für Pauls Begriffe viel mehr als heruntergekommen, denn als *hübsch.*
Nach dem Durchqueren der letzten Innenstadtgassen mit ihren zahlreichen, verfallenen Häusern und Holzkonstrukten, die brüchige Balkone und Vordächer mehr schlecht als recht stützten, war ihm jedoch klar geworden, dass Arjun im vereinbarten Rahmen das Bestmögliche für ihn ausgewählt hatte. Die Zimmerpreise in den Touristenvierteln lagen im Vergleich zu den Vororten der Stadt unverschämt hoch. Immerhin boten sie den Mindeststandard an Hygiene sowie Badezimmer mit eigenen Toiletten und Duschen. Dennoch empfand Paul gleich

beim Betreten des Raumes das düstere, durch löchrige Vorhänge fallende Licht, den abgetretenen Teppich und die mattroten, teils abgeschabten Tapeten als schlichtweg erdrückend. Er lehnte seinen Rucksack an eine Wand nahe dem Bett und zog die Vorhänge zurück. Der Ausblick auf einen Hinterhof aus braun verwaschenen Backsteinwänden trug ebenso wenig zu seiner Erheiterung bei. Er öffnete den Trolley, bewaffnete sich mit einem seiner Ersatzschuhe und machte sich auf die Suche nach den von Arjun beiläufig angekündigten Kakerlaken. Zum Glück hielt das Zimmer, was an Hygiene versprochen war, und so konnte er nach einigen Minuten der Pirsch den Schuh beruhigt wieder an seinem Platz verstauen. Auch das frisch bezogene Bett mit Doppelpolstern erwies sich beim ersten Sitztest als überraschend komfortabel. Nachdem er sein Necessaire ins Bad getragen und die wenigen Bekleidungsstücke für die ersten Tage in der Stadt im schlichten Holzschrank verstaut hatte, positionierte er das Shaligrama behutsam auf dem Nachtkästchen. Er zog die Vorhänge wieder zu, legte sich aufs Bett und schlief, noch während er Zweifel daran hegte, ob er sich würde entspannen können, verblüffend schnell ein.

Als er erwachte, war das Zimmer in völlige Dunkelheit getaucht. Noch im Halbschlaf schreckte er verwirrt hoch und suchte orientierungslos nach einem Lichtschalter, den er schließlich neben dem Bett ertastete. Auch nach mehrmaligem Betätigen ließ sich das Licht jedoch nicht einschalten. Er tappte zum Fenster, öffnete abermals die Vorhänge und konnte so zumindest durch das spärlich einfallende Abendlicht die

Tageszeit sowie die Umrisse der Möbel in seinem Zimmer erahnen. Plötzlich ging das Licht an und Paul erschrak ob der plötzlich einsetzenden Helligkeit, die eine große Deckenleuchte im Raum verströmte.

Es klopfte an der Zimmertür und er vernahm Arjuns Stimme, der seinen Namen rief.

Erst da wurde ihm bewusst, dass er noch immer seine Reisebekleidung trug. Er fuhr sich verstört durch die Haare, bemühte sich, den Schlaf aus den Augen zu reiben, und ging zur Tür.

Arjun stand lachend davor, deutete auf seine Armbanduhr und sagte gelassen: „Wir waren vor einer halben Stunde an der Rezeption verabredet.“

13

„Das muss Sie nicht verwundern“, erklärte Arjun bei der Fahrt im verbeulten Fiat zu seiner Wohnung in einen der Zwischenbezirke. „Das Licht fällt regelmäßig aus. Wie auch überhaupt alles, was am Stromnetz hängt. Wir können in Nepal einfach nicht genug Strom produzieren. Also hat die Regierung beschlossen, statt die Energie nur wenigen Menschen durchgehend zur Verfügung zu stellen, sie allen zukommen zu lassen, dafür aber nur die halbe Zeit. Es ist also ratsam, sich mit einer guten Taschenlampe auszustatten. Wenn Sie wollen, können wir noch in der Agentur vorbeifahren, dort sind einige für die Touren gelagert.“
„Danke“, erwiderte Paul lächelnd und musste an den Abend bei Carl denken, „aber ich bin eigentlich ganz gut ausgerüstet. Man hat mich vor meiner Abreise nicht nur mit unzähligen Ratschlägen, sondern auch mit unentbehrlichen Utensilien versorgt.“ Er grinste. „Darunter befinden sich auch eine ultramoderne Stirnlampe und mindestens hundert Batterien.“
„Das ist perfekt“, entgegnete Arjun entspannt, „die werden Sie bestimmt auch brauchen. Denn spätestens über viertausend Meter gibt es so gut wie gar keinen Strom mehr.“

Manisha, Arjuns junge Frau, empfing die beiden an der Wohnungstür. In einen orangeroten Sari gekleidet, der den dunklen Teint ihrer Haut bezaubernd umrahmte, kam sie der Umarmung ihres Mannes entgegen. Die Natürlichkeit ihrer Bewegungen unterstrich ihr herzliches Wesen. Auf der Stirn trug sie

einen Bindi, den mit Pulverfarbe aufgemalten Segenspunkt, der das dritte Auge symbolisiert und als Zeichen der verheirateten Hindufrau gilt.
Als sie so neben ihrem Mann stand, empfand Paul die beiden als perfektes Paar. Mit einem Lächeln verbeugte sie sich im üblichen Ritual vor Paul und geleitete ihn höflich in den schlicht eingerichteten, überschaubaren Wohnraum, der zugleich als Esszimmer diente.
Sie hatte ein köstliches Abendessen aus Lammfleisch und Gemüse zubereitet, das mit Koriander, Nelken, Ingwer und zerlassener Yakbutter gewürzt war. Dal Bhat, das nepalesische Nationalgericht aus Linsen und Reis, durfte an Pauls erstem Abend natürlich auch nicht fehlen.
Aus reicher Erfahrung mit seinen Klienten servierte Arjun vorsichtshalber einen Whisky als Aperitif.
„Ich weiß schon, wie empfindlich mitteleuropäische Mägen sind und wir wollen doch den Beginn unserer Tour nicht unnötig verzögern", bemerkte er schmunzelnd.

Nach dem Essen, bei dem sich das Gespräch vorwiegend um allgemeine Fragen zu Pauls Anreise sowie um das Leben in Köln und Nepal drehte, erkundigte sich Manisha schließlich vorsichtig nach seinem Plan, die Tempelschule zu suchen. Paul, der auf einen solchen Anstoß gehofft hatte, erklärte seine Absichten, erwähnte auch den Shaligram Shila und erzählte von Lenas Bruder und dessen Erlebnis.
„In meiner Frauengruppe – wir kümmern uns um die *Ausgestoßenen*, die Ärmsten der Armen aus den untersten Kasten",

begann Manisha in erstaunlich gutem Englisch, das sie via Fernkurs erlernt hatte, „gibt es eine Krankenschwester, deren Mutter angeblich vor vielen Jahren als eine der Meisterinnen in der Schule unterrichtet hat. Diese Frau soll für über ein Jahrhundert die einzige nepalesische Lehrerin gewesen sein, der jemals diese Ehre zuteil wurde. Wie Schwester Ramchandra mir berichten konnte, werden der Ort und das heilige Wissen der Schule noch immer behütet. Einer alten Prophezeiung nach bricht die Zeit für das Bekanntwerden der Lehren in der menschlichen Gesellschaft erst in diesem Jahrzehnt an.“ Sie stockte und fragte schüchtern: „Ich weiß nicht, erkläre ich das verständlich?“

„Durchaus, ja, erzählen Sie nur weiter bitte“, ermunterte sie Paul aufgeregt und berührt von ihrem scheuen, doch so ehrlichen Wesen.

„So viel mehr weiß ich leider gar nicht. Auch Ramchandras Mutter war zur Geheimhaltung verpflichtet und hat bis zu dem Zeitpunkt, da sie sich für immer in die Berge zurückzog, niemals den Standort des Tempels preisgegeben. Ramchandra hat ihre Mutter seit über einem Jahrzehnt nicht mehr gesehen und konnte mir nur die wenigen Anhaltspunkte geben, die ihr selbst in Erinnerung geblieben waren. Ihre Mutter hatte sie nämlich in der Kindheit das eine oder andere Mal zum Tempel mitgenommen. Das liegt jetzt allerdings schon beinahe dreißig Jahre zurück. Arjun hat sich dann aber mit Ramchandra getroffen.“ Sie blickte ihren Mann auffordernd an, das Gespräch zu übernehmen.

„Und ich habe aus ihren Schilderungen“, nahm dieser den

Faden bereitwillig auf, „eine mögliche Route Richtung Annapurna bestimmen können, der wir – sofern Sie, lieber Paul, weiterhin darauf bestehen – folgen werden."

Paul war euphorisch. Manishas Bericht erbrachte den ersten, stichhaltigen Beweis für die Existenz des Tempels.

„Jetzt bin ich natürlich umso entschlossener, ihn zu finden", entgegnete er und blickte die beiden hoffnungsvoll an.

„Dann soll es so sein", schloss Arjun lächelnd, „übermorgen brechen wir auf."

Nach einem weiteren gut dreiviertelstündigen Stromausfall, währenddem seine Gastgeber zahlreiche Kerzen im Zimmer entzündet hatten, begann Manisha mit ersten vorsichtigen Fragen zu Pauls Arbeit und freute sich, wie bereitwillig und gern er Auskunft darüber gab. Sie fasste sich ein Herz und fragte schließlich nach allem, wovon sie sich insgeheim vorgenommen hatte, es in Erfahrung zu bringen. Paul freute sich über ihr Interesse und so drehte sich das folgende Gespräch – in dem Manisha auch zusehends mehr von ihrer Familie und ihrem Engagement in der Fraueninitiative preisgab – hauptsächlich um Pauls psychologische Studien. Auch die universitäre Ausbildung in Deutschland wurde angesprochen. Manisha blickte ihn an dieser Stelle mit großen Augen an. Sie hatte zwar bereits davon gehört, dass sie allen Frauen und Männern, gleich welcher sozialen Schicht, frei zugänglich war, doch hatte sie das bislang nicht glauben können.

Ob die Möglichkeit bestünde, vielleicht auch sein Werk irgendwann lesen zu dürfen, konnte Paul allerdings nicht

beantworten. Seine Verlegerin hatte sich zu diesem Punkt bislang eher zurückhaltend geäußert. Vielleicht würde sie der Erfolg des Buches ja davon überzeugen, doch eine Übersetzung ins Englische in die Wege zu leiten.
Paul versprach jedenfalls fest, sollte es tatsächlich dazu kommen, Manisha ein Exemplar mit persönlicher Widmung zu schicken.

Eine Stunde vor Mitternacht unterbrach Arjun liebevoll den Redefluss seiner Frau, da die Zeit gekommen war, Paul noch auf das Dach des Wohnhauses zu entführen.
„Kommen Sie nur, mein Freund", kündigte er verheißungsvoll an, während sie die Treppen zum obersten Geschoss hochstiegen. „Heute ist die erste, klare Frühlingsnacht in unserem Tal und die Chancen stehen nicht schlecht, ein seltenes Schauspiel zu erleben."
Am Flachdach des fünfstöckigen Wohnhauses angekommen konnte Paul seinen Augen kaum trauen. Über Hunderten von Dächern schwebten zart beleuchtete Flugdrachen und boten ein tänzelndes, buntes Lichterspiel, das die darunter funkelnd erleuchtete Metropole spiegelte. Nach einer Weile, in der Arjun seine Frau umarmt hielt und die drei schweigend die Szenerie betrachteten, erklärte er: „Dieser Brauch gehört eigentlich zu einem unserer großen Feste, dem *Dashain*, das üblicherweise im Oktober stattfindet. Dabei wird fünfzehn Tage lang der Sieg des Guten über das Böse gefeiert. Vor wenigen Jahren hat jemand damit begonnen, die Drachen auch in der ersten, warmen Frühlingsnacht steigen zu lassen, und andere

haben es ihm gleichgetan. Es gibt uns das Gefühl, über den Dächern unseres beengten Alltags ein kleines Stück mehr an Freiheit zu erhaschen.
Und es ist nie ganz sicher, welche Nacht es tatsächlich sein wird. Sie haben großes Glück, mein Freund", er sah Paul mit schmalen Augen lächelnd, verschmitzt an, „und ich denke, die Zeichen deuten darauf hin, dass unser Abenteuer unter einem guten Stern steht."

14

Als Paul eine Stunde später sein Zimmer betrat, brachen jedoch unversehens wieder Zweifel und Furcht über ihn herein.

So sehr ihn der Abend berührt hatte und es ihm schien, als wäre er bei alten Freunden zu Besuch gewesen, erschreckten ihn jetzt, umgeben von der kargen, farblosen Einrichtung, die vielen fremden Geräusche, Gerüche und das Fehlen jeglicher Vertrautheit.

Diese Kultur war in ausnahmslos jedem Detail so ganz anders als alles, was er zuvor erlebt hatte. Seine Sinne waren überflutet von Tausenden kleinen Eindrücken, die sich nicht einordnen ließen. Was übrig blieb, war ein Gefühl der Ohnmacht und Einsamkeit.

Am liebsten hätte er seine Sachen gepackt, ein Taxi gerufen, sich zum Flughafen aufgemacht und die nächste Maschine Richtung Heimat genommen.

Er setzte sich vornübergebeugt auf die Bettkante und stürzte sein Gesicht in die Hände. An der Grenze zur Verzweiflung erstarrte er förmlich.

Zwischen den Fingern fiel sein Blick auf den Shila, dessen goldener Einschluss gerade von einem Lichtstrahl, der durch eines der Vorhanglöcher ins Zimmer drang, hell erleuchtet schimmerte.

Er hob erstaunt den Kopf und verharrte so einige Augenblicke in die Betrachtung des Steines versunken.

Erst wenn objektiv sinnvolle Entscheidungen durch Synchronizitäten bestätigt werden, erweist sich ein Lebensweg als der richtige.

Der kleine Lichtstrahl reichte aus, um Paul tief zu berühren.

Er dachte an Manishas Bericht und erinnerte sich an das Bild, das er vor sich sah, als sie von der alten nepalesischen Meisterin erzählte.

Bei dem Gedanken an die, in seiner Vorstellung, erleuchtete Gestalt hellte sich seine Stimmung plötzlich auf. Als würde der Lichtstrahl, der auf den Shila traf, bis in sein Herz reichen, ging mit einem Mal eine Leichtigkeit von seiner Mitte aus, die er sich nicht erklären konnte.

Eine Träne lief über seine Wange. Er wischte sich über die Augen, erhob sich und stand für eine Weile völlig aufrecht da. Der leichte Zustand breitete sich in seinem ganzen Körper aus.

Er fühlte nichts Bestimmtes und war doch zugleich von einer liebevollen Klarheit durchflutet, die ihm jede Furcht nahm und ihn sanft, wie von Flügeln umarmt, aus sich selbst heraus behütet trug. Etwas Ähnliches hatte er nie zuvor erlebt. Er hielt einfach still und genoss den Zustand.

Auch später noch, nachdem er sein Gewand abgestreift, die Zähne mit Mineralwasser geputzt und den Mund mit Whisky gespült hatte, hielt die Ruhe in seinem Inneren an.

Er kroch unter die Bettdecke und schlief bald darauf frei von Zweifeln friedlich ein.

15

Am darauffolgenden Tag zogen die fremden Eindrücke der über siebenhunderttausend Einwohner zählenden Metropole an Paul vorbei.
An der Seite von Arjun besuchte er *Swayambhunath*, den großen Tempelkomplex im westlichen Stadtteil, der zugleich eine buddhistische und hinduistische Heiligenstätte war. Auf einem Hügel gelegen, galt die Anlage als eines der ältesten religiösen Bauwerke der Welt. Das Alter der inneren Heiligtümer, im besonderen der Stupa, die mit ihren zwei Türmen von nahezu ganz Kathmandu aus zu sehen war, wurde auf über zweieinhalbtausend Jahre geschätzt.
Bevor Paul jedoch die Treppe zum Tempel emporstieg, die, wie Arjun ihm erklärte, ebenso viele Stufen wie ein Jahr Tage hatte, bewunderte er an ihrem Fuße auf einer Steinplatte die Fußabdrücke Buddhas.
Im Inneren des Tempels traf er auf Hunderte Gläubige, die in traditionellen Ritualen mit monotonem Gesang im Gebet versunken ihre Religion praktizierten. Die Verankerung der Bevölkerung mit ihrem Glauben schien Paul auf geradezu beängstigende Weise intakt. Schrieb er doch jeder Form der Abhängigkeit von religiöser Verklärung eine proportional entgegengesetzte Entwicklung des individuellen Bewusstseins und der Eigenverantwortung zu. Während seines weiteren, ausgedehnten Rundgangs durch die Anlage verschenkte Paul zahllose Ein-Dollar-Scheine an völlig verarmte Ausgestoßene, die ihn immer wieder um Almosen bettelnd umlagerten.

Nicht minder staunte er über die vielen Affen, die den Touristen verspielt und frech ihre Lunchpakete stahlen. Aufgrund der großen Population der drolligen Säugetiere war der Anlage auch der Beiname *Affentempel* verliehen worden.
Am Rückweg ins Stadtzentrum erlebte Paul am Ufer des *Bagmati*, einem Fluss, der durch die Stadt dem Ganges zuströmte, eine weitere Szene des ihm so fremden gesellschaftlichen Kodex: die öffentliche Beisetzung eines Verstorbenen. Von Angehörigen auf einen flachen, rechteckigen Scheiterhaufen gebettet und mit nassem Stroh bedeckt, wurde der Körper unter den Blicken zahlreicher Schaulustiger verbrannt. Danach wurde seine Asche in den Fluss gekehrt.
Wenige fünfzig Meter flussaufwärts badeten ausgelassene Kinder mit Bällen spielend im selben Wasser und Frauen in bunten Saris wuschen ihre Wäsche darin.
Paul enthielt sich jeder Beurteilung des Erlebten, hätte er doch gleich welche Form der Einschätzung als anmaßend und fehl am Platz empfunden.
Am frühen Nachmittag ließ ihn Arjun eine Weile in einem der Straßencafés warten, um mit Pauls Reisepass von den zuständigen Ämtern noch die letzten Genehmigungen für die Weiterreise ins Landesinnere einzuholen.
Wie im Flug verging die Stunde mit der Beobachtung einzelner Männer- und Frauengruppen, die in den angrenzenden Cafés unter steter Trennung der Geschlechter wild miteinander diskutierten oder entspannt erzählten, aßen, tranken und lachten.
Später am Tag schlängelte er sich, wieder begleitet von Arjun, durch den von lärmenden Touristen und Einheimischen

völlig überlaufenen Bazar. Paul fand sogar einen Stand, an dem Shilas verkauft wurden, bekam jedoch keinen mit goldgelbem Filament zu Gesicht.
Da er sich vorgenommen hatte, die Eindrücke seiner Reise in Notizform festzuhalten, erstand er ein kleines in Leder gebundenes, mit Prägedruck verziertes Büchlein.
Gegen Abend aßen die beiden Männer dann in einem Restaurant, das für seine nepalesischen Spezialitäten bekannt war. Der vielen ausländischen Gäste wegen, waren die Speisen, wie Arjun beschwor, schonend zubereitet.
Den abschließenden Drink nahmen sie in einem der zahlreichen Internetcafés zu sich. Nebenher verschickte Paul eine kurze Mail an seinen Vater auf La Gomera und auch an Carl. Zuvor musste er sich allerdings etwas gedulden, da der Strom bald nach dem Betreten des Cafés wieder ausgefallen und das zugehörige Notaggregat defekt war.
Die Mail an seinen Vater löste unerwartet Traurigkeit aus. Sein alter Herr schien ihm plötzlich viel zu fern und die Zeit, die ihm blieb, um das eine oder andere Gespräch zu führen, bedenklich kurz.
In den letzten Jahren war Carl ihm zum zweiten Vater geworden. Auch wenn beiden bewusst war, dass es sich dabei um eine klassische Übertragung handelte, minderte das nicht die Qualität ihrer innigen Beziehung.
„Das hat Kathmandu so an sich“, unterbrach Arjun, der geduldig gewartet hatte, feinfühlig seine Gedanken. „So viel geballte spirituelle Kultur wühlt einen mitunter auf. Kommen Sie, wir trinken ein Glas heißen Roksi. Der wärmt die Seele.“ Gern

ließ Paul sich dazu überreden, den nach verdünntem Korn schmeckenden Schnaps zu probieren, und tatsächlich gingen ihm die Zeilen seiner Mails danach leichter von der Hand.

Kurz nach zehn Uhr abends saß er schließlich mit angezogenen Beinen und der Stirnlampe am Kopf auf dem Bett. Mit den ersten Notizen über die vergangenen Tage wollte er noch sein neues Schreibbuch einweihen.
Er hatte Carls Rat, den einen oder anderen feuchtfröhlichen Abend zu verbringen, nicht vergessen. Und da er nun schon vorgebaut hatte, beschloss er, noch etwas mehr zu trinken und sich direkt aus der Whiskyflasche, die auf dem Nachtkästchen neben dem Bett ihren Platz gefunden hatte, den einen oder anderen weiteren Schluck zu genehmigen.
Zudem hielt er diesen Akt, um etwaig noch anstehenden seelischen Nöten vorzubeugen, für dringend angebracht.

16

Das ehemals helle Blau des völlig veralteten Toyota Überlandbusses aus den Siebzigerjahren war von Dellen und Roststellen übersät. Er war bis zum Bersten mit Menschen und Gepäckstücken gefüllt.
Paul und Arjun hatten im Fond des Busses noch zwei Plätze ergattert. Dicht aneinander gedrängt saßen sie nun auf abgenützten Plastiksitzen an einem der Fenster.
Schon nach wenigen Kilometern stadtauswärts empfand Paul, noch etwas geplagt von den Auswirkungen der Schnäpse, die Geräuschkulisse als unerträglich. Heftig aufeinander einredende Einheimische, aufgeregtes Geschrei von Kindern, Hupen und Motorengeräusche des enormen Verkehrsaufkommens und die alles überlagernden Soundeffekte eines Martial-Arts-Movies, das via Monitor über dem Kopf des Fahrers ausgestrahlt wurde, ergaben eine geradezu infernalische Symphonie.
Zudem schien ihm der dichte Straßenverkehr auf der holprigen Überlandstraße ohne geordnete Verkehrsregelung auskommen zu müssen. Immer wieder staunte er über abrupte Bremsmanöver und die darauf durch offene Fenster folgenden heftigen Diskussionen der Fahrer. An den Straßenrändern sah er scheinbar wahllos abgestellte Fahrzeuge, neben denen Männern in Gruppen rauchend ihre Schwätzchen hielten.
Zusteigende Mütter gaben ihre Babys unbekümmert an Fremde weiter, währenddessen sie ihr Gepäck verstauten. Oft fanden die Kleinen, nachdem sie durch den halben Bus gereicht

wurden, erst wieder etliche Minuten später den Weg über fremde Hände zurück zu ihren Müttern.

Der Lärmpegel war ohrenbetäubend, an Schlaf nicht zu denken und es war Paul ein Rätsel, wie er die, von Arjun angekündigten, neun Stunden Busfahrt überstehen sollte.

Immer wieder blieben seine Blicke an Alltagsszenarien und beeindruckenden Landschaften hängen, die vor den Fenstern vorbeizogen.

Die Armut der Bevölkerung stach allerorts ins Auge. Kärgliche Behausungen, wahllos in unregelmäßigen Abständen, aus Wellblech und Lehmziegeln an die Straße gestellt, waren meist an der Front unverbaut und gaben den Blick auf wenige Quadratmeter Innenraum frei. Mehrere Schlafplätze, Erdkuhlen, die als Abort dienten, und daneben gelegene Feuerstellen, auf denen gekocht wurde, reihten sich eng aneinander.

Ging die Fahrt durch kleinere Dörfer, wechselte die Szenerie und wurde wieder lebendig und übervölkert. Die bunten Saris der Frauen bestimmten dabei mit ihren teils grellen Farben das Bild.

Je länger die Fahrt andauerte, desto häufiger wand sich die Straße üppig bewachsene Steilhänge entlang.

Die Schluchten, oft hart an den Straßenseiten abfallend, waren von beschaulichen Bächen und Flüssen durchzogen, die sich durchs Land schlängelten.

Mit völlig verschwitztem Oberhemd vermischten sich im Lauf der Zeit Eindrücke, Farben und Gerüche in Pauls Wahrnehmung und ergaben einen Flickenteppich, der ihn mehr und mehr wie ein klebriger Mantel umhüllte.

Vier Stunden später war wider Erwarten alles, was ihn zuvor so schreiend bedrängt hatte, zur gewohnten Monotonie geworden und er döste zunehmend abgestumpft vor sich hin.
Zwischendurch fielen ihm sogar die Augen zu und nach einer weiteren Stunde übermannte ihn schließlich tiefer Schlaf.
An ihrem Zielort angekommen, musste Arjun ihn sogar etwas unsanft wecken.
Paul schreckte desorientiert auf, wehrte sich kurz, entschuldigte sich aber gleich, als er realisierte, wo er sich befand und dass alles seine Ordnung hatte.
Der Bus war zum Stillstand gekommen, die Fahrgäste stiegen aus und nachdem Paul seine Füße auf festen Grund gesetzt hatte, bestaunte er überwältigt die entfernt aufragenden schneebedeckten Giganten. Ihre Gipfel waren vom untergehenden Sonnenlicht in zartes Orange getaucht und hoben sich mit scharfen Konturen vom indigoblauen Abendhimmel ab.

Das Dorf *Banglung* am Unterlauf des *Kali Gandaki* unterschied sich nicht wesentlich von den Außenbezirken Kathmandus, wie sie Paul bei seiner Fahrt vom Flughafen ins Zentrum erlebt hatte.
Einfache Steinhäuser mit verwitterten Holzaufbauten reihten sich an einer einzigen Straße entlang aneinander. Verwaschene Farben, verfallene Mauerwerke, trockene Schotterwege und schiefe Holzbalken, die überall als Stützen eingesetzt waren, zeichneten dasselbe Bild verbrauchten Reizes.
Über den Köpfen der Passanten warfen bunt gemischte Reklametafeln ihr flackerndes Licht auf die schmalen Gehsteige.

Männergruppen unterhielten sich in Straßencafés, Frauengruppen schlenderten mit ihren Kindern an den Händen die Straße entlang, Touristen feilschten an den wenigen Verkaufsständen, um alles, was sie für ihre bevorstehenden Trekkingtouren noch auf Vorrat besorgen mussten.
Überall traf man auf Lastenträger, sogenannte *Porters*, die ihre schweren, randvoll gefüllten Tragesäcke mit angespannten Nacken durch einen Gurt, der über die Stirn führte, auf dem Rücken des Weges schleppten.
Am Rand des Dorfes, direkt am Eingang des Gandakitales, hatte Arjun die Zimmer für die Nacht reserviert.
Die Herzlichkeit der Bevölkerung erstaunte Paul einmal mehr, als er die schlichte Behausung betrat und mit Ingwertee, Hefegebäck und offenem Lachen in faltigen Gesichtern begrüßt wurde.
Das Nachtmahl bestand aus einem Reisgericht mit frischem Gemüse und einfachem Fladenbrot, einer Kost, mit der er sich in den kommenden Wochen würde vorwiegend begnügen müssen.
Auf der Pritsche sitzend, in einer mit modrigem Holz der Tränenkiefer vertäfelten engen Kammer, schloss Paul den Tag mit einem Eintrag in sein Büchlein.
Er hatte beschlossen, sowohl die paar Zeilen als auch den Schluck Whisky vor dem Einschlafen als kleines, allabendliches Ritual einzuführen.

17

„Guten Morgen, mein Freund!“ Arjun strahlte mit einer Energie, die Paul nicht annähernd imstande war aufzubringen. Er fühlte sich im Gegenteil, als hätte er nur wenige Stunden Schlaf hinter sich. Nachdem der den kleinen Speiseraum betreten und einen Blick auf den uralten Klingelwecker am Fenstersims geworfen hatte, stellte er überrascht fest, dass er damit auch richtig lag.

„Es ist fünf Uhr am Morgen!“, rief er Arjun in gespielt vorwurfsvollem Ton über den Frühstückstisch hinweg zu. „Warum hast du mich geweckt? Was, um alles in der Welt, wollen wir so früh?“

„Wir wollen uns auf den Weg machen, mein Freund. Es gibt nichts Schöneres auf dieser Welt als Sonnenaufgänge im Himalaya. Das willst du doch nicht verpassen?“

„Es hätte nicht unbedingt gleich der erste sein müssen.“ Er blickte zum kleinen Holzfenster auf der anderen Seite des Raumes, bückte sich vor und sah voll Staunen durch die verschlierte Glasscheibe, wie das erste, geradezu magische Licht des Tages die Berghänge überströmte. „Andererseits muss ich dir recht geben. Das ist wirklich atemberaubend.“

„Und das ist noch gar nichts gegen das, was dich in den kommenden Tagen erwartet. Glaub mir, das wirst du dein Leben lang nicht vergessen.“ Er lachte fröhlich und war sich nicht annähernd bewusst, wie sehr er damit recht behalten sollte.

In Absprache mit Arjun hatte Paul auf einen Porter verzichtet. Den kleinen Trolley mit den zusätzlichen Reiseutensilien hatte

er in Arjuns Wohnung unterbringen dürfen und so blieb ihm für die Tour nur der rote Trekkingrucksack. Er traute sich zu, die mäßige Last auf seinen Schultern auch in steilem Gelände und nach mehreren Tagen selbst tragen zu können.
Für die Verpflegung des Zwei-Mann-Teams wäre in Dörfern und Lodges auf der Route, die vor ihnen lag, ohnehin gesorgt. Paul hoffte, sollte er den Tempel tatsächlich finden, auch dort mit wenigen Utensilien das Auslangen zu finden. So bestand ihr Gepäck, neben den nötigsten Bekleidungsstücken wie Unterwäsche, Shirts, Pullovern, wetterfesten Überhosen und Anoraks sowie einer weiteren Flasche Whisky, vorwiegend aus Wasserflaschen und Batterien. Paul hatte sogar drei Slips dabei.

Während der ersten Etappe ihrer Wanderung wurden die beiden vom satten Grün der subtropischen Landschaft und weitläufig angelegten Reisterrassen umgeben. Die anhaltende Stille, die sie schon kurz nach dem Verlassen des Dorfes einhüllte, wurde nur vom Tosen zahlreicher Wasserfälle unterbrochen, die sich über schroffes Gestein wild rauschend in die Tiefe ergossen.
Paul empfand inmitten dieses Wechselspiels aus beschaulicher Einkehr und lebendiger Natur zum ersten Mal in dem fremden Land das Gefühl, angekommen zu sein.
Mit ruhigen Schritten marschierten die beiden vor sich hin und ließen zahlreiche andere Wanderer an sich vorbeiziehen.
„Die holen wir alle noch ein“, erklärte Arjun, „spätestens über viertausend Metern geht ihnen nämlich im wahrsten Sinn des Wortes die Luft aus.“ Er lächelte verschmitzt und ergänzte: „Außerdem müssen wir uns an die Höhe langsam gewöhnen.

Das wird uns am besten vor der Schwindelkrankheit schützen. Alles maßvoll, Schritt für Schritt und Atemzug für Atemzug."
Der Weg wand sich das ausgedehnte Flussufer entlang. Bergauf und bergab folgte Paul seinem schon zum Freund gewordenen Trekkingführer an Eichenwäldern und Farndschungeln vorbei über unendlich scheinende Ebenen wie auch durch Gärten knorrig verwunschener Baumgruppen.
Arjun hatte Ramchandras Bericht einige Anhaltspunkte entnehmen können, die ihre Route zumindest bis zu einer gewissen Region vorzeichnete.
Die nahezu hundert Kilometer lange Wegstrecke würde sie Richtung *Thorong La* führen, dem höchsten, dauerhaft begangenen Pass der Welt mitten im Annapurna-Massiv. Den Pass selbst würden sie jedoch nicht überqueren, da sie einige Kilometer davor Richtung *Tilicho Lake*, einem ebenso hochgelegenen Bergsee, abzweigen müssten. Nach einer weiteren Wegstrecke über den See hinaus wären sie dann allerdings bei ihrer Suche auf sich allein gestellt, weil ab dieser Zone Ramchandras Erinnerung ausgesetzt hatte. Sie wusste nur noch zu berichten, dass ihre Mutter sie in diesem, schon gut viereinhalbtausend Meter hoch gelegenen Areal stets in ein festes Tuch gewickelt auf ihren Schultern weitergetragen hätte. Dabei wäre sie immer in tiefen Schlaf gefallen und hätte in keiner Weise mehr abschätzen können, welche Richtung ihre Mutter danach für wie lange eingeschlagen hätte.
Arjun stellte, sofern alles im Rahmen des Erwarteten verlaufen würde, für den Aufstieg bis zu diesem Punkt eine Dauer von acht Tagen in Aussicht.

Zur dritten Nacht ihrer Tour wurden die beiden in einer Lodge direkt am Fluss willkommen geheißen. Gleich nach der Ankunft musste sich Paul eine gute Stunde in dem üblichen, schlichten Zimmer ausruhen und empfand die engen Wände, nach der mitunter beängstigenden Weite der Landschaft, als beschützend und heimelig. Durchs Fenster war das Rauschen eines nahen Wasserfalles zu hören.
Noch vor dem Abendessen stieg er über Geröll einige Meter zum steinigen Flussbett hinab. Nach bereits gut vierzig Kilometern Wanderung an diesen ersten Tagen schmerzten seine Achillessehnen bei jedem Schritt und er entschied sich am flachen Ufer zu einigen Dehnungsübungen. Der angeschwemmte gräuliche Bergsand bildete eine kleine Düne und nach wenigen Versuchen, seine gespannten Unterschenkel zu dehnen, um die Sehnen zu entlasten, spürte er unter seinem linken Fuß einen harten Widerstand. Er bückte sich, wischte den Sand beiseite und traute seinen Augen kaum, als darunter ein Shaligram Shila zum Vorschein kam, der seinem eigenen bis hin zur goldgelben Farbe aufs Auge glich.
Zufälle, dachte er lächelnd und blickte in Richtung des Wasserfalles, der die letzten durch das Tal fallenden Sonnenstrahlen in hellen Regenbogenfarben versprühte. Er nahm den Stein behutsam an sich und fuhr mit seinen Übungen fort.

Arjun hatte mit dem Essen bereits auf ihn gewartet, als Paul kurze Zeit später das behagliche, nur durch Kerzen beleuchtete, schmale Zimmer betrat.

„Ich habe etwas für dich", sagte er zu seinem Freund und hielt ihm den Shila hin.
„Paul!", rief Arjun überrascht aus. „Es gibt keinen Grund, mir deinen Shaligrama zu schenken. Du wirst ihn ja hoffentlich auch noch brauchen, um in den Tempel aufgenommen zu werden."
„Das ist nicht mein Shila, Arjun. Diesen hier hab ich eben am Fluss gefunden. Er sieht meinem eigenen nur täuschend ähnlich. Und ich habe gelernt, man verschenkt sie nur an Menschen, die einen in der Seele berühren, nicht wahr? Also, dieser hier ist für dich."
Arjun sah ihn mit ernstem Blick an und rührte sich nicht vom Fleck. Paul war verunsichert, ob er einen Fehler begangen hatte.
Nach einer Weile begann Arjun schließlich verlegen: „Es gibt etwas, das ich dir verschwiegen habe, mein Freund." Er hielt inne, nahm zögernd den Stein aus Pauls Hand und betrachtete ihn, als würde es sich um ein kostbares Juwel handeln. „Komm, setz dich", sagte er, „lass uns etwas essen. Danach holst du deinen Whisky und wir reden. In Ordnung?"

18

Das Abendmahl verlief zum größten Teil schweigend. Arjun betrachtete immer wieder den Shila, den er neben sich auf den Tisch gelegt hatte, schüttelte mitunter versonnen den Kopf und kaute weiter an den kleinen Stücken etwas zähen Lammfleisches.

Paul konnte sich keinen Reim auf sein Verhalten machen, ließ dem Freund aber Zeit, um sich zu sammeln.

Nach dem Essen saßen die beiden, jeder mit einem Schluck Whisky im zerkratzten Glas, auf der schmalen Holzveranda, die zum Fluss hin an das schlichte Steinhaus gebaut war. Schließlich brach Arjun sein Schweigen und begann zu erzählen.

„Als du mir in einer deiner ersten Mails von dem Shila und deiner Absicht, den Tempel zu suchen, berichtet hast, konnte ich nächtelang kein Auge zutun. Erst Manisha schaffte es mit ihrer Geduld und Weisheit, mich in langen Gesprächen wieder zu beruhigen. In diesen Tagen war es, als würde eine schwere Last von meinen Schultern fallen, und zugleich war ich mit den schlimmsten Ängsten meiner Kindheit konfrontiert.“ Er stockte und blickte traurig, beinah verzweifelt in den Himmel. „Du musst wissen, dass meine Eltern, für nepalesische Verhältnisse, relativ spät geheiratet hatten. Mein Vater wurde dann in seinen fortgeschrittenen Jahren“, es fiel ihm sichtlich schwer, darüber zu sprechen, „zu einem sehr, ja, sehr gewalttätigen Mann. Gewalt durch Männer an ihren Frauen und Kindern ist in unserer Kultur keine Seltenheit. Religiöse Frömmelei und männlicher Stolz ergeben gerade bei strenggläubigen

Hindus eine oft gefährliche Mischung." Wieder hielt er inne und musste erst durchatmen, bevor er fortfahren konnte. „Es geschah kurz nach meinem achten Geburtstag. Während einer seiner cholerischen Anfälle traf ein Hieb meine Mutter so unglücklich, dass sie mit dem Kopf auf die Kante eines Glastisches fiel. Meine jüngere Schwester und ich kauerten in einer Ecke des Zimmers und mussten das schreckliche Geschehen mit ansehen. Die Verletzung meiner Mutter war so schlimm, dass sie wenige Tage danach", Trauer brach nun seine Stimme und Tränen liefen ihm über die Wangen, „dass sie wenige Tage danach verstarb." Er barg den Kopf in seinen Händen. Paul reagierte instinktiv aus seiner therapeutischen Erfahrung. Er ließ ihm Zeit und legte nur beruhigend eine Hand auf seinen Rücken. „Entschuldige, mein Freund", fand Arjun schließlich seine Fassung wieder und wischte sich die Tränen aus den Augen. „Eigentlich ist es lange genug her, um mich nicht mehr dermaßen tief zu berühren. Aber diese Reise mit dir, deine Entschlossenheit und jetzt auch noch der Shila." Er griff nach Pauls Hand, drückte sie fest und ließ sie auch während der folgenden Worte nicht mehr los. Langsam sprach er aus, was er außer seiner Frau niemals zuvor einem Menschen anvertraut hatte: „Am Sterbebett hat meine Mutter mir prophezeit, dass eines Tages ein Shila den Weg in meine Hände finden würde. Dieser würde dann die weiteren Tage meines Lebens bestimmen. Weißt du, meine Mutter konnte so manches voraussehen, denn", er blickte Paul angespannt in die Augen, „es gab im letzten Jahrhundert nicht nur eine nepalesische Meisterin im Tempel der Acht, sondern noch eine weitere, die jüngste, begabteste, die es jemals zu diesen Weihen gebracht hatte: meine Mutter." Paul konnte kaum glauben, was er da hörte, und blickte ihn verwundert und gerührt an. „Und das war es", fuhr Arjun fort, „was meinen Vater so sehr faszinierte, was er in jüngeren Jahren an ihr bewunderte, liebte und dann, je älter er wurde, umso weniger verzeihen konnte: ihre Vergangenheit als Ungläubige, als Hellsichtige, als Magierin des Tempels, die ihn stets und in allen Lebenslagen überflügelte."

Nachdem sich beide dicke Lammfelldecken aus der Lodge geholt hatten und die Kälte der Nacht heraufzog, erzählte Arjun bewegt weiter.

Die Tatsache, dass seine Mutter ein Mitglied der Lehrerschaft des Tempels war, wurde geheim gehalten, solange er sich erinnern konnte. Sowohl innerhalb der Familie als auch nach außen hin musste das Geheimnis gewahrt bleiben. Sein Vater hatte darauf bestanden, einen, seiner hohen Kaste und den religiösen Doktrinen entsprechenden, streng hinduistischen Lebensstil zu pflegen. Trotz allem hatte Arjuns Mutter den Glauben an ihren Mann nie aufgegeben und ihn auch in späteren Jahren so geliebt wie dreißig Jahre zuvor, als sie ihn bei einem ihrer Aufenthalte in der Stadt als gebildeten und kultivierten Menschen kennengelernt hatte. Ihm zuliebe hatte sie damals schließlich auch den Tempel verlassen und sich, wenn auch mit Widerwillen, den engen Regeln der Familie gefügt.

Arjuns Entscheidung, Paul als Klienten anzunehmen, war allein das Ergebnis seiner langen Gespräche mit Manisha, die

feinfühlig geahnt hatte, dass diese Aufgabe den alten Schmerz würde wenigstens lindern können.
Zum einen bestand für Arjun also auch ein großes Interesse, den Tempel zu finden, zum anderen war dieser Weg mit dem Trauma des gewaltsamen Todes seiner Mutter belegt – für den sein Vater seiner gesellschaftlichen Stellung wegen nicht einmal zur Rechenschaft gezogen worden war.
Eines stand für Arjun jedoch fest: Die letzte Wegstrecke würde er nicht mit Paul gehen, sondern ihn im besten Fall nur bis in Sichtweite des Gebäudes begleiten. Das hatte er Manisha bereits vor Wochen versprochen. Sollte er sich später den Lehren des Tempels stellen, dann nur gemeinsam mit ihr. Zu schwer wog noch die Last der Vergangenheit und er wollte von vornherein jede mögliche seelische Distanz zu seiner geliebten Frau ausschließen. So vieles hatten sich die beiden in ihren gemeinsamen Jahren schon erkämpfen und Seite an Seite bestehen dürfen. Unter keinen Umständen wollte Arjun riskieren, dass der Tempel seine Familie ein weiters Mal entzweien sollte.

Nach einer guten Stunde verabschiedeten sich die Freunde schließlich zur Nacht. Arjun konnte nun das Shaligrama dankbar annehmen, wickelte es wie einen kostbaren Edelstein in ein Tuch und verstaute es sorgsam in seiner Tasche. Dann stiegen die beiden über die knarrende Holztreppe zu ihren Zimmern hoch.
Paul legte sich auf seine Pritsche und war zu erschöpft, um noch in sein Tagebuch zu schreiben. In der stockdunklen, engen

Kammer roch es nach trockenem Holz und nach etwas wie Kampfer.

Die Bilderflut in seinem Kopf versank schließlich unter dem aufziehenden Nebel eines Traumes, in dem Paul abermals die Konturen des vertrauten achtseitigen Gebäudes zu erkennen glaubte.

19

In den folgenden vier Tagen erlebte Paul alles, was er sich an möglicher Schönheit, aber auch an drohender Gefahr vor Beginn seiner Reise ausgemalt hatte.
Mit jedem zurückgelegten Höhenmeter wurde der Aufstieg beschwerlicher. Die Rationen Wasser mussten zu Anfang jeder neuen Etappe genau eingeteilt werden, denn je höher die beiden stiegen, desto mehr mussten sie trinken, um der wachsenden Gefahr der Dehydrierung vorzubeugen. Auch der Höhenkrankheit konnte man, wenn, dann überhaupt nur entgehen, solange der Flüssigkeitshaushalt des Körpers ausgeglichen blieb. Immer häufiger musste Paul kurze Pausen einlegen und erkundigte sich bei Arjun mehrmals über die Symptome der gefährlichen Krankheit. Der kleinste Anflug von Schwindel oder Kopfschmerz war begleitet von der Angst, ihr zu erliegen.
Am Ende jeder Rast ließ Arjun seinen Schützling einige Höhenmeter voraus zurücklegen, während er in Sichtweite wartete, bis Paul wieder zum Rastplatz zurückgekehrt war. So trainierte Arjun Paul immer wieder, sich an die nächste Höhe mit noch weniger Sauerstoff zu gewöhnen.
Paul empfand sich niemals zuvor in seinem Leben so sehr auf die Essenz der Gegenwart reduziert. Nichts anderes war ihm mehr im Sinn, als einen Schritt vor den anderen zu setzen, einen Atemzug nach dem anderen und in regelmäßigen Abständen Wasser zu sich zu nehmen.
Alles, was noch Bestand hatte, war das Hier und Jetzt.
Tiefe Erschöpfung und sprachloses Staunen wurden immer

wieder von Phasen euphorischer Hochgefühle abgelöst, die ihn eine weitere Strecke von Hunderten Metern wie in Trance überwinden ließen.
Nebenher und nahezu beiläufig nahm er die atemberaubende Schönheit, Weite und elementare Wucht der Landschaft wahr. Nach dem tropischen Grün der ersten Tage war ihr Weg nun von grauen Felsplatten, Schotterhalden und braun verbrannten Fluren umschlossen. Die wilden Hanffelder und Bambushaine lagen schon gut tausend Meter unter ihnen und die einzigen Lebewesen, denen sie noch begegneten, waren behäbige, zottelige Yaks, die an Ebenen vor steilen Hängen ihr beschauliches Dasein fristeten.
Je höher und je weiter Richtung Norden sie wanderten, desto häufiger stießen sie in kleinen Siedlungen mit flach gedeckten Steinhäusern auf hinduistische Gebetsmühlen, über denen Hunderte von postkartengroßen, bunten Fahnen im Wind flatterten, um ihre segensreichen Worte in den Himmel zu senden. Abend für Abend empfand Paul die Einkehr in seine neue, nächtliche Schlafkammer als beschützende Erlösung vom beklemmenden Gefühl des Ausgesetztseins im atemlos erlebten, uferlosen Ozean dieser steinernen Welt.

Am Vormittag des achten Tages legten sie am *Tilicho Lake* eine längere Rast ein. Umgeben von harten Bergkämmen breitete sich der Bergsee smaragdgrün leuchtend in einer Senke aus.
Vor ihnen lag jene Zone, ab der Ramchandras Erinnerungen ausgesetzt hatten. Von nun an konnte Arjun über die weitere

Route allein durch seine Kenntnis der Bezugspunkte und aufgrund seiner Intuition entscheiden.
Noch hatte Paul keine Ahnung davon, dass ihn weniger als drei Stunden von einer lebensbedrohlichen Situation trennten, der er nur mit knapper Not auf geradezu magische Weise würde entkommen können.
Mittlerweile hatte er sich in der dünnen Luft bereits daran gewöhnt, mit den nötigsten Worten auszukommen und diese zuvor genau abzuwägen. Langsam und mit Bedacht wandte er sich an Arjun.
„Sobald wir die Stelle erreicht haben", er musste nach beinahe jedem Wort einen vollen Atemzug nehmen, „an der Ramchandras Route endet, werde ich meine Suche allein fortsetzen."
Arjun blickte den Freund lange an, währenddessen er versuchte, seine Antwort ebenso kurz und klar zu fassen.
„Wir müssen erst sehen, was dann vor uns liegt. Ich kann dich unmöglich allein höher steigen lassen. Wir entscheiden dann."

Nach zwei Stunden war es so weit. Die beiden hatten eben eine Anhöhe bestiegen und standen auf einem schmalen Pass, unter dem sich ein weitläufiges Tal ausbreitete.
Arjun hatte diesen Bereich seiner Heimatbergwelt noch nie zuvor erkundet und hätte selbst keine weitere Route bestimmen können.
Er wusste jedoch von einem kleinen Dorf, das sich nach einigen Kilometern durch das Tal in einer westseitig gelegenen Schlucht befinden sollte.
Paul hatte während der letzten Kilometer wieder eine der

euphorischen Phasen durchlebt. Atemlos stand er nun auf einem Felsvorsprung, breitete die Arme aus und stieß einen Jubelschrei aus. Der übermäßige Verlust von Atemluft zwang ihn augenblicklich in die Knie und er setzte sich mit den Füßen nach vorne baumelnd auf die Kante des Felsens. Immer noch euphorisch winkte er Arjun zu, sich doch neben ihn zu setzen.

„Jetzt gehe ich allein weiter. Hier ist es. Ich weiß es."

„Bist du sicher, mein Freund?"

„Wenn du einverstanden bist?"

„Bin ich nicht. Aber ich kann dich auch nicht davon abbringen, oder?"

„Nein", antwortete Paul entschieden.

„Steig auf gar keinen Fall höher, verstehst du?! Sieh her." Arjun zog seine Bergkarte aus dem Rucksack, breitete sie auf dem kleinen Plateau aus und beschwerte sie mit herumliegenden Steinen. Er tippte auf eine Stelle.

„Wir sind hier. Und da", er fuhr mit dem Finger eine kleine Strecke durch das Tal weiter, „nach links in der Schlucht sollte ein kleines Dorf liegen." Er hielt eine Pause, um genug Luft zu holen. „Dort müsste auch eine Verbindung mit dem Helikopterdienst eingerichtet sein, der Bergsteiger in Not evakuiert. Steig auf keinen Fall höher. Versprichst du mir das?"

„Versprochen", entgegnete Paul mit zum Schwur erhobenen Fingern. „Lebensmüde bin ich nicht."

„Aber auch nicht bei klarem Verstand." Arjun lächelte nicht. „Du darfst das auf keinen Fall unterschätzen!"

„Schon gut. Ich werde mich an alles halten, was du mich gelehrt hast."

Nach einer innigen Umarmung verabschiedeten sich die beiden und Arjun begann schweren Herzens als Erster mit dem Abstieg. Er nahm den Weg zurück, den sie gekommen waren, und wandte sich alle paar Meter zu Paul um, der noch auf dem Felsen saß und ihm fröhlich zuwinkte. Arjun fühlte sich zuerst elend dabei, den Freund allein zurückzulassen, vor allem, da er sich im Gegensatz zu ihm aller drohenden Gefahren bewusst war. Dennoch setzte er einen Fuß vor den anderen im Wissen, damit wenigstens Manisha gegenüber Wort zu halten und ihr mit jedem Meter wieder näher zu kommen.
Neben der Treue zu seiner geliebten Frau empfand er allerdings im Gedanken an Paul zusehends auch noch etwas anderes, das ihn beruhigte: tiefes Vertrauen, dass dieser seinen Weg finden würde.
So ließ er sich mit all seiner Erfahrung und mit Bedacht einmal mehr sicheren Schrittes vom Gefälle nach unten tragen. Nach ein paar Hundert Metern hatte er Paul schließlich aus den Augen verloren, da dieser seinerseits auf der gegenüberliegenden Seite des Kammes ins Tal aufgebrochen war.

Paul war auf sich allein gestellt. Nachdem Arjun hinter einer Biegung verschwunden war, erhob er sich, atmete mehrmals tief durch und begann mit äußerster Vorsicht seinen Weg schräg hangwärts auf eine östlich gelegene Felsformation zu. Angst durchströmte ihn. Er hatte gänzlich unterschätzt, wie viel an Sicherheit ihm Arjun bislang während des Aufstiegs in die riesenhafte Bergwelt geboten hatte.
Schon nach hundert Metern war er kurz davor umzukehren.

Er hielt auf der steil abfallenden Halde inne, blickte zurück zum Felsplateau und wog verzweifelt das Für und Wider seiner Entscheidung ab. Von der Euphorie, die ihn noch vor wenigen Minuten so überzeugend beflügelt hatte, war nichts mehr geblieben.

Wie ein Film zogen Bilder der vergangenen Wochen vor seinem geistigen Auge vorbei. Er dachte an sein Zuhause, an seinen Vater, an Carl und schließlich nach langer Zeit wieder an Lena.

In der hallenden Stille schüttelte er den Tränen nahe seinen Kopf.

„Wahnsinn", sagte er laut vor sich hin und erschrak heftig, als ihm ein vielfaches Echo seine Stimme zurückwarf.

Schwindel überkam ihn jäh, auf den unmittelbar nackte Panik folgte.

Im Niedersinken taumelte er, verlor den Halt, fiel und begann den Hang talwärts zu rutschen. In immer rasenderem Tempo schlitterte er über scharfes Geröll, schrie atemlos verzweifelt nach Arjun und prallte schließlich hart gegen einen Felsen.

Er hörte das Knacken in seinem linken Unterarm und fühlte einen stechenden Schmerz, der ihn bis hoch zur Schädeldecke durchfuhr. Noch im selben Augenblick verlor er das Bewusstsein.

Das Echo seiner Schreie verhallte ungehört von den in ewiger Gleichmut ausharrenden, majestätischen Gipfeln.

20

Die Augenlider waren schwer und wie verklebt. Nur mit Mühe gelang es ihm, sie zu öffnen.

Dämmriges Licht ließ ihn die Umrisse eines alten Holztisches und eines Sessels erkennen. In die dahinterliegende Wand war ein offener Kamin eingelassen, über dessen Feuerstelle ein Kupfertopf hing, aus dem in Fäden Rauch aufstieg. Völlig desorientiert blickte er sich um.

Er befand sich in einer engen, niedrigen Steinhütte, die rundum scheinbar wahllos mit Gerümpel, Töpfen, Krügen, Kerzen und religiösen Figuren vollgestellt war. Vor einer verwitterten Fensterluke hingen Kräuterbündel in einer dichten Reihe.

Unter sich spürte er eine harte Strohmatratze. Als er vorsichtig seinen Körper abtastete, stellte er fest, dass er völlig nackt war und ihn nur ein Berg vermoderter Decken gegen die Kälte im Raum schützte.

Er versuchte, die Stoffmassen zur Seite zu schieben, doch seine Muskeln nahmen nur widerwillig ihren Dienst auf. Es fühlte sich an, als hätte er sie tagelang nicht bewegt. Wieder durchfuhr ihn stechender Schmerz. Erst da erinnerte er sich schlagartig an den Absturz. Er sank erschöpft zurück und versuchte, mehr von den flüchtigen Bildern in seinem Inneren zu erhaschen, doch es gelang ihm nicht. Wie es ihn hierher an diesen Ort verschlagen hatte, war ihm ein Rätsel.

Mit der rechten Hand tastete er unter den Decken dem Ursprung des Schmerzes nach und stieß auf eine breite, grobe Bandage, die sich zentimeterhoch über den linken Arm

wölbte. Zugleich spürte er etwas wie eine schmierige Paste, die an seinen Fingern klebte und auch seinen Bauch zu bedecken schien. Gegen den Schmerz ankämpfend, zog er die Decken beiseite und sah seinen Körper hinab. Eine bräunliche, zum Teil vertrocknete, lehmartige Schicht überzog nahezu den größten Teil seiner Gliedmaßen.
Er erschrak heftig, als sich in diesem Augenblick eine verschlagene Holztür, die ihm zuvor gar nicht aufgefallen war, knarrend in den Raum hinein öffnete.
Mit einem breiten Grinsen, das teils schwarze Zähne samt einer klaffenden Lücke offenbarte, lachte ihn eine alte Nepalesin an. Tief gebeugt stand sie in der Tür und Paul hatte im selben Augenblick das Gefühl, einem Geist zu begegnen. Beinah durchsichtig schien ihm die wie ledergegerbte Haut ihres Gesichts. Er vergaß vollkommen, dass er nackt war, und staunte umso mehr, als sie einen scheinbar anerkennenden Pfiff zwischen ihren Zähnen hervorstieß.
„Du willst Sex?“, rief sie ihm quer durch den Raum auf Englisch zu und konnte sich vor Lachen kaum halten.
Paul starrte die Alte völlig entgeistert an, raffte mit schnellen Griffen die Decken über seinem Körper zusammen und war sich nun ganz sicher zu halluzinieren.
Seine Schmerzen hatte er völlig vergessen, stellte aber auch mit Verwunderung fest, dass sie sich seit seinem Erwachen deutlich gebessert hatten.
„Du hast lange geschlafen, mein Freund.“
Paul horchte auf, als das Weiblein ihn ebenso ansprach, wie es Arjun oft getan hatte. Sie trat in den Raum, schloss die Tür

hinter sich und ging mit einem Packen aus trockenem Holz, den sie bei sich trug, zur Feuerstelle. Bevor sie Holz nachlegte, schöpfte sie mit einer Kelle heiße Flüssigkeit aus dem Topf in einen Tonbecher und kam damit auf Paul zu.

„Trink. Vielleicht findest du danach auch deine Sprache wieder.“ Paul war zu verblüfft, um sich zu widersetzen, griff nach dem Becher und nahm vorsichtig einen Schluck, des nach Ingwer und Kräutern schmeckenden Gebräus. Wohltuend spürte er, wie sich Wärme in seinem Körper ausbreitete, während er beinah gierig den Becher leerte.

„Du brauchst noch viel Flüssigkeit, aber sonst bist du wieder ganz“, sprach die Alte leichthin weiter, während sie frisches Feuer entfachte und den Topf durch einen Wassereimer ersetzte.

„Wie komme ich hierher?“, fragte Paul, nachdem er sie eine Weile beobachtet hatte. Er war überrascht von seiner rauen, tiefen Stimme.

„Sieh an, es spricht“, gab die Alte lachend von sich, während sie aus einer Truhe eine Reihe von vergammelten Stofffetzen zog.

„ Wo bin ich und wie komme ich hierher?“, wiederholte er ungeduldig.

„Nur die Ruhe, mein junger, europäischer Freund. Du bist bei mir. Hier und jetzt. Die Riesen haben dich verschont. Und nachdem ich das hier“, sie zog Pauls Shaligrama aus den Falten ihrer in Schichten angelegten Röcke, „bei dir gefunden hatte, war mir alles klar.“

„Aber mir ist gar nichts klar“, entgegnete Paul aufgebracht.

„Doch, ist es. Du weißt es nur noch nicht.“

Das Wasser hatte über dem Feuer mittlerweile zu dampfen

begonnen. Mit geschickten Handgriffen nahm die Alte es vom Haken und begann die Stofffetzen damit zu tränken. Den Shaligrama hatte sie wieder in ihren Röcken verschwinden lassen. Paul nahm es zur Kenntnis, war aber zu erschöpft, um etwas dagegen einzuwenden. Er würde später gewiss noch Zeit finden, sich den Stein zurückzuholen.

Nachdem sie genügend Lappen auf ein Brett geschichtet hatte, kam sie auf Paul zu und begann damit, seinen Körper mit den warmen, nassen Stoffen abzureiben.

Paul wollte sich wehren, empfand aber aus unerklärlichen Gründen eine tiefe Selbstverständlichkeit in der Nähe der alten Frau, von der, zu seiner Überraschung, ein sanfter Geruch von Veilchen auszugehen schien.

Während sie geduldig einen Teil seines Körpers nach dem anderen von der braunen Paste befreite, fühlte er sich zusehends besser. Mit jeder Berührung ihrer Hände schienen auch seine Schmerzen zu verfliegen. Schließlich wurde ihm bewusst, dass sie wohl auch das Wunder seiner Genesung vollbracht haben musste.

Zuletzt löste sie mit raschen Handgriffen die Bandagen von seinem Arm und Paul traute seinen Augen kaum, als darunter eine völlig intakte Hautschicht zutage trat. Vorsichtig versuchte er sich an einzelnen Bewegungen, ballte die Faust und stützte sich auf: keine Schmerzen.

Die Alte stand neben ihm und nickte zufrieden.

„Wie wäre es jetzt mit Sex?“, fragte sie ruhig.

„Das ist nicht Ihr Ernst, oder?“

„Doch.“

„Also“, suchte Paul nach Worten, während er verstört den Kopf schüttelte, „das ist wirklich sehr freundlich von Ihnen und ich bin auch zutiefst dankbar, dass Sie mich, ja, dass Sie mich wohl gerettet und geheilt haben, aber nein danke, ich fühle mich wirklich nicht in der Verfassung.“

„Sex ist nicht gleich Sex“, lächelte sie ihn friedlich an und fuhr mit ruhiger Stimme fort, „Sex bedeutet, sein Herz, seinen Geist und seinen Körper im Inneren zu öffnen. Dazu braucht es weder Berührungen noch Blicke. Dann beginnen die Seelen ihr Gespräch und alles Weitere klärt sich, bevor es geschieht.“

Sie hielt inne, nahm zärtlich seine Hand und blickte ihn gelassen an. „Dies und vieles mehr wirst du im Tempel lernen, mein junger Freund.“ Sie griff in ihren Rock und holte den Shila hervor. „Nur wenigen Menschen wird ein goldener Shaligrama geschenkt. Es heißt, nur den Menschenlehrern und unter ihnen nur den Meistern der Lehrer wird es zuteil. Trage ihn mit Würde.“ Damit erhob sie sich und klatschte lachend in die Hände. „So! Und nun zieh dich an und dann raus mit dir!“

Während Paul sich ankleidete und abermals verwundert feststellte, dass sein Körper völlig genesen schien, befüllte die Alte drei kleine, bauchige Flaschen mit dem Kräutertee.

Paul holte seinen Rucksack aus einer Ecke der Hütte und warf einen kurzen Blick auf den Inhalt. Er nahm nicht an, dass dieses sonderbare, wunderliche Wesen etwas entwendet hatte. Schließlich stand er bepackt und abmarschbereit seltsam verloren inmitten des Raumes.

Die Alte fing seinen Blick auf, überreichte ihm die Flaschen mit der gelblichen Flüssigkeit und legte den Shila in seine Hände.

„Keine Sorge. Er führt dich gut“, sagte sie mit einem gütigen Lächeln. „Sieh, wie weit du schon gekommen bist.“ Sie fuhr mütterlich mit der Hand über seine Wange. „Alle Wege von Bedeutung sind lang und steinig. Es empfiehlt sich stets, mit Freude das Erreichte zu betrachten, statt beim Ausblick auf das Kommende Furcht zu empfinden.“ Ein Leuchten ging durch ihre Augen. „Und du bist sogar schon dem letzten Meister begegnet – wenn auch nur im Schlaf. Beim nächsten Mal wirst du ihm bei klarem Verstand gegenübertreten und dein Schlaf wird dich erwecken.“ Paul blickte sie fragend an. „Wenn die Zeit reif ist, wirst du es verstehen.“ Sie hielt inne, nahm Pauls Kopf in beide Hände, beugte ihn zu sich und legte ihre Stirn an seine. „Nun geh. Nimm den Weg hinter der Hütte und folge dem Pfad der Sonne“, flüsterte sie zum Abschluss, während Paul ein Hochgefühl von erfüllter Klarheit durchströmte.

21

Nur wenige Meter von der Hütte entfernt führte der ausgetretene Weg mit leichtem Gefälle eine kleine Talsenke hinab.

Die schroffen Felsformationen hatten weichere Konturen angenommen und das matte Graubraun der Ebene war stellenweise von grünen Streifen durchzogen.

Da auch das Atmen wieder leichter fiel, nahm Paul an, sich weit unterhalb des letzten Abstiegs zu befinden.

Er blickte in den Himmel, der sich wolkenlos in mattem Blau über ihm ausdehnte. Die Sonne stand mitten darin und da erst wurde ihm bewusst, dass er nicht mal erfragt hatte, wie viele Tage oder Nächte vergangen waren.

Wie man und wer ihn hierhergebracht haben mochte, blieb ihm weiterhin ein Rätsel.

Nach einigen Kilometern Wanderung stieß er auf eine Weggabelung. Das Tal lag nun schon lange hinter ihm und der Pfad hatte streckenweise wieder steil aufwärtsgeführt. Während er an der Abzweigung eine Rast einlegte und bereits die letzte der drei Flaschen leeren musste, überkamen ihn abermals heftige Zweifel. Die Sonne neigte sich langsam dem Horizont zu. Wie sollte er eine Nacht, schutzlos der Kälte und dem Wind ausgesetzt, überleben? Zudem verlangte es ihm seit Stunden nach fester Nahrung und allein schon ohne Wasser würde ihn die Erschöpfung seines geschwächten Körpers nach wenigen weiteren Metern zur Gänze eingeholt haben.

Währenddessen hatte die Sonne ihren Platz direkt über einem

der Wege eingenommen. Paul sah hoch und seine Gedanken verstummten. *Folge dem Pfad der Sonne.*

Er erhob sich und ging einer leichten Anhöhe entgegen auf sie zu.

Die Wegstrecke bis zu dem Kamm, die er eben noch als in Kürze überwindbar empfunden hatte, zog sich unerträglich in die Länge.

Das Atmen fiel wieder schwer und Paul konnte sich nur auf Arjuns Worte besinnen, einen Schritt vor den anderen zu setzen, einen Atemzug nach dem anderen zu nehmen.

Seine Augen brannten von der zunehmenden Trockenheit. Der Wind strich erbarmungslos über seinen Körper hinweg und mit jedem weiteren Schritt schnitten die Gurte des Rucksacks tiefer in seine Schultern.

Ruhen wollen.

Nur noch ausruhen wollen.

An der Kante des Kamms strauchelte er und fiel auf die Knie. Er rieb sich die Augen, blickte blinzelnd vor sich hin und da sah er es: *in der Ferne, wie hinter Schleiern, die Silhouette eines vertrauten Gebäudes.*

Mit neuer Kraft richtete er sich auf. Ganz deutlich erkannte er nun den in einem sanften Tal eingebetteten achteckigen Tempel, der sich im Licht der untergehenden Sonne in ockerroten Farbtönen schlicht und mächtig erhob.

Zu den acht Fronten führten Pfade, die das Tal von allen Seiten sternförmig durchzogen. Auf einem der Wege befand er sich selbst.

Der Anblick dieses in der nahezu kreisrunden Senke wie

hingemalten Rades mit seinen acht Speichen überwältigte ihn.
Er nahm seine Kräfte zusammen und machte sich auf, die letzte Wegstrecke zu überwinden.
Je näher er dem zweistöckigen, beeindruckenden Gebäude kam, desto euphorischer wurde er.
Die letzten Meter legte er voll Staunen zurück, tief beeindruckt von der reichen Ornamentik, die das halbe Obergeschoss und die Giebel zierte. Die Zeit schien diesem Bauwerk weit weniger zugesetzt zu haben als vielen anderen Bauten des Landes.
Schließlich stand er direkt vor einer der Mauern, die hoch über ihm aufragte. Nach einem Augenblick des Innehaltens legte er seine Handflächen auf den rötlichen, noch warmen Stein.
Leere breitete sich in ihm aus. Als wäre er nach vielen Jahren endlich am Ort seiner Bestimmung angekommen, fühlte er eine Klarheit in sich, die alle Zweifel einte und in schier endlose Zuversicht mündete.
Er sank, ohne dabei die Handflächen vom Stein zu lösen, auf die Knie und bot so mit den erhobenen Armen und dem geneigten Kopf das Bild eines tief Gläubigen, der an seinem Heiligtum um Erlösung flehte.

Fast lautlos öffnete sich das Portal zu seiner Linken. Schlicht und aufrecht, mit einer Tonschale in Händen, stand ein Mönch in orangeroter Tracht im Torrahmen und blickte ihn wohlwollend an. Über dem Kopf des Mönchs meinte Paul ein Leuchten wahrzunehmen. Sein Sichtfeld war mittlerweile so getrübt, dass sich Einbildung und Realität kaum unterscheiden ließen.

Er blinzelte den Schleier weg und erkannte nun das verschlungene Ornament über dem Torbogen, von dem das Leuchten im letzten Abendlicht ausging. Es erinnerte ihn vage an eine kniende Madonna. *Der Herr mag denen, die ihn suchen, einen Weg zeigen, aber so viel Mystik und Religion auf einmal* ... Der Gedanke streifte ihn allerdings nur am Rande seines Bewusstseins.

Mit einem Lächeln kam der Mönch nun näher, ergriff Pauls Hand und half ihm behutsam hoch. Er reichte ihm die Schale und Paul trank gierig die warme, süßlich salzig schmeckende Flüssigkeit. Beinah im selben Augenblick noch fühlte er, wie sie ihm neue Lebenskraft einhauchte.

„Was führt dich, Herr?“, fragte der Mönch gelassen lächelnd in akzentfreiem Englisch.

Paul war erstaunt über die Anrede, doch zu erschöpft, um einen klaren Gedanken zu fassen, mit dem er hätte antworten können.

Er holte umständlich den Shila hervor und hielt ihm dem Mönch auf offener Handfläche vor Augen. Das Lächeln in dessen Gesicht wich augenblicklich einem ernsten, beinah ergriffenen Ausdruck.

Er betrachtete aufmerksam den Shila und schien die Anordnung seiner Filamente zu studieren. Nach einer Weile kehrte das Lächeln auf sein Gesicht zurück und er verneigte sich tief.

„Der Erste unter den Nächsten“, sagte der Mönch langsam mit etwas wie Ehrfurcht in der Stimme.

Pauls geistige Klarheit ließ immer noch zu wünschen übrig und so formte sich auch diesmal, da ihm war, als würden hundert Fragen zugleich aus ihm heraus wollen, noch immer keine Antwort. Sein Gemütszustand ließ nur sprachloses Erstaunen zu.

„Sei willkommen vom Herzen in unserem Octagon und tritt ein. Mein Name ist Devi. Ich führe dich zu deinem Quartier."

22

Paul glitt aus dem Schlaf in einen hellen, wachen Zustand. Noch bevor er die Augen öffnete, stellte er, während er sich wohlig auf seinem Lager rekelte, fest, wie entspannt und ausgeruht seine Muskeln allen Befehlen widerstandslos folgten. Vor seinem inneren Auge zogen die Ereignisse der letzten Tage vorbei. Jedes einzelne trat nacheinander in konturierten Details aus der Erinnerung hervor und fügte sich an seinen Platz.

Auch die letzten Schritte des Vorabends – hoch über eine lange Treppe in ein weitläufig angelegtes Obergeschoss mit zahlreichen hellen Zimmern in pastellenen Farben, karminroten Fluren und ovalen Vorräumen – waren ihm in aller Klarheit bewusst. Dieser Film der Erinnerung spulte mit einer so widerspruchslosen Selbstverständlichkeit ab, dass Paul sich zu fragen begann, welche Essenzen dem salzigen Getränk wohl beigefügt gewesen waren. Doch trotz seiner üblichen Abwehr gegen jede Art von Rauschmittel nahm er auch diese Erkenntnis gelassen hin und genoss die stille Ausgeglichenheit in seinem Inneren.

Nach einer Weile erst öffnete er die Augen und blickte um sich.

Das Zimmer war in hellen Rottönen gehalten. Über die Holzdielen am Boden waren zartfarbene Teppiche voll lebensfroher Ornamente gebreitet. Die sanften Linien setzten sich an den Wänden zum Teil fort und mündeten in orangerote Leinenbahnen,

die als Baldachin drapiert unter den schweren Holzbalken des Deckenkonstruktes hingen. In einer Ecke des Raumes befand sich ein schlichtes Waschbecken mit einer Armatur für kaltes und warmes Wasser. An der Seite hingen frische Handtücher. Sogar ein Glas mit Zahnbürste und Pasta stand bereit. Pauls Rucksack fand sich sorgsam auf einem schweren Holzschrank verwahrt, der durch die halb geöffnete Tür Kleidungsstücke und Ausrüstung in einzelne Fächer verteilt erkennen ließ. Das ganze Zimmer strahlte behagliche Ordnung und Sauberkeit aus, als hätte ein aufmerksamer Diener alle üblichen Dienste nach der Ankunft seines Herrn verrichtet.
Hier lässt es sich gut aushalten, dachte Paul beiläufig und setzte sich in Erwartung einkehrender Schmerzen sachte auf die Bettkante. Doch auch als er kurz danach aufstand, sich streckte und einige Schritte im Zimmer hin zu den dreireihigen, mannshohen Fenstern unternahm, blieb jegliche Art von Erschöpfungsgefühl oder Muskelkater aus.
Der Ausblick durch das matte Glas nahm ihn augenblicklich gefangen: Das über die Bergkämme einfallende Morgenlicht erfüllte die weite Ebene des Tals und tauchte sanft grüne Felder, mit Steppengras bewachsene Hänge und einen dichten Bambushain etwas südlich in ein ebenmäßig friedliches Licht.
Er stand eine Weile da und ließ der Stille in seinem Inneren ihren Lauf.
Nebenher fiel sein Blick auf die frischen Sonnenblumen, die in einer reich verzierten Keramikvase auf einem Holztisch standen.
Was ihn schließlich doch überraschte und beinahe sprung-

haft alarmierte war eben dieser Gleichmut, mit dem er all den eigentlich fremden Eindrücken und neuen Umständen begegnete. Unruhe und Zweifel bestimmten schließlich oft sein Wesen. Hier jedoch verhallten diese Gefühle fast augenblicklich wieder.

Er wandte sich ab und ließ den Blick abermals durch den Raum streifen.

Als er an einer der Seitenwände des Schrankes schlichte, dunkelrote Bekleidung bestehend aus mehreren Hosen, Oberteilen und Leinenschuhen erblickte, die dort einladend für ihn bestimmt zu sein schien, wurde ihm erst bewusst, dass er nur mit einem Slip bekleidet mitten im Raum stand.

Die Fragen, wer all das für ihn vorbereitet haben mochte und von wo in dieser abgeschiedenen Bergwelt Raumwärme oder fließendes Wasser herkommen mochten, stellten sich ihm gar nicht.

Er erledigte die Morgentoilette, nahm von den Kleidungsstücken, die einander völlig glichen, je eine Hose und ein Hemd vom Haken und zog sich an. Es passte bis hin zu den leichten Schuhen, als wäre es für ihn maßgeschneidert und trug sich ebenso bequem wie vertraut.

Langsam öffnete er die Tür und spähte nach beiden Seiten in den von einzelnen, orientalisch anmutenden Hängelampen beleuchteten Korridor. Es war niemand zu sehen.

Wie um Mut sammeln zu müssen, hielt er inne, trat einen Schritt zurück und lehnte sich an die Zimmerwand.

An der Schwelle in ein neues Leben. Langsam setzten seine Gedanken wieder ein. *Octagon – hat der Mönch am Abend zuvor den Tempel genannt. Ich bin hier. Am Ort meiner Tagträume und Hoffnungen. Nach einem geradezu absurd gefährlichen Weg.* Er dachte an Arjun, an Lena, an Carl und auch an die Alte in der Hütte, die ihm wohl das Leben gerettet hatte. *Als ob nichts Außerordentliches geschehen wäre. Aber das Gegenteil ist der Fall. Nicht nur, dass die Zeit wie verflogen ist. Es ist diese unbegreifliche Selbstverständlichkeit in all dem. Als wäre man vom Schicksal auf das einzig richtige Gleis gesetzt, alle Ampeln stehen auf Grün und der Zug des Lebens rollt seiner Bestimmung entgegen. Aber ist das in Wahrheit nicht immer so? Der Unterschied ist, dass diese mysteriösen Zwillinge Unfall und Zufall einen wie von selbst führen.*

Aus dem Korridor drangen Stimmen und unterbrachen den gebetsartigen Strom seiner Gedanken.

Ein Paar kam fröhlich lachend in Pauls Richtung. Sie unterhielten sich auf Russisch, wie es ihm schien, und ihr Lachen war so ansteckend, dass er breit grinsend in den Flur trat.

Die beiden waren um die vierzig und trugen Gewänder, die im Schnitt dem seinen völlig glichen. Nur in der Farbe unterschieden sie sich. Der Mann war von kräftiger Statur und lindgrün, die Frau dagegen, klein und zierlich, ockerfarben gekleidet. Als sie Paul erblickten, verstummten die beiden und blieben überrascht stehen.

„Entschuldigung“, versuchte er es in Englisch, „ich wollte euch nicht erschrecken.“ Lachend stand er vor ihnen und kam sich in seiner ungewohnten Kleidung mit dem Grinsen auf dem Gesicht sehr eigenartig vor. „Könntet ihr mir sagen, wo es hier langgeht?“

„Du musst der neue Adept sein“, antwortete ihm die Frau mit einem Lächeln.
„Wir haben bereits gehört“, ergänzte der Mann in gebrochenem Englisch, „dass gestern Abend die Fünfzehn ist angekommen und haben schon darauf gewartet, zu machen deine Bekanntschaft.“
„Dürfen auch wir dich herzlich willkommen heißen zu unserem gemeinsamen Abenteuer?“ Die Frau kam mit offenen Armen auf ihn zu und küsste ihn dreimal von Wange zu Wange. „Das ist russischer Brauch. Du kennst das bestimmt. Ich bin Nadja und das ist Pjotr. Mein Partner im Octagon, wie es scheint.“ Sie lachte dem Mann mit einem Zwinkern zu und übergab ihm Paul zur ebenso herzhaften Begrüßung.

Nachdem die beiden ihm die angrenzenden Nassräume mit Duschen und Toiletten gezeigt hatten, die Paul an seine Schulzeit erinnerten, führten sie ihn in einen hellen, ausladend angelegten Gemeinschaftsraum.
„An den großen Tischen in der Mitte wird gegessen.“ Nadja ließ ihre Hand wie eine geübte Gastgeberin durch den Raum schweifen. Das schlichte, doch geschmackvolle Ambiente, die zahlreichen Wandbemalungen, Holzvertäfelungen und teils schweren Ledermöbel, die einen Hauch von Kolonialzeit verströmten, waren beeindruckend. In einer Ecke des Raumes befand sich zudem ein, wie es schien, intaktes Piano, das mit geöffneter Tastatur zum Spielen einlud. An der gegenüberliegenden Seite fanden sich die gleichen dreireihigen hohen Fenster wie in Pauls Zimmer. Sie nahmen beinah die ganze

Wandfläche ein. „Die Mahlzeiten sind schlicht, aber wohlschmeckend und ausreichend. Dort steht auch ein Frühstück für dich bereit. Solange der Zyklus noch nicht begonnen hat, kommen wir hier tagsüber zusammen, um uns zu unterhalten. Du kannst aber auch lange Spaziergänge unternehmen oder eines der unzähligen Bücher aus der Bibliothek holen und dich in den Nischen auf den bequemen Fauteuils deinen Studien widmen."

Paul kam gar nicht dazu, die vielen Fragen zu stellen, die sich in ihm aufgetürmt hatten, da Nadja mit vollem Eifer fortfuhr. „Ich bin nun schon fast drei Wochen hier. Aber das Warten macht mir nichts aus. Seit Langem habe ich mich nicht so entspannt und wohl gefühlt. Pjotr hat es da nicht so gut. Er ist viel ungeduldiger und obwohl er erst vor fünf Tagen angekommen ist, kann er es nicht erwarten, mit dem Zyklus zu beginnen." Sie hielt kurz inne und blickte ihren Begleiter an, als hätte eine Erinnerung aus lange vergangenen Tagen sie plötzlich eingeholt. „Aber nun bist du ja da", fuhr sie lebhaft fort, „und es heißt, auch die Sechzehn ist schon auf dem Weg. Also wird es wohl nicht mehr so lange dauern, bis unsere Reise in neue Innenwelten beginnt."

„Nadja, ich verstehe nur einen Bruchteil von dem, was du mir da erzählst", unterbrach sie Paul, der nun nicht mehr stillhalten konnte. „Bitte verzeih, aber du musst es etwas langsamer angehen. Was bedeutet das: Die Sechzehn ist auf dem Weg? Woher kommt der ganze Komfort in diesen Räumen? Es gibt eine Bibliothek? Wer hat sie eingerichtet? Wer kümmert sich um all das und was hat euch beide eigentlich hierhergeführt?"

„Nachdem du etwas zu dir genommen hast“, ertönte Devis Stimme vom Eingang des Saales, „werde ich dir gern all deine Fragen beantworten und dich durch das Octagon führen.“ Der freundliche Mönch kam in seiner aufrechten Haltung auf Paul zu und lächelte ruhig. „Es ist alles ganz einfach, Herr Paul. Sei ganz ruhig und stärke dich erst. Du hast viel Energie verloren in den letzten Tagen.“

23

„Lange vor Beginn jedes neuen Zyklus legt Vishnu den Shila in die Hände seiner Auserwählten und lässt das Schicksal sie über die verschlungenen Pfade ihrer Lebenswege in das Octagon führen“, begann Devi, nachdem er Paul durch den langen Korridor, parallel zu den achteckigen Außenwänden, in die Bibliothek geführt hatte.
Soweit sich Paul orientieren konnte, lag der Büchersaal dem Gemeinschaftsraum genau an der Achse des erstaunlichen Gebäudes gegenüber und glich diesem in Proportion und Größe. Auf den ersten Blick mussten es Abertausende von Bänden sein, die in alten, hölzernen Regalebenen den Raum an den Seiten, in Nischen und Erkern bis hoch an den Rand des Deckenkonstrukts einnahmen. Über knarrende, schwere Holzdielen folgte Paul dem Mönch zu einer Sitzgruppe vor den Fenstern und konnte beim Vorübergehen seinen Blick kaum von den zum Teil antiquarischen Schriften und, wie er an den Einbänden flüchtig ablesen konnte, zahlreichen philosophischen und spirituellen Werken der Weltliteratur lassen.
Die beiden nahmen auf schlichten, hölzernen Sesseln mit Blick auf ein lang gezogenes Bergmassiv Platz. Hinter dem beinah geradlinigen Kamm der Gebirgskette ragte in einiger Entfernung ein schneebedeckter Gipfel auf, der in seiner perfekten Symmetrie einer riesenhaften Pyramide glich. Wie von Götterhand gemacht, schien der Riese das Tal und den Tempel zu bewachen.
Auf einem kleinen Beistelltisch stand eine verzierte Keramik-

kanne mit Tee bereitet. Aus zwei irdenen Tontassen dampfte das bräunliche Getränk und sein Aroma stieg Paul wohltuend in die Nase.
„Du musst viel trinken in den kommenden Tagen.“ Devi saß aufrecht in seiner orangeroten Tracht mit im Schoß gefalteten Händen an der Vorderkante seines Sessels. „Unser Pho-Cha-Tee gibt dir Kraft und er hat noch so manch andere Eigenschaften, die du im Lauf der Zeit zu schätzen lernen wirst.“
„Wie lange werde ich hier sein?“, stellte Paul eine erste Frage.
„Das kommt darauf an, wie schnell die Gruppe ihren Weg geht. Die Meister entscheiden das. Es werden wohl an die zwei bis drei Monate werden. Es hängt aber auch davon ab, wie bald die Sechzehn hier eintreffen kann.“
„Das höre ich jetzt zum dritten Mal.“
„Zu jedem neuen Octagon-Zyklus treffen sechzehn Adepten ein: acht weibliche und acht männliche. Frag mich nicht, wie das geschieht. Diese Gesetzmäßigkeit ist für uns einfache Mönche unerklärlich. Nur die *Hohe Meisterin* durchschaut das Feld der Fügungen und die Pfade des Wachstums. Es ist jedes Mal ein kleines Wunder.“
Pauls Blick schweifte über den fernen Gipfel.
„Wie lange bist du schon hier?“, fragte er weiter.
„Ein Leben lang“, antwortete Devi gelassen. „Ich bin hier in der Nähe geboren und schon als Kind in den Tempel gekommen. Es werden jetzt an die fünfzig Jahre sein und über hundert Zyklen. Aber so genau weiß ich das nicht.“
„Das heißt, jedes Jahr finden zwei Zyklen statt?“
„Manchmal mehr, manchmal weniger. Aber ja, so ist es zumeist.

Und zu jedem der Zyklen treffen die Adepten ein. Sobald dann eine Gruppe vollzählig ist, wird der erste Meister gerufen und die Lehre beginnt. Und je nachdem, wie lange die Lehre in einem der acht inneren Tempel dauert, kommt jeweils am Ende der nächste Meister ins Octagon. Die meisten von ihnen leben in einem der umliegenden Täler. Es sind vier Frauen für die weiblichen und vier Männer für die männlichen Kräfte, die euch unterweisen werden. Und jeder Einzelne von ihnen ist ein ganz besonderer Mensch. Du wirst staunen. Aber nun lass uns eine Weile schweigen. Du hast vergessen zu trinken und zu schauen." Er wies mit der Hand auf den Berg, der das Tal überragte. „Das ist der Namenlose Berg. Es heißt, die erste Göttin hat ihn gemacht. Wann immer du zweifelst, Paul, betrachte seine makellose Schönheit. Es wird dir helfen, deinen Einklang wiederzufinden."

Paul konnte den Blick nun nicht von dem Mönch lösen. Zu sehr war er mit all dem Gehörten beschäftigt und auch mit dessen Alter, da er ihn bislang auf nicht mal dreißig geschätzt hatte. Er atmete ein und wollte zu einer neuen Frage ansetzen.

„Du musst das jetzt noch nicht alles begreifen", ließ ihn Devi nicht mehr zu Wort kommen. „Die Erkenntnis erscheint, sobald der Schüler bereit ist. Du kannst die Rose nicht zwingen, schneller zu wachsen. Diesen Gedanken solltest du dir übrigens für die nächsten Monate besonders zu Herzen nehmen." Damit schwieg er und wies mit einem Nicken nachdrücklich in Richtung des Berges.

Paul wurde klar, dass es der einfache Mönch wohl selbst zu einiger Meisterschaft gebracht haben musste, und so folgte er schließlich der Aufforderung und verschob die offenen Fragen auf später.

Das „namenlose" Bergmassiv verströmte tatsächlich außergewöhnliche Harmonie. Obwohl anfangs zahlreiche Bilder seine Fantasie wie wilde Reiter durchjagten, kam er allmählich zur Ruhe. Und nachdem eine weitere Tasse des Tees geleert war, spürte er schließlich wieder jene selige Ausgeglichenheit, die am Morgen nach dem Erwachen seinen Halbschlaf bestimmt hatte.

24

„Die acht Lehrräume bleiben verschlossen, bis der Zyklus beginnt. Du wirst, wenn du sie im Lauf der Wochen betrittst, überrascht sein, wie kunstvoll sie gestaltet sind."

Nachdem sie gut anderthalb Stunden, die Paul nicht mal halb so lang erschienen, in der Betrachtung des Berges verweilt waren, hatte Devi seinen Adepten ins Untergeschoss geführt. Mittlerweile wusste Paul sich besser zu orientieren und erfuhr am Weg, dass der Tempel an einer exakten Nord-Süd-Achse ausgerichtet war. Der namenlose Gipfel markierte somit den Norden und der ausgedehnte Bambushain, den man vom Gemeinschaftsraum überblicken konnte, den Süden. Sein Zimmer lag auf der östlichen Seite der Anlage, dem Trakt der männlichen Kraft, dem ein weiblicher Trakt gegenübergestellt war. Alle Zimmer und Säle waren an den Außenseiten mit den gleichen hohen Fenstern ausgestattet. Der jeweils an die Innenwände angrenzende Korridor schien einen Hof zu umschließen, in den man jedoch von nirgendwo aus Einblick bekam.

Nach einem Rundgang, vorbei an den verschlossenen Toren der Lehrsäle und den acht Gängen, die strahlenförmig zwischen den Sälen jeweils als Durchgänge ins Freie angelegt waren, hielten sie an der schlichten und einzigen Tür, die in den Innenhof führte.

„Die meisten der anderen Adepten sind bereits zur wöchentlichen Wanderung in ein nahe gelegenes Tal aufgebrochen. Die Lebensmittel müssen regelmäßig aufgestockt werden und das übernimmt die Gruppe selbst. Diese Ausflüge gewährleisten zudem eine stetige Akklimatisierung und die Erhaltung der Körperkraft. Nadja und Pjotr waren bereits in den letzten Tagen unterwegs, deshalb haben sie heute frei. Um die Pflege der Räume und der Bekleidung sowie um die Mahlzeiten kümmern sich die männlichen und weiblichen Mönche. Du wirst schon erraten haben, dass es ebenso viele Betreuer wie Adepten gibt. Ich habe die Ehre, dich zu begleiten.“ Devi lächelte Paul herzlich an und schien froh und auch stolz, gerade ihn bei diesem Zyklus betreuen zu dürfen.

„Nun aber mach dich auf etwas gefasst“, ergänzte er verheißungsvoll lächelnd.

Nachdem er einen Schlüssel hervorgeholt und die Tür in den Innenhof weit geöffnet hatte, tat sich für Paul ein erstaunlicher Anblick auf.

Der Innenhof mit über zwanzig Metern Durchmesser war an den Wänden parallel zu den Außenseiten angelegt und bildete so einen scheinbar völlig geschlossenen, achteckigen Turm aus dunkelviolett schimmernden Sandsteinen. Nach oben hin war er zum Himmel geöffnet und das einfallende Licht tauchte die Wände in eine magische Farbe, die von bewegten, sich schlängelnden Reflexionen durchzogen war. Erst als Paul zwei Schritte über einen hölzernen Steg nach vorne trat und sein Blick auf den Grund des Turms fiel, konnte er den Ursprung dieser Lichtschemen erkennen. Der Anblick raubte ihm den Atem.

Eine Fläche schwarzen Wassers, das sich in leichten Wellen kräuselte, erfüllte den gesamten Innenhof. An manchen Stellen traten Luftblasen an die Oberfläche, an anderen stiegen feine Schwaden von Dämpfen auf. In der Mitte dieses tiefdunklen Teiches war eine leuchtende, kreisrunde Scheibe eingelassen, die aus massivem Gold zu bestehen schien. Sie ragte einige Zentimeter aus dem bewegten Dunkel und hatte einen Durchmesser von gut einem Meter.

Paul folgte mit den Augen dem Holzsteg, auf dem der sich befand, und stellte fest, dass dieser den Innenhof wie ein schmaler Ring umschloss. Er versuchte, nach unten, tiefer ins Wasser zu blicken, und wollte einen weiteren Schritt nach vorne an den ungeschützten Rand des Stegs setzen. Sofort ergriff Devi seinen Arm und hielt ihn zurück.

„Vorsicht, Paul! Dieses Wasser ist sehr gefährlich. Siehst du in der Tiefe die schimmernden, scharfen Steinkanten? Und dieses bewegte Glimmen und Leuchten ganz unten? Es handelt sich um eine Art Brunnen ohne Grund. Niemand hat bislang versucht, seine Tiefe auszuloten. Alten Überlieferungen nach reicht er bis an den unteren Erdmantel. Dieses Wasser ist voll von Säure und Toxinen, die von dort aus an die Oberfläche gespült werden. Schon die kleinste Berührung zersetzt die menschliche Haut binnen Sekunden. Sein Anblick und auch die aufsteigenden Dämpfe betören die Sinne, sie erweitern die Wahrnehmung und es heißt, die Meister fänden Inspiration, wenn sie sich ab und an hierher zurückzögen, um über dem Wasser und dem Anblick der goldenen Mitte zu meditieren. Darum trägt es auch den Namen *Wasser der Seele*. Doch wie verzaubernd die mystische Schönheit dieser Untiefe auch sein mag, jede Berührung mit ihr ist tödlich."

Paul wich mit angehaltenem Atem zurück. Auch wenn der Steg eine komfortable Breite aufzuweisen schien und einlud, sogar einen Rundgang zu wagen, hielt Paul sich jetzt vorsichtshalber an die Nähe der Rückwand.

„Wir dürfen hier nicht allzu lange bleiben. Unser ungeschulter Geist wüsste mit den aufsteigenden Visionen nichts anzufangen“, fuhr Devi fort. „Du musst, wie auch alle anderen Adepten, nur über die Gefahr Bescheid wissen, die von diesem Ort ausgeht – für den Fall, dass die Tür eines Tages aus Nachlässigkeit unverschlossen ist. Einzelnen unter euch, die den ganzen Zyklus bestehen, denen es gegeben ist, sich alle acht Tempel des eigenen Wesens zu erschließen, wird das *Wasser der Seele* in einer allerletzten Prüfung vielleicht sein Geheimnis offenbaren. Und diejenigen schließlich zur eigenen Meisterschaft führen.“

„Hast du selbst den Zyklus auch durchlaufen?“

„Schon als ganz junger Mensch“, bekannte Devi leichthin. „Doch war es meiner höchsten Gabe gemäß nicht angebracht, bis hierher vorzudringen. Wonach mich jedoch auch nie verlangt hat. Mit großer Erkenntnis oder sogar Erleuchtung geht auch große Verantwortung einher. Und ich bin in diesem Leben noch nicht bereit dazu, so viel auf mich zu nehmen.“ Sein Blick verriet keinerlei Reue. Im Gegenteil enthielt sein Lächeln in diesem Augenblick etwas wie einen hoffnungsfrohen Ausblick auf eine ferne Zukunft.

„Und worin besteht deine *höchste Gabe*?“ Paul beobachtete sein Gegenüber mit großer Aufmerksamkeit.

„Ich bin ein Diener, Paul. Und ich bin, da dich dieser Teil

deines Wesens zurzeit ebenso noch führt, an deine Seite gestellt. Doch du wirst weit darüber hinaus wachsen. Dein Shila verrät das. Außerdem wird die Zuteilung der Tempelhüter zu ihren Adepten stets von der Hohen Meisterin vorgenommen. Und sie irrt sich nie."

„Aber ich bin der *Hohen Meisterin*, wie du sie nennst, doch noch gar nicht begegnet."

„Aber sie dir", sagte Devi leichthin. „Wie bereits erwähnt, sieht sie weit mehr als das menschliche Auge in Raum und Zeit für gewöhnlich zu erkennen vermag. *Es gib mehr Dinge zwischen Himmel und Erde, als deine Schulweisheit sich träumen lässt,* mein lieber Paul", schloss er schelmisch lachend.

„Und Shakespeare hast du demnach auch studiert?"

Devi hob kurz die Schultern, neigte verschmitzt den Kopf, lächelte und führte ihn am Arm aus dem Turm.

Nachdem er sorgsam die Tür verschlossen hatte, blickte er Paul lange in die Augen, als würde er ihn einer Prüfung unterziehen. Paul wartete auf eine Erklärung, doch da sein Gegenüber auch nach einer Weile stumm blieb, begriff er, dass nun wohl wieder eine Phase des Schweigens angebrochen war. Kurz darauf verneigte sich Devi und verschwand mäßigen Schritts hinter der nächsten Biegung des Korridors.

25

Der meterhohe Bambushain schloss seine Blätterkronen hoch über dem hölzernen Steg zu einem dichten Baldachin. Die einfallende Vormittagssonne tauchte die armdicken Stämme und das Blätterwerk in gleichförmig, satt helles Grün.

Paul stand nun schon eine Weile wie benommen von der klaren, dünnen Luft inmitten dieses Spaliers der schlanken, doch kraftvollen und stetig von leichtem Wind bewegten Stöcke. Leises Rauschen drang vom Laub herab, umhüllte ihn und verstärkte den Eindruck von verwunschener Zeitlosigkeit.

Von einem der Ausgänge des Octagons war er am vierten Morgen seines Aufenthaltes einem Pfad gefolgt, der erst mit Steinen und später mit sorgsam verlegten Holzdielen bis zu dem Hain geführt hatte. Schon nach wenigen Metern durch den Bambuswald war er völlig vom Dickicht umschlossen. Die dichten Reihen der Stämme nahmen jede Sicht nach draußen und Paul glaubte sich in einen Kokon eingesponnen. Unweigerlich überkam ihn die Vorstellung eines Lebewesens vor seiner Transformation.

Überhaupt alles in und um diese Tempelschule schien dazu angelegt, Seele, Geist, Herz und Körper auf eine Verwandlung vorzubereiten.

Der drängendste Auftrag der Schöpfung ist es, sich zu entwickeln und dadurch das Leben weiter und neu zu erschaffen. Zwischen Geburt und Tod hat allein diese Aufgabe Vorrang vor allem anderen. So hatte es Carl vor Jahren formuliert und

damit ihrer Arbeit an der Psyche der Menschen einen Stellenwert eingeräumt, der dem ganzen Praxisteam stets Motivation und ideelle Ausrichtung gab.
Paul dachte an seinen Freund und wünschte sich, er wäre jetzt hier. Denn bei all dem vermeintlich Vertrautem, das ihm in und rund um diesen Tempel begegnete, fühlte er sich mitunter einsam und auf eine verstörende Art sogar verängstigt.
Prompt erschrak er heftig, als sich direkt neben ihm im Untergrund der dichten Stämme eine Bewegung abzeichnete. Er hatte offensichtlich ein Tier aufgescheucht, das nun ein seltsam zischelndes, gejagtes Hecheln von sich gab. Paul konnte nicht deutlich erkennen, um welches Tier es sich handelte, hatte jedoch schnell die Vorstellung eines riesenhaften Reptils, das sich auf ihn zu bewegte, um ihn mit Haut und Haaren zu verschlingen.
Die Angst vor kriechenden, sich schlängelnden Ungeheuern hatte Paul schon in seiner Kindheit schlaflose Nächte bereitet. Während seiner Eigentherapie war ihm irgendwann bewusst geworden, dass diese dunklen, machtvollen Wesen als Symbol für die archaische Urkraft der Sexualität und seine Ängste damit wohl in Verbindung mit der prüden Haltung seines Elternhauses zu diesem Thema standen. Auch wenn sich diese Angstfantasien dadurch ansatzweise erklären ließen, hatten sie im Laufe der Jahre nur wenig an Intensität für ihn verloren.
Völlig erstarrt hielt er den Atem an.
Nach einer kurzen Stille setzten Geräusch und Bewegung wieder ein. Zu seiner Erleichterung jedoch entfernte sich das Tier und die erschreckenden Laute verklangen zusehends. Er

atmete tief durch und ging in die Knie, wobei er sich mit den Händen auf den Holzdielen abstützte.

Um mein Nervenkostüm ist es tatsächlich nicht sonderlich gut bestellt, dachte er halblaut vor sich hin, immer noch starr vor Angst.

„Wie du aussiehst, hast du gerade Bekanntschaft mit Aisha geschlossen", erklang Devis Stimme belustigt nur wenige Meter hinter Paul.

Erneut durchfuhr Paul ein Schrecken und erst, als er dem lachenden Mönch ins Gesicht sah, konnte er wieder durchatmen.

„Unsere Hausechse, die wir liebevoll Aisha nennen, ist zwar über zwei Meter lang, aber völlig harmlos. Auch wenn sie großen Appetit hat, so ernährt sie sich vorwiegend von Insekten, Kriechtieren und Pflanzen. So große Säugetiere wie du eines bist, jagen ihr eher Angst ein. Du kannst dich also entspannen."

Paul hatte es also tatsächlich mit einem Reptil zu tun bekommen. Auch wenn die Gefahr nun gebannt schien, lief ihm ein kalter Schauer über den Rücken. *Noch einer jener unheimlichen Zufälle, die dieses Abenteuer von Anfang an begleiten,* ging es ihm nebenher durch den Kopf.

Devi war mittlerweile auf Pauls Höhe angekommen und half ihm hoch.

„Unsere Gärten beheimaten keine gefährlichen Arten. Sie konfrontieren einen höchstens mit den Ängsten, die in einem selbst wohnen. Und das ist ja auch gut so und Sinn der Sache. Jeder Transformation gehen Unruhe und Furcht voraus. Sonst könnten die alten Schalen des Glaubens und der Verhaltensweisen ja gar nicht aufbrechen, nicht wahr?" Devi lächelte weiterhin und auch Paul hatte mittlerweile zu einem Lächeln zurückgefunden, war aber vor allem erleichtert darüber, Gesellschaft zu haben.

„Lass uns zurückgehen. Gestern Nacht ist die Sechzehn eingetroffen und in wenigen Stunden beginnt die Feier, die den Beginn des neuen Zyklus einleitet.“

26

Zum ersten Mal seit seiner Ankunft sah Paul, als er im Gemeinschaftsraum eingetroffen war, die vollständige Gruppe der Adepten. Nach seinem Ausflug in den Bambushain war er auf seinem Zimmer kurz eingenickt und musste erst von Devi wieder geweckt werden, um es rechtzeitig zum Beginn der Feier zu schaffen.

Nun stand er im Türrahmen des Saales, der durch zahlreiche Kerzen und einige schlichte Deckenleuchten hell erleuchtet war. Er empfand eine heitere Aufregung, als er die knapp dreißig Anwesenden überblickte, die sich mittlerweile bereits in einzelne Gesprächsgruppen aufgeteilt hatten und sich, wie es schien, fröhlich miteinander unterhielten.

Einige von ihnen, wie Shennon, eine Krankenschwester aus Ohio, den brasilianischen Komponisten Marcelo oder Hideki, einen Mathematiklehrer aus Tokio, hatte er in den Tagen zuvor neben Nadja und Pjotr bereits in der Bibliothek und den Gängen des Tempels kennengelernt. Andere waren ihm bislang noch gar nicht zu Gesicht gekommen.

Er war noch zu erschöpft von den Strapazen der vergangenen Wochen gewesen, um sich dem langen Versorgungsmarsch des Vortages in das benachbarte Tal anzuschließen. An den Abenden schien es dann auch die anderen Mitglieder der Gruppe aus unerklärlichen Gründen eher in die Einsamkeit ihrer Zimmer zu ziehen. Offenbar war jeder von ihnen zu beschäftigt damit, die neuen Lebensumstände auf seine Weise zu verarbeiten.

Und auch die Höhenluft forderte nach wie vor ihren Tribut. Paul selbst fühlte sich in diesen Tagen oft erschöpft und verbrachte die meisten Stunden damit zu schlafen. Der starke Tee half ihm dann zwar wieder auf die Füße, doch führten die Ruhe und Ausgeglichenheit, die das berauschende Getränk auslöste, nach kurzer Zeit unweigerlich wieder zur Müdigkeit.
Bis auf die wiederkehrenden Phasen, in denen unbestimmbare Ängste und Zweifel in ihm aufstiegen, nahm er diesen Zustand des Dahinvegetierens, ohne Ziele oder feste Terminverpflichtungen, als wohltuenden Übergang in einen neuen Lebensabschnitt wahr.
Da er nun mal an diesem verwunschenen Ort angelangt war und nichts ihn dazu anhielt, seine Entscheidung zu revidieren und den Heimweg anzutreten, stellte er im Lauf der Tage mit Interesse fest, wie gut ihm diese Phase des Übergangs in Stille und Schweigsamkeit tat.

Neben den Adepten in ihren unterschiedlich gefärbten Gewändern waren auch zahlreiche Tempelhüter in ihren einheitlich orangeroten Trachten im Saal anwesend. Unter ihnen erblickte er Devi, der ins Gespräch mit einer Frau vertieft war, der Paul zuvor noch nicht begegnet war. Sie stand mit dem Rücken zu ihm. Ihre schimmernden, schwarzen Haare fielen auffallend lang über den Rücken und hoben sich deutlich vom hellen Orange ihrer Adeptenkleidung ab.
Paul wollte sich eben abwenden und auf die Gruppe um Nadja zusteuern, als die Frau sich umdrehte und ihn direkt anblickte. Er hielt den Atem an und in seinen weit geöffneten

Augen sammelten sich unvermittelt Tränen. Es schien ihm, als würden alle Geräusche um ihn herum mit einem Mal verstummen.

Nur wenige Meter entfernt stand Lena wie selbstverständlich da und lächelte ihn nun, während sie mit ruhigen Schritten näherkam, strahlend an.

Dicht vor ihm blieb sie stehen.

„Lange nicht gesehen, mein Schöner“, hauchte sie mit sanfter, ruhiger Stimme und strich mit einem Finger über Pauls Wangen, um eine Träne wegzuwischen. „Ich habe nicht erwartet, dass dich unser Wiedersehen so rührt. Ich dachte eher, du wärst mir böse, weil ich mich nie bei dir gemeldet habe.“

Ohne ein Wort umarmte Paul sie innig und lang. Lena erwiderte die Umarmung nach einem kurzen Zögern und schmiegte sich vorsichtig an ihn.

„Ich dachte“, flüsterte er schließlich, „ich sehe dich nie wieder.“ Er löste seine Arme, um mit den Augen wieder ihrem Blick zu begegnen.

„Es war ein langer Weg bis hierher“, antwortete sie etwas ausweichend. „Aber davon erzähl ich dir ein anderes Mal. Wie es aussieht, haben wir ja in den kommenden Wochen noch viel Zeit dafür. Komm jetzt, die anderen warten schon auf den Beginn der Feier.“

Die Gruppe der Adepten hatte sich mittlerweile größtenteils an den Tischen in der Mitte des Raumes eingefunden. Lena und Paul gesellten sich zu ihnen und nahmen auf den freien Stühlen einander gegenüber Platz. An der Stirnseite mit etwas Abstand

zu den Tischen und der Fensterfront im Rücken waren die Diener zu einer Gruppe zusammengekommen. In ihrer Mitte stand einer der Ältesten, der nun in der einkehrenden Stille zu sprechen begann. Sein Englisch war fließend und man merkte ihm an, dass er die ehrenvolle Aufgabe der Eröffnungsrede schon viele Male in seinem Leben gemeistert hatte.
„Nehmen Sie einander bitte an den Händen", begann er in einem ruhigen, klaren Ton. „Blicken Sie Ihrem Gegenüber in die Augen und wiederholen Sie den folgenden Gruß."
Nach einem Zögern fassten alle Adepten die Hände ihrer Sitznachbarn. Paul hob seinen Kopf und blickte in Lenas dunkle Augen.
„Namaste", sprach der Mann nun mit kräftiger Stimme vor. Stockend wiederholte die Gruppe im Chor die allen bereits bekannte, landesübliche Formel. „Vor vielen Jahren wurde Mahatma Gandhi von Albert Einstein gefragt, was er mit diesem Wort ausdrücken wolle", erklärte er, „und der große Menschenlehrer antwortete ihm: Ich ehre den Platz in dir, in dem das gesamte Universum wohnt. Ich ehre den Platz des Lichts, der Liebe, der Wahrheit, des Friedens und der Weisheit in dir. Ich ehre den Platz in dir, wo, wenn du dort bist und auch ich dort bin, wir beide eins sind." Er hielt eine kurze Pause, während Pauls Blick weiterhin auf Lena ruhte.
„Mein Name ist Ganesh. Ich bin der Erste unter den Dienern. Auch wenn Sie in diesen Mauern immer wieder buddhistischen Einflüssen begegnen werden, so ist dieser Ort nicht bestimmt von den Traditionen einer einzigen Kultur oder Religion. Sogar wir Tempelhüter stammen aus der ganzen Welt,

ebenso wie jede neue Gruppe von Adepten ihre Wege von allerorts hierherfindet. Christen, Moslems, Juden, Hindus und viele andere treffen hier in Frieden aufeinander unter dem Zeichen einer freien und individuellen Menschenlehre.“ Er hielt kurz inne, ließ seinen Blick über die Gruppe schweifen und sah schließlich in die Höhe an die Decke des Saales. Nach einer Weile, in der es schien, als würde er einer fernen Stimme lauschen, fuhr er fort.

„Zu dieser Gruppe ist nicht viel zu sagen. Begabte Seelen sind unter Ihnen und sogar künftige Meister. Am Tag nach morgen beginnt Ihr Zyklus. Er wird Sie in die Tiefen Ihres Wesens führen, Sie zweifeln, Sie straucheln und Sie schließlich, geeint mit sich selbst, wiedererstehen lassen. Übermorgen um acht Uhr versammeln Sie sich bitte hier im Gemeinschaftsraum. Meister Yoshi, der bis dahin eingetroffen sein wird, führt Sie dann in den ersten der inneren Tempel. Er wird Sie dabei begleiten, sich zuallererst von den Ketten der Vergangenheit zu befreien.“ Wieder blickte er in die Höhe, wie um sich zu vergewissern. „Heute Abend jedoch essen und trinken Sie, lernen Sie einander kennen, lachen, tanzen und singen Sie. Zuvor jedoch falten Sie bitte noch kurz Ihre Hände auf Höhe des Kopfes, schließen Sie die Augen und sprechen Sie mir wieder nach.“ Die Gruppe folgte nun schon mit mehr Vertrauen der Aufforderung. „Om mani padme hum.“ Im Chor wiederholten die Adepten das alte, tibetische Sanskritmantra. Ganesh fuhr fort: „Ich beginne. Ich eigne mir alle Kräfte des Männlichen an. Ich eigne mir alle Kräfte des Weiblichen an. Ich vergehe in Ewigkeit.“ Staunend vernahm Paul zum ersten Mal die

Bedeutung der auf der ganzen Welt bekannten Meditationsformel. Gemeinsam mit den anderen sprach er Zeile für Zeile nach.

„Ich danke Ihnen allen für Ihre Ankunft", kam Ganesh zum Ende. „Sie können nun wieder eine gewohnte Haltung einnehmen."

Abschließend sagte er mit einem väterlichen Lächeln: „Bevor Wissen und Handeln beginnen, muss der Mensch beginnen. Feiert nun euren Beginn."

27

Das Fest ging bis lange in die Nacht.

Nach der Ansprache von Ganesh trugen die Diener unzählige, köstliche Speisen auf. Herzhafte Fladen aus Reismehl, gekochte Kartoffeln mit Bambussprossen, Gurken und gegrilltem Lammfleisch, Reis mit Linsenbrei und beigelegten sauren, scharfen Mangos, Rhabarberstangen, Limonen und Gemüsecurrys bedeckten auf irdenen Schalen und Platten üppig die mit Sonnenblumen geschmückten Tische. Dazu wurden Tee, Säfte, aber auch starker Wein gereicht. Die raffiniert mit Ingwer, Chili, Koriander, Knoblauch oder Cumin gewürzten Speisen machten schnell durstig und so wurde auch ausgiebig dem Wein zugesprochen.

Später am Abend kehrten einige der Diener mit exotischen Musikinstrumenten zurück und erwiesen sich als erstaunlich gute Musiker, die ein Repertoire von Stücken aus der halben Welt zum Besten gaben.

Das anfängliche Murmeln der Unterhaltung ging nach dem Essen und unter der Wirkung des Weines schon bald in aufgeregte Gespräche über. Wenig später hallte der ganze Raum von dem mit Lachen durchwobenen Teppich aus Stimmen und Sprachen.

Vereinzelt begannen Paare zu tanzen und nachdem sich nahezu alle erhoben hatten, um ihre Körper neben den Tischen, in Erkern und Nischen im Takt der Musik zu wiegen, wurde sogar noch gesungen.

Paul suchte immer wieder nach Lenas Nähe. Doch wurde er laufend in Gespräche verwickelt und, noch bevor er sich an sie wenden konnte, von der attraktiven Shennon zum Tanzen aufgefordert. Irgendwann verlor er Lena dabei schließlich aus den Augen. Später fand er sich in der Gruppe der Amerikaner wieder, deren laute Stimmen den Chor der Adepten übertönten. Sich dem ausgelassenen Gesang anzuschließen, ging ihm dann aber doch etwas zu weit.

Lena suchte zu Beginn des Abends ihrerseits stets nach Pauls Blicken, fühlte sich aber von den vielen auf sie einströmenden neuen Eindrücken und auch den Wochen ihrer beschwerlichen Reise zum Tempel an der Grenze ihrer Belastbarkeit.
Der Ausblick auf einen so raschen Beginn des Zyklus steigerte zudem noch ihre Anspannung. All das löste einen Zustand tiefer Erschöpfung aus, den sie nur schwer unter Kontrolle zu halten vermochte. Zu neuen Bekanntschaften, tief greifenden Gesprächen oder gar Tänzen fehlte ihr jede Kraft.
Und auch wenn sie insgeheim die vage Hoffnung gehegt hatte, Paul schließlich am Ziel ihrer Suche in der Tempelschule anzutreffen, versetzte sie die Tatsache seiner Anwesenheit nun geradezu in Panik. Noch hatte sie die bedrohlichen Umstände ihrer Trennung von dem verheirateten Arzt in keiner Weise verdaut. Ihre Entscheidung, das Land zu verlassen und sich nach Nepal aufzumachen, war mehr aus Not geboren, denn aus freiem Willen.
Bald nachdem die Gruppe zu tanzen begonnen hatte, wandte sie sich schließlich an ihre Dienerin mit der Bitte, sie aufs

Zimmer zu begleiten. Sie befürchtete, sich in den noch fremden Gängen zu verlaufen.
Bevor sie losging, ließ sie ihre Augen über den Raum schweifen und sah Paul mit einer blonden Frau tanzen. Auch wenn ihr der Anblick einen Stich versetzte, empfand sie zugleich doch Erleichterung und folgte, ohne sich von jemandem zu verabschieden, der zuvorkommenden Frau dankbar ins Innere des Octagons.

Als Paul am nächsten Morgen in seinem Zimmer frühzeitig erwachte, konnte er sich nur bruchstückhaft an die Ereignisse des Vorabends erinnern. Der Alkohol hatte ihm schwer zugesetzt und nur mit Mühe hatte er sich gegen Shannons Avancen wehren können, die ihn liebend gern auf ihr Zimmer mitgenommen hätte.
Daran jedoch erinnerte er sich weniger als an Lenas überraschendes Erscheinen und ihre ebenso plötzliche Abwesenheit. Noch spät am Abend hatte er versucht, sie unter den Adepten und Tempeldienern auszumachen, kam jedoch schließlich zur Einsicht, dass sie die Feier wohl sehr früh verlassen haben musste.
Das Licht des Morgens strömte durch die hohen Fenster und in der Ferne erblickte Paul die in Sonnenstrahlen getauchten schneebedeckten Gipfel. In tiefem Blau hob sich der Himmel scharf von den gezackten Kämmen und Wellen der Grate ab. Das Fehlen von Vorhängen oder jeder Art von Lichtschutz hatte schon in den letzten Tagen zur Folge gehabt, dass sich sein Körper mehr und mehr an den Rhythmus der Sonne angepasst

hatte. Paul hatte sein Mobiltelefon, das schon während des Aufstiegs mit Arjun den Empfang verloren hatte, bereits vor vielen Tagen ausgeschaltet.
Er wusste mittlerweile, dass es nicht viel später als sechs Uhr sein konnte, da er von Devi die ungefähren Zeiten des Sonnenauf- und untergangs erfahren hatte. Der Tag erstreckte sich im nepalesischen Frühjahr über rund dreizehn Stunden und begann, folgte man dem Lauf der Sonne, früh am Morgen zwischen fünf und sechs Uhr.
Umso erschlagener fühlte er sich jetzt und bereute einmal mehr den ungewohnten Konsum einer so großen Menge von Alkohol. Den Rest aus Carls Flasche Whisky hatte er schon vor der letzten Etappe mit Arjun geleert und so reagierte sein Körper ungewohnt heftig mit dumpfen Kopfschmerzen und Gliederschwere.
Während er träge den Blick über die Berghänge streichen ließ, schweiften die inneren Bilder seit vielen Wochen wieder zur ersten Begegnung mit Lena zurück. Er erinnerte sich an ihren bezaubernden Anblick, als sie im schwarzen Kleid das Arkadencafé auf Schloss Goldegg betrat und wie sie ihm später am selben Abend den Shila übergab und von der Tempelschule erzählte.
Dies alles erschien ihm eine halbe Ewigkeit her und er fragte sich, wie ihr Leben in den Monaten seit damals wohl verlaufen sein mochte. Hielt sie immer noch an der Beziehung mit dem Arzt fest, der ein Familienleben mit einer anderen Frau und Kindern führte? Anders als damals kam sie ihm am vorigen Abend der Feier bedrückt und sogar etwas verloren vor.

Was nicht weiter verwunderte, musste sie doch ganz ähnliche Strapazen und Mühen wie er selbst auf sich genommen haben, um hierher zu gelangen.
Er beschloss, sie gleich nach dem Frühstück im Tempel zu suchen und den letzten freien Tag vor Beginn des neuen verheißungsvollen Lebensabschnittes mit ihr zu verbringen.

„Die Anrufe kamen mitten in der Nacht, tagsüber sogar alle paar Stunden. Er hinterließ unzählige Ansagen auf der Mobilbox. Meine Kurznachrichten konnte ich gar nicht so schnell löschen, wie schon die nächsten eintrafen. Er konnte und wollte einfach nicht akzeptieren, dass unsere Beziehung zu Ende war, und verfolgte mich förmlich den ganzen Tag über. Dennoch ging es mir besser, nachdem ich die Entscheidung getroffen hatte." Lena klang traurig und erschöpft.
Vornübergebeugt, mit dem Kopf in ihre Hände gestützt, saß sie gefährlich nah an der Felskante des Plateaus, das hoch über dem Tal lag.
„Bis dann diese eine Nacht kam. Ich war zu Fuß auf dem Heimweg von einer langen Turnusschicht am Krankenhaus. Als ich die letzten Meter die Straße entlang zum Haus meiner Eltern ging, tauchte er in seinem Mercedes im Schritttempo neben mir auf. Ich lief schneller, um noch vor ihm die Eingangstür zu erreichen. In Panik suchte ich verzweifelt nach meinen Schlüsseln und nachdem ich sie endlich in der Tasche gefunden hatte, fielen sie zu Boden. Ich hob sie auf und war eben dabei, die Tür zu öffnen, als er mich von hinten packte, durch die offene Tür in den Vorraum stieß und sie hinter sich

verschloss. Er musste gewusst haben, dass meine Eltern dieser Tage auf Reisen waren. Ich schrie, floh ins Wohnzimmer, suchte nach etwas, womit ich mich verteidigen konnte. Doch ich war nicht schnell genug. Er stürzte sich auf mich und riss mir die Kleider vom Leib." Ihre Stimme versagte. Schon während der letzten Worte waren Tränen über ihre Wangen gelaufen, die sie schnell wegwischte. Ihre Verfassung kam einem Zusammenbruch nahe. Sie atmete heftig, während sie mit Tränen rang, und noch bevor Paul sich ihr nähern konnte, um ihr Halt zu geben, wies sie ihn mit gestrecktem Arm von sich.

„Verzeih mir", schluchzte sie, „ich kann das nicht. Noch nicht. Nicht jetzt."

„Ja, natürlich. Tut mir leid. Wie dumm von mir."

Sie blickte ihn unvermittelt an. Ihre Augen waren gerötet, der Kajal unter den Lidern verronnen und einzelne rote Flecken hatten sich an Wangen und Hals gebildet.

„Nein, Paul. Nicht du. Ich war es. Ich war so unendlich dumm, dass ich diese Affäre nicht schon lange zuvor beendet, ja, dass ich mich überhaupt darauf eingelassen hatte." Der Zorn ließ sie wieder zu Kräften kommen und Paul war froh, dass ihre Gefühle diese Wendung nahmen.

„Sogar nachdem ich dich kennengelernt hatte, ließ ich es noch wochenlang weiterlaufen, obwohl mein Herz längst nicht mehr bei ihm war. Doch nie, nie hätte ich mir vorstellen können, dass sich dieser intelligente, gebildete Mann mit einem Mal in ein Monster verwandeln würde. Es war so schrecklich, Paul, schrecklich und erbärmlich. Niemals zuvor habe ich solche Scham empfunden und solchen Ekel."

Paul hatte Lena am späten Vormittag in einer der Nischen des Gemeinschaftsraumes eingerollt auf einem Ledermöbel entdeckt. Kurz darauf waren sie gemeinsam zum Spaziergang aufgebrochen.
Nachdem Lena lange Zeit still an seiner Seite gegangen war, hatte sie schließlich begonnen von den vergangenen Monaten zu berichten.
Sie hatte alle Daten und Informationen über sich aus dem Netz genommen, war unter anderem Namen in eine ferne Stadt, in eine neue Wohnung gezogen und hatte so versucht, dem Mann und ihrer Vergangenheit zu entfliehen. Das Angebot zu einer Stelle als Assistenzärztin einer neuen Forschungsabteilung war ihr dabei zu Hilfe gekommen. Doch sollte die Abteilung erst in einigen Monaten ihre Tätigkeit aufnehmen. In der Einsamkeit der Tage und mit dem Gefühl, immer noch auf der Flucht zu sein, hatte sie schließlich die Entscheidung getroffen, dem Weg des Shaligramas zu folgen und die verbleibende Zeit mit der Reise nach Nepal zu überbrücken.
Nachdem die beiden über dem Tal auf einem Felsplateau mit dem Namenlosen Berg im Rücken angekommen waren, hatte sie schließlich die Kraft gefunden, Paul die ganze Wahrheit zu erzählen.

Während Paul dicht an ihrer Seite saß, starrte Lena nun verloren in die Weite des klaren Himmels, der sich über dem Tal mit dem Tempel erstreckte.
Sie schwieg lange und griff dann nach seiner Hand. Ohne ihre Augen von der Ferne zu lösen, fragte sie schließlich:

„Versprichst du mir, niemandem davon zu erzählen? Und versprichst du mir auch, mir Zeit zu geben? Zeit, das alles zu verdauen und zu vergessen, so lange, bis ich wieder zu mir gefunden habe?“

Paul betrachtete, während er Lenas Hand auf seiner ruhen ließ, ihr ebenmäßiges Profil.

Sie senkte ihren Kopf, blickte ins Leere und sagte: „Tut mir leid. Natürlich tust du das. Aber ich musste fragen, das verstehst du doch, oder?“

Noch immer hielt Paul, berührt von ihren sanften Zügen, seine Augen auf sie gerichtet.

„Ich verstehe“, sagte sie nun mit dem Anflug eines Lächelns, „und es muss mir auch nicht leidtun, nicht wahr?“

Paul neigte den Kopf zur Seite und legte vorsichtig seine zweite Hand auf ihre.

Er ließ sich Zeit mit der Antwort.

„Eines Tages“, sagte er schließlich ruhig, „blicken wir in dieselbe Richtung.“

VIII
VII
VI
Wasser der Seele
IV
V
II
III
I

TEIL 2

Der Octagon-Zyklus

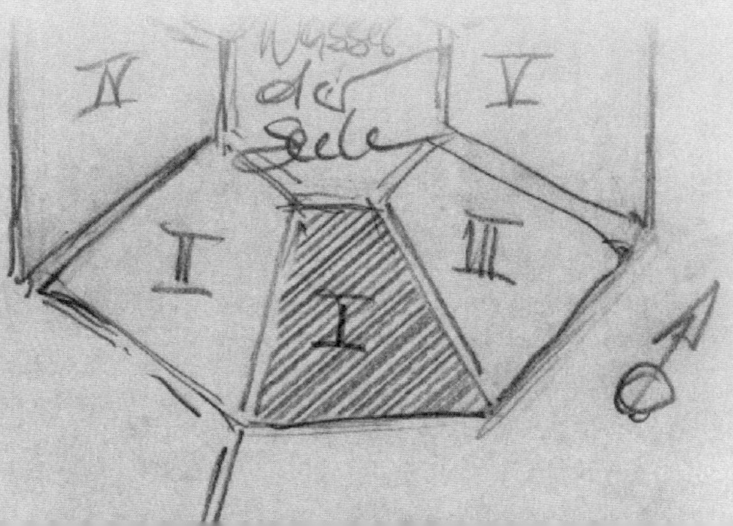
IV
Wasser der Seele
V
II
III
I

28

Als die Tür des Lehrsaales hinter ihnen verschlossen wurde, hüllte die Adepten völlige Schwärze ein. Paul hatte beim Betreten des Saales kaum einen Blick auf dessen Konturen oder Ausmaße werfen können. Nun stand er gefangen in der Dunkelheit und fühlte sich ebenso beklommen wie hilflos.

Meister Yoshi, ein klein gewachsener Japaner mit kurz geschorenen Haaren und funkelnden Augen, war zuvor grau gekleidet als Letzter im Gemeinschaftsraum erschienen, hatte wortlos die Gruppe überblickt und sich nach einem knappen Nicken schnellen Schrittes in die Gänge des Octagons aufgemacht. Die Gruppe bemühte sich zu folgen, lief ihm über die Treppen ins Untergeschoss hinterher und gelangte schließlich durch die geöffnete Tür in den schwarzen Saal.

Wie plötzlich dem absoluten Nichts ausgesetzt, verharrte Paul nun orientierungslos an seinem Platz. Er fühlte den Boden stabil unter seinen Füßen, konnte jedoch seine Beschaffenheit oder das Material, auf dem er stand, nicht bestimmen. Es war ebenso fest wie weich und gab dem Körpergewicht nur minimal nach.

Zudem stellte er überrascht fest, dass kein Geräusch zu vernehmen war. Erst, als er sich darauf konzentrierte, hörte er in einiger Entfernung stockendes Atmen. Er hätte schwören können, dass die Gruppe nach dem Betreten des Saales eben noch dicht beieinandergestanden hatte. Nun schien es, als bestünde eine riesige Distanz zwischen ihnen. Außer dem fernen, leisen

Atmen, das sich zudem noch weiter zu entfernen schien, gab es, so sehr sich Paul auch bemühte, nichts zu hören.
Vorsichtig hob er die Arme, um mit den Händen ein mögliches Objekt oder einen der Adepten in seiner Nähe zu ertasten. Er begann, sich langsam im Kreis zu drehen, und wollte einen Schritt nach vorne setzen, doch befürchtete er, über etwas oder jemanden zu stolpern. So verharrte er an seinem Platz und beschloss, trotz der Beklemmung, die ihn zusehends einzunehmen begann, vorerst abzuwarten.
Die Zeit verstrich. Schwärze und Stille schlossen ihn ein.
Ein Schauder lief über seine Haut, der kurzfristig zu einem Zittern wurde. Er fühlte den wärmenden Stoff seiner Kleidung und obwohl der Raum gut temperiert war, fröstelte ihn.
Wenig später streifte ein Geruch seine Nase. So abrupt dieser Eindruck jedoch auftrat, war er, kaum hatte Paul ihn als etwas wie Veilchenduft identifiziert, auch schon wieder verschwunden.
Nach einer weiteren Weile kniete er sich schließlich hin, ertastete mit seinen Fingern den Boden und ließ sich, da dieser trocken und nicht zu kalt war, nieder. Im Schneidersitz befühlte er noch einmal das Material unter ihm, konnte es allerdings auch diesmal nicht zuordnen.
Die anfängliche Beklemmung war mittlerweile abgeklungen und wich langsam wachsender Gelassenheit.
Auch wenn dieser Raum über eine beachtlich dämpfende Akustik verfügen muss, können die anderen nicht allzu weit entfernt sein, versuchte er sich ganz zu beruhigen. *Auch der Lehrer muss in der Nähe sein, nachdem er das Tor von innen verschlossen und seither nicht wieder geöffnet hatte.*

Nach gut einer weiteren Stunde, Paul konnte nicht mehr einschätzen, wie viel Zeit vergangen war, legte er sich schließlich ganz auf den Boden, drehte sich auf die Seite und rollte sich ein.
Das Fehlen jeglicher sinnlichen Wahrnehmung hatte mittlerweile einen schwebeartigen Zustand von Leere und Entspannung in ihm ausgelöst. Ohne äußere Reize, die sein Gehirn zu möglichen Assoziationen veranlasst hätten, begannen seine Gedanken mehr und mehr ihre Kontur zu verlieren. Obwohl er sich völlig bei Bewusstsein fühlte, erlebte er einen Zustand zeitloser Gegenwärtigkeit und wäre darüber beinahe eingeschlafen.
Plötzlich wurde wenige Meter von ihm entfernt ein Streichholz entzündet. Nach der, wie ihm schien, halben Ewigkeit ohne Wahrnehmung kam das Geräusch, gefolgt vom strahlenden Feuerschein, einer kleinen Explosion gleich. Er erschrak heftig und seine Muskeln verspannten sich mit einem Schlag. Im Widerschein des Lichts sah er, nachdem sich seine Augen an die plötzliche Helligkeit gewöhnt hatten, die Umrisse von Meister Yoshi mit dem Streichholz in der Hand.
„Sie haben nun die erste Annährung an einen von inneren Mustern und Zwängen befreiten Zustand erlebt“, hörte er erstmalig dessen sonderbar teilnahmslose Stimme. „Ihre Aufgabe besteht nun darin, diese Loslösung auch bei Licht und unter den Augen anderer zu erlangen.“
Daraufhin entzündete er eine Kerze, die neben ihm auf dem Boden stand. Langsam traten nun auch die einzelnen Konturen der Adepten zutage. Unter ihnen erblickte Paul im dämmrigen Schein die vertrauten Umrisse von Lena. Sie saß etwas weiter abseits mit den Augen auf das Licht gerichtet.

Die Kerze schien sich genau in der Mitte des Raumes zu befinden, dessen Ausmaße Paul jedoch noch immer nicht erkennen konnte. Mit einem Schlag fühlte er sich wieder unbehaglich und begann an der Sinnhaftigkeit der Übung zu zweifeln. Sein analytisch psychologisches Denken erhob die Stimme.
„Die meisten unter Ihnen“, fuhr Yoshi fort, „versuchen in diesem Augenblick, aus Gewohnheit ihre Position zu bestimmen oder sich eine Meinung zu bilden. Lassen Sie es. Lassen Sie los. Geben Sie nach. Wenden Sie Ihre Aufmerksamkeit dieser kleinen Flamme zu. Betrachten Sie ihr Licht im Hier und Jetzt. Nicht mehr, nicht weniger. Der Augenblick ist der Verbündete des Narren.“ Damit erhob sich Yoshi und verschwand mit rückwärts gerichteten Schritten in der Dunkelheit am Rande des Saales.
Paul wandte sich der Flamme zu. Weiterhin nahm er an seinem äußeren Gesichtsfeld die Konturen der anderen wahr, bemerkte ihre Bewegungen und teils verunsicherten Blicke. Doch mit der Zeit hatten sich schließlich alle Augenpaare der Kerze zugewandt und das Scharren der Gliedmaßen wie auch das Rascheln der Gewänder waren wieder zur Ruhe gekommen. Die unregelmäßigen Atemgeräusche hatten einen Rhythmus gefunden und fast schien es, als würde die ganze Gruppe im selben, ruhigen Takt atmen.
Völlige Stille nahm den Raum nun abermals ein.
Pauls Muskeln gaben schließlich erneut nach. Ohne die Augen von der Flamme zu lösen, glitt er, nachdem er anfangs aufrecht dagesessen hatte, seitlich zu Boden und rollte sich etwas ein.

Mit den Händen zwischen den Beinen kam er sich wie ein Embryo vor: erwartungslos, empfindungslos, frei von Zweifeln, alle Sinne auf das Licht gerichtet. Yoshis Anweisungen kreisten zwar noch in seinem Inneren, doch mit den Minuten verhallte sein *Lassen Sie los – Geben Sie nach – Der Augenblick ist der Verbündete des Narren.*

Paul versank bei vollem Bewusstsein in einem schwerelosen, absichtslosen Dasein.

Irgendwann fuhr Paul aus seinem Dämmerzustand hoch. Er hatte jedes Zeitgefühl verloren. Die Tür zum Saal stand weit offen und er nahm an, dass er doch wohl eingeschlafen sein musste und dass das Öffnen der Tür ihn geweckt hatte. Yoshi war nirgendwo zu sehen und auch den anderen Adepten schien es gleich zu ergehen. Etwas orientierungslos und zögernd richteten sie sich nacheinander auf, streckten ihre Glieder und setzten sich langsam und schweigend in Richtung Ausgang in Bewegung.

Als Paul in seinem Zimmer angekommen war, stellte er überrascht fest, dass die Sonne bereits am Untergehen war. Sie hatten also den ganzen Tag in dieser überaus merkwürdigen Trance an der Grenze zwischen Traum und Realität zugebracht.

Er war hungrig und durstig, fühlte sich aber zugleich energiegeladen und entspannt. Nachdem er sich einer kurzen Wäsche unterzogen und seine Kleidung gewechselt hatte, machte er sich auf den Weg zum Gemeinschaftsraum. Er traf als Erster dort ein und stellte erfreut fest, dass die Tempeldiener bereits ein kleines Buffet mit leichten Gerichten als Abendmahl vorbereitet hatten. Nach einer kurzen Überlegung beschloss er, das befreiende Schweigen des Tages auch am Abend fortzusetzen, belegte einen Teller mit einigen, wenigen Speisen, goss sich Tee in eine Schale und ging damit auf sein Zimmer zurück.

29

Am folgenden Tag war der Lehrsaal zu Beginn des Unterrichts von mehreren Kerzen, die am Boden ein regelmäßiges Muster aus Quadraten bildeten, in dämmriges Licht getaucht.

Bevor die Gruppe den Saal erreichte, war dasselbe Ritual abgelaufen. Nach dem Frühstück, bei dem sich die Gruppe miteinander freundlich, doch durchwegs in sich gekehrt unterhielt, war Yoshi erschienen, hatte die Anwesenden überblickt und war nach einem knappen Nicken in das Untergeschoss vorangegangen.

Nun stand er schweigend im Türrahmen, während die Adepten nacheinander an ihm vorbei in den Saal traten.

„Wählen Sie bitte einen Platz bei einem der Lichter aus.“ Seine Stimme klang ebenso teilnahmslos wie am Vorabend und doch meinte Paul etwas wie Heiterkeit darin zu vernehmen.

„Neben den Lichtern finden Sie je eine Schachtel mit Zündhölzern. Blicken Sie um sich und prägen Sie sich Abstände und Dimensionen ein. Schaffen Sie in stiller Übereinkunft mit Ihren Mitsuchenden einen Raum um sich, in dem Sie sich später frei bewegen können. Auch wenn wir die Kerzen löschen, sollten Sie in der Lage sein, sich ausreichend orientieren zu können, ohne eine Kerze umzustoßen oder einen anderen zu gefährden.“

Die Adepten begannen nun auf unterschiedliche Weise, indem sie teils verunsichert Meter abschritten oder sich mit ausgebreiteten Armen zögerlich drehten, um ein Gefühl für den ihnen zustehenden Raum zu entwickeln. „Nutzen Sie Ihre Sinne“, fuhr Yoshi nun belustigt fort und seine Stimme übertönte den ganzen Raum. „Sehen Sie, hören Sie, riechen und spüren Sie. Schon mal was von Gespür gehört? Oder Selbstvertrauen?“ Er lachte erstmals, öffnete im selben Moment mit einer ruckartigen Bewegung die ausladende Eingangstür und schloss sie ebenso rasch. Mit einem Knall schnappte die Tür wieder ins Schloss. Der entstandene Luftzug streifte über den Raum und löschte mit einem Mal alle Kerzen. Plötzlich stand die Gruppe wieder in der völligen Schwärze da.

Paul fand dieses Spiel sehr erheiternd und auch den anderen Adepten schien es ähnlich zu ergehen. Vereinzelt hörte er Lachen und Getuschel. „So ist es gut“, tönte Yoshis Stimme nun weiter, „lassen Sie los. Geben Sie nach. Breiten Sie Ihre Arme aus und drehen Sie sich kraftvoll, springen Sie, tanzen Sie, lachen und singen und schreien Sie. Niemand sieht Sie. Sie sind frei. Los. Jetzt. Alle!“

Verhalten, doch auch voll Eifer und von der Dunkelheit geschützt, folgte die Gruppe nun Yoshis Anweisungen.

Paul drehte sich erst am Platz, ließ seine Arme hoch schweben und probierte dann einige Rufe ins Dunkel hinein. Gleich kam eine Antwort von irgendwoher und Paul rief zurück, während er im Dunkel vor sich hin gestikulierte.

„Gehen Sie weiter“, forderte Yoshi die Adepten auf, „riskieren Sie etwas, strecken Sie Ihre Zungen weit aus dem Mund, schimpfen, loben, fluchen und schreien Sie. Nutzen Sie Ihre Arme, Beine, gehen Sie mit dem ganzen Körper aus sich heraus!“

Was nun folgte, war ein wildes Getöse von Worten, Stampflauten, Schreien, Gelächter und Klatschen von Körpern an Wänden und Boden.
Paul ertappte sich dabei, rückhaltlos vor sich hin zu fluchen und Schimpfwörter in den Mund zu nehmen, die er sich nicht erinnern konnte, jemals zuvor ausgesprochen zu haben. Die Dunkelheit schien, wie eine alles verbergende Maske, Hemmungslosigkeit und Ausgelassenheit zu fördern.
„Dies ist der innere Tempel des Narren", erklang Yoshis Stimme wieder über den Köpfen quer durch den Saal. „Hier dürfen wir entfesseln, was in Ketten liegt. Hier darf das Innerste nach außen. Hier herrscht die Trunkenheit der Sinne. Hier und jetzt, in diesem einen Augenblick, in dem unser Leben stets aufs Neue geschieht, regiert die Freiheit."
Bis zur Erschöpfung fuhren die Adepten fort, ihre Stimmen und Körper in die Dunkelheit zu werfen. Nach einer Weile schließlich kehrte zunehmend wieder Ruhe ein. Heftiges Atmen verklang, Stöhnen wurde zu sanftem Seufzen und Stimmen, Wörter und Sprachen verstummten.
„Gut so." Yoshi hatte lange geschwiegen und die Gruppe sich selbst überlassen. „Sie haben einen guten Weg genommen. Nun entzünden Sie bitte Ihre Kerzen."
Paul hatte längst jede Orientierung verloren und so kniete er sich auf den Boden und tastete nach den Zündhölzern.
„Senden Sie aus Ihrem Scheitel einen Strahl von Energie in Ihr Umfeld. So findet Ihre Seele den Weg. Dies ist zwar eine Lehre, die aus dem achten der inneren Tempel stammt, doch kann sie gerade jetzt sehr nützlich sein."

Pauls Zweifel rissen ihn jäh aus dem verspielten Zustand. *Einen Strahl von Energie aus dem Scheitel senden?* Nichtsdestotrotz versuchte er sein Glück und stellte sich einen solchen Strahl vor. Beinahe im selben Augenblick ertastete er die kleine Packung und direkt daneben die immer noch aufrecht stehende Kerze. *Zufall*, dachte er, nahm ein Holz aus der Schachtel, entzündete es und damit dann seine Kerze. In denselben Sekunden erglommen im ganzen Raum die Lichter.
„Sehr gut", sagte Yoshi stolz. „Sie sind eine sehr begabte Gruppe. Die Hohe Meisterin hat nicht zu viel versprochen."
Paul blickte sich um. Er sah Lena im Schein ihrer Flamme vor sich hinlächeln. Als hätte sie seinen Blick gefühlt, drehte sie sich im selben Moment zu ihm und sah ihn mit lachenden Augen an.
Auch die anderen Adepten lächelten verwundert vor sich hin oder sandten verstohlene Blicke zu ihren Nachbarn und Mitstreitern. Etwas wie Scham schwang in den einzelnen Haltungen mit und auch Paul selbst schämte sich nun plötzlich für seine wilde und ausgelassene Art, die er noch wenige Minuten zuvor ungehemmt in den Raum geschleudert hatte.
Das bewusste Erkennen der anderen im Raum straffte mit einem Mal die alten Fesseln des Verhaltens und zerrte wieder an Herz und Geist.
„Sorgen Sie sich nicht." Yoshi entging nichts. „Wir haben noch viele Tage vor uns. Schon bald werden Sie die ungewohnte Freiheit des Narren auch bei Tageslicht unter den Augen der anderen tragen lernen. Bevor Sie nun für heute den Raum verlassen, gebe ich Ihnen noch eine Geistesübung für

den weiteren Tag und die kommende Nacht mit auf den Weg."
Yoshi war mittlerweile an die Tür getreten, die er nun öffnete, sodass helles Licht in den Raum fiel.
„Nehmen Sie für die nächsten Stunden an, es gäbe keine Vergangenheit. Es gäbe nichts, das Sie bindet, prägt oder antreibt. Nehmen Sie an: Dies wäre Ihr Punkt null. Und nehmen Sie weiter an, es gäbe ebenso keine Zukunft. Es gäbe nichts zu erfüllen, zu planen oder zu erreichen. Was führt Sie dann? Und welcher Mensch wären Sie also?"

Etwas benommen taumelte Paul die Treppe hoch seinem Zimmer zu. Dort angekommen, ließ er sich aufs Bett fallen und atmete erst einmal tief durch, wie um die Reste zu großen Drucks aus den Muskeln zu entlassen.
Die Erlebnisse dieses Vormittags hatten ihn gleichermaßen erschöpft wie aufgewühlt. In der schützenden Dunkelheit des Lehrsaales, inmitten der ansteckenden Stimmung der Gruppe, hatte er eine Seite an sich erlebt, die ihm bislang völlig unbekannt war. Vor allem die plötzliche Intensität, mit der sie zutage getreten war, verblüffte ihn. Nicht ohne Scham musste er sich eingestehen, wie gut ihm besonders das ausgelassene Schreien und Fluchen getan hatte. Er fühlte sich auf eine Art befreit und beflügelt wie schon lange nicht mehr.
Den inneren Tempel des Narren, hatte Yoshi den Lehrsaal genannt und damit wohl zugleich die Innenwelt gemeint, die sich den Adepten während dieser Übungen erschließen sollte. Gewiss kannte Paul solche Zustände ausgelassener Gegenwärtigkeit aus seiner Jugendzeit, wenn man gemeinsam mit

anderen Kommilitonen in durchzechten Nächten die Straßen der Stadt unsicher gemacht, laut grölend Lieder gesungen und Passanten beschimpft hatte. Doch zum einen hatte er sich solche Eskapaden nur selten geleistet und zum anderen erlaubte er sich Entgleisungen dieser Art bis zum heutigen Tag ausschließlich im berauschten Zustand. Und selbst dann blieben sie ihm fremd und er fühlte sich unwohl dabei. Hier allerdings kam diesem Verhalten plötzlich eine andere Qualität zu.
Auf dem Bett liegend brauchte er sich nur kurz an die Augenblicke im Lehrsaal – fluchend, mit immer wieder weit herausgestreckter Zunge – erinnern und musste sofort laut loslachen. Etwas wie Trunkenheit färbte noch immer das Befinden seines Körpers.
Im Kreisen der Gedanken und inneren Bilder drang er schließlich zu Yoshis letzter Frage vor. *Wenn alle Muster der Vergangenheit sich lösen und alle Erwartungen an die Zukunft sich verflüchtigen, was führt mich dann? Welcher Mensch wäre ich?*
Über diesen Gedanken schlief er, ohne eine Antwort zu finden, ein und erwachte erst spät am Abend wieder.

Lena verstand die Welt nicht mehr. Noch vor wenigen Stunden war sie einer Erschöpfung nahe, die sie glauben machte, jeden Moment in Ohnmacht fallen zu müssen. Zudem waren die Erinnerungen an die traumatischen Ereignisse rund um ihre Trennung mit solcher Wucht wiedergekehrt, dass sie außer Trauer und Schmerz nichts anderes zu fühlen vermochte. Nun aber, nach nur wenigen Stunden mit diesem verrückten

Meister und den anderen Adepten in einem unheimlichen Raum voll Energie, waren alle Verzweiflung und Erschöpfung wie weggeblasen. Lena atmete frei und besonders diesen Umstand empfand sie als umso erstaunlicher, da sie in den letzten Wochen, schon lange vor Beginn ihres Aufstiegs in die Höhen des Bergmassivs, oftmals beklommen unter Atemnot gelitten hatte. Auch die negativen Gefühle voll Zorn, Verletzung und Rachegefühlen waren einer tiefen, fröhlichen Ausgeglichenheit gewichen.

Lassen sich Gefühle und Stimmungen tatsächlich dermaßen schnell drehen, wenn man nur weiß, wie?, fragte sie sich auf eine belustigte Art, erstaunt über die beiläufige Leichtigkeit ihrer Gedanken. *Als hätte das Leben urplötzlich all seinen Ernst und seine Schwere verloren.* Sie lächelte vor sich hin und war einen Augenblick lang überzeugt, gewiss schon am Morgen ausgiebig dem Alkohol zugesprochen zu haben. Doch dem war nicht so. Selbst am gestrigen Abend war sie schon früh, nachdem die Bilder der Vergangenheit sie eingeholt hatten, deprimiert und traurig eingeschlafen.

Dieses trunken beschwingte Gefühl, das jetzt ihren Gemütszustand einnahm, hielt nun bereits an, seitdem irgendwann in der Mitte des Vormittags am Ende einer jähen Drehung des Körpers ein helles vollmundiges Lachen aus ihrer Kehle gedrungen war. Sie hatte damit für einen Moment beinah den ganzen Saal übertönt und die anderen Adepten geradezu herausgefordert, ebenso ausgelassen leidenschaftlich zu reagieren. Für einige Augenblicke hatten sich alle förmlich die Bäuche vor Lachen gehalten.

In ihrem Zimmer, vor der großen Glasfront sitzend, genoss Lena nun die Weite und Freiheit ihres Gefühls. Sie blickte auf den Gipfel des Namenlosen Bergs und versank für eine Weile in der Schönheit des Anblicks und im heiteren Frieden, der davon ausging.

30

„Konsumiert ein normaler Mensch ausreichend Alkohol und setzt sich dann noch eine Maske auf, verliert er zumeist seine Hemmungen und verfällt in einen kindlich entfesselten Zustand."

Die Gruppe saß, umgeben vom dämmrigen Schein des Kerzenlichts, mit Yoshi in einem Kreis und lauschte den Ausführungen des Meisters.

„Was in der Kindheit ein selbstverständlicher Anteil unseres Charakters war, geht unter den Banden der Konventionen und Regelwerke des erwachsenen Lebens oft zur Gänze verloren. Gewiss ist das größtenteils auch gut so, denn sonst herrschte Anarchie auf den Straßen und wir alle wären nach wie vor im Frühstadium der Menschheitsgeschichte gefangen. Jedoch kommt die völlige Verdrängung dieser Urkraft einem Versiegeln unserer innersten Quelle gleich. Der Strom des Lebens kann nicht fließen, wenn die kraftvolle Macht der Spontaneität blockiert ist. Im gewöhnlichen Erwachsenenleben ist von dieser schöpferischen Kraft oft nur eine vage Erinnerung geblieben. Kaum einer vermag diese Seite des Charakters zu entfalten, wenn er ihrer bedarf." Er blickte in die Runde und richtete gelassen nacheinander den Blick auf jeden einzelnen der Adepten. Nachdem er sich überzeugt hatte, dass Erinnerung und Fantasie bei den Adepten wach geworden waren und sich ihnen Fragen aufdrängten, fuhr er fort.

„Wir nennen diese Seite des ersten der inneren Tempel: den Narren in uns. Es ist eine Kraft, die der männlichen Energie zugeordnet ist, da sie in ihrer Rücksichtslosigkeit oft auch das Potenzial des *Aggredere* beinhaltet. Davon jedoch werden Sie im dritten Tempel mehr erfahren. Für sich allein wäre die Seite des Narren anarchistisch und zerstörerisch. Ein Mensch, der ausschließlich diesen Anteil in seinem Charakter entwickelt hätte, wäre in einer durchschnittlich kultivierten Gesellschaft gar nicht lebensfähig. Außer eben als Narr, der entweder weggesperrt werden oder als verrückter Außenseiter eine Randexistenz führen müsste. Als integrierte Kraft jedoch – als Kraft, die in Ihrem Inneren durchlebt und akzeptiert wurde – und im Ausgleich durch die Dynamiken der anderen sieben inneren Tempel hilft er uns bei allem, was unsere Kreativität, unseren Leichtsinn, unsere Ausgelassenheit und auch unsere Nachlässigkeit verlangt. Denn der Narr zweifelt nicht, er lebt ganz im Augenblick und handelt, bevor er denkt, aus reinem Instinkt und ohne Hemmungen. Er ist zutiefst ehrlich, frei, verspielt und im wahrsten Sinn des Wortes entfesselt.“ Yoshi hielt eine Weile inne und versicherte sich der Aufmerksamkeit der Gruppe.

„Jeder der inneren Tempel des Octagons lehrt Sie, sich einer Seite Ihres Wesens für eine Weile ganz hinzugeben. Lehrt Sie, die Kräfte des jeweiligen Anteils Ihres Charakters als erwachsener Mensch in all seiner Macht kennen, tragen und nutzen zu lernen.“ Abermals hielt er inne und ließ seine Ausführungen in den Köpfen der Adepten weiterklingen. „Die Aufgabe der kommenden Tage besteht also darin, an den Vormittagen den Narren in jedem von Ihnen an die Oberfläche zu locken, sodass er Ihren Körper, Ihr Denken und Fühlen einnimmt. Dabei werde ich Sie jeden Tag anleiten. In der verbleibenden Zeit des Tages halten Sie sich selbst stets aufs Neue dazu an, Ihr Verhalten in Gesprächen, Handlungen und Tätigkeiten weiterhin aus eben diesem Wesenskern des Narren heraus zu gestalten. Erlauben Sie sich zurückzukehren in die blinde Naivität und das rücksichtslose, zutiefst lebendige Wesen der Kindheit. Also“, sagte er abschließend und erhob sich lachend mit einer fließenden, behänden Bewegung, die einem Sprung glich, „lassen Sie uns spielen.“

An diesem Vormittag führte Yoshi die Gruppe, nachdem er wie auch an den beiden Vortagen die Lichter gelöscht hatte, durch gezielte Anweisungen zuerst in eine tiefe Entspannung. Danach ließ er sie alle sich am Boden wälzen, ihre Zungen herausstrecken, mit geöffneten Händen wild gestikulieren, tanzen und springen. Er wies sie an, wie betrunken zu lallen und fluchende, schimpfende, schmutzige Laute und Wörter, aber auch Liebeserklärungen und Lobpreisungen herauszuschreien. Nachdem sich die ansteckende Trunkenheit in allen ausgebreitet und wilde Laute den Raum erfüllt hatten, ließ er die Lichter wieder entzünden und forderte die Adepten auf, mit all dem genauso weiterzumachen wie zuvor im Schutz der Dunkelheit.

Um vieles verhaltener ging die Gruppe ans Werk und versuchte, sich der ausgelassenen Stimmung wieder hinzugeben.

Es gelang nicht. Innerhalb weniger Minuten waren die Bemühungen der Gruppe beinahe zum Stillstand gekommen.

Da ertönte ein gellender, hell lachender Schrei aus einer der

Ecken des Saales und Yoshi warf sich tanzend und springend mitten unter die Adepten, er peitschte sie auf, sang johlend ein ausgelassenes Lied und wirbelte mit ihnen quer durch den Raum. Die von ihm ausgehende mächtige Energie riss alle mit. Aus Lachen und Überraschung wurde schließlich ein gemeinsamer Tanz, ein Chor aus Sprachen und Stimmen der halben Welt. Die Adepten fanden beim hellen Schein der Kerzen einer nach dem anderen zurück zur Freiheit und Zügellosigkeit der seligen, kindlichen Welt in ihren Herzen.

Als die Energien sich nach einer Weile schließlich erschöpft hatten, landeten alle gemeinsam am Boden. Lachend und nach Luft schnappend lagen sie teils dicht beieinander, stupsten sich, hielten sich an Händen oder lachten einander mit offenen Blicken in die Augen an. Yoshi lag mitten unter ihnen und strahlte zufrieden vor sich hin.
„Gut gemacht", sagte er, nachdem er sich aufgerichtet hatte, voll freudigem Stolz in der Stimme. „Gut gemacht. Sie sind tatsächlich eine beeindruckende Gruppe. So schnell gelingt es selten." Er blickte um sich, klopfte Einzelnen auf die Schultern, half anderen hoch oder musterte sie mit stetigem Kopfnicken.
„Sie werden nun etwas Abgeschiedenheit brauchen, um Ihre Eindrücke zu verarbeiten. Vielleicht unternehmen Sie auch eine Wanderung. Überlassen Sie dem großen Geist, der in uns allen existiert und wirkt, die Arbeit. Ihr Gehirn hat bereits begonnnen, sich neue Bahnen zu ebnen. Unterbinden Sie es nicht. Stellen Sie nicht zu viele Fragen. Geben Sie sich einfach hin. Lassen Sie los und geben Sie nach. Wann immer

Sie Unruhe erfahren, versenken Sie sich in die Betrachtung des Namenlosen. Er führt Sie zum Wesentlichen zurück. Und später, am Abend vielleicht, treffen Sie sich mit den anderen zum Essen und lachen und singen und schwatzen Sie einfach drauflos. Für heute Abend gibt es nur ein Verbot: Rauschmittel. Denn die brauchen Sie ab jetzt nicht mehr, um sich trunken zu fühlen und frei zu werden. Die Freiheit ist in Ihnen."

Paul griff Yoshis Vorschlag sogleich auf, holte ein paar Reisfladen und zwei Äpfel aus dem Speiseraum, stopfte Thermojacke und Überhose in seinen Rucksack und machte sich zum Felsplateau über dem Tal auf.

Als er losspazierte, war ihm, als läge der Nachmittag, an dem er vor nur wenigen Tagen gemeinsam mit Lena am Plateau gesessen hatte, ein halbe Ewigkeit zurück.

Nach wenigen hundert Metern drehte er sich um und richtete seinen Blick auf den Tempel. Der strahlende Sonnenschein des Mittags brachte die rotbraunen Mauern zum Leuchten. Kurz überlegte er, Lena aufzusuchen und sie einzuladen, ihn zu begleiten. Er entschied sich jedoch dagegen. Schließlich wollte er ihrer Bitte nach Zeit und Abstand gern nachkommen und spürte auch, wie gut sich der Ausblick auf einige Stunden allein in der Weite des Bergmassivs anfühlte.

Er schritt drauflos und genoss den Schwung und die Leichtigkeit seiner Bewegung. Mit einem Lächeln auf dem Gesicht überließ er sich der grundlosen Fröhlichkeit in seinem Inneren.

Eine gute Stunde später hatte er das Felsplateau erreicht, stellte sich in der anhaltenden Hochstimmung an den Rand, hob

beide Arme, wie um die ganze Welt zu umarmen, und stieß einen kräftigen Jubelschrei aus.
Er erinnerte sich an die letzten Stunden mit Arjun und nahm sich vor, ihm bei seiner Rückkehr nach Kathmandu alle Ereignisse genau zu schildern. Wie gern hätte er ihm schon jetzt alles berichtet und ihn bei sich gehabt.
Über seinen Gedanken verlor er beinah das Gleichgewicht und kippte etwas vornüber. Gerade noch rechtzeitig konnte er die Bewegung abfangen. Mit dem kurzen doch heftigen Schrecken erwachten sprunghaft Zweifel und kritische Selbstreflexion. Sein psychologisches Denken holte weiter aus und begann sein Bewusstsein zu erforschen. Begriffe wie „Massenhypnose“ und „Gehirnwäsche“ schossen ihm durch den Kopf und plötzlich empfand er sein Verhalten der letzten Stunden als übertrieben, sogar als psychotisch und angesichts der Höhe, in der er sich befand, auch als akut leichtsinnig.
Er ließ die Arme sinken und stand wacklig zitternd mit hängenden Schultern da.
Zugleich jedoch geschah etwas sehr Seltsames: Ein anderer Teil seines Geistes verblieb im seligen Zustand und begann ihn plötzlich, von irgendwo über ihm, mit einem sanften Lächeln zu beobachten.
Dieses andere, höhere Bewusstsein kritisierte ihn nicht, zweifelte nicht, sondern hielt in beseelter Selbstbetrachtung einfach inne.
Zutiefst erstaunt rührte Paul sich nicht vom Fleck und folgte innerlich diesem Bewusstseinsstrang. Der scheinbar gespaltene Zustand war zugleich überraschend neu und dennoch auf eine

Weise vertraut, als hätte Paul schon jahrelange Erfahrung damit. Langsam breitete er abermals die Arme aus und spürte, wie sein Gesicht ebenso zu lachen begonnen hatte.
Der höhere Beobachter nahm dieses Lachen in tiefer Friedfertigkeit wohlwollend zur Kenntnis.
Pauls kritisches Selbst verstummte nun wieder zusehends.
Unterbinde es nicht, hörte er in sich die Stimme von Yoshi sagen. *Das Gehirn bahnt sich neue Wege. Folge ihnen.*
Die Energie, die sich eben noch um Zweifel und Ängste gestaut hatte, floss nun völlig frei dem höheren Bewusstsein zu. Es schien ihm, als würde sich die Kraft weiterhin verdichten, sich ausbreiten und ihn über dem Abgrund schweben lassen, während er gleichzeitig mit beiden Beinen fest auf dem Felsen stand.
Paul verweilte in dieser Haltung.
Die Zeit verklang.
Wolkenbänke zogen übers Tal und warfen ihre Schatten über den des Namenlosen Bergs, der unten in der Weite der Ebene wie eine Sonnenuhr seine Runde über das Octagon zog.
Als der Abend bereits dämmerte und die Sonne schon ihre letzten Strahlen in den Tag sandte, erwachte Paul schließlich wie aus einem Traum ohne Inhalt.
Er hatte Stunden reinen Daseins verbracht.
Die verspielte Leichtigkeit des Narren hatte ihn zwar diese vielen Stunden über begleitet, doch da war auch etwas anderes, das um vieles weiterreichte. Es fühlte sich an, als würde dieses Etwas beginnen, ihn mit allem Sein, allen Wesen und Dingen in Einklang bringen zu wollen.

Mit Erstaunen wurde ihm bewusst, dass diese Empfindung nicht unmittelbar etwas mit dem Narrenanteil zu tun hatte. Vielmehr war er das direkte Gegenteil davon, wie die zweite Seite der Medaille. Paul konnte sich diese widersprüchlichen Befindlichkeiten nicht erklären und sie auch nicht zuordnen. Er ahnte jedoch, dass darin eine tiefe Wahrheit verborgen lag. *Stellt nicht zu viele Fragen.* Erinnerte er sich wieder an Yoshis Worte.

„Wenn es denn sein soll", antwortete Paul ins Nichts hinein. *Die Mitte fühlt sich leicht an,* ging ihm eines seiner psychologischen Leitmotive durch den Kopf und da er eben gerade diese Leichtigkeit empfand, folgte er ihr nach dem beseelten Zustand der vergangenen Stunden nur zu gern. Diese Empfindung war schon oft in seinem Leben ein guter Ratgeber gewesen. Er musste schmunzeln, reckte und streckte seine Glieder, entnahm dem Rucksack seine Thermojacke samt Überhose, streifte sie über, biss in einen Apfel und machte sich beschwingt und kauend auf ins Tal.

31

„Schon wieder ein Fest?“ Paul blickte belustigt über die laut schwatzende, ausgelassene Gruppe der Adepten.

Als er sich weiter im Gemeinschaftsraum umsah, entdeckte er Lena, die als Einzige allein in einer der Nischen abgewandt auf einem Lederfauteuil saß.

Er ging auf sie zu und nahm auf einem der Möbel neben ihr Platz. Sie rührte sich nicht. Erst da bemerkte Paul ihren leeren Blick und der traurige Eindruck, den sie vermittelte, versetzte ihm einen Stich.

Als sie nach einer Weile die Lippen bewegte, konnte er sie, auch wegen des Lärms rundum, kaum verstehen. Er rückte näher und beugte sein Ohr an ihre Lippen.

„Ich kann das nicht“, hauchte sie verzweifelt.

„Was ist geschehen?“

„Das alles. Alles. Was hier geschieht.“ Sie sprach stockend und blickte Paul von der Seite verängstigt an.

„Ich kann es nicht“, wiederholte sie und verfiel wieder in Schweigen.

„Sprich mit mir.“ Paul sorgte sich zusehends.

Lena räusperte sich, hustete und rang nach Worten.

„Es zerreißt mich innerlich“, rang sie sich durch weiterzureden. „Ich erlebe Hochgefühle von Freude und Ausgelassenheit und in diesen Momenten gelingt es mir, die Kontrolle aufzugeben.“ Das Sprechen fiel ihr nun etwas leichter, da Paul ihr seine ganze Aufmerksamkeit schenkte.

„Aber kurz darauf schüttelt es mich innerlich geradezu. Ich stürze ab und falle und liege auf dem kalten Bett in diesem verrückten Tempel inmitten der gottverlassenen Einöde dieser Berge und zittere am ganzen Körper und höre gar nicht mehr auf zu weinen.“ Sie unterbrach sich abrupt. „Entschuldige. Es tut mir leid. Ich will nicht, dass du mich so siehst. Niemand sollte mich so sehen.“

„Lass mich dir helfen, Lena. Es ist mein Beruf.“

„Nein, Paul. Du kannst mir nicht helfen. Ich würde auch zu gern mit dir in dieselbe Richtung blicken. Aber wie könnte ich das jemals, wenn du all meine Abgründe kennst, ja, wenn du sogar mein Therapeut sein musst?!“ Sie hielt inne, wischte sich Tränen aus den Augen und griff nach Pauls Hand.

„Lass mich bitte. Vielleicht muss ich fort von hier, über die Berge zurück in eine vertraute Welt, in der wenigstens das Essen nach Zuhause schmeckt. Wobei ich nicht weiß, woher ich die Kraft dazu nehmen soll.“ Verloren blickte sie in seine Augen. „Ich fühle mich so erschöpft, Paul. So erschöpft und schwach.“

Paul war ratlos. Verzweifelt suchte er nach der richtigen Maßnahme, einem Handlungsmuster aus seiner Erfahrung, dem er folgen konnte. Doch nie zuvor hatte er sich so stark zu einem Menschen hingezogen gefühlt und war dadurch so voll Sorge und an der Grenze seiner Fähigkeiten.

Er sah sich um, nahm die Bewegungen und Laute im Raum nur wie hinter Schleiern wahr und glücklicherweise begegnete sein Blick dem von Devi. Aus der gegenüberliegenden Seite des Raumes kam dieser nun, nachdem er scheinbar Lenas Not wahrgenommen hatte, auf die beiden zu.

„Kann ich etwas tun für Sie?", fragte er, als er bei ihnen angekommen war.
Lena hob ihren Kopf. Im selben Moment wurde sie von heftiger Verzweiflung geschüttelt und verbarg weinend ihr Gesicht in den Händen.
„Die Hohe Meisterin wird helfen", sagte Devi völlig ruhig, als wäre Lenas Zustand nichts Außergewöhnliches für ihn. „Kommen Sie, Lena. Ich führe Sie." Er beugte sich zu ihr, nahm sie am Arm und half ihr hoch.
Paul verstand, dass es so das Beste war. Während die beiden den Saal verließen, versuchte er sich eine Vorstellung von der Hohen Meisterin zu machen. Und obwohl ihm das nicht gelang, wusste er mit Bestimmtheit, dass ihre Fähigkeiten die seinen gewiss um vieles überragen würden.

„Wie ich erkennen kann, geraten Ihre Innenwelten in Bewegung." Yoshi überblickte die Gruppe.
Entspannt saß er mit ausgestreckten Beinen am Boden vor dem Kreis der Adepten und lehnte sich, auf seine Arme gestützt, gelassen nach hinten.
Paul hatte, seit er am Morgen in den Gemeinschaftsraum getreten war, nur Augen für Lena gehabt. Sie war als Letzte in den Raum gekommen und Paul war froh gewesen, dass es ihr offensichtlich besser ging.
Als sich ihre Blicke begegnet waren, hatte sie kurz gelächelt, mit dem Kopf genickt, jedoch rasch in eine andere Richtung gesehen. Paul hatte spüren können, dass sie sich immer noch schämte.

Fürs Erste beruhigt, konnte er sich nun immerhin Yoshis Worten zuwenden.
„Wenn die Ketten fallen, steht der Geist mitunter sehr verloren in der Welt und weiß mit der neu gewonnenen Freiheit nichts anzufangen. Sie kann sogar zu einer Bedrohung werden. Denn die Gewohnheit ist das große Haus, in dem wir wohnen und uns behaglich eingerichtet haben. Selbst wenn diese Gewohnheit aus Ängsten, Zweifeln, Schmerz oder Zorn besteht. Das gewohnte Terrain zu verlassen, ist immer mit neuen Ängsten verbunden, die sich oft um vieles bedrohlicher anfühlen, weil sie fremd sind und sich schwer einordnen lassen. Darum braucht unsere Ausbildung Zeit, Führung und Geduld."
Paul sah zu Lena und stellte beruhigt fest, dass sie entspannt am Boden saß und zuhörte.
„Die Dynamik Ihrer Gruppe hat bereits in den ersten Tagen bewirkt, dass Sie sehr schnelle Schritte in die entfesselte Freiheit Ihres wahren Wesens unternommen haben. Dabei kann es zu sogenannten okkulten Rückschlägen kommen. Das bedeutet, dass Ihr Gehirn sich gewissermaßen festklammert an alten Mustern, und das kann beträchtliche Qualen verursachen. Parallel dazu strömen, ohne die schützenden Mauern Ihres Hauses, auch die alten, vergessenen Urängste und Verletzungen mit an die Oberfläche und treten ans Licht." Er hielt inne und betrachtete die Gruppe. Paul konnte förmlich spüren, wie Erinnerungen und Gedanken in den anderen Adepten arbeiteten, und war froh darüber, viele der angesprochenen Prozesse aus der Eigentherapie seiner Ausbildungszeit bereits zu kennen. Gepaart mit solchen, das ganze Wesen einnehmenden, starken

Übungen des Ausdrucks war ihm vieles natürlich ebenso fremd. Sein Mitgefühl zur Gruppe und insbesondere zu Lena regte sich spürbar aufs Neue.

„Was Sie an Leid und Freude, an Zweifel und Einigkeit, an Ängsten und Mut in diesen Wochen erleben, wird in manchen Augenblicken schwer zu ertragen sein. Und dabei handelt es sich nicht nur um Gefühle und Stimmen aus Ihrer eigenen Seele. Wir Menschen sind um vieles stärker miteinander verbunden, als es uns oft bewusst ist. Eine der hohen Qualitäten der Seele ist es, dass ihre Energie sich auszubreiten und zugleich Energien von anderen Menschen in sich aufzunehmen vermag. Das erleben wir besonders stark, wenn wir lieben."

Er sah mit einem Lächeln wie zufällig zu Paul. Dieser blickte instinktiv zu Lena, die jedoch abgewandt dasaß und scheinbar ihren eigenen Gedanken folgte.

„Wundern Sie sich also nicht darüber, wenn es Sie in diesen Tagen und besonders im Tempel des Narren mitunter etwas beutelt." Yoshi hatte zur gewohnten Leichtigkeit zurückgefunden und ein schelmisches Lachen nahm nun wieder sein Gesicht ein. „Die Wahrheit ist nicht so schwer, wie sie sich oft anfühlt. Geben Sie sich Zeit. Halten Sie einfach durch und folgen Sie dem Narren in Ihnen: Er kümmert sich einen Dreck darum, ob es gerade wehtut oder Lust bereitet. Er lässt es einfach zu und folgt den Impulsen des Augenblicks." Yoshi erhob sich und forderte die Gruppe mit einer Geste auf, es ihm gleichzutun.

„Ich werde Sie in den kommenden Tagen weiterhin in den hemmungslosen Anteil Ihres Wesens führen. Sie werden sehen, mit jedem Tag wird es leichter werden, die Freiheit zu empfinden und spontan aus dem jeweiligen Impuls des Augenblicks heraus zu agieren." Wieder stieß er einen seiner gellenden Schreie aus. Ein Schrecken durchfuhr die Gruppe, der spürbar alle Gedanken unterbrach und die Energien in Körper und Herzen rückte.

„Und nun fletschen Sie Ihre Zähne. Schneiden Sie eine grässliche Grimasse und jagen Sie auf allen vieren mit Ihrem Rudel durch die Nacht." Verwundert blickten die Adepten einander an. „Ja, das meine ich ernst. Sie glauben ja nicht, dass wir einfach nur wiederholen, was Sie alle schon gemeistert haben." Er lachte, begab sich auf alle viere, stieß unheimliche Tierlaute aus und preschte mit einem Satz mitten hinein in die Gruppe.

32

Lena hatte sich Kissen unter den Rücken geschoben und lag halb sitzend auf ihrem Bett.
Ihre Gedanken kreisten um die Erlebnisse der letzten Stunden. Sie war innerlich abwesend und isoliert geblieben, während sie die Übungen mit möglichstem Einsatz erfüllt hatte und mit den anderen wie ein wildes Monster durch den Raum getollt war. Noch war sie nicht bereit, weitere, neue Erfahrungen zuzulassen. Sie war froh, dass nun einige freie Stunden vor ihr lagen.
Ihr Blick fiel durch die Fensterfront auf die gezackten, harten Grate der Bergkämme. Hinter der rechten Seite der Glasscheiben erhob sich gegen Norden die Pyramide des Namenlosen. Eine Weile saß sie da und hielt ihre Augen auf seine nahezu glatten Flanken gerichtet, die im grauen Licht unter der geschlossenen Wolkendecke des Nachmittags matt leuchteten.
Wie sehr allein sein Anblick das Herz beruhigt, dachte Lena und nahm einen Schluck Tee aus einer verzierten Keramikschale. Ihre Dienerin hatte ihr das heiße Getränk auf ihre Bitte hin vors Zimmer gestellt und Lena war dankbar, in manchen Augenblicken einen Komfort zu genießen, wie sie ihn nur aus teuren Hotels kannte. Auch empfand sie große Erleichterung darüber, dass ihr Innenleben durch die kurze, beeindruckende Zusammenkunft mit der Hohen Meisterin so schnell in geebnete Bahnen zurückgefunden hatte.

Am Abend zuvor war sie über verschlungene Treppen und

Gänge von Devi in einen Raum unter dem Octagon geführt worden, der nur von einer einzelnen Öllampe erhellt war. Zwei einfache Sessel standen umgeben von den rohen Steinwänden der Kammer einander gegenüber. Sie hatte auf einem davon Platz genommen und sich mit der Zeit immer verzweifelter gefühlt. Erst nach einer Weile hatte sich langsam die Tür geöffnet und eine aufrechte weibliche Gestalt in einem hell fließenden Kleid war auf sie zugekommen.

Die Frau nahm ihr gegenüber Platz und im spärlichen Licht konnte Lena, außer den leuchtenden, klaren Augen, nur die Umrisse eines schlanken Gesichts erkennen. Auch das Alter der Frau vermochte sie nicht zu bestimmen.

Allein schon aus Höflichkeit wollte Lena einen Gruß aussprechen, doch noch bevor ein Laut über ihre Lippen gedrungen war, hatte die Hohe Meisterin sie mit einem leichten Wink ihres Kopfes unterbrochen. Daraufhin hatte sie beide Hände von Lena genommen und sie mit sanfter Bestimmtheit festgehalten. Aus den gütigen Augen und der Wärme ihrer Hände waren Ruhe und Ausgeglichenheit wie ein Strom von Energie in Lena eingeflossen. Ihr aufgewühltes Herz beruhigte sich innerhalb weniger Minuten. Nachdem die Ruhe in ihrem Körper eingezogen war, hatten sich in ihrem Kopf schließlich Leichtigkeit und Weite ausgebreitet. Sie hatte plötzlich das Empfinden, als würde sich die Energie nach einer Weile vor allem in der oberen Region ihres Gehirns wie eine sanfte, helle Wolke direkt unter ihrem Scheitel sammeln. Alle Gedanken waren verstummt und mit einem Mal empfand Lena tiefes Vertrauen und beseelte Nähe zu dieser Frau.

Erst nach einiger Zeit hatte die Hohe Meisterin ebenso wortlos ihre Hände behutsam gelöst und daraufhin den Strom von Energie, wie es schien nur durch ihren steten Blick, aufrechterhalten. Schließlich hatte sie den Augenkontakt unterbrochen und nach einer kleinen Verbeugung ruhig das Zimmer verlassen.
Wenige Momente später war Devi wieder in der Tür erschienen und hatte Lena zurück in die oberen Stockwerke zu ihrem Zimmer geleitet.

Als sich Lena nun auf ihrem Bett an die Begegnung erinnerte, während ihr Blick weiterhin auf den Namenlosen Berg gerichtet blieb, stellte sich das gleiche Empfinden der wolkenartigen Energie unter ihrem Scheitel ein. Sie folgte aufmerksam dieser Bewegung in ihrem Kopf und fand schnell zurück zum Gefühl von Weite und Übersicht. Sie genoss die Stille, die mit diesem Zustand einherging, und war kurz davor, einzuschlafen.
Im Halbschlaf jedoch wanderten ihre Gedanken zu Paul.
Sie schämte sich ihm gegenüber.
Auch wenn das unangenehme Gefühl nur langsam an die Oberfläche drang, begannen Selbstzweifel und Vorwürfe mehr und mehr ihre Gedanken auszufüllen.
Sie wollte sich Paul gegenüber nicht so schwach zeigen und bereute ihre Entscheidung, trotz der Zweifel am Vorabend, den Gemeinschaftsraum überhaupt betreten zu haben.
Plötzlich war sie wieder hellwach und die unbestimmte Angst, die sie nun schon so viele Tage über begleitet hatte, nahm einmal mehr ihr Wesen ein.
Sie zog ihre Beine zum Oberkörper, umschlang sie mit den

Armen und hockte zitternd und schwer atmend auf dem Bett. *Du musst das in den Griff bekommen,* dachte sie inständig und erhob sich mit einer schnellen Bewegung, wie um die Verkrampfung abzuschütteln. Sie ging zu den Fenstern, stellte sich dicht vor die Scheiben und lehnte die Stirn an die kühle glatte Fläche. Durch das matte Glas fiel ihr Blick wieder auf die Pyramide und der Anblick der makellosen Form tat aufs Neue seine Wirkung.

Sie beruhigte sich etwas und versuchte ihre Gedanken zurück zur Hohen Meisterin zu lenken, wie sie ihr mit liebevollem Blick gegenübergesessen war. Schon nach wenigen Momenten sammelte sich die Energie erneut in der Höhe ihres Bewusstseins und während der folgenden Minuten lösten sich auch Panik und Zweifel wieder auf.

Sie hatte offenbar ein Mittel gegen ihre Angst gefunden, das sie allein durch die Kraft ihrer Vorstellung anwenden konnte. Nach einer weiteren Stunde, in der sie zufrieden feststellte, dass es ihr gelang, aufkommende Furcht schon im Keim schnell beruhigen zu können, verspürte sie erstmals seit Tagen wieder richtigen Hunger.

Sie entschied, das Risiko einzugehen und den Gemeinschaftsraum aufzusuchen, um sich zumindest etwas zu essen zu holen.

33

An den folgenden Vormittagen hielt Yoshi die Adepten immer aufs Neue dazu an, sich den Kräften des inneren Narren zu überlassen.
Er überraschte sie täglich mit neuen Übungen, führte mit Einzelnen aus der Gruppe Gespräche, um persönliche Fragen zu beantworten, oder sprang, im wahrsten Sinn des Wortes, selbst ein, um jemanden mitzureißen.
Mit zunehmender Übung gelang es allen, sich der ausgelassenen und freien Stimmung aus eigener Kraft zu überlassen und auch den übrigen Tag lang beizubehalten.
In der freien Zeit wurde viel geschwatzt, gelacht und in den Nächten getanzt und gesungen.
Die Freizügigkeit, die das neue Verhalten auslöste, führte von neuen Freundschaften bis hin zu leidenschaftlichen Begegnungen und darauffolgenden Liebesnächten.
Nadja und Pjotr waren mittlerweile ein Paar geworden, woran sie alle anderen ausgiebig teilhaben ließen, da sie nicht nur, einander liebkosend und küssend, das Sofa in einer Nische des Gemeinschaftsraumes zu ihrem Territorium erklärt hatten, sondern auch in den Gängen immer wieder beim Liebesspiel ertappt wurden. Was die beiden allerdings nicht zu stören schien. Zweifelsfrei hatten sie beschlossen, die Hemmungslosigkeit des Narrenanteils in allen Facetten auszukosten.
Marcello, der in Rio de Janeiro Musik studiert hatte und nun dort neben seiner Tätigkeit als freischaffender Komponist auch als Dozent tätig war, wurde für Paul zu einem richtigen

Freund. Der immer fröhliche Brasilianer verwickelte ihn an den Abenden so lange in Gespräche, bis Paul schließlich seinerseits zu erzählen begann. Unter dem steten Bewusstsein, auch in der freien Zeit die Ausgelassenheit des Narren praktizieren zu sollen, tauschten die beiden ihre Lebensgeschichten bis hin zu privaten Details aus.

Marcello, der sich als hervorragender Pianist erwies, war es dann auch, der Paul in einer Nacht dazu brachte, ganz ohne Einfluss von Alkohol, in den Liederreigen der Gruppe einzustimmen und lauthals mitzusingen.

„Du hast eine großartige Stimme, Paul! Schon mal daran gedacht, ins Musikbusiness zu wechseln?“

„Da hast du genau den Richtigen erwischt: ich vor ein paar Hundert Zuhörern und auch noch singen! Um mich das zu trauen, musst du mir so viel Whisky einflößen, dass ich schon vor dem Auftritt an Alkoholvergiftung sterbe.“ Sie sangen und lachten bis tief in die Nacht hinein.

Shennon hatte sich zu Pauls Glück mit dem Engländer Jason, einem Sportlehrer aus Yorkshire, eingelassen. Zuvor hatte sie es auch noch bei Marcello versucht, der jedoch mit ihrer ohnehin schon sehr freizügigen Art ebenso wenig anfangen konnte wie manch anderer. Erst im Schwung der wachsenden Offenheit, die der Narrenanteil mit sich brachte, wagten sich schließlich einzelne Männer aus der Gruppe an sie heran. Plötzlich sah sich Shennon von drei Bewerbern umgeben und entschied sich schließlich für den mit den meisten Muskeln.

An einem der Abende gesellte sich auch Lena zu Marcello ans Klavier. Anfangs stand sie nur am Rand der kleinen Gruppe, die sich um ihn geschart hatte, und swingte mit den Fingern schnippend mit. Schließlich stimmte sie in den Gesang ein und Paul, der etwas abseits saß und sie liebevoll beobachtete, freute sich, ihre helle Stimme zu hören.
Etwas später, nachdem Lena seine Blicke aufgefangen hatte, kam sie auf ihn zu.
„Würdest du einen Tanz mit mir wagen?“, fragte sie ihn sanft.
Paul sah in ihr Gesicht und die offenen, gelassenen Züge zeigten ihm, dass unter der harmlosen Berührung eines Tanzes ihr Trauma unangetastet bleiben sollte. Auf keinen Fall wollte er ihre offensichtlich zurückgewonnene Stabilität gleich wieder gefährden.
„Aber höchstens einen“, sagte er einfühlsam lächelnd, „wir wollen ja nichts überstürzen.“
Aus dem einen Tanz wurden schließlich drei und während der folgenden weiteren Woche der Narrenzeit kam es auch noch zum einen oder anderen Abend, an dem die beiden sich mit wachsender Selbstverständlichkeit aneinanderschmiegten.
Wenn sie dann spätnachts in ihre Zimmer aufbrachen, stiegen sie schließlich immer öfter Hand in Hand die Treppen hoch und verabschiedeten sich mit kurzen Berührungen ihrer Lippen.

„Dies also war Ihre Reise durch den ersten der inneren Tempel.“ Yoshi stand der Gruppe gegenüber und schlug zum Abschluss ihrer gemeinsamen Zeit einen für ihn ungewohnt feierlichen Ton an.

„Ich entlasse Sie nun aus meiner Obhut. Sie haben in den vergangenen Wochen gut gearbeitet und als Gruppe sehr schnell zueinandergefunden. Das ist selten und ein Glück für Sie." Er hielt kurz inne und fuhr mit erhobener Stimme fort. „Auch wenn Sie nun in die sieben folgenden Tempel weiterziehen, halten Sie den Anteil des inneren Narren stets wach. Er wird Ihnen gute Dienste dabei leisten, im richtigen Moment jene Hingabe aufzubringen, die es braucht, um alle Türen zu Ihren Seelen aufzustoßen und sich schließlich im Inneren Ihres Hauses als Eigentümer und nicht wie ein Gast zu bewegen.
Ihre Reise in ein neues Leben hat gerade erst begonnen. Und wenn Sie Ihr Haus dereinst verlassen, werden Sie zurückblicken ohne Reue. Sie werden leichten Herzens gehen, mit dem Wissen, Ihre Gaben gegeben, Ihren Dienst geleistet und Ihre Liebe gehegt zu haben. Fahren Sie wohl. Namaste."
Damit verbeugte sich Yoshi vor der Gruppe und beschloss seinen Unterricht mit lachendem Gesicht und dem guten alten Brauch klatschender Hände, den die Adepten gerne und ausgiebig erwiderten.

Wasser der Seele
IV
V
II
III
I

34

Schon der erste Anblick des neuen Lehrsaales flößte Paul Respekt ein.
Als er mit bloßen Füßen zaghaft über den Goldboden schritt, wollte er sich am liebsten gleich bücken, um die feuchten Abdrücke, die seine Sohlen auf dem makellosen Untergrund hinterließen, wieder wegzuwischen.
Bevor er jedoch dazu kam, verlor sich sein Blick in der endlosen Weite der Deckenmalerei. Die optische Täuschung war so kunstvoll angelegt, dass er den Eindruck gewann, sich im Inneren eines hohen Turmes zu befinden, dessen Wände rundum bis in höchste Höhen mit Goldfarbe überzogen waren.
Die Mitte des Saals wurde zudem von einem riesigen, ebenso goldenen Thron beherrscht, der auf einem massiven Podest stand und über acht Stufen zu erreichen war.
Auf der gut drei Meter hohen Kopfleiste der Rückenlehne befand sich ein obskures Gebilde mit religiösen Symbolen, das in filigranen Stäben aus dem massiven Balken der Lehne wuchs.
Erst als Paul sich dem Thron genähert hatte, konnte er die einzelnen Teile des Kunstwerks erkennen. Eine Mondsichel durchdrang einen fünfzackigen Stern, der wiederum ein ebenso großes Kreuz umschloss. Das Gebilde war dreidimensional und trug in alle Richtungen weitere, kleinere Ausläufer alter, religiöser und mystischer Symbole, die als Ganzes eine in sich verworrene, doch nach außen hin ebenmäßige Kugel ergaben.
Diese schien, trotz der verzerrten Optik des Saales, sein tatsächliches Zentrum einzunehmen.

Paul bewegte sich vorsichtig um den Thron herum, während er seinen Blick nicht davon lassen konnte.
Erst nach einer Weile wurde ihm bewusst, dass es taghell war, obwohl es im ganzen Raum keine Lichtquelle gab.
Das Gold an Wänden, Boden und Decke schien auf eine magische Art aus sich selbst heraus zu leuchten.
Etwas verloren stand er inmitten dieser schimmernden Pracht. Sein erster Impuls wäre gewesen, sich hinzuknien und ein Gebet zu sprechen. Doch allein schon wegen der vielen Symbole, die den Raum überstrahlten, hätte er gar nicht gewusst, welche Art von Gebet angebracht gewesen wäre.
Trotzdem folgte er nun dem Impuls und kniete sich hin. Er legte die Hände auf die Schenkel, senkte den Blick und neigte den Kopf. Diese Haltung schien ihm aus unerfindlichen Gründen passend zu sein. Obwohl er sich nicht erinnern konnte, wann er sie je zuletzt eingenommen hatte, fühlte sie sich vertraut an.
Ihm fiel der Moment ein, als er vor drei Wochen, kurz nachdem er den Tempel erreicht hatte und Devi auf ihn zugekommen war, zu dem Ornament über dem Tor aufgeblickt hatte. Die kniende Madonnenfigur war in einer ganz ähnlichen Haltung dargestellt gewesen.
Mein Wesen ist zurzeit vom Anteil des Dieners bestimmt, hat Devi erwähnt. Über diesen Pfad, durch dieses Tor habe ich den Tempel betreten und tatsächlich fühlt sich die Haltung an, als würde sie einem großen Teil meines Innenlebens Ausdruck verleihen.
Er blickte zur goldenen Kugel hoch, die alle spirituellen Strömungen der Welt zu verknüpfen schien, und empfand Demut.

Therese, die Meisterin des Tempels, war eine zierliche Frau in mittleren Jahren. Sie trug ihre halblangen braunen Haare zu einem Zopf gebunden, der die hohen Wangenknochen noch mehr betonte. Ihr orangerotes Gewand ähnelte dem der Tempeldiener. Nur der komplizierte Wurf des Stoffes, der eher einem kostbaren Sari glich, unterschied sie von den treuen Helfern der Adepten.
Schon frühmorgens hatte sie die Gruppe aus ihren Zimmern zusammenkommen lassen. Im Gemeinschaftsraum hatte sie sich mit leiser Stimme höflich vorgestellt und der Gruppe danach einen Zeitplan übergeben, auf dem die Einteilung abzulesen war, nach der jeder einzeln vor der Tür zum Lehrsaal erscheinen sollte. Vor dem Einlass hatte sie dann später freundlich darum gebeten, die Schuhe auszuziehen, und hatte, nachdem man eingetreten war, die Tür von außen wieder geschlossen.
Paul war als Vorletzter an der Reihe gewesen und nach ihm war es nur noch an Lena, als Letzte der Gruppe in den Thronsaal einzutreten.

Paul hatte bis dahin den Vormittag in der Bibliothek zugebracht. Nachdem er die Regalreihen abgeschritten war, da und dort eines der Bücher herausgezogen, es durchgeblättert und wieder an seinen Platz verstaut hatte, war er schließlich im hinteren Bereich des Raumes hoch über seinem Kopf auf eine Reihe besonders alter Bände gestoßen. Auf einem der großformatigen Bücher war auf dem Rücken das Symbol des Octagons, eines symmetrischen Achtecks, eingeprägt.

In einer Nische etwas abseits hatte er nach kurzer Suche die Bibliotheksleiter gefunden, sie ans Regal angelegt und den offenbar kostbaren Band behutsam dem Regal entnommen.
An einem der Tische aus der Reihe, die in der Mitte den Saal durchzogen, hatte er danach im Schein einer klassischen Leselampe begonnen, das alte Pergament vorsichtig durchzublättern. Zu seinem Bedauern hatte er jedoch schnell feststellen müssen, dass die Zeilen neben den zahlreichen Handskizzen in einer alten Handschrift verfasst waren, die ihn an die wenigen Abbildungen des Sanskrit erinnerten, die er im Lauf seines Lebens zu Gesicht bekommen hatte. Er hatte sich also damit begnügen müssen, die Skizzen zu studieren. Schon bald war er auf einen Grundriss des Octagons gestoßen, der kunstvoll verziert und mit verblassten, aber noch deutlich erkennbaren Farben seine inneren Tempel mit den Hauptgängen des Erdgeschosses und auch das *Wasser der Seele* abbildete. Auf den folgenden Seiten waren die Lehrtempel einzeln skizziert und ausführliche Zeilen sollten scheinbar deren Bedeutung und Entstehung beschreiben. Auf weiteren Blättern hatte er zahlreiche Zeichnungen und Entwürfe zu Details aus den Sälen gefunden. Unzählige Schriftzeilen behandelten wohl auch deren Hintergründe und Sinngehalt.
Leider hatte Paul, nachdem er bis zur letzten Seite geblättert hatte, dem Band schließlich nur wenig Neues entnehmen können. Zweifelsfrei musste es sich bei dem Gebäude um eine sehr alte Einrichtung handeln, deren erster Entwurf bereits viele Jahrhunderte vor Christi Geburt entstanden war. Die Abbildungen der inneren Tempel, die noch vor ihm lagen, hatten

ihm zudem einen aufregenden Ausblick auf die kommenden Wochen vermittelt. Einige der Skizzen hatte er jedoch gar nicht zuordnen können. Es schien sich um sehr alte Teile des Octagons zu handeln, die sich unter den oberen Geschossen tief im Fundament befinden mussten.
Das offenbar ausgeklügelte Lehrsystem des Tempels hatte den größten Eindruck bei ihm hinterlassen und er hätte sich gewünscht, unter den Hunderten von Bänden der Bibliothek eine Übersetzung ausfindig machen zu können. Doch auch nach über einer Stunde der Suche, in der er auf der Leiter stehend immer wieder einen Blick bis in die höchsten Regalebenen hatte werfen können, war er auf nichts Derartiges gestoßen.
Schließlich hatte er die Suche aufgegeben, dafür aber beschlossen, in seinem Zimmer sogleich sein Reisebuch, das er im Zuge der Ereignisse vollkommen vergessen hatte, hervorzukramen und selbst Skizzen anzufertigen.
An den folgenden Tagen sollten von nun an auch noch zahlreiche Notizen folgen.

Sich kniend vor einem Thron mit religiösen Symbolen wohlzufühlen, befand Paul bald als sehr befremdlich. Gerade, als er wieder aufstehen wollte, öffnete sich die Tür und Therese kam in dem goldhellen Saal einige Schritte auf ihn zu.
„Dies ist der innere Tempel der Dienerin. Er ist der weiblichen Kraft zugeordnet“, erklärte sie mit ruhiger Stimme. Paul war mittlerweile wieder auf die Beine gekommen. „Und deiner einfühlsamen Haltung von eben entnehme ich, dass du trotz deiner jugendlichen Männlichkeit diesem Anteil in dir großen

Raum gibst. Es beinhaltet jedoch auch deine größte Aufgabe und damit deine Schwäche." Sie wurde bestimmter. „Denn du gehörst auf die Seite des Männlichen. Erst dort wirst du finden, wonach du suchst und was dich hierhergeführt hat. Achte also in den kommenden Wochen darauf, die Kräfte der Dienerin nur mit Vorbehalt in dir zu verstärken. Sie sind bereits zur Genüge ausgebildet."

Vielleicht weil ihm bislang dieser Anteil seines Wesens als so selbstverständlich erschienen war, hatte er sich auch in seiner Eigentherapie nur im üblichen Rahmen damit auseinandergesetzt. Seine merkwürdige Reaktion auf den goldenen Thron mit der Kugel obenauf und auch die Worte der Meisterin, waren ihm jetzt jedoch Anlass genug, sein Verhalten daraufhin zu überprüfen.

Er bedankte sich bei Therese, erfuhr von ihr noch, dass für den kommenden Tag wieder ein Training in der Gruppe anberaumt war, und verließ den Lehrsaal rasch in Richtung seines Zimmers.

Noch vom Vormittag lag sein Buch auf dem Tisch vor den Fenstern und so machte er sich daran, all jene Charaktermerkmale aufzulisten, die sein Wesen bestimmten.

Therese behielt recht: Eigenschaften wie Einfühlungsvermögen, Achtsamkeit oder die Bereitschaft, sich unterzuordnen, waren ihm zutiefst vertraut. Hingegen fiel es ihm stets schwer, Entscheidungen zu treffen, klare Worte zu finden, wenn es darum ging, anderen Anweisungen zu erteilen oder Frauen gegenüber selbstsicher und überzeugend aufzutreten. Er half, wo er konnte, passte sich an, räumte Probleme aus dem Weg und hatte ja nicht zuletzt den Beruf des Therapeuten gewählt, der ihm die tägliche Übung abverlangte, anderen Menschen in ihre Innenwelten zu folgen und gleichzeitig die eigenen Bedürfnisse hintanzustellen. Auch in seinen vergangenen Beziehungen mit Frauen verhielt es sich ähnlich. Er hatte sich stets angepasst, sich so verhalten, wie die vermeintliche *Liebe seines Lebens* es gerade verlangt hatte, und war schließlich regelmäßig an der Überforderung gescheitert, in die ihn diese permanente Unterdrückung seiner eigenen Bedürfnisse hineinmanövrierte.

Er war Zeit seines erwachsenen Lebens ein Diener gewesen oder besser, wie ihm jetzt bewusst wurde, eine Dienerin.

Nachdem er seine Notizen nochmals überflogen hatte, klappte er das Buch zu und fasste den Entschluss, der Empfehlung von Therese zu folgen und den Lehren der kommenden Wochen mit etwas Abstand zu begegnen.

35

Lena stand vor dem Thron und empfand zuallererst den Überfluss an Goldfarbe als reine Verschwendung. Sie hatte kalte Füße und trat von einem Bein aufs andere. Vielleicht auch, weil ihr Nervenkostüm in den letzten Tagen zusehends wieder an Kraft gewonnen hatte und sie sich mitunter sogar wieder als in alter Stärke empfand, wurde sie mit jeder Minute, die verstrich, wütender. Am liebsten wäre sie über die Stufen hochgestiegen, um den Thron umzustoßen.
Sie konnte sich ihre heftige Reaktion zwar nicht erklären, fühlte sich aber ebenso zusehends im Recht, ob der Unsinnigkeit, die sie dabei empfand, ihre Zeit allein in dem Saal zu vertrödeln.
Sie stieß einen grimmigen Laut in Richtung Tür aus, mit dem sie, mehr unbewusst als sich klar über ihre Handlung, wohl eine Reaktion von Therese provozieren wollte, die sie in Reichweite vor der Tür vermutete.
Nach einigen Wiederholungen waren aus den anfänglichen Rufen wütende Flüche geworden.
Schließlich hielt sie, sich plötzlich voll bewusst über ihr Verhalten, erstaunt inne. Die letzten Tage im Narrentempel hatten offensichtlich Spuren hinterlassen. Ihre Gefühle fanden um vieles schneller den Weg an die Oberfläche. Allerdings empfand sie ihre überzogene Reaktion doch als sehr eigenartig. Zudem war sie noch nicht bereit dazu, so schnell in eine wieder andere Welt einzutauchen. Allzu gern hätte sie noch weitere Tage unter der Führung von Yoshi verbracht, dessen ungestümes Wesen ihre Kräfte seit Langem hatte aufleben lassen.

In ihrem Zorn bahnte sich diese Enttäuschung nun scheinbar zügellos ihren Weg.
Nach einem weiteren, etwas leiseren Fluch, der wie auch die vorangegangenen keine Reaktion von Therese zur Folge hatte, gab sie es schließlich auf.
Sie stand leicht benommen in dem schimmernden Raum und stellte zufrieden fest, dass wenigstens ihre Füße wieder warm waren. Ohne einen weiteren Gedanken zu verschwenden, stieg sie die Stufen hoch, trat an den Thron und war im Begriff, sich zu setzen.
In diesem Moment öffnete sich abrupt die Tür und Therese betrat den Saal.
„Fahren Sie nur fort. Vielleicht ist der Thron ja für Sie reserviert." Ihre Stimme füllte den Saal und hatte ein Volumen angenommen, das Lena ihr, nach den verhaltenen Worten der Begrüßung am Morgen, nicht zugetraut hätte.
Auch wenn keinerlei Vorwurf in ihrem Ton lag, verfehlte er nicht seine Wirkung. Lena hatte sofort ein schlechtes Gewissen und noch bevor ihr Gesäß die Sitzfläche berührt hatte, fuhr sie hoch und kam die Stufen wieder herunter. Ihr Zorn war jedoch noch nicht ganz verraucht und allzu gern hätte sie mit einer spitzen Bemerkung geantwortet.
Therese hob die offene Handfläche und stoppte sie.
„Dies ist nicht der Ort des Angriffs, sondern des Annehmens. Doch freut es mich zu sehen, dass Ihr *Aggredere* zurückgekehrt ist."
Lena hatte den Begriff bereits bei Yoshi vernommen, konnte ihn aber nach wie vor nicht zuordnen.

Therese war nun an ihrer Seite zu stehen gekommen, hatte sich unter ihrem Arm eingehakt und hielt den Blick auf die goldene Kugel gerichtet. Lena empfand die Berührung erst als befremdlich, fühlte sich jedoch seltsamerweise schnell wie von einer guten Freundin betreut.
Therese ließ einige Augenblicke verstreichen, bevor sie mit ihrer Erklärung fortfuhr.
„Bevor wir die Gruppe der Adepten in unsere Obhut übernehmen, führen wir stets viele Gespräche mit der Hohen Meisterin. Auch die Meister der bereits durchlaufenen Lehrtempel gesellen sich dann zu uns. So tauschen wir uns über die Entwicklung der Gruppe aus und lernen die Teilnehmer des Zyklus kennen, noch bevor wir ihnen begegnet sind. Darum weiß ich von Ihrer Not in den vergangenen Wochen und dass Ihr vertrauter und gewohnter Wesenskern wieder die Führung übernommen hat. Sie selbst empfinden das wahrscheinlich, als wäre Ihre alte Kraft zurückgekehrt. Tatsächlich aber wiederholen Sie nur die alten Schutzmechanismen, die Ihnen für eine weitere Weile Sicherheit und scheinbare Stärke vorgaukeln." Therese sprach sachlich und ruhig, ohne jeden Anflug von Überheblichkeit.
„Sie greifen an, bevor Sie selbst verletzt werden können. Und Sie haben so lange unter der Autorität männlicher Kräfte gelitten, dass Sie es darin selbst zu einiger Meisterschaft gebracht haben. Mehr als verständlich im heutigen Leben westlich kapitalistischer Leistungsstrukturen. Und sehr wahrscheinlich werden Sie manches erlebt haben, das Ihre Weiblichkeit zutiefst verletzt hat."

Sie blickte zu Lena und konnte auf deren Gesicht ablesen, wie sehr ihre Worte den Kern trafen.
„Alle Lehren des Octagons“, fuhr sie fort, „sind vom Prinzip des Ausgleichs bestimmt. Alles, was uns führt oder antreibt, hat seine Berechtigung. Doch erst im Ausgleich der inneren Kräfte zeigt sich der wahre Wesenskern eines Menschen, der ihn zuletzt zu tragen und ihn dabei zu stützen vermag, dem Leben und dem Selbst den angemessenen Dienst zu erweisen.“
Lena hatte sich mittlerweile in der Nähe der umsichtigen und in sich ruhenden Frau entspannt. Sie lauschte ihren Worten und fühlte tief in ihrem Inneren eine Regung, als würde sich leise eine Tür öffnen, die vor langer Zeit mit Gewalt verschlossen worden war.
„Treten Sie also einen Schritt zurück, Lena. Auch wenn Ihnen die kommenden Tage mitunter Unbehagen bereiten werden, haben Sie Vertrauen, dass gerade in diesem Tempel der Dienerin Ihr Wesen eine neue Kraft erfahren wird, die sich fälschlicherweise oft als Schwäche anfühlt. Und gehen Sie davon aus, dass alles auf Ihrem bisherigen Weg Sie darauf vorbereitet hat.“ Damit schloss Therese ihre Ausführungen, verneigte sich leicht vor Lena und verließ den Saal. Sie wusste, dass sie die junge, intelligente Frau nun getrost ihren Gedanken überlassen konnte.

36

Die Gruppe bildete rund um den Thron einen geschlossenen Kreis. Therese hatte die Adepten einzeln in den Raum geführt, jedem eine Position zugewiesen und die Abstände zwischen ihnen eingerichtet. Die Anordnung schien nicht zufällig zu sein. Das mächtige Gebilde in der Mitte versperrte den Blick auf das direkte Gegenüber und Paul konnte, nachdem der Kreis vollzählig war, Lena weder zu seiner Rechten noch zu seiner Linken entdecken. Auch Nadja und Pjotr standen einander gegenüber und ebenso Shennon und Jason. Soweit er es überblicken konnte, fand sich jeweils ein weiblicher Adept einem männlichen gegenüber.

Noch bevor er sich darüber Gedanken machen konnte, hob Therese, die außerhalb des Kreises stand, ihre Stimme.

„Bitte stellen Sie Ihre Füße nun dicht nebeneinander, schließen Sie die Hände vor Ihrem Schoß und senken Sie den Blick bis zum Boden." Die Gruppe folgte ihren Anweisungen und stand nun still da, mit schmalem Stand und demütig nach unten geneigten Köpfen.

Paul sah auf seine Hände, die er übereinandergelegt hatte, und darunter auf den schimmernden Boden vor seinen Füßen. Für einen Moment verlor er sich in der Betrachtung des faszinierend blank polierten Metalls.

„Manche von Ihnen werden in dieser Haltung Unbehagen empfinden, anderen wird sie durchaus vertraut erscheinen. Was immer sie in Ihrem Inneren auslöst, Ihre erste Übung besteht darin, es zu akzeptieren. Folgen Sie aufmerksam Ihren

inneren Prozessen und nehmen Sie vorbehaltlos an, was an die Oberfläche Ihres Bewusstseins dringt. Ob Sie Abwehr, Hingabe, Unmut oder Demut empfinden, ist gleich gültig. Behalten Sie jedoch bitte für die kommenden Augenblicke diese Haltung bei und bewahren Sie weiterhin Stillschweigen."
Therese begann mit gemessenen Schritten die Gruppe zu umkreisen.
In Paul regte sich erst einmal nicht besonders viel. Er erinnerte sich vage an Begräbnisse, an Kirchenbesuche aus seiner Kindheit und an eine Situation, in der er vor den Direktor seiner Schule zitiert wurde, um die Strafe für etwas auf sich zu nehmen, das er gar nicht zu verantworten hatte.
Mit den Minuten fühlte er sich allerdings zunehmend bedrückt und begann, sich gegen dieses Gefängnis zu sträuben, das ihm sein Körper mit dieser Haltung auferlegte. Zugleich jedoch bemühte er sich, den Anweisungen der Meisterin zu folgen und die widerstrebenden Regungen zu akzeptieren. Kurz darauf schoss ihm sein Vorsatz durch den Kopf, sich nicht allzu tief auf die Übungen im Tempel der Dienerin einzulassen. Solchermaßen verunsichert schweiften seine Gedanken zu Lena ab.
Gern hätte er einen Blick auf sie geworfen. Mit Sorge fragte er sich, wie es wohl ihr mit dieser Unterwürfigkeit ergehen mochte, die einem diese Augenblicke abverlangten.
Nachdem Therese einige Runden gezogen hatte, sprach sie, ohne ihre Bewegung zu unterbrechen, weiter.
„Das sind wir." sagte sie schlicht in den Raum hinein.
„Wir stehen, gefangen in einem Körper mit begrenzten Möglichkeiten in der Welt. Vor uns steht ein mächtiges, althergebrachtes

Symbol aus Glaubensmustern und Regelwerken. Der direkte Blick auf unser Gegenüber bleibt uns verwehrt. Und um uns herum dreht sich eine Welt, die voll ist von immer neuen Vorgaben, fremder, uns übergeordneter Menschen.“ Sie hielt inne, um den Adepten Zeit zu geben, das Bild in ihre Welt zu übersetzen.

„So erdrückt wir uns im Widerstreit dieser Mächte oft fühlen mögen, besteht der erste Schritt zur Lösung jedoch darin, all diese in und auf uns wirkenden Kräfte zu erkennen, zu akzeptieren und schließlich ehren zu lernen.“ Therese ging gemächlichen Schritts weiter und ihre sanfte Stimme vermittelte den Adepten Sicherheit. „Nur indem wir die Widerstände in unserem Inneren aufgeben, bereiten wir den Boden, auf dem wir unser eigenes, freies Haus erbauen können. Die innere Dienerin ist die Hüterin dieses Hauses. Sie nimmt an, was gegeben ist. Sie akzeptiert die Vorgaben und gibt sich der Pflege und dem Dienst hin, der die Fenster und Türen unseres Hauses geöffnet hält.“

Sie beendete ihren Rundgang und betrat nun den Kreis der Gruppe.

Nach einem kurzen Moment des Verweilens ging sie auf den Thron zu, stieg über seine Stufen empor und nahm, ohne zu zögern, in einer königlichen Haltung darauf Platz.

Nachdem sie einen Blick auf die Adepten rundum geworfen hatte, die ihr mit den Augen erstaunt gefolgt waren, fuhr sie mit veränderter Stimme fort:

„Sie werden mich nur dieses eine Mal auf dem ehrwürdigen Thron und in dieser Haltung vorfinden. Und in Kürze werde

ich Sie für den Rest des Tages sich selbst überlassen. Zuvor jedoch ersuche ich Sie, die Haltung der Dienerin und der Unterwerfung noch für eine Weile, auch nachdem ich den Saal verlassen habe, beizubehalten, und stelle Ihnen jetzt eine Frage, die Sie noch bis zum Ende Ihres Aufenthaltes im Octagon beschäftigen kann:
Wer sitzt auf dem Thron?"
Der Nachhall ihrer Worte lag wie ein Teppich aus Stille im Saal.
Langsam erhob sie sich, stieg behutsam die Stufen nach unten und nachdem sie den Boden erreicht hatte, schien es, als würde jede Hoheit nun wieder ganz von ihr abfallen.
Sie drehte sich zum Thron um, verneigte sich davor und ging einige Schritte rückwärts, bis sie aus dem Kreis der Adepten getreten war. Dann verneigte sie sich abermals, diesmal jedoch vor der Gruppe, und verließ schließlich leise den Raum.
Paul stand da, beeindruckt von diesem verblüffenden Auftritt und sein Blick fiel nun auf den leeren Thron. Auch alle anderen Adepten sahen wieder dorthin hoch und er spürte förmlich, wie die letzte Frage von Therese auch in ihnen kreiste.
Der Thron erhob sich vor ihnen und schien eine noch größere Macht zu verströmen als zuvor.
Langsam tauchten nun die Bilder aus ihren Erinnerungen und Fantasien auf, die den leeren Platz zu besetzen begannen.
Und einer nach dem anderen neigte nachdenklich seinen Kopf.

37

„Im Tempel des Narren und auch gestern Vormittag haben Sie bereits erfahren, welche machtvollen Wirkungen von Körperhaltungen, Fantasiegebilden und Raumdynamiken ausgehen können. Natürlich kommt auch der Sprache ein großer Anteil dabei zu, welche Innenwelten inspiriert werden, sich uns zu erschließen. Über allem jedoch steht die erfahrene, durchlebte und wiederholte Handlung, die das Wesen zu schulen vermag."

Therese überblickte die Adepten, die sie zu Beginn des folgenden Vormittags aufgefordert hatte, sich lose im Lehrtempel zu verteilen.

„Nehmen Sie nun bitte wieder den schmalen Stand ein, schließen Sie Ihre Hände und senken Sie den Blick zu Boden. Nun verharren Sie so lange in dieser Haltung, bis sich alle Widerstände in Ihrem Inneren gelegt haben. Üben Sie sich darin, alles widerspruchslos zu akzeptieren, all Ihr Inneres und alles Äußere. Nehmen Sie an, was Ihnen widerfährt. Eröffnen Sie sich Ihre Kleinheit, Ihre Schwäche und Ihre Scham. Geben Sie jede Führung ab. Unterwerfen Sie sich dem Leben. Fühlen Sie sich ein in alles, was Wesen und Dinge benötigen. Bringen Sie das höchste Maß an Achtsamkeit auf. Lassen Sie allen Mut fahren und geben Sie sich der Demut hin."

Thereses Stimme hatte einen hypnotischen Ton angenommen. Auch in den folgenden Minuten wiederholte sie mehrmals dieselben Sätze und Wörter, bis diese wie ein Mantra in den Köpfen zu kreisen begannen. Während sie langsam durch den

Raum ging, suchte sie die Frauen und Männer einzeln auf. Auch wenn der Ton ihrer Stimme tief in die Seelen der Adepten reichte, verströmte er nicht einen Hauch von Anmaßung.
Paul schützte sich, indem er immer wieder die Position des Beobachters einnahm. Die vereinnahmende Stimme von Therese und die Inhalte der Wörter verfehlten jedoch auch bei ihm nicht die Wirkung. Sehr schnell hatte er alle inneren Widerstände aufgegeben und erlaubte sich, seine Blicke immer wieder auf die anderen Adepten zu werfen. Als Therese bei ihm angekommen war, schien sie mit einem leichten Nicken sein Verhalten zu bestätigen.
Pauls Augen ruhten bald auf Lena. Bewegungslos stand sie in der rechten Hälfte der Gruppe, etwas seitlich hinter dem Thron, und hielt die gesenkten Augen geschlossen. Paul konnte erkennen, dass sie ruhig atmete und sich versunken den monotonen Anweisungen von Therese hingab.
Er ertappte sich dabei, sie, in der stillen Bescheidenheit, die von ihr ausging, besonders attraktiv zu finden.
Nach einer Weile unterbrach die Meisterin ihre Anweisungen und kam nun selbst in der geneigten Haltung zu stehen.
„Nachdem nun bei allen die innere Dienerin die Führung des Wesens übernommen hat, ersuche ich Sie höflich, sich langsam in Bewegung zu setzen und den Raum zu durchschreiten. Suchen Sie dabei ununterbrochen den Augenkontakt der anderen. Sobald sich Ihre Blicke jedoch begegnen, versuchen Sie stets, Ihre Augen unter die Augen und Ihren Körper unter den Körper Ihres Gegenübers zu stellen. Wie klein Sie sich dann auch gemacht haben oder wie sehr auch immer Sie sich

erniedrigt fühlen, es ist Ihnen nicht erlaubt, sich wieder aufzurichten. Lassen Sie sich während der folgenden Augenblicke bitte ganz von der inneren Dienerin führen. Bleiben Sie gesammelt und erforschen Sie die Bewegungen Ihrer Innenwelt.“

Was nun geschah, glich mehr einem bizarren Schauspiel, denn einer seriösen Charakterlehre.

Immer wieder begegneten die Augenpaare einander und bei den Versuchen, sich unter die anderen zu stellen, wurden aus den anfänglichen Verbeugungen bald verbogene Haltungen, die schon kurz darauf jeden weiteren Schritt unmöglich machten. Trotzdem waren die Adepten mit großem Ernst bei der Sache. Wenig später jedoch lagen alle auf dem glatten Boden und waren in gekrümmten Haltungen in sich gekehrt.

Sie wanden sich und empfanden neben der Scham, sich vor den anderen so erbärmlich zu zeigen, auch Abscheu und Missgunst gegenüber jedem der Augenpaare, in die sie blickten.

Therese erlöste sie schließlich aus ihrer Qual.

„Richten Sie Ihre Blicke nun bitte wieder auf den Thron, ohne dabei jedoch Ihre Positionen aufzugeben.“

Die Gruppe folgte ihrem Aufruf und etwas Entspannung kehrte wieder ein.

„Was Sie eben erlebt haben, soll Ihnen als Richtschnur für Ihren Lebensweg nach dem Octagon dienen: Alle Übertreibung führt in den Schatten und jedes Extrem zu seiner Auslöschung.“

Die Adepten horchten auf.

„Gleich welchem der inneren Anteile Sie erlauben, allein die

Führung Ihres Wesens zu übernehmen, er wird sich in seine sogenannte Schattenseite verkehren. Er wird zur Qual und aus der Selbstbestrafung dafür entstehen Selbstaufgabe, Zorn und sogar Hass. Gehen Sie also nie zu weit. Halten Sie Ihr Selbst stets hoch und in Ehren. Auch in tiefer Demut wohnt Hoheit."
Sie hielt kurz inne und überblickte den Saal mit den am Boden gekrümmten Körpern. „Dennoch danke ich Ihnen für Ihre Bereitschaft, mir vorbehaltlos zu folgen. Sie geben alle ganz vorbildliche Kriechwürmer ab."
Die Adepten blickten einander an und konnten ihr Lachen nicht zurückhalten.
„So ist es gut. Alles hat seine Grenze und der Hüter Ihrer Grenzen sollte ein Wesen mit dem Humor des Narren sein."
Nun lachte Therese selbst, ging zu einzelnen Adepten und half ihnen hoch. Die anderen folgten dem Beispiel und auch dieses Mal war es der Meisterin gelungen, die Gruppe zugleich mit Tiefe und Leichtigkeit zu führen.
„Für die kommenden Tage steht nun wieder die gleiche Aufgabe an wie im Tempel zuvor: Üben Sie von früh bis spät, die edlen Anteile der Dienerin zu kultivieren. Lassen Sie all Ihre Handlungen und Äußerungen, Ihr Denken und Fühlen davon bestimmen. An den Vormittagen leite ich Sie an und sobald wir gemeinsam die Kräfte der Demut und Achtsamkeit aktiviert haben, entlasse ich Sie wieder in den Alltag des Tempels." Damit schloss sie ihre Ausführungen für den Tag, verneigte sich und verließ den Saal.
Bevor Paul sich aufmachte, betrachtete er noch eine Weile den leeren Thron und kehrte zu der Frage danach zurück, wer

diesen Platz in seinem Leben in Wahrheit besetzte. Die Antwort darauf sollte wohl noch einige Zeit warten müssen.
Als er sich schließlich umsah, stellte er fest, dass nur wenige der Adepten im Saal verblieben waren. Er suchte vergebens nach Lena. Wie gern hätte er wieder ein Gespräch mit ihr geführt.
Es war ihm aber auch, im Nachhall der Übung, als der Thron zwischen ihnen gestanden hatte, bewusst geworden, dass sie beide noch lange brauchen würden, um einen freien Blick aufeinander werfen zu können.

Lena stand vor den Fenstern ihres Zimmers und blickte in die Weite der Landschaft.
Die Tür in ihrem Inneren, die sich bei der ersten Begegnung mit Therese einen kleinen Spalt geöffnet hatte, stand nun weit offen.
Noch war sie zwar nicht bereit, diesen für sie so fremden Raum auch außerhalb der Stunden im Lehrsaal zu betreten, doch hatte sie bereits einen tiefen Einblick in dessen Weiten erhalten, die sich eröffneten, sobald sie Abwehr und Grenzen löste.
Es fiel ihr nicht leicht, denn mit dieser Öffnung ging eine unbestimmte Angst einher, die sich besonders darauf bezog, Kontrolle und damit auch Sicherheit zu verlieren.
Leiden ist leichter als Lösen, ging ihr ein Satz durch den Kopf, den sie vor langer Zeit gehört hatte, und dachte dabei gleich an Paul. *Das könnte von ihm stammen.* Sie musste lächeln und wunderte sich nebenbei darüber, wie vertraut er ihr in diesem Moment plötzlich war. Die Verwunderung rührte vor allem

daher, da sie in diesen Tagen der inneren Dienerin spürte, wie ein unbestimmtes Gefühl sie seine Nähe neuerlich meiden ließ.

Oder ist es gar nicht er, dem ich versuche auszuweichen?

Lena setzte sich auf einen der Stühle und dachte an den leeren Thron.

Noch besetzen die Männer aus meiner Vergangenheit den Thron, deren Abstammung zurückreicht bis zum Gott genannten Allvater. Sie senkte den Blick und legte ihre Hände zwischen den Schenkeln aneinander.

Könnte es sein, dass man die Schwäche der Unterwerfung erst in seinem Inneren tragen lernen muss, bevor sie einem von außen nicht mehr in Form von Unterdrückung widerfährt?

Der Gedanke erschien ihr sehr kompliziert und doch spürte sie, dass darin die Lösung verborgen lag.

Mit geneigtem Kopf blickte sie zu den Bergen empor und fühlte in dieser Demut den Riesen gegenüber mit einem Mal, wie ihr Herz sich zu lösen begann und es leicht um ihre Mitte wurde.

Und während ihr eine Träne über die Wange lief, streifte eine Ahnung von Erlösung ihr Bewusstsein.

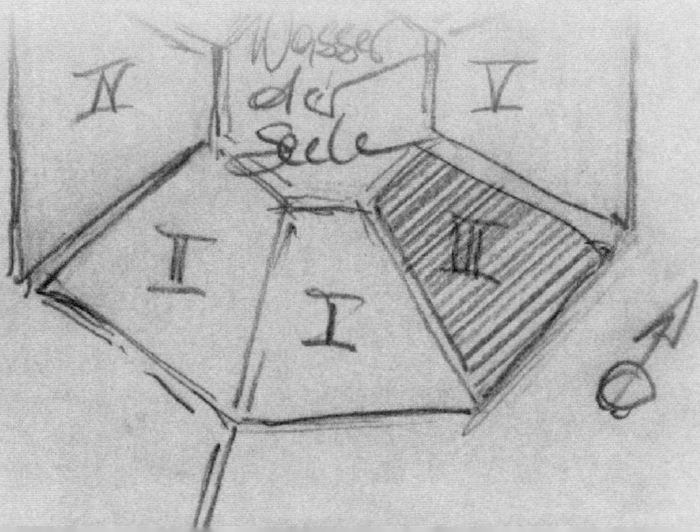
IV
Wasser der Seele
V
II
I
III

38

Meister Bruce schlug auf der gegenüberliegenden Seite des Raumes mit einem Bambusstock so lange auf den mannsgroßen Reissack ein, bis er aufplatzte. Bei jedem Schlag stieß er zudem einen markerschütternden Schrei aus, der die, noch vor der halb offenen Eingangstür stehenden Adepten in Angst und Schrecken versetzte. Mit großen Augen blickten sie nun starr hinüber auf die dunkelrot gefärbten Körner, die sich wie Blut über den schwarzbraunen Erdboden ergossen.
„Tun Sie sich keinen Zwang an!“, rief er ihnen mit tiefer, kehliger Stimme zu. „Da liegen massenhaft Stöcke herum und die alten Säcke warten nur darauf, von Ihnen bearbeitet zu werden. Also los! Hierher mit Ihnen! Und ich will Ihre Schreie hören! Und wehe, es gibt einer auf, bevor Sie die Mistdinger fertiggemacht haben!“ Bruce hatte eindeutig etwas von einem Drill Sergeant.
Die Adepten blickten einander verunsichert an und keiner wollte als Erster zu den Stöcken in der Mitte des Raumes gehen. Auch hätten sie sich ihm dabei nähern müssen, was ihnen spürbares Unbehagen bereitete.
In der gespannten Stille, die folgte, konnte man nur das leise Rauschen der mannshohen Flammen hören, die in den vier Ecken des Raumes ihr flackerndes Licht auf die blutrot gefärbten, glänzenden Wände warfen.
„Brauchen Sie eine Einladung oder einen Arschtritt? Na, los! An die Arbeit!“

Unverkennbar war Meister Bruce tatsächlich amerikanischer Abstammung und musste offenbar eine Ausbildung bei einer Spezialeinheit des Militärs absolviert haben.
Lena überwand sich als Erste. Ohne genau zu wissen, was sie antrieb, schritt sie entschlossen auf den Berg von Bambusstöcken zu, nahm einen davon an sich, wog sein Gewicht in Händen, probierte einen anderen und entschied sich schließlich für einen, der sie gut einen Meter überragte und noch stabiler und schwerer zu sein schien.
Sie sah sich im Raum um und nachdem sie ihr linnenes Opfer ausgewählt hatte, stürmte sie darauf los, holte noch im Anlauf aus und schlug mit solcher Wucht zu, dass der Sack beim ersten Schlag zerbarst.
„Na sieh einer an!“, schallte die Stimme von Bruce durch den Raum. „Da hat aber jemand die Schnauze gehörig voll! Und trotzdem hältst du genau die noch verschlossen. Oder hat sie jemand schreien hören? Also los! Gleich noch mal. Aber diesmal will ich dich schreien hören, Baby! Lass es raus!“
Paul hatte das Gefühl, im falschen Film zu sein, und als er sich umblickte, konnte er erkennen, dass es den anderen ähnlich erging.
„Was ist überhaupt los mit euch?! Ich werde euch Beine machen!“ Damit setzte er sich in Richtung der Gruppe in Bewegung, ging in den Laufschritt über und als er die Mitte des Raumes mit zum Schlag bereitem Stock passiert hatte, gab er zudem noch aggressive Schreie von sich.
Kurz bevor er bei der Gruppe angekommen war, stoben die Adepten links und rechts auseinander, rannten auf die Stöcke

zu und binnen Sekunden war der Raum erfüllt von schlagenden, schreienden Wilden.
Als die Adepten schließlich ihre Reissäcke zum Platzen gebracht hatten und keuchend nach Atem rangen, lehnte Meister Bruce schon längst entspannt an einer der Wände neben der mittlerweile geschlossenen Tür und drehte sich eine Zigarette.
„Na, das ist doch mal ein Einstieg in einen der inneren Tempel, nicht wahr? Sehr begabt, Leute, sehr begabt!“ Er klatschte laut in die Hände und zündete sich die Zigarette an.
„Zum Glück verbrauchen die Flammen das ganze Erdgas, das hier ausströmt“, sagte er mit verschmitztem Lächeln, „sonst hätten wir gleich einen ordentlichen Bums erlebt. Unter uns: Die Hohe Meisterin sieht das nicht gern.“ Er blies genüsslich den Rauch aus. „Aber ich hoffe mal, wir haben keine Verräter unter uns, wie?!“
Damit kam er lachend in die Mitte des Saales und winkte die Gruppe zu sich.
„Also“, er hielt eine Pause, beugte sich vor, winkte alle noch näher heran und legte wie ein Sportcoach die Arme über die Schultern der Adepten neben sich. Mit leiser Stimme, als würde er eine Verschwörungstheorie formulieren, fuhr er fort, „dies ist der Tempel des Kriegers. Hier setzen wir euer Aggredere, eure Kampfkraft frei, die ursprünglichste, älteste aller Antriebskräfte.“ Er unterbrach sich, richtete sich auf, zog an seiner Zigarette und sprach, in Lenas Richtung blickend, mit normalem Ton weiter. „Was nicht ganz stimmt. Die Angst ist noch älter. Doch da streiten sich die Gelehrten. Ist wie mit der Henne und dem Ei. Alles klar, Baby?“

Die ruhigen und beseelten Tage der vergangenen Wochen schienen nun fürs Erste vorüber zu sein.
Die Adepten hatten sich in dieser Zeit um vieles leichter in die dienstbare Gesinnung der Dienerin eingefunden als zuvor in das ungestüme Wesen des Narren.
Viele Stunden waren mit Gesprächen in der gegenseitigen Bemühung vergangen, respektvolle Achtung für den jeweils anderen aufzubringen. Räume und Gegenstände waren ebenso mit Umsicht und Wertschätzung behandelt worden. Auf den Gängen war man devot nickenden Adepten begegnet, die mit kleinen Schritten und gesenkten Köpfen auf dem Weg zur nächsten Dienstleistung waren.
Auch war es beinahe zur Gewohnheit geworden, einander mit Getränken und Speisen zu versorgen, was sogar zur Folge hatte, dass einige der Adepten eher ihren Tempelhütern zur Hand gegangen waren als diese ihnen.
Paul hatte in diesen Tagen viele Stunden in der Bibliothek über seinen Notizen zugebracht.
Nachdem er anfänglich irritiert darüber war, dass Lena jeden direkten Kontakt mit ihm beharrlich vermied und er ihr Verhalten nicht zur Gänze nachvollziehen konnte, fiel es ihm dann doch einigermaßen leicht, Verständnis dafür aufzubringen.
Ihm selbst waren die inneren Zustände und alltäglichen Verhaltensweisen der Dienerin nur zu gut bekannt, sodass er sich also getrost erlaubt hatte, sich die Zeit zu nehmen, um seine Studien über das Octagon fortzusetzen. Mit umso mehr Freude und Dankbarkeit hatte er die regelmäßigen Zuwendungen der anderen Adepten, in Form von Tee und Gebäck, entgegenge-

nommen. Allerdings hatte es ihm einige Mühe gekostet, sein schlechtes Gewissen im Zaum zu halten. Im Zweifelsfall hatte er sich an Thereses Anweisung gehalten, dem Anteil der Dienerin nicht noch mehr Kraft zu überlassen. Außerdem, so sagte er sich, könnten seine Notizen durchaus auch den anderen Adepten zugute kommen.

Lena waren die Übungen der Unterwerfung um vieles schwerer gefallen. Auch wenn sie in der inneren Schwäche einer neuen Qualität des Empfindens und Erlebens begegnet war, hatte sie sich dennoch allzu oft schutzlos und ihrer unlängst gewonnenen Stabilität erst wieder beraubt gefühlt.

So sehr sie sich immer wieder nach Pauls Nähe sehnte, schien eine unsichtbare Schranke in ihrem Inneren sie doch davon abzuhalten, auf ihn zuzugehen.

Die vielen Tage der Übungen hatten jedoch schließlich auch bei ihr Wirkung gezeigt und mehr und mehr war es ihr gelungen, eine aus der Leichtigkeit des Herzens heraus entstehende stille, aber beständigere Stärke zu beziehen.

Nun jedoch wurde all das über den Haufen geworfen.

Schon nach den ersten Stunden mit Bruce wurde den Adepten klar, dass nicht alles im Tempel in Sammlung und Innenschau vonstatten ging.

Nachdem Bruce seine erste Erklärung abgegeben hatte, verteilte er Garn und große Nadeln an die Adepten. Danach forderte er sie auf, die *Sauerei*, die sie mit den blutroten Reiskörnern angerichtet hatten, rasch wieder in den Säcken zu verstauen und diese zuzunähen.

Danach war das Spiel von vorne losgegangen. Unter ständigen Anfeuerungen hatte die wilde Horde ein aufs andere Mal auf das gespannte Leinen einschlagen und jeden Schlag mit Schreien aus weit geöffneten Mündern und voller Kehle begleiten müssen.
Bruce war es dabei besonders darauf angekommen, auch nicht die kleinste Halbherzigkeit zuzulassen. Er hatte, sobald einer aus der Gruppe sich ungelenk bewegt hatte, mehrmals den Stand korrigiert, aber auch die Art und Weise den Stock zu führen oder die Atemtechnik, wenn es ihm erschienen war, dass nicht genug Luft für die Schreie in die Körper gelangt war. *Pumpt eure Lungen voll, reißt das Maul auf und steht da wie Herkules vor der neunköpfigen Hydra.*

Als Paul am Abend geistesabwesend versuchte, eine Kelle Reis aus dem großen Topf in seine Schale zu befördern, fiel ihm beides aus den Händen. Nicht nur, dass die Muskeln in den Armen aus schierer Erschöpfung einfach nachgaben, ihm wurde erst da bewusst, dass er einfach kein einziges Reiskorn auch nur riechen konnte. Zudem war er jetzt fest davon überzeugt, überhaupt nie mehr in seinem Leben Reis essen zu können.
Nachdem er abermals den Reis vom Boden eingesammelt hatte, begnügte er sich mit dem Eintopf aus Linsen, beförderte unter größter Mühe noch einige Weizenfladen auf einen Teller und setzte sich an den mit Kerzen bestückten Tisch.
Wenig später betrat Lena den Gemeinschaftsraum. Paul freute sich und forderte sie mit einem Blick vorsichtig auf, doch neben ihm Platz zu nehmen. Nachdem sie unter ebenso großen

Mühen etwas von dem Currygemüse mit Lammfleisch – auch sie schien einen großen Bogen um den Reis zu machen – in eine Schale befördert hatte, setzte sie sich ihm gegenüber.
„Was? So kann ich dich einfach besser sehen“, merkte sie schelmisch an. „Außerdem kannst du mir dann nicht zu nahe kommen. Oder ich dir.“ Sie grinste.
„Willst du das denn?“
„Ach, mein Lieber“, sagte sie sanft. „Na, klar. Aber eben jetzt noch nicht. Das weißt du doch.“
Paul sah sie an und stellte überrascht fest, dass sich etwas an ihrem Verhalten geändert hatte. Ihre Züge waren weicher geworden und in ihren Augen spiegelte sich mehr an Licht als der bloße Kerzenschein.
„Du siehst umwerfend aus.“
Lena neigte ihren Kopf zur Seite und lächelte mit dem Anflug eines Vorwurfs.
„Tut mir leid“, sagte er rasch, „aber das musste ich einfach sagen.“
„Solange du nicht Baby zu mir sagst, ist alles gut.“
„Er ist schon unglaublich, findest du nicht?“
„Bruce? Ja. Ein einziger Kraftprotz.“
„Ich hab mein ganzes Leben noch nicht so viel am Stück geschrien, geschweige denn, auf irgendwas eingeschlagen. Und was ich gar nicht verstehe, ist, warum wir immer noch bei Stimme sind. Die müsste doch längst ihren Geist aufgegeben haben.“
„Ist mir auch ein Rätsel.“
„Lena?“

„Ja?“
„Alles gut bei dir?“
Lena hielt mit dem Essen inne und blickte Paul direkt in die Augen.
„Das hier ist wie Leben im Zeitraffer“, antwortete sie ruhig. „Es ist beängstigend, überwältigend und man kommt sich vor wie durch den Fleischwolf gedreht.“ Sie sah zu den Fenstern, hinter denen das Sonnenlicht gerade dabei war, den Tag zur Ruhe zu betten. „Aber es ist vor allem wie eine gewaltige Welle, die alles Alte wegspült und reinen Tisch macht für etwas wie“, sie suchte nach Worten, „ja, etwas wie das Leben nach einer nächsten Geburt, bei der man erstmalig nicht alles vergessen hat, was davor geschehen ist. Zumindest habe ich die Hoffnung darauf, dass es so ist. Und das macht mich glücklich, Paul. Und ich bin unendlich froh, dass du da bist und es mit mir erlebst.“ Sie sah ihm lächelnd in die Augen. „Wenn auch erst mal oft nur aus der Distanz.“ Und ganz still fügte sie hinzu: „Das wird uns verbinden. Für immer.“

39

„Und das Ganze jetzt ohne Stöcke und diesen erbärmlichen Fleischersatz!“, gab Bruce mit einer kalten Zigarette im Mundwinkel lässig von sich und meinte mit *Fleischersatz* offenbar die mannsgroßen Reissäcke.

Die Morgeneinheit begann also in derselben Tonart, in der die des Vortages aufgehört hatte.

Allerdings waren die Reissäcke an einer der Seitenwände säuberlich aufgestapelt und die Bambusstöcke lehnten in Reih und Glied daneben.

„Also: Stellt euch mal an die freie Wand da und lasst einen Meter Abstand zwischen einander. Presst eure Rücken und die offenen Handflächen flach an die Mauer.“

Die Gruppe befolgte seine Anweisungen und als solcherart alle zum Stehen gekommen waren und ihre Blicke wieder auf Bruce richteten, erstarrten sie schlagartig.

Bruce stand ihnen, auf der anderen Seite des Raumes, mit auf sie gerichtetem Sturmgewehr im Anschlag gegenüber.

„Und dass ihr nicht glaubt, das Ganze wäre eine dummer Scherz!“ Er hob die Waffe, zielte nicht mehr als einen halben Meter über ihre Köpfe und feuerte eine Salve von Schüssen ab. Mauerwerk und Schutt bröckelten auf die Köpfe der Adepten herab und unter erstickten Schreien durchfuhr blanke Panik die Körper.

„Wenn einer sich rührt, dann ziele ich tiefer. Ich warne euch. Ihr habt es mit einem ausgewachsenen Psychopathen zu tun.“

Nichts an seinem Verhalten ließ Zweifel darüber, wie ernst es ihm war.
Keiner wagte auch nur einen Laut von sich zu geben. Der kalte Schweiß brach ihnen aus und mit weit geöffneten Augen standen die Adepten wie vor ihrer Exekution zitternd an die harte Wand gepresst. Ihre Blicke flackerten und mit angehaltenem Atem wurde vielen beinah schwarz vor Augen. Zugleich peitschte die offene Bedrohung ihre Sinne und Energien so hoch, dass sie zu bersten glaubten.
„Allen klar, was ich mit Fleischersatz gemeint habe?! Jetzt ist euch das Lachen vergangen, nicht wahr?! Und nun?“, brüllte Bruce sie weiter an. „Was nun?!“
Sekunden verstrichen, ohne dass er Anstalten machte, die Waffe zu senken. Im Gegenteil. Mit verbissenem Kiefer und gespannten Muskeln stand er da und bedrohte die einzelnen Adepten, indem er den Lauf abwechselnd mal auf den einen, dann auf den anderen richtete. Durch seine Halsschlagader pulste das Blut und der Schweiß stand ihm auf der Stirn.
Die Augenblicke zogen sich unendlich in die Länge.
„Und nun“, sagte er plötzlich mit völlig veränderter, gemäßigter Stimme, „blickt tief in eure Angst.“ In den panischen Blicken der Gruppe blitzte Erstaunen auf. „Ihr habt mich schon richtig verstanden. Blickt in eure Angst.“ Er klang nun ganz ruhig und wartete ab, bevor er fortfuhr. „Wendet euch mit aller Kraft, die ihr aufbringen könnt, eurer Furcht zu. Blickt in ihr Innerstes.“ Er ließ weitere Sekunden verstreichen. „Das ist der Tod. Blickt in euren Tod.“ Nach wie vor hielt er die Waffe im Anschlag und ließ die Adepten nicht aus den Augen.

Die Flammen in den vier Ecken des Raumes stießen wie üblich ihre Hitze aus und züngelten hoch bis zur Decke, die sie längst schon schwarz gefärbt hatten. Das gleichmäßige Rauschen erfüllte den Raum und die Adepten, versanken zitternd in ihrem Inneren.

„Die Wahrheit ist“, fuhr Bruce fort, „Sterben ist leicht. Nur unsere Angst davor wiegt schwer. Also wehrt Euch. Wehrt Euch gegen die Angst. Überwindet sie. Wie Euch das gelingt? Nun, da gibt es zwei Wege. Der eine ist: Ihr müsst lernen, sie zu nutzen. Dazu kommen wir morgen. Der andere – und das ist die wahre Aufgabe von heute an: Akzeptiert Euren Tod.“

Damit senkte er die Waffe, sicherte sie, entnahm ihr das Magazin, steckte es in seine Tasche und legte sie vor die Füße der Gruppe auf den Erdboden.

„Tut mir leid, Freunde. Aber anders geht das nicht.“

Er nickte kurz mit dem Kopf und machte sich zur Tür auf.

Bevor er durch sie verschwand, wandte er sich noch einmal um und ergänzte: „Und falls einer von euch das nicht aushält, dann war’s das wohl gewesen. Da führt kein Weg drumherum. Sorry, guys.“

Der Schock saß tief in ihren Gliedern.

Nachdem Bruce den Saal verlassen hatte, sanken einige der Adepten am Stand ein, einzelne kauerten sich am Boden an die kalte Mauer, manche suchten die Nähe der anderen oder fielen ihren Freunden in die Arme.

Paul versuchte verzweifelt, den Albtraum abzuschütteln, was ihm nur begrenzt gelang. Sobald er jedoch dazu in der Lage war, ging er sofort zu Lena, die einige Meter entfernt, erstaunlich gelassen mit den Armen über ihren Knien an die Wand gehockt dasaß und vor sich hinstarrte. Als er bei ihr angekommen war, sagte sie, ohne eine Miene zu verziehen, wie apathisch: „Na, das war doch mal was, nicht wahr, Baby?"

Hand in Hand stiegen sie die Stufen hoch zu den Schlafräumen. Keiner wollte in diesem angegriffenen Zustand allein sein.
Die anderen Adepten folgten ihnen und verstreuten sich in kleinen Gruppen oder zu zweit in die Gänge.
Es war nicht nötig, sich zu verständigen. Sie gingen zu Pauls Zimmer und legten sich voll bekleidet Arm in Arm aufs Bett. Das Zittern der Glieder hallte noch nach. Atem und Herzschlag hatten sich mittlerweile etwas beruhigt. Die schockartige Leere in ihren Gedanken jedoch hielt zur Gänze an, bis beiden schließlich die Augen zufielen und der Körper damit jene Schutzfunktion aktiviert hatte, die ihm in Extremsituationen zur Verfügung steht: Ein tiefer, der Ohnmacht ähnlicher Schlaf übermannte sie.

40

Am Morgen des kommenden Tages fand die Gruppe wie üblich zum Frühstück zusammen.
Die Paare saßen nebeneinander, doch hatten sich diesmal alle Adepten, als wären sie einer stillen Vereinbarung gefolgt, erstmals zur gleichen Zeit geschlossen am großen Mitteltisch eingefunden. Es wurde wenig geredet, noch weniger gelacht.
Paul war erleichtert, dass die Gruppe vollzählig war. Auch über die Anwesenheit von Adepten, wie Ajan, Nairi oder Khaled, mit denen er bislang kaum oder keinen Kontakt hatte, freute er sich und beschloss, in den kommenden Tagen auch mit ihnen Freundschaft zu schließen.
Es wurde vorwiegend Tee getrunken und wenig gegessen.
Entgegen dem Gruppenverhalten der vergangenen Tage verstrichen die Minuten über die übliche Beginnzeit des Unterrichts.
„Bin stolz auf euch, Leute“, ertönte Bruces Stimme aus dem hinteren, den Fenstern nahen Bereich des Raumes. Offensichtlich hatte er schon länger unbemerkt dort gesessen und die Gruppe beobachtet.
„Hat mal einen Zyklus gegeben, da waren am Morgen danach nur noch neun über. Stellt euch vor. Schade um den ganzen Aufwand, nicht wahr?“ Er hatte sein einnehmendes Lachen nicht verlernt und setzte sich jetzt mitten unter die Gruppe an die Längsseite der Tafel.
„Wisst ihr, darüber haben wir uns lange beraten, die Hohe Meisterin und wir anderen Lehrer. Ob eine solche Einheit

zumutbar ist oder ethische Grenzen sprengt, die wir nicht verantworten können. So ganz lässt sich nicht kalkulieren, was abgeht, wenn eine echte Waffe im Spiel ist. Auch wenn ich mit der AK-12 ganz gut umgehen kann." Er sah konzentriert in die Runde und seine wachen, leuchtenden Augen blickten wie Sonden in die einzelnen Gesichter. Danach nickte er mehrmals und zur Überraschung aller nahm sein Ausdruck zum ersten Mal etwas Väterliches an.
„Ihr habt euch tapfer geschlagen", fuhr er fort. „Glaubt mir, das freut mich ganz besonders und ihr habt verdient, dass ich mein Bestes gebe." Damit erhob er sich und steuerte auf die Tür zu. „Was ist los, ihr Säcke?! Auf geht's!"

Beim Betreten des Lehrsaales beschlich die Adepten ein mulmiges Gefühl, auch wenn der Raum geordneter und überschaubarer wirkte als in den vergangenen Tagen. An der Wand längsseits waren noch deutlich die Einschusslöcher zu erkennen, das Sturmgewehr lehnte griffbereit in einer Ecke und die Flammen warfen ihr gespenstisches Flackern an die rot getünchten Wände. Nachdem alle angekommen waren und Bruce die Tür hinter ihnen geschlossen hatte, stand die Gruppe erst einmal scheu und befangen zusammen. Die meisten sahen sich misstrauisch mit gesenkten Köpfen um.
„Gut so. Macht weiter damit." Bruce hatte einen ruhigen, doch festen Ton angeschlagen. „Erinnert euch an gestern. Tut das mit all euren Sinnen. Verteilt euch etwas und ihr da hinten stellt das Gequatsche ein, ja?!" Eine kleine Gruppe hatte offenbar aus Verunsicherung miteinander zu flüstern begonnen.

„Erinnert euch an die intensivsten Momente, die ihr gestern erlebt habt. Die Augenblicke, in denen die Energie eurer Angst heftig ausgeschlagen hat. Kehrt zurück in eure Panik."
Die Adepten der kleinen Flüstergruppe tauschten Blicke aus, zögerten noch etwas, wandten sich dann aber in Richtung Tür und wollten den Saal wieder verlassen.
„Ich weiß, dass es schwerfällt." Bruce war vor ihnen an der Tür, stellte sich in den Rahmen, grinste schelmisch und seine Gestik hatte nun etwas Tänzelndes, Narrenhaftes. „Doch gebt euch eine Chance. Ich verspreche euch, in weniger als einer halben Stunde seid ihr eure Angst los." Ganz bewusst schien er keine Kraft aufzubringen, um sie zu überzeugen. Auch wenn er ihnen den Ausgang verstellte, sollte es die freie Entscheidung jedes Einzelnen bleiben.
„Fragt euch doch mal kurz, was euch jetzt führt!" Er ließ ihnen einen Moment des Überlegens. „Ich wette, das habt ihr schon öfter erlebt. Bei der einen oder anderen Gelegenheit, wenn es brenzlig wurde, seid ihr einfach ausgebüchst. Oder täusch ich mich? Gebt euch eine Chance. Das wirklich Wesentliche zu erlernen, um den Charakter zu befreien, löst immer Angst aus. Solange jedoch der bewaffnete Psychopath in eurem Inneren panisch seine Runden dreht, so lange wird er auch vor eurer Tür stehen."
Die kleine Gruppe blickte zwischen den Adepten in der Mitte und Bruce hin und her. Dann kehrte einer um, danach noch einer und zögernd folgten schließlich auch die anderen. Sie wurden mit bestätigendem Schulterklopfen, Lächeln und erleichtertem Nicken wieder aufgenommen.

Bruce stand etwas abgewandt und blickte lange in eine der Flammen. Man konnte nicht erkennen, was in ihm vorging. Dann fuhr er mit fester Stimme fort.
„Zurück also in die Augenblicke der Panik. Was habt ihr gesehen? Was gehört? Wonach hat es gerochen? Eure Sinne haben ein Gedächtnis. So funktioniert unsere Erinnerung als Auslöser für Gefühle. Angst kommt stets aus der Vergangenheit, ob es sich um eine kleine oder große Angst handelt. Nutzt also den Speicher eurer Sinne." Die Adepten blickten sich im Raum um. Mit zögernden Schritten gingen einige zur Wand, sahen zu den Einschusslöchern hoch oder zu den Stellen am Boden, an denen sie am Vortag in die Knie gegangen waren. Auch der rußige Geruch der Flammen und des Erdgases, das sie speiste, war deutlich zu riechen.
„Setzt euch nun alle auf eure Plätze von gestern. Lasst wieder etwas Abstand zwischen einander und: Fürchtet euch!" Sofort blickten Einzelne wieder verängstigt zu Bruce. Der rührte sich jedoch nicht von der Stelle. Die Waffe lehnte abseits. Die Situation nahm ohne sein sichtliches Zutun dennoch etwas Bedrohliches an.
„Konzentriert euch auf das Zentrum der Angst in euch. Es gibt eine Stelle in eurem Körper, an der sie besonders stark zu spüren ist. Lenkt eure ganze Aufmerksamkeit dorthin." Er gab ihnen Zeit. Einige der Adepten schlangen die Arme um ihre Körper, andere kauerten an der Wand, manche blickten starr vor sich hin.
Während Bruce sie weiter beobachtete, ging er nun mit äußerster Behutsamkeit vor.

„Folgt mit euren Körpern der inneren Bewegung. Folgt den Impulsen. Kauert euch um das Zentrum eurer Angst zusammen und umarmt es. Haltet es. Bergt es."
Die Adepten taten, wie ihnen geheißen.
„Und nun arbeitet in dieser Position. Verkörpert das Häufchen Elend, das ihr im Inneren empfindet. Nutzt eure Muskelkraft, zittert, wenn ihr zittern müsst, atmet, hechelt, jammert, fleht – was immer die Angst in euch verlangt, gebt ihr Ausdruck!"
Mit der Wand in ihren Rücken bebten die kauernden, zitternden Bündel nun auf dem harten Erdboden. Vereinzelt war Schluchzen zu vernehmen, andere atmeten stoßweise oder gaben erstickte hohe Laute von sich.
Bruce beobachtete sie still und fühlte, nach all den Jahren als Meister des Kriegertempels, einmal mehr, wie die geballte Angst einer Gruppe ihn beeindruckte. *Noch eine kurze Weile,* dachte er, *und die Erleichterung wird wie von selbst in sie einziehen.* Und so war es auch dieses Mal. Nach wenigen Minuten beruhigten sich die Adepten. Die Laute verstummten, die Körper entspannten sich und an die Stelle von Anstrengung trat Erschöpfung.
„Und nun achtet auf euren Atem. Atmet doppelt so lange aus wie ein."
Er selbst hatte diesen beruhigenden Atem in den letzten Minuten angewandt, um sich von der Energie der Adepten nicht anstecken zu lassen.
Nach weiteren Minuten hatte sich die Gruppe völlig beruhigt.
„Steht auf, sobald es euch besser geht. Streckt euch, dehnt euch, geht durch den Raum. Na, hab ich zu viel versprochen?"

Überaus erstaunt sahen die Adepten in die lächelnden, entspannten Gesichter der anderen und stellten auch an sich selbst fest, wie ruhig, erleichtert und befreit sie sich fühlten.
„Manche unserer Uremotionen sind so stark, dass wir sie nicht unterdrücken können und es vor allem auch nicht dürfen.“ Bruces Ton ähnelte jetzt dem der anderen Meister. „Wir können ihnen nur Ausdruck verleihen. Und zwar gerade dann, wenn ihre Energie in uns wirkt. Darum hat unser kleines Gewaltintermezzo von gestern eine doppelte Funktion erfüllt: zum einen die Konfrontation mit dem Tod, zum anderen die Aktivierung der Angst, um mit ihr arbeiten zu können.“
„Aber warum hat sie sich jetzt aufgelöst?“, meldete sich Lena etwas zaghaft als Erste zu Wort. „Ich weiß nicht, wie es euch geht, aber ich spür sie nicht mehr.“
„Gute Frage, Baby.“ Bruce schnalzte mit der Zunge.
„Sagen Sie mal, muss das sein?“, antwortete sie ihm kopfschüttelnd.
„Klar doch, Baby. Damit mache ich dich stellvertretend für die ganze Gruppe klein. Und das schürt nicht nur deinen Widerstandsgeist, sondern den aller. Wenn ich euch schon in so tiefe und gefährliche Fahrwasser lotse, muss ich doch darauf bedacht sein, dass ihr das Ruder nicht ganz aus der Hand gebt, nicht wahr? Sonst wäre ich ja ein beschissener Meister.“
Lena musste lachen und die anderen stimmten ein. Erstmals wurde ihnen bewusst, wie kalkuliert und zugleich sensibel Bruce ans Werk ging, und sie begannen Bewunderung für die scharfe Intelligenz zu empfinden, die sich hinter der rauen Oberfläche verbarg.

„Also, weiter im Text. Die Antwort auf deine Frage: Jede Emotion verströmt sich, indem wir ihr Ausdruck verleihen. Sie wird gewissermaßen verbraucht. Das entspricht auch der ursprünglichen Bedeutung des Wortes: Emotion kommt vom lateinischen *ex movere*, was so viel bedeutet wie *ausagieren, herausbewegen.* Indem ihr der Angst kauernd und zitternd Ausdruck verliehen habt, wurde sie verbraucht."
„Warum aber behandeln wir im Tempel des Kriegers die Angst überhaupt so eingehend?" Paul hatte ebenso seine Stimme wiedergefunden und stellte nun die Frage, die auch die anderen beschäftigte.
„Ist doch cool, oder?! Sich mal so richtig in die Hosen zu machen?" Bruce grinste und blickte in die Runde. „Gegenfragen: Was hält unsere Kräfte gefangen? Warum leben, kämpfen, lieben wir nicht aus ganzem Herzen? Was steckt hinter unserer Scham, der Peinlichkeit, der Depression? Warum sind wir nicht die strahlenden, glücklichen, befreiten Wesen, die wir sein könnten?!" Die Antwort war nun zu klar, um sie noch aussprechen zu müssen, doch Bruce fuhr fort, den Zusammenhang ganz zu klären. „In Wahrheit ist es nicht allein die Angst, die uns allzu oft führt. Sie ist nur der Anlass, der Urgrund. Was uns als Ausgleich vor allem fehlt, ist die Übung des *Aggredere* – jene ungezügelte, lebendige Kampfkraft, die uns antreibt, vorantreibt und erst all unsere Qualitäten an die Oberfläche bringen kann." Er kam nun richtig in Fahrt. „Denn bevor man uns gelehrt hat zu leben, hat man uns gelehrt zu sterben. Bevor man uns gelehrt hat, aus Liebe mutig für etwas zu kämpfen und damit das Leben zu fördern, hat man uns beigebracht, uns aus

Angst zu verhalten oder mit unterdrücktem Zorn gegen etwas anzugehen und das Leben zu verletzen oder es sogar zu töten. Weil Zorn, der aus Angst entsteht, stets verletzt und allein Kampfkraft, die aus Liebe erwächst, Heilung und Wachstum bewirkt." Er blickte in die Runde und vergewisserte sich der Aufmerksamkeit. „Die bittere Pille, die wir alle in der Kindheit schlucken mussten, war die Furcht. Aus ihr wurde später Angst und schließlich Todesangst. Sie hat uns vergiftet und tut es bis heute, Tag um Tag, Stunde um Stunde. Wir müssen diese Pille wieder ausspucken, sie ausspeien und zertreten. Dies ist die erste Übung des Kriegers. Erst dann steht der Himmel offen, um uns in ihm aufzurichten zu unserer wahren Größe."

41

In der folgenden Stunde führte Bruce die Adepten durch eine Übung, die er die *Stacheln des Kriegers* nannte. Er schleifte einen der großen Reissäcke in die Mitte des Raumes. Danach bat er die Adepten, sich rundum aufzustellen und ihre Oberkörper nach vorne zu beugen. Sie sollten im Ausfallschritt dastehen, als wären sie bereit, sich auf das Objekt zu stürzen. Mit ihren Blicken sollten sie es ebenso fixieren und nicht mehr davon ablassen.

Zusätzlich forderte er sie auf, ihre Hände ganz zu öffnen, die Finger wie Stacheln durchzustrecken und sie darauf zu richten. Die stark gespannten Finger wirkten nun wie Waffen, die sich gegen ein imaginäres Opfer richteten.

Sie sollten so bereit dastehen und auf das Zeichen für den Angriff warten. Es war ein Spiel, als würde ein Rudel wilder Tiere kurz davor stehen, sich auf eine erlegte Beute zu stürzen.

Und zur Überraschung aller stellte sich nach wenigen Augenblicken in dieser Haltung deutlich spürbare Aggression ein. Die Atmung hatte sich bei allen beschleunigt und als die Spannung beinahe ihren Höhepunkt erreicht hatte, schlug Bruce auch noch vor, ähnlich, wie man es von Raubtieren kannte, die kurz vor einem Kampf um Leben und Tod stehen, die Oberlippen etwas zu schürzen, damit die Eckzähne sichtbar wurden. Zusätzlich sollten sie die Bisskraft ihrer Kiefermuskeln steigern.

Schon nach wenigen weiteren Augenblicken in diesem haarsträubenden Spiel fühlten sich die Adepten mehr wie wilde

Tiere denn als vernunftbegabte Menschen.
Paul stellte erschrocken fest, dass er echten Zorn und seine Mitstreiter als feindliche Wesen empfand. Es fühlte sich an, als würde man kurz vor einem blutigen Gemetzel stehen, das nur der Stärkere überleben konnte.
An diesem Punkt unterbrach Bruce die Übung. „Bevor ihr euch die Köpfe einschlagt, schließt eure Hände und nehmt die Fingerstacheln zurück." Wie auf Stichwort fing die Gruppe, nachdem sich die Arme entspannt hatten, zu lachen an. Die Mundwinkel gingen in die Höhe, die Augen lösten sich aus der Starre und an die Stelle von Aggression trat augenblicklich Erleichterung und verspielte Freude.
„Unsere Hände haben geradezu magische Qualitäten, was die Steuerung des inneren Aggredere anbelangt", führte Bruce die Gruppe in die Betrachtung und Klärung des eben Erlebten. „Es heißt nicht umsonst *Angriff*. Und benennt damit die ursprünglichste Aktivität unserer Hände, die das Überleben des Rudels gesichert hat. Vor Jahrtausenden, zu Beginn der Menschheitsgeschichte, waren unsere Fingerspitzen anstelle der niedlichen Fingernägel ja mit widerstandsfähigen Krallen versehen. Sie waren die reinsten Waffen. Interessanterweise haben auch die Wörter *Hand und Handlung* denselben Wortstamm. Und tatsächlich kann man verblüffende Beobachtungen dazu anstellen: Menschen, die ihre Hände, auch wenn sie gestikulieren, vorwiegend geschlossen halten, leiden oft im Leben unter Handlungsblockaden oder Ausdruckshemmungen. Manchmal genügt es schon, seine Handflächen zu öffnen, um einen stockenden Redefluss wieder in Gang zu bringen."

Er sah an ihnen herab. „Blickt jetzt mal auf eure Hände.“ Die Adepten betrachteten ihre Finger und stellten verblüfft fest, dass die meisten sie wieder gekrümmt hielten. „Eure Hände haben sich nach der ungewohnt großen und langen Öffnung wieder in ihr Schneckenhaus zurückgezogen. Das ist nicht ungewöhnlich. Schließlich seid ihr ein so intensives Aggredere nicht gewohnt. Auch wenn ihr typischerweise gleich ins Lachen übergegangen seid – unsere gegenseitige Versicherung, nicht angreifen zu wollen – schlägt bei solchen Ausbrüchen unserer Kampfkraft immer auch die Angst Purzelbäume. Vereinfacht gesagt: Ihr seid grad in den Krieg gezogen und habt zur Sicherheit jetzt wieder den Rückzug angetreten.“

Bruce spürte, dass die Gruppe an der Grenze der Aufnahmefähigkeit war. „Nun aber genug für heute. All das Denken und Verstehen bringt nicht annähernd so viel wie das Erleben und die Erfahrung im Alltag. Eure Aufgabe für heute ist einfach: Verbringt den Rest des Tages damit, bei jeder Gelegenheit eure Handflächen geöffnet zu halten und auch eure Kiefer offen und bissbereit. Besonders, wenn ihr euch unterhaltet, gestikuliert mit offenen Händen und sprecht mit offenen Mündern. Und wenn es einer vergisst, dann sollte sein Gegenüber ihn daran erinnern. Dabei kann es schon vorkommen, dass ihr ungewollt plötzlich eine große Lippe riskiert oder Wahrheiten ausplaudert, die ihr sonst für euch behaltet. Bedenkt: Wenn wir etwas *halten*, dann tun wir das mit unseren Händen. Und wenn wir uns etwas *verbeißen*, dann mit unserem Kiefer. Also: Seid achtsam miteinander, aber *greift an, berührt, gebt* etwas von euch her und *nehmt* auch etwas an. Und spuckt verdammt noch mal alles aus, was euch eigentlich auf der Zunge liegt. So wird das *Aggredere* in euch wachsen und damit der Mut. Und der Krieger in euch wird sich daran gewöhnen, seine Furcht zu überwinden, um mit neuer Kraft für das zu kämpfen, woran ihr glaubt und was ihr liebt."

Die Erlebnisse im Tempel des Kriegers hatten bei den Adepten deutlich mehr ausgelöst, als sie vorerst verarbeiten konnten. Auf den Schock der echten Bedrohung ihres Lebens war die bewegende Auseinandersetzung mit der eigenen Angst gefolgt und die Übung des Aggredere hatte zuletzt eine weitere Seite der Charaktere berührt. Das Weltbild Einzelner geriet gehörig ins Wanken. Auch empfand ein Teil der Gruppe nach wie vor offenen Widerstand gegen die Methoden, die Bruce anwandte. Sein ungehobeltes Wesen wurde ebenso kritisiert wie der *absurde Gebrauch einer echten Schusswaffe.*

Auch Paul konnte diesen drastischen Vorgangsweisen nur wenig abgewinnen. Es entsprach so gar nicht seiner Philosophie einer zurückgenommenen und behutsamen Form der persönlichen Entwicklung. Er kannte zahlreiche Berichte von geschulten Kollegen, aber auch selbst ernannten Gurus, die zu ähnlich heftigen Interventionen griffen. Allzu oft gingen diese Berichte mit den Schilderungen von darauffolgenden Gewaltakten gegen das eigene oder das Leben anderer einher.

Trotzdem musste er sich eingestehen, dass die Veränderungen, die er an sich bemerkte, durchaus überraschend waren.

Nach dem Abendessen entspann sich im Gemeinschaftsraum

schnell eine Diskussion. Ganz gegen seine Gewohnheit führte Paul oft das Wort und erlebte sich engagierter und seine Stimme als fester denn in den Tagen zuvor. Auch fand er sich schnell damit zurecht, seine Worte durch Gesten mit offenen Händen zu unterstützen. Lena hingegen hielt sich erst noch zurück, legte aber später auf seltsame Weise in vielen ihrer Bemerkungen ein ähnliches Verhalten an den Tag wie Bruce selbst. Sie war es auch, die eine eindeutige Verteidigungsposition für ihn und seine Methoden einnahm. Paul begann sich mehr und mehr über sie zu ärgern. Nachdem der Streit eine Zeit lang geschwelt hatte, lagen die beiden einander schließlich inmitten der Runde heftig in den Haaren.

„Ich verstehe nicht, wie du ihn so verteidigen kannst!“ Paul fühlte sich mittlerweile persönlich gekränkt von ihrer hartherzigen Argumentation. „Du bist Ärztin. Solche Methoden überschreiten alle Grenzen und gefährden zudem noch Menschenleben. Sie entspringen ausschließlich eigenen, ungelösten Neurosen und ihre Verteidigung ebenso!“

Spätestens damit war Paul einen Schritt zu weit gegangen. „Tut mir leid“, versuchte er zurückzurudern, „so war das nicht gemeint.“

„Genauso war es gemeint, Baby.“ Sie betonte es wie Bruce. „Das ist es, was du in Wahrheit über mich denkst!“

„Lena, bitte, das kannst du doch nicht wirklich glauben?“

„Ich weiß nicht mehr, was ich glauben kann.“ Sie wandte sich angewidert ab. „Feststeht, dass ihr Männer immer, wenn ihr die Kontrolle verliert, auf die eine oder andere Art verletzend werdet. Und davon hab ich schon genug erlebt.“

„Du kannst doch nicht ein Streitgespräch, in dem es um Argumente und Gegenargumente geht, mit tätlichen Übergriffen ...“ Paul unterbrach sich abrupt. Beinahe hätte er lauthals jenes Geheimnis vor allen angesprochen, das Lena ihn so dringlich gebeten hatte zu hüten. Ihre Beziehung erreichte augenblicklich einen Tiefpunkt.

Wütend lief Lena aus dem Gemeinschaftsraum.

Erst im Flur zu ihrem Zimmer konnte Paul sie gerade noch einholen.

„Lena“, rief er flehentlich.

„Was?!“, unterbrach sie ihn. „Was willst du von mir?!“

„Ich bin es, Lena.“ Paul hatte sich wieder halbwegs unter Kontrolle und konnte ihre vorherige Reaktion als klassische Übertragung einordnen. „Ich bin kein Mann aus deiner Vergangenheit. Ich bin Paul. Ich bin deine Zukunft.“

Sie stockte und blickte ihn verzweifelt an. Etliche Sekunden verstrichen. Keiner der beiden rührte sich vom Fleck.

Das spärliche Licht im Flur flackerte kurz.

Schließlich fingen sie im selben Augenblick zu schluchzen an und fielen einander in die Arme. Wie Kinder, die sich weinend an ihre Eltern klammern, drückten sie sich aneinander.

„Es tut mir leid“, hauchte Lena aufgewühlt.

„Nein, mir tut es leid“, entgegnete Paul nicht minder gerührt.

„Muss es auch“, sagte Lena kurz darauf unter Tränen lachend, „du warst knapp davor, richtig Scheiße zu bauen.“

„Bruce hat wirklich auf dich abgefärbt.“

„Ich glaube, der kann eher noch von mir was lernen. Zumindest, was das Fluchen betrifft.“

„Da muss ich mich also auf so manches gefasst machen."
Endlich fanden die beiden zum Lachen zurück und atmeten danach erleichtert durch.
Paul blickte zur Seite und schüttelte den Kopf.
Lena berührte ihn am Kinn und drehte seinen Kopf zu sich.
„Immerhin haben wir, zu unserer Verteidigung, ja auch so einiges erlebt in den letzten Tagen, nicht wahr?", versuchte er doch noch eine Rechtfertigung.
„Könnte man so sagen." Sie wurde ernst und hob einen Zeigefinger. „Aber niemals und unter keinen Umständen dürfen wir die Geheimnisse unserer Liebe mit anderen teilen. Meine Mutter hat es mir vor vielen Jahren so erklärt: Jede große Liebe, hat sie gesagt, ist in Wahrheit eine Verschwörung. Von Anfang an." Sie legte den Finger sachte auf seinen Mund.
Paul sah sie überrascht und ergriffen an.
Nach einer kurzen Stille bewegten sie schließlich langsam ihre Köpfe aufeinander zu und trafen sich in einem ersten zarten Kuss.
Kaum hatten sich ihre Lippen jedoch berührt, löste sich Lena von ihm und trat einen Schritt zurück.
„Zu früh?", fragte Paul gleich wieder in Sorge, einen weiteren Fehler begangen zu haben.
„Alles gut, mein Lieber. Alles gut. Und sehr schön. Und nein, nicht zu früh, nur ein bisschen viel auf einmal."
Paul spürte ihre kleine Ausflucht.
„Ist in Ordnung."
„Ist es das?"
„Ich bin der Mann deiner Zukunft. Schon wieder vergessen?"

Sie blickten einander an den Händen haltend lange in die Augen. Schließlich nickte Lena still und Paul antwortete mit einem strahlenden Lächeln.
Mehr gab es in diesem Moment nicht zu sagen und nach einer weiteren sanften Umarmung gingen sie erleichtert und glücklich auf ihre Zimmer.

Angestachelt vom Streitgespräch der beiden überstieg der Lärm im Gemeinschaftsraum währenddessen bei Weitem den Pegel der Diskussionen davor und auch die Energie einzelner Streiter hatte deutlich an Ladung gewonnen.
Trotz vieler Argumente und Einwände gegen Bruce vergaßen die meisten Adepten nicht, einander regelmäßig an die offenen Hände und Münder zu erinnern.
Es schien, als wären der Anlass und die Inhalte der Streitgespräche zugleich das von Bruce erwünschte Ergebnis und Training im mittlerweile gewohnten Tempelalltag des abendlichen Austausches.
Gegen Mitternacht schließlich übernahm die einkehrende Erschöpfung langsam das Kommando. Auf die engagierten Reden folgten immer öfter pointierte Bemerkungen und bald schon schienen die Kräfte des Narren das Ruder übernommen zu haben. Schließlich wurde viel gelacht und man kam allgemein zur Meinung, *Bruce noch eine Chance zu geben* und erst einmal die kommenden Tage abzuwarten.
Nur wenigen wurde dabei richtig bewusst, dass die Chance sich ausschließlich auf das eigene Leben und so gar nicht auf Bruce bezog.

Entgegen den Befürchtungen der meisten geschah dann in den folgenden Tagen wenig Neues.
Bruce wiederholte jeden Morgen die *Stacheln des Kriegers*, korrigierte die Öffnungen der Hände und die Aktivitäten des Kiefers. Manchen der Adepten drückte er ab und zu wieder einen der Bambusstöcke in die Hand und forderte sie auf, sich über einen der Reissäcke herzumachen. Es wurde viel geschrien, geatmet und auf imaginäre Feinde eingeschlagen.
Bevor Bruce die Gruppe aus dem Lehrsaal entließ, forderte er sie regelmäßig auf, den Tag über ihr Aggredere beizubehalten und keiner Auseinandersetzung aus dem Weg zu gehen.
Die Adepten diskutierten, stritten und machten sich Luft, wo sie nur konnten. Die regelmäßigen Auseinandersetzungen verbesserten nicht gerade das allgemeine Klima, doch fand man sich auch stets wieder zusammen und kaum einer war nicht erstaunt über die befreiende Wirkung, die diese neue Öffnung des eigenen Wesens zur Folge hatte.
Die Zeit mit Bruce im Tempel des Kriegers zog schließlich schneller vorüber, als ihnen letztlich lieb war.
Schon am Morgen des siebten Tages wurden sie im Gemeinschaftsraum von einer bezaubernden, zierlichen Inderin namens Sheela empfangen.

Wasser der Seele
V
II
III
I

42

Paul traute seinen Augen nicht. Der neue Lehrsaal war über und über mit weißen, hellblauen und zartgrünen Tüchern bestückt, die von der Decke herab kunstvoll über einem jadefarbenen, schimmernden Steinboden drapiert waren. Als er seinen Blick durch diesen wehenden Wald auf die hellen türkisfarbenen Wände richtete, stutzte er verwundert darüber, was die merkwürdige Bewegung an ihrer Oberfläche auslöste. Erst bei näherer Betrachtung konnte er feststellen, dass über die gesamte Fläche aller vier Wände ringsum beständig Wasser lief, das sich unten in kleinen Rinnen sammelte und zu einem langen Becken geleitet wurde, das den Raum in seiner Mitte teilte. In einem schmalen Fluss zog das Wasser von der einen Seite des Raumes zur anderen. Mehrere kleine Stege führten darüber. Alles in diesem Saal schien sich zu bewegen und zu fließen. Und über allem war eine weiche und zugleich stark rhythmisierte Musik zu hören, deren tiefe Trommeln und sanften hohen Laute fremdartiger Instrumente eine berührende Melodie verbreiteten.

Sheela, die einen seidenen Sari trug, der mit den im Raum vorherrschenden Farben von Jade und Türkis abgestimmt war, winkte die Frauen der Gruppe über die Stege zu sich auf eine Seite und verbot mit wertschätzenden, doch bestimmten Gesten den Männern den Übertritt. Die Gruppe war somit erstmalig in Frauen und Männer unterteilt.

„Es ist das Weibliche in uns, dem wir in diesem Tempel folgen“, sprach Sheela mit leicht indischem Akzent und weicher, warmer Stimme. Jedes ihrer Wörter wurde von einer runden wie getanzten Bewegung ihrer Finger und Arme begleitet. Selbst ihr ganzer Körper schien zu fließen und sich im Rhythmus der Musik zu bewegen.

Ohne weitere Worte begann sie nun zwischen den Frauen zu tanzen. Als würde sie einer alten, geheimen Choreografie folgen, brachte sie allein mit Gesten, Drehungen und Neigungen ihres Kopfes in kürzester Zeit alle weiblichen Adepten dazu, in ihren Tanz einzusetzen und sich mit ihr zu wiegen, zu drehen und gleichsam durch den Raum zu fließen.

Die Gruppe der Männer stand dem Schauspiel staunend und wie betört gegenüber.

Sheela führte den Tanz an, berührte manchmal sanft den einen oder anderen Arm, verweilte mitunter und zeigte den Frauen, wie weit eine Hüfte sich biegen oder ein Kopf sich wenden konnte. Ihre Finger drehten sich kunstvoll gespreizt um die weichen Handgelenke und folgten einer eigenen Zeichensprache, deren Bedeutungsgehalt sich den Betrachtern zwar nicht erschloss, aber umso bezaubernder wirkte.

Nach einer Weile, in der auch jene weiblichen Adepten, die sich eingangs noch etwas linkisch in die neue Aufgabe fügten, zu beeindruckender Grazie gefunden hatten, leitete Sheela die Frauen mit einfachen Gesten an, auf der einen Seite des Flusses eine Reihe zu bilden. Sie standen den immer noch staunenden Männern nun direkt gegenüber.

„Das Weibliche führt das Männliche“, sprach Sheela ihre

nächsten Worte wie gesungen aus und hielt die Frauen an, mit deren Tanz fortzufahren. Sie selbst floss gleichsam über einen der Stege und mitten hinein in die Gruppe der Männer. Mit schlichten Weisungen reihte sie einen nach dem anderen den Frauen gegenüber auf und hielt sie an, ihrer jeweiligen Partnerin auf der anderen Seite des Flusses spiegelgleich zu folgen. Paul hatte, wie konnte es anders sein, seinen Platz gegenüber von Lena gefunden.

Das folgende Schauspiel hätte für Außenstehende gewiss einen enormen Unterhaltungswert geboten. Was den weiblichen Adepten vergleichsweise leichtfiel, gestaltete sich für die Gruppe der Männer zu wahrer Schwerarbeit.

Nachdem sie begriffen hatten, was von ihnen verlangt wurde, standen sie der Aufgabe erst einmal hilflos gegenüber. Kaum einer wagte es, sich überhaupt zu rühren. Peinlichkeit und Scham standen ihnen breit ins Gesicht geschrieben.

Sheelas Anmut und Energie schien jedoch eine noch größere Faszination zu haben, als die der Meister in den Tempeln zuvor. Ihre Geduld hatte zudem wahrlich etwas Engelhaftes. Sie hob Arme, stupste Hüften, führte Finger, nahm Köpfe in ihre Hände und wiegte sie sanft im Takt der Lieder.

Das immer wieder einsetzende Gelächter oder verzweifelte Kopfschütteln überging sie ebenso geduldig wie die zahlreichen Unterbrechungen, die durch einzelne Wortmeldungen entstanden. Sie legte dann sanft einen Finger auf die Lippen des Mannes, nahm ihn an den Armen und ließ so lange nicht in ihrer bezaubernden Bemühung nach, bis sich schließlich wieder einer ihrer Hingabe fügte.

Sheelas Kunstfertigkeit verführte förmlich einen nach dem anderen dazu, erst ihr und dann den Bewegungen der Frau gegenüber zu folgen.
„Das Männliche folgt dem Fluss des Weiblichen“, sprach sie nach einer Weile und stellte für sich ganz nebenbei zufrieden fest, wie die Erschöpfung der Adepten langsam die letzten Barrieren ihrer Hemmungen sprengte.
Auf diesen Moment hatte sie hingearbeitet.
Mit ebenso einfachen Gesten wie zuvor wies sie die Adepten an, die Bewegungen des Tanzes in leichtem Wiegen ausklingen zu lassen. Nach gefühlten Stunden folgte die Gruppe nur zu gern dieser Anweisung. Alle hatten mittlerweile die Grenze dessen erreicht, was ihre Muskeln an Energien aufbringen konnten.
Sie führte die beiden Reihen nun so nah aneinander heran, wie es der zwischen ihnen verlaufende schmale Fluss zuließ.
Dann nahm sie die Hände des ersten Paares, legte die nach oben weisenden Handflächen des Mannes behutsam in die offenen Handschalen der Frau und forderte mit einem Nicken und offenen Armen alle anderen auf, diesem Beispiel zu folgen.
Kurz darauf bot der Anblick der andächtig aufgereihten Paare mit dem unter ihnen vorbeifließenden Wasser ein Bild seltener Harmonie.
Paul spürte Lenas offene, weiche Hände, die seine Handrücken umschlossen. Er sah zum Wasser nieder und fühlte sich in diesem Moment nach den Stunden des Tanzes ganz unsicher.
Etwas Seltsames geschah. Es war, als würde Lenas Stimme plötzlich in seinem Kopf zu ihm sprechen.

Ich führe dich, sagte Lena ruhig in seinen Gedanken, *hab keine Scheu und folge mir.*
Paul war überzeugt, nur aus der eigenen Fantasie die eben noch von Sheela geäußerten Worte in diese Situation zu übertragen. Doch als er aufblickte und Lena ansah, spielte ein feines, wissendes Lächeln um ihre Augen.
Frag nicht, fuhr ihre Stimme in seinem Kopf fort, *ich weiß auch nicht, wie das möglich ist.*
Paul wagte nicht, dieses Fantasiespiel weiterzuführen, und entschied sich, keine Antwort zu formulieren.
Musst du auch nicht, sagte die Stimme, *folge mir einfach.*
Verunsichert ließ Paul sich nun von Lena über einen der Stege auf die andere Seite führen.
Während er ihr, ohne den Blick zu lösen, an einer Hand folgte, nahm er im Augenwinkel wahr, dass auch bei den anderen Paaren Ähnliches geschehen sein musste. Er spürte die Verunsicherung der Männer, die wie in Trance ihren Partnerinnen ebenso auf die eine oder andere Seite des Saals folgten.
Sie an den Händen haltend, begannen die Frauen nun, ihre Partner im Tanz durch den Raum zu führen.
Es schien Paul, als hätte die Musik nach einem kurzen leiseren Zwischenspiel wieder an Lautstärke gewonnen. Der starke Rhythmus glich dem eines Herzschlages über den sich eine zarte Melodie aufbaute, die Geborgenheit und Schutz vermittelte.
Paul überließ sich Lenas Führung und die Stimme in seinem Kopf nahm nun den Klang eines Liedes an, das in fremden Lauten zur berührenden Musik gesungen wurde.

Während die Paare ihre Kreise und Bögen zogen, verließ Sheela still und unbemerkt ihren Lehrsaal.
Sie brauchte für ihre Kunst nicht viele Worte.
In diesem Tempel führte die reine Energie des Weiblichen ihre eigene Sprache.

43

Lena stand in der Bibliothek vor den Fenstern und nahm sich seit vielen Tagen wieder Zeit, den Namenlosen Berg zu betrachten. Sie hielt ein schmales Bändchen eines indischen Yogis in Händen, das sie aus einem der Regale gezogen hatte, und wollte eigentlich ein paar Zeilen lesen. Doch beim Anblick des strahlenden Massivs begannen die Erlebnisse der vergangenen Wochen vor ihrem inneren Auge Revue zu passieren. Sie stand aufrecht da, mit dem Büchlein in ihren verschränkten Fingern und atmete völlig ruhig.

Im Tempel des Kriegers hatte sie zu neuer Stärke gefunden. Die Schrecken des zweiten Tages waren auch an ihr nicht spurlos vorübergegangen. Die Bedrohung mit der Waffe durch Bruce hatte jedoch eine nicht annähernd so große Panik in ihr ausgelöst wie der Überfall des Arztes vor wenigen Monaten. Auch war ihr, schon während sie noch als Erste mit dem Stock auf den Sandsack eingeprügelt hatte, klar geworden, auf wen sie da in Wahrheit einschlagen wollte. Erschrocken über das Ausmaß ihrer bis dahin verdeckten Aggression hatte sie dann alle weiteren Übungen der Kriegertage vor allem als Befreiung erlebt. Die abermalige Konfrontation mit dem Tod, das Betrachten ihrer Ängste wie auch die starke Empfindung des Aggredere in ihrem Wesen und Körper hatten begonnen, die aufgewühlten Energien auszugleichen. Es war ihr schließlich gelungen, das traumatische Erlebnis der Vergewaltigung als Antrieb zu nutzen, um die eigenen Waffen aufzunehmen und die daraus gewonnene Stärke als neue Macht zu empfinden.

Das hatte schließlich wohl auch zur Auseinandersetzung mit Paul geführt.
Was sich da gezeigt hatte, war eine große Überraschung für sie. Denn nie zuvor war sie sich ihrer Kraft und Selbstsicherheit auf so natürliche Art und Weise bewusst geworden.
Bei den abendlichen Diskussionen wollte sie sich anfangs ganz bewusst zurückhalten. Doch allein schon die Äußerungen, die trotz aller Höflichkeit über ihre Lippen gekommen waren, hatten schließlich ausgereicht, um Paul und auch andere Adepten zu kränken. Hätte sie ihre Meinung mit der ganzen Wucht geäußert, die sich in ihr zu regen begonnen hatte, wäre der Streit mit Paul wohl nicht so glimpflich verlaufen.
Jetzt dachte sie glücklich an den letzten Moment jenes Abends zurück und spürte ganz sachte seine Lippen auf ihren. Ein Schauer lief ihr über den Rücken und sie war stolz darauf, ihren Impulsen nicht, wie so oft in den vergangenen Jahren, nachgegeben und sich erst wieder Hals über Kopf in eine neue Beziehung gestürzt zu haben.
Nein, alles hatte seine Richtigkeit.
Diese Liebe sollte ebenso in Würde, mit Achtsamkeit und Geduld wachsen wie ihr eigenes Wesen und all seine noch verborgenen Anteile.

Voll Dankbarkeit war sie nun bereit für die Impulse, die der neue Lehrsaal und Sheela in ihr auslösten.
Diese Frau erschien ihr zuerst als das wahre Gegenteil ihrer selbst. Noch vor einem halben Jahr wäre sie nicht im Entferntesten auf die Idee gekommen, ohne Partner vor den Augen

unzähliger anderer zu tanzen. So sehr empfand sie Abscheu gegen diese Form der Selbstdarstellung.
Die wenigen Tänze mit Paul in den vergangenen Tagen waren damit nicht zu vergleichen. Im konventionellen Wiegen und Schaukeln eines Paartanzes stellte man sich ja nicht aus.
In diesen vergangenen Stunden jedoch hatte sie den Tanz erstmalig nicht als Zurschaustellung erlebt, sondern vielmehr wie einen Zauber, der sie schon nach wenigen Augenblicken unter Sheelas Führung belegt hatte.
Es hatte in ihr zu tanzen begonnen.
Der Fluss der Bewegung hatte sie mitgerissen und ihr neue Ausdrucksformen des Körpers eröffnet. Die weichen Gesten, das runde Kreisen der Hüften, das Wippen auf Zehenspitzen und das Spiel mit den seidenen Tüchern im Saal hatten bewirkt, dass die Tür in ihrem Inneren nun nicht mehr nur offen stand.
Der Tempel des Weiblichen war der Raum hinter dieser Tür, in den sie nun einzog: Hier konnte sie beginnen, sich eine neue Welt zu erobern.
Auch die neuerliche Berührung mit Paul, den sie wie von selbst in *ihrem* Tanzsaal an der Hand genommen und allein mit ihren Gedanken geführt hatte, war ihr zum ersten Mal nicht mehr bedrohlich erschienen.
Dieses Gefühl war auch der Grund, warum sie noch wenige Tage zuvor, nach ihrem Streit, vor Pauls Kuss zurückgeschreckt war.
Nun aber hatte die weibliche Kraft in ihr aus Eigenliebe und Offenheit anstelle von Abwehr und Angst die Führung übernommen.

Die Beklemmung, die sie in den ersten Wochen im Tempel empfunden hatte, war einer inneren Weite und Stille gewichen. Sie genoss dieses neue Lebensgefühl und blickte seit Langem wieder mit Mut und Kraft in ihre Zukunft.

Als Paul ins Freie vor den Tempel trat, hielt der tranceartige Zustand, in den er während des Tanzes gefallen war, noch immer an. Er setzte sich auf eine Steinplatte, die direkt an eine der Außenwände grenzte, und lehnte sich mit dem Rücken daran.
Beim Verlassen des Lehrsaales hatte er sich nur stumm mit Blicken und einer Verbeugung bei Lena bedankt. Gleich danach war er auf sein Zimmer gegangen, hatte sich eine warme Hose und eine Jacke übergestreift, um schnell ins Freie ans natürliche Licht des Tages zu gelangen.
Sein Blick fiel nun auf den Holzsteg, der nur wenige Meter vor ihm begann und in den etwas entfernten Bambushain führte. Von seinem Platz aus konnte er die breite Wand aus Stämmen und tiefgrünem Blätterwerk, in den die Holzplanken eintauchten, deutlich erkennen.
Er dachte an die zierlichen Stege im Lehrsaal, die über das Wasser führten, sah Lenas dunkle Augen vor sich und spürte der weichen Benommenheit nach, die sein Inneres noch immer gefangen hielt.
Diese weichen und runden Bewegungen, die der Tanz unter Sheelas Vorgaben ihm abverlangt hatte, waren ihm nach wie vor peinlich. Sie widersprachen allem, was unter den Begriff *Männlichkeit* fiel. Diese weibliche Seite an sich zu akzeptieren, ihr innerlich zuzustimmen und sie äußerlich zu kultivieren, fiel

ihm überraschend schwer. Bislang hatte er sich als weltoffenen Mann ohne Dünkel empfunden, der jedem seine Neigung zugestand und gelernt hatte, andere Lebensweisen grundsätzlich zu achten.

Hier aber geht es darum, das Weibliche in mir selbst zu entdecken und ihm Raum zu geben.

Er betrachtete seine Finger, spreizte sie und drehte sie weich um seine Handgelenke. Schnell ließ er die Hand wieder fallen.

Bestimmt hab ich mich zum Affen gemacht. Wie alle anderen Männer in der Gruppe. Der Gedanke kam unvermittelt hoch und alarmierte ihn sofort. Alte Ängste aus der Zeit seiner Pubertät kamen da an die Oberfläche – Spuren der tief greifenden Normen, die Erziehung und Gesellschaft in ihm hinterlassen hatten.

Seit vielen Wochen dachte er nun zum ersten Mal wieder an Carl. Was würde sein Mentor wohl zu all dem sagen? Wie würde er die Methoden und Maßnahmen der Tempelmeister bewerten und einordnen?

Paul stellte fest, dass er längst jede professionelle Distanz verloren hatte und tief in einer Selbsterfahrung steckte, deren Ausmaße und Folgewirkungen er nicht mehr überblicken konnte. Was ihn jedoch zugleich beruhigte, war die Tatsache, dass jede einzelne Erfahrung in einem der inneren Tempel sein Wesen zumindest ein kleines und manchmal auch ein großes Stück vorangebracht hatte. Er fühlte sich freier, sensibler und zugleich doch auch selbstbewusster als je zuvor.

Diese neue Aufgabe jedoch stellte ihn vor eine wahre Herausforderung.

Entgegen seiner jahrelangen Praxis, Wissen durch Forschung und Beobachtung zu erlangen, hatte er im Octagon zwar schon lange erkannt, dass die eigene Erfahrung an Leib und Seele größere Erkenntnis und tieferes Begreifen hervorbrachte. Doch sah er trotzdem keinen Weg, nun auch noch die Scham davor abzulegen, sich als schwul zu empfinden und darauf einzulassen.

Das Weibliche führt das Männliche. Vielleicht war es ja zudem auch diese Aufforderung von Sheela, die sein Weltbild so gehörig ins Wanken brachte. Bei diesem Gedanken ertappte er sich, wie tief sein chauvinistisches Selbstverständnis in Wahrheit reichte.

Das konnte er sich nicht durchgehen lassen. Besonders in einer Zeit, da sich die Metrosexualität weltweit ganz neue Wege bahnte.

Vielleicht ist aber auch nur der Widerstand in mir genau dieses Männliche, das es gilt, für eine Weile abzulegen? Vielleicht besteht die Aufgabe einfach nur darin, die Führung abzugeben, sich einzufügen und zu folgen? Wohin auch immer der Fluss des Weiblichen führt.

Paul hatte zu einer Entscheidung gefunden.

Er hob wieder seine Hand, spreizte geziert die Finger, legte den Kopf wie eine Diva in den Nacken und sagte halblaut zu sich: „Also, mein Süßer, dann lassen wir Paulinchen mal aufs Parkett.“

Nachdem die Adepten am folgenden Morgen den Lehrsaal betreten hatten, fanden sie diesen verändert vor. Alle Tücher,

die wie Fahnen oder Windsegel seine eigentliche Proportion verschleiert, ihn kleiner gemacht und in zahlreiche Segmente unterteilt hatten, waren verschwunden.
Das über die Wände strömende Wasser war jetzt das beherrschende Element in dem weiten Saal, dessen jadefarbener Steinboden die flirrende Bewegung der Rinnsale zart spiegelte. Zudem empfing sie eine Stille, die sich durch das leise Rauschen an Wänden, in Rinnen und Becken noch zu verstärken schien.
Sheela leitete die Gruppe wieder an, sich in männliche und weibliche Adepten aufzuteilen, und reihte sie entlang des mittleren Flussbeckens auf.
Die Männer blickten einander verunsichert an und erwarteten, ebenso wie die Frauen ihnen gegenüber, dass die Musik gleich einsetzen und der Tanz wieder beginnen würde.
Jeder hatte sich auf seine Art damit auseinandergesetzt und darauf vorbereitet.
Die Frauen warteten offensichtlich mit einer gewissen Vorfreude, da die meisten von ihnen die Übung der weichen, fließenden Bewegungen und auch die innere Offenheit und Weite, die sie auslösten, als sehr wohltuend empfunden hatten.
Viele der Männer hingegen verkrampften sich schon allein beim Gedanken daran und hatten für sich beschlossen, die Führung nicht so leicht aus der Hand zu geben und, sollte es denn sein, so zumindest den männlichen Part zu übernehmen. Doch in Wahrheit ging es natürlich gerade darum: die bewusste Steuerung und Planung des Absehbaren aufzugeben.
Sheela verzichtete auch an diesem Tag auf viele Worte, wies

die Adepten mit einer ihrer grazilen Gesten an, sich auf den Boden zu setzen, und sagte nur: „Werdet zu Wasser."
Daraufhin ließ sie sich ihrerseits in der Reihe der Frauen im Lotussitz nieder, legte die Arme auf ihre Knie, schloss Daumen und Zeigefinger zu einem Kreis, senkte ihren Blick dem Wasser zu und verharrte dort in der weltweit bekannten Meditationshaltung. Die Adepten folgten ihrem Beispiel. Nur wenige schafften es, ihre Beine, wie es der Lotussitz verlangte, ineinander zu verschlingen. Also musste es auch ein einfacher Schneidersitz tun. Sie legten ihre offenen Handschalen mit dem Kreis der beiden Finger auf die Knie und blickten auf den schmalen Fluss, der an ihnen vorüber zog.
Das leise Plätschern schwoll, ob der einkehrenden Stille im Saal, zu einem steten Rauschen an, das die andächtige Gruppe einzuhüllen begann.
Werdet zu Wasser, hallten Sheelas Worte nach.
Und über der Betrachtung des Stromes vor ihnen schweiften die Gedanken und inneren Bilder der Adepten von den Flüssen und Seen der Vergangenheit zum Meer ihrer Zukunft.

44

Das morgendliche Mahl im Gemeinschaftsraum war noch nicht beendet, als ein vierschrötiger, bärtiger Mann in staubiger Arbeitskleidung an den Tisch der Gruppe trat und sich mit beiden Armen breit darauf stützte.

„Keine Zeit zu essen“, brummte er bestimmt. „Mitkommen! Alle!“

Die Adepten blickten einander fragend an und hielten sein Eindringen wie auch seine ruppige Aufforderung erst für einen Scherz. Da der Mann seine Blicke aber fest auf einzelne Gesichter gerichtet hielt und dadurch keinen Zweifel an seiner Entschiedenheit aufkommen ließ, erhoben sich schließlich alle und folgten ihm ins Untergeschoss.

Sie kamen am Eingang zum Tempel des Weiblichen vorbei, dessen Tür jedoch geschlossen war, und folgten dem groben Kerl weiter, bis er an der gegenüberliegenden Seite des Octagons ein Tor öffnete, das in einen bislang unbekannten Saal führte. Düsteres Licht kam ihnen entgegen und in der metallisch riechenden Luft hing ein feiner Staub, der gleich beim Betreten des Raumes vielen das Atmen erschwerte und sie zum Husten brachte. Die umgebenden Wände schienen aus grobem Stein zu bestehen und auch der Boden mutete an wie unbehauener Fels.

Der Mann griff in eine an der Tür stehende Kiste und verteilte als Erstes kleine Atemschutzmasken, die Mund und Nase bedecken sollten. Schnell streiften die Adepten den Schutz über. Sie konnten nicht wissen, woher Staub und Geruch stammten.

Danach ging er einige Schritte weiter in den Saal an eine Seitenwand, deutete der Gruppe, ihm zu folgen, und kam im spärlichen Licht einer Kellerlampe zu Anfang einer langen Reihe von Spindkästen zu stehen. Die Augen der Adepten hatten sich mittlerweile an das düstere Licht gewöhnt und so erkannten sie die Konturen der Kästen, die an den Wänden entlang den ganzen Saal umgaben. Er öffnete einen davon, entnahm ihm einen Grubenhelm und ein Paar Arbeitshandschuhe. „Sucht da hinten den Spind mit eurem Namen drauf, setzt den Helm auf und zieht die Handschuhe an.“ Seine Stimme hallte in dem ansonsten völlig leeren Gewölbe. Die Adepten wussten nicht, wie ihnen geschah. Es schien alles genau vorbereitet zu sein und doch glaubten sie, es müsste ein Irrtum vorliegen. Das Verhalten des Mannes wie auch die bedrückende, stickige Umgebung lösten neue Wellen der Verunsicherung aus. Trotz der Zweifel befolgten sie jedoch seine Anweisungen. Sie suchten die Spinde, fanden sie unverschlossen, nahmen Helm und Handschuhe an sich und zogen sie an.
„Hierher!“ Er stand in der Mitte des Saales. Dort war eine Öffnung in den Steinboden eingelassen und eine enge, grob aus dem Felsen gehauene Wendeltreppe führte scheinbar in die Tiefen darunter.
„Mir nach“, gab er tonlos von sich und begann den Abstieg. Widerwillig folgten die Adepten ihm und drängten sich an den engen Wänden über die gewundene Treppe nach unten. Irgendwann verloren sie ihn aus den Augen. Unsicher hielten sie sich an einem alten, geflochtenen Seil fest, das durch große Stahlringe an der Wand geführt war und den Handlauf bildete. Über

unzählige Stufen stiegen sie immer tiefer. Schließlich ging die Treppe in einen kurzen Gang über, der bald sein Ende zu nehmen schien, da der Gruppe von einer weiter vorn gelegenen Quelle helles Licht entgegenstrahlte. Nach wenigen weiteren Metern traten sie auf eine hölzerne Plattform, die in einiger Höhe über dem Untergrund verstrebt war. Beim Anblick der weitläufigen, haushohen Halle stockte ihnen der Atem. Mit Staub bedeckte Scheinwerfer spendeten helles Licht, das von weiß und rötlich schimmernden Wänden reflektiert wurde.
Sie befanden sich tief unter dem Octagon in einer riesigen Salzhöhle.
„In den Holzverschlägen dort findet ihr Spaten, Spitzhacken und verstärkte Leinensäcke." Der Mann stand unter ihnen auf dem mattgrauen Grund und rief zu ihnen hoch. „Teilt sie auf unter euch und kommt dann zu mir. Ich zeige euch, wie es geht." Seine tiefe Stimme hallte von der anderen Seite der Höhle wider. Es war ihm offensichtlich Ernst damit: Die Adepten sollten an diesem Tag Salz abbauen. Erstaunt und voller Ablehnung standen sie beieinander und rührten sich nicht von der Stelle.
„Wir verkaufen das Salz in die ganze Welt. Es ist sehr berühmt. Mit seinem Erlös erhalten wir das Octagon und die Tempelhüter beziehen ihr Einkommen aus diesem Verkauf. Mein Name ist übrigens Bharat. Ich bin der Meister hier und dies ist der Tempel des Männlichen."

An diesem Tag wurden die Adepten mehr zu Stein, denn zu etwas anderem und verbrachten, nachdem sie das Licht des

Tages wieder erreicht hatten, lange Zeit in den Duschräumen, um die Staubschicht des Salzgesteins wieder aus ihren Poren zu waschen.
Nachdem Paul sich auf seinem Zimmer als Erstes hingelegt, bald darauf aber wieder erhoben hatte, um eines der Fenster zu öffnen und frische Luft einzulassen, konnte er sich kaum bewegen. Seine Muskeln waren wie Blei, der Rücken schmerzte und er hatte den Gang eines schweren, alten Mannes. Auch aus seinem Kopf schien alle Energie gewichen zu sein. Dennoch blieb er am geöffneten Fenster stehen und atmete gierig die klare, kalte Luft ein. Nach einigen Atemzügen ging es ihm besser. Seine Gedanken nahmen wieder Formen an und vor seinem inneren Auge zogen die neu gewonnenen Eindrücke vorbei.
Das ganze Octagon ist ein in sich geschlossenes System, das sich selbst erhält und bereits von Generationen von Menschen betreut wurde. Dennoch hat es seine Geheimnisse bis heute gewahrt, ging es ihm durch den Kopf.
Er erinnerte sich an das große Buch aus der Bibliothek und konnte nun auch die Skizzen der unteren Teile des Fundaments zuordnen. Lange bevor das Octagon erbaut worden war, hatte es in dieser Gegend die Salzhöhlen gegeben. Der Tempel wurde dann viele Jahre später über festem Gestein erbaut, diente jedoch lange nur den Arbeitern als Quartier und als direkter Zugang zu den Höhlen. Viele Familien lebten an diesem Ort und versorgten von hier aus das ganze Land mit den wertvollen, weiß-rötlichen Salzbrocken. Am schwierigsten gestaltete sich damals der Transport des schweren Materials aus den Höhen

der Bergwelt in die Ebenen des Landes. Nahezu ein Jahrhundert taten diese Strapazen für Menschen und Lasttiere der regen Abbautätigkeit jedoch keinen Abbruch. Das Salz besaß besondere Eigenschaften, da es die Gesundheit förderte und Legenden nach sogar das Leben verlängerte.

Erst viele Jahrzehnte später, nachdem auch in südlicher gelegenen Ausläufern des Himalaya Salzhöhlen erschlossen wurden, kam der Abbau in dieser Gegend langsam zum Erliegen. Das Quartier der Bergleute wurde dann von den ersten Meistern des Octagons in jahrelanger Arbeit ausgebaut, aufgestockt und zu dem gemacht, was es bis heute war. Mit den Jahren geriet der Ort jedoch in Vergessenheit und wurde aufgrund seiner schweren Erreichbarkeit selbst zur Legende. Dies alles geschah lange vor Beginn der Zeitrechnung.

Heutzutage wurde das grobe Material in festen Leinensäcken über einen einfachen Lastenlift nach oben transportiert und dort von eingeweihten Portern übernommen. Diese beförderten es dann auf den Rücken von Yaks über verschlungene Pfade ins nächsterreichbare Tal und verluden es in Helikopter. Von dort aus wurde das Salz schließlich in die ganze Welt versandt.

Die Adepten, wie auch Paul, kannten diese Pfade bereits wie ihre Westentasche. War es doch derselbe Weg, über den sie einmal wöchentlich für den Nachschub der Verpflegung sorgten. Paul selbst war die Route mittlerweile schon achtmal gegangen und konnte sich nun erklären, wie die Yaks, auf denen auch die Lebensmittel hoch zum Octagon transportiert wurden, wieder zurück ins Tal gelangten.

Meister Bharat hatte den Adepten von all dem berichtet, während sie sich – nach der ermüdenden Arbeit zurück im Steinsaal, der über der Salzgrotte lag – ihrer Helme, Masken und Handschuhe entledigt und den Staub aus den Kleidern geklopft hatten. Seine anfänglich so ruppige Art hatte er zwar beibehalten, doch war während des Tages auch eine ganz andere Seite an ihm sichtbar geworden. Sein Stolz auf die Leistungen seiner Vorfahren und auch über seine eigenen Fertigkeiten hatte etwas zutiefst Liebenswertes. Und auch während er die Adepten in den besonderen Techniken des Hackens und Schaufelns unterwies, die Mensch und Gestein am besten schonen, hatte er mehr und mehr die Züge eines wohlwollenden Vaters angenommen.

Paul schloss das Fenster wieder, die kalte Abendluft erfüllte nun das Zimmer und trotz seiner Erschöpfung machte er sich in den Gemeinschaftsraum auf. Das Frühstück an diesem Morgen war nicht gerade üppig ausgefallen und auch zur Mittagszeit hatten die Tempelhüter nur leichte Kost aus Reis, Gemüse und getrockneten Früchten in die Salzhöhle gebracht. Jetzt war Paul nach einem großen Stück Fleisch zumute und beim Gedanken daran lief ihm das Wasser im Mund zusammen.

45

Nach den Anstrengungen des Vortages stellte die Gruppe am nächsten Morgen erleichtert fest, dass der Unterricht wieder im Tempel des Weiblichen stattfinden würde. Entgegen den aufeinanderfolgenden Lehren der Wochen zuvor schienen sich Sheela und Bharat abzuwechseln. Das Weibliche und Männliche arbeitete im Octagon, auch was den Unterricht betraf, Hand in Hand und ergänzte einander.

Besonders dankbar waren die Adepten dafür, nachdem sie den Lehrsaal von Sheela betreten hatten und wieder von ruhiger Musik über dem sanften Rauschen des Wassers begrüßt wurden. Gleich im Anschluss noch einen Tag in den Stollen der Salzhöhle zu verbringen, hätte ihre Kräfte einfach überschritten. Sheela war noch nicht eingetroffen – an diesem Morgen wurden sie von Ganesh ins Untergeschoss geführt – und so standen die Frauen und Männer in ihren frischen Gewändern erst mal ohne Meisterin im Raum herum und warteten.

Nach dem Aufwachen hatte jeder von ihnen seine alte, verstaubte Bekleidung durch eine neue, einheitlich dunkelblaue ersetzt vorgefunden. Die fleißigen Helfer der Tempelschule waren demnach auch über Nacht tätig gewesen und hatten sich, während die Adepten in tiefem Schlaf lagen, in die Zimmer geschlichen und ihr Werk verrichtet.

Beim Anblick der Gruppe in ihrer einheitlichen Bekleidung wurde Paul erst bewusst, was es mit der Zuordnung der Farben bei der Ankunft im Tempel und in den vergangenen Wochen wohl auf sich haben musste. Da jeder der inneren Tempel einem Farbkomplex zugeordnet war, vermutete er, dass die jeweilige Bekleidung der Adepten einzelne, noch zu wenig aktivierte Anteile des Charakters stärken sollte.

Demnach müsste ihre Entwicklung nun so weit vorangeschritten sein, dass in Folge eine einheitliche Farbe wohl die beste Wahl schien, um die Gruppe voranzubringen. *Wer entscheidet über all das,* fragte er sich und stellte nebenbei fest, wie gut die Gruppe sich nun in den hellen von Blau- und Türkistönen bestimmten Raum einfügte. Er blickte zu Lena, die sich im selben Moment gerade auf den Weg zu ihm machte. Sie nahm ihn an der Hand, führte ihn über einen der Stege in den hinteren Teil des Raumes und setzte sich ihm gegenüber im Schneidersitz auf den Boden. Paul war überrascht, folgte ihr aber gern.

„Heute liegt es an uns Frauen, euch Männer etwas zu lehren", sagte sie mit einem Lächeln im Gesicht. „Sheela ist am Morgen in unseren Zimmern erschienen und hat uns diesen Auftrag erteilt. Auf die Frage, woraus diese Lehre denn bestehen sollte, hat sie nur geantwortet, dass wir unserer Intuition folgen sollten, dieser zutiefst weiblichen Eigenschaft." Paul blickte sie erstaunt an und verlor sich für einen kurzen Moment abermals in ihren Augen.

„Jahrtausende männlicher Führung auf der Welt wären genug, hat Sheela noch gemeint. Die Männer dieser Welt müssten nun vor allem lernen, dem Weiblichen zu folgen und weniger umgekehrt. Also, mein lieber Paul, was kann ich dich lehren?"

„Ich weiß nicht", antwortete er etwas unsicher und überrascht ob der neuerlich unerwarteten Vorgangsweise einer Meisterin.

Lena schien es ernst zu sein und so begann er zu überlegen.
„Ich hatte in den letzten Wochen eher das Gefühl, dass meine weibliche Seite, besonders die des Dieners, ohnehin zu stark ausgeprägt war und habe versucht, mich umso mehr auf den Krieger einzulassen."
„Bei den weiblichen Bewegungen der Tänze vorgestern schien es allerdings nicht so, dass du dich besonders wohlgefühlt hast. Könnte es ein, dass dein Stolz da ein paar Kratzer abbekommen hat?" Paul war verwundert, dass Lena ihren Finger so zielsicher auf die offene Wunde gelegt hatte.
„Nun, ja", suchte er instinktiv nach einer Ausflucht, „es ist auch nicht ganz so einfach, sich das zu erlauben."
Lena bemerkte natürlich die für ihn so ungewohnte Art, sich nebulös auszudrücken, und bohrte weiter.
„Könnte es sein, dass deine zuvorkommende und teils unterwürfige Art in deinem bisherigen Leben nur der beste Weg war, um an der Oberfläche nicht als grober Macker dazustehen, aber letztendlich doch die Kontrolle in jeder Situation zu behalten?" Sie sprach in einer so entwaffnenden ehrlichen Art, die Paul einmal mehr überraschte. Zudem traf sie den vielleicht wichtigsten Knackpunkt der Schale seines Wesens.
„Weißt du, ich selbst bin ja den genau umgekehrten Weg gegangen", fuhr sie fort. „Bevor mir etwas aus der Hand hätte gleiten können, habe ich von vornherein so stark zugepackt, dass ich gar nie Gefahr laufen konnte, die Führung zu verlieren. Das Schicksal hat mir dann sehr anschaulich gezeigt, dass das ein Trugschluss war. Hier in diesen Mauern habe ich zum ersten Mal den anderen Weg begriffen."

„Und worin besteht der?" Paul hing an ihren Lippen.
„Die äußeren Formen müssen sich erst auflösen, bevor die inneren Wahrheiten ans Licht dürfen."
„Du meinst alte, gewohnte Verhaltensweisen?"
„Genau. Und wenn einem das nicht bewusst wird und man nicht daran arbeitet, verknöchert das Wesen schließlich innerlich wie äußerlich und wiederholt ein Leben lang dieselben Mechanismen. Oder eine Krankheit übernimmt die Aufgabe, die allzu feste Körperlichkeit aufzulösen." Sie hielt kurz inne. „Darum fällt es dir so schwer, dich wie eine Frau zu bewegen oder Weibliches an dir zuzulassen. Es würde der Wahrheit deiner Sensibilität, die du als Schwäche empfindest, direkten Ausdruck verleihen und dich zutiefst verunsichern, weil du keine Übung darin hast, dich anders als durch männliches Gehabe zu schützen."
Paul saß wie versteinert und versuchte, Lenas Gedankengänge zu verarbeiten. Er blickte um sich und sah die anderen Paare im Saal in Gespräche vertieft oder sich rundum im Raum bewegend und tanzend. Alle Männer hatten sich scheinbar auf die eine oder andere Art der weiblichen Führung überlassen. Er blickte zu Lena zurück. Sie lächelte verständnisvoll.
„Darum, meinst du", fragte er weiter, „fühle ich mich in meiner Rolle als Therapeut auch so wohl? Wenn ich Menschen in ihrer Trauer und ihrem Schmerz helfen darf, bin ich in meiner eigenen Schwäche noch immer der Stärkere?" Dieser Gedanke erinnerte ihn an seine Eigentherapie und behagte ihm so gar nicht. Er spürte, wie leise Beklemmung und Abwehr ihn beschlichen.

„Nicht nur, Paul, nein, das würde dir nicht gerecht werden. Es liegt auch an deiner Gabe. Jede Gabe ist zugleich ein Segen und ein Fluch. Du spürst und fühlst, welcher Kummer und welche Not in Menschen stecken. Dann nimmst du sie an der Hand und führst sie aus dem Schmerz. Zugleich jedoch kannst du niemand anderem erlauben, deine Hand zu nehmen und dich zu führen.“ Die auf Paul einströmenden Bilder seiner Vergangenheit überschlugen sich förmlich in seiner Erinnerung. Er konnte und wollte das nicht so schnell akzeptieren, wie Lena es eben völlig selbstverständlich ausgesprochen hatte.
„Woher weißt du das alles? Wie kannst du plötzlich so über mich sprechen? Versteh mich nicht falsch, ich finde das toll und es berührt mich, aber es erschreckt mich auch.“
„Das weiß ich selbst nicht, Paul. Ich habe mir das, was ich eben zu dir gesagt habe, zuvor auch nicht überlegt. Vielleicht liegt es daran, was Sheela heute Morgen noch zu uns Frauen gesagt hat:
Um wahrhaft zu führen, müssen Sie selbst die Führung abgeben und sie dem höheren Bewusstsein überlassen, das in Ihrem Inneren wohnt. Nun scheint genau das passiert zu sein. Denn ich habe eigentlich gar keine Übung darin, solche Gedankengänge über psychische Prozesse zu formulieren.“ Paul schüttelte staunend den Kopf und wusste gar nicht, was er sagen sollte. Er senkte seinen Blick und starrte auf den Boden. Lena berührte mit dem Finger sanft sein Kinn, bis er sie wieder anblickte, und bot ihm, die Arme vor sich ausgestreckt, ihre offenen Hände an. Paul legte seine Hände wie tags zuvor in ihre.

„Eines weiß ich bestimmt: Es geht nicht darum, dass du dich mir unterwirfst, Paul, oder ich mich dir. Es geht darum, dass wir beide unsere wahre Größe einnehmen und das heißt, unsere Schwächen und Ängste ebenso tragen zu lernen wie unsere Stärke und Anmut. Um dann, irgendwann vielleicht, Seite an Seite aufrecht durchs Leben zu gehen."

Damit erhoben sie sich gemeinsam und begannen einen langen Tanz durch den von Musik erfüllten Raum.

Lena übernahm nun ganz die Führung und trotz anfänglicher Widerstände ergab sich Paul den vertauschten Rollen.

Bald schon folgte er ihr mit überraschend anmutiger, weiblicher Grazie.

46

Mit ihren Helmen auf den Köpfen und Handschuhen, Spaten und Hacken in den Händen saßen die Adepten auf verstaubten Bänken im Halbkreis um den Meister.

„Ihr könnt die Atemmasken ruhig abnehmen. Hier unten in der Salzhalle funktioniert die Entlüftung hervorragend. Nur oben im alten Steinsaal staut sich der Staub etwas und auch beim schweren Atmen während der Arbeit ist es besser, sie aufzubehalten."

Die Gruppe nahm die Schutzmasken vom Mund und nahm zum ersten Mal den beinahe süßlichen Duft wahr, den das Salz hier in der Tiefe verströmte.

„Die männliche Energie liegt zum einen ebenso wie beim Krieger in unseren Händen und Kiefern gebündelt. Zum anderen jedoch ist sie vor allem in Hüften und Becken gesammelt. Männliche Energie und damit der Charakteranteil des Mannes in euch ist gewissermaßen aber auch der Körper selbst. Alles Feste, Geformte, Erbaute, jede Struktur, aber auch Barrieren oder Widerstände sind in sich männlich. Sie geben dem steten Strom des Weiblichen den Rahmen, stützen, stärken und tragen es. Das Weibliche ist der Fluss, das Männliche sein Flussbett. Das Weibliche entwirft den Plan eines Hauses, das Männliche baut das Haus. Das Weibliche gestaltet dann sein Innenleben und das Männliche wiederum stellt die Regelwerke des Zusammenlebens auf, die das Weibliche schließlich an das Leben der Menschen anpasst, die darin hausen." Er seufzte tief

und sein Blick verlor sich kurz in der Vergangenheit. „Das sind natürlich Klischees. Die Lehre geht weit über das Benennbare hinaus. Sprache ist stets eine Krücke, mit der sich das Wesentliche nur hinkend erfassen lässt.“ Er blickte in die Runde. „Besser ist es, in die Kraft einzutauchen und sie so mit dem *Gefährt* des Körpers zu *erfahren*.“ Er nahm eine der Hacken zur Hand und stellte sich in die Mitte der hohen, völlig planen südlichen Seitenwand. „Hier legen wir gemeinsam in den nächsten Tagen einen neuen Stollen an. Wir werden das Salzgestein erarbeiten, es zerkleinern, verpacken und zum Abtransport vorbereiten. Wir werden aus den Holzstämmen dort Pfeiler machen und sie dann zu einem statischen Konstrukt verbinden, um die Decken zu stützen. Bei jeder dieser Tätigkeiten jedoch gilt eine Hauptregel: Die Kraft kommt aus dem Becken, der Körpermitte. Von dort aus geht sie in den ganzen Körper über und verleiht euren Gliedmaßen Stärke und Gewicht. Wenn ihr die Schwere und Gewalt eures Körpers spürt, wird die männliche Seite in euch erweckt und gestärkt.“ Er nahm die Hacke auf, stellte sich breitbeinig hin, hob seine gestreckten Arme hoch über den Körper und mit einer einzigen mächtigen Bewegung schlug er einen gewaltigen Brocken Gestein aus der Wand. Eine Wolke Staub löste sich und schwebte von der Entlüftung angesogen in die Halle empor.
„Jetzt solltet ihr eure Masken wieder aufsetzen. Nehmt eure Werkzeuge und geht mir zur Hand. In diesem Tempel führt die männliche Kraft das Weibliche. Männer, geht den Frauen zur Hand. Aber bietet ihnen auch Schutz.“
In den folgenden Tagen wechselten sich Sheela und Bharat

mit ihren Lehren in den beiden Tempeln ab. Auf die Anstrengung eines harten Arbeitstages in der trockenen Salzhöhle, an dem Muskeln und Körper auf sehr männliche Art gefordert wurden, folgte jeweils ein Tag mit leichten Tänzen, besinnlichem Schweigen und Gesprächen in der klaren, feuchten Luft des weiblichen Wassertempels.

Fiel es auf der einen Seite den Männern schwer, sich den weichen, fließenden Innenwelten des Weiblichen hinzugeben, mühten sich die Frauen auf der anderen Seite nicht minder, ihren Körper und Geist den groben, harten Vorgaben des Männlichen anzugleichen. Das stete Wechselspiel der Kräfte und auch die geduldigen Maßnahmen von Sheela und Bharat, die nicht darin nachließen zu korrigieren, anzuleiten oder zu erklären, zeigte jedoch bald schon seine Wirkung. Die Frauen wurden zusehends wortkarger, in ihren Bewegungen gröber und stärker, die Männer hingegen für ihre Verhältnisse einfühlsamer, deutlich sanfter und gesprächiger.

An den Abenden beim gemeinschaftlichen Essen wurde zudem viel gelacht und gesungen, was dem erwachten und nachhaltig aktiven Anteil des Narren zu verdanken war. Ohne die ebenso lebendigen Kräfte der Dienerin und des Kriegers wären die Adepten wohl insgesamt an diesen Aufgaben gescheitert.

Immer wieder waren im Stollen laute Flüche und deftige Äußerungen zu hören, die gleichermaßen von weiblichen und männlichen Adepten ausgestoßen wurden. Die nötige Kraft, um dem Gestein die Salzbrocken abzuringen, floss ihnen ebenso aus dem Anteil des Kriegers zu. Die dienende und demütige Hingabe hingegen unterstützte einerseits ihre Fortschritte in

der weiblichen Wasserwelt, half ihnen aber zugleich auch, das Joch harter, körperlicher Arbeit auf sich zu nehmen.
Nach zwei Wochen wurde die Gruppe schließlich von den beiden Meistern am Abend in den Gemeinschaftsraum gerufen. Nachdem sich alle versammelt hatten, wies Sheela sie mit einer ihrer mittlerweile allen sofort verständlichen Gesten an, vor den Fenstern einen Halbkreis zu bilden. Sheela stellte sich in die Mitte vor die Gruppe, dann trat Bharat zu ihr, legte behutsam den Arm um ihre Schultern und küsste sie zärtlich auf die Wange, bevor er mit einer abschließenden Rede begann.
„Wem es noch nicht aufgefallen ist: Wir sind seit Langem ein Paar. Ohne unsere starke Verbindung und tägliche Nähe wäre es gar nicht möglich, die Kräfte der Adepten in ihrem Wachstum immer im Ausgleich zu halten und dadurch zu verhindern, dass eines das andere in seiner Entwicklung hemmt." Er lächelte, nun mit ganz sanften Zügen in seinem Gesicht, wohingegen Sheelas Ausstrahlung etwas ungewohnt Klares, beinah Kantiges angenommen hatte. „Ich spreche für uns beide", fuhr Bharat fort, „auch weil das Sprechen in sich der männlichen Kraft zuzuordnen ist. Wer spricht, formt, begreift und führt. Wer zuhört, dient und folgt. Nicht, dass Sheela der Sprache nicht mächtig wäre, ganz im Gegenteil. Ich könnte euch Geschichten erzählen", er lachte laut auf und auch Sheela musste unvermittelt schmunzeln, „doch in der Ausübung unserer Meisterschaft folgen wir stets den inneren Urformen der Kräfte. Ihr alle habt längst erkannt, dass jede Lehre des Octagons, jeder der inneren Tempel, sowohl für Frauen als auch für Männer von Bedeutung ist. Jeder einzelne Mensch trägt all diese

Seiten in sich: die fünf Kräfte, die ihr bereits entfacht habt, und die drei weiteren, die noch vor euch liegen. Und jede dieser Wesenskräfte ist gleich wert und bedeutsam. Erst nachdem ein Mensch alle Seiten seines Wesens erfahren hat, kann er erkennen, in welchem der inneren Tempel seine größte Gabe – die stärkste Kraft, die ihn Zeit seines Lebens führt – wohnt und welche Aufgabe er somit im Dienst am Leben zu erfüllen hat. Darin liegen nicht nur Freude und Erfüllung für den Einzelnen bereit, sondern auch Entwicklung und Glück für das Leben an sich." Er blickte in die Runde. „Ihr habt nun schon mehr als die Hälfte der Lehren hinter euch und nähert euch stetig der letzten Prüfung, die auf den achten Tempel folgt. Ihr habt euch wacker geschlagen und seid noch immer vollzählig. Das ist eine Freude für uns und ebenso für die Hohe Meisterin, die jeden eurer Fortschritte sorgsam verfolgt." Er blickte zu Sheela, drückte sie zärtlich an sich und nickte ihr zu. Sheela erhob ihren Blick und beschloss nun mit fester Stimme, die hell durch den Raum hallte, ihren gemeinsamen Abschied von der Gruppe. „Morgen Abend wird euch eine ganz andere Frau begegnen. Eines ihrer Kinder ist leicht erkrankt, darum wird sich ihre Ankunft etwas verzögern. Sie wird euch im nächsten der inneren Tempel die weibliche Kehrseite des Kriegers eröffnen. Betrachtet man von oben den Grundriss des Octagons, so erkennt man, dass jeder der inneren Tempel seinem Widerpart gegenübersteht, seiner ausgleichenden Kraft, die verhindert, dass ein Anteil in den Schatten fällt." Sie sah zu ihrem Mann, nickte lächelnd und die beiden begannen den Adepten herzlich zu applaudieren, was diese dankend und ausgiebig erwiderten.

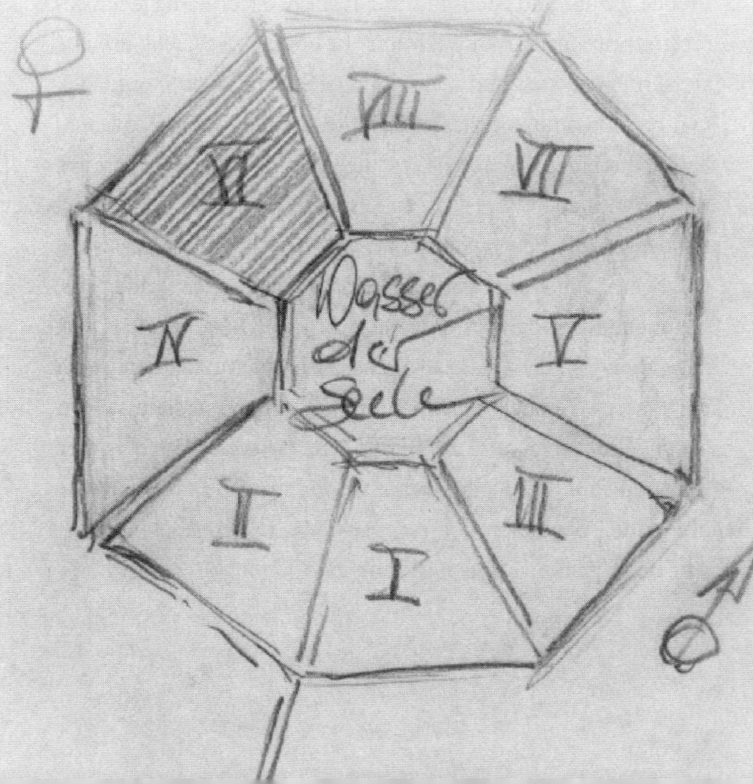

Wasser der Seele
VIII
VII
VI
V
IV
III
II
I

47

Staunend schritten die Adepten, geführt von Tempelhüter Ganesh, an wucherndem rotgrünen Rhabarber, hüfthohen Gurkenstauden, gewaltigen Kräutergewächsen und Limonenbäumen vorbei. Hoch über ihre Köpfe ragten die Blütenkronen meterhoher Sonnenblumen.

Der schmale Weg führte durch eine Art Gewächshaus, das über und über von prächtiger Vegetation beherrscht wurde. Die Weitläufigkeit des Areals erstaunte die Gruppe zusätzlich, denn der Weg durch die prachtvolle, leuchtende Flora schien kein Ende zu nehmen.

Paul ging an der Seite von Lena und sie tauschten verwunderte Blicke aus.

Erst, als sich nach Minuten die Krümmung des Weges immer deutlicher abzeichnete, wurde ihnen bewusst, dass sie einer Spiralbahn folgten, die jetzt in einen kleinen Platz inmitten des Tempelraumes mündete.

Gepresste Strohballen grenzten die freie Fläche rundum ab. Die intensiven Düfte der Gewächse wurden vom Geruch des feuchten Erdbodens noch verstärkt. Helles Abendlicht fiel durch die Wipfel der Ranken bis zum Erdkreis. Der Raum schien von großen Fenstern und riesigen Reflektoren umgeben zu sein, die das Licht wie Spiegel durch die Äste der Pflanzen warfen, sodass es sogar in den kleinsten Winkel reichte.

Nachdem die Gruppe sich am Platz versammelt hatte, verneigte sich Ganesh schlicht und überließ sie mitten in diesem hellen, doch unüberschaubaren Dschungel ihrem Schicksal.

Nacheinander setzten sich die Adepten auf die Strohballen und blickten einander fragend an. Neuerlich regten sich Zweifel in ihnen. Die bei aller Wildheit liebevolle Energie und Harmonie des Ortes nahm ihre Gefühle jedoch schnell ein und ließ sie erwartungsvoll abwarten, was auf sie zukommen sollte.
„Geliebte, wundervolle Menschen!" Die Gruppe erschrak, als plötzlich, noch bevor jemand zu erkennen war, eine tiefe, weiche Frauenstimme mitten aus dem Dickicht drang.
Der Blätterwald teilt sich hinter ihnen und eine große Frau, mit ausladenden weiblichen Rundungen und roter Mähne, die ihr in Locken bis weit über den Rücken fiel, betrat den Platz.
„Geliebte, wundervolle Menschen!", wiederholte sie mit ihrer betörenden Stimme eindringlich.
Paul und Lena sahen sich fragend an, ob des beeindruckenden Erscheindungsbildes dieser Amazone.
„Liebe ist nichts, das uns widerfährt, uns geschenkt wird oder von selbst kommt und geht. Liebe ist eine Handlung, die wir täglich mit vollem Bewusstsein vollziehen", erklärte sie und legte dabei eine ihrer Hände auf die Schulter von Lena, die gerade neben ihr auf einem der Ballen saß. Ihre großen hellblauen Augen sahen in die Runde und schienen für einige Momente jeden Einzelnen zu berühren, als wären Blicke und Stimme ein Stoff, der Körper und Herzen zu umhüllen vermochte.
„Es gilt, Ströme von Herzkraft zu produzieren, die alles – Mensch, Tier, Pflanze oder Stein – so mit Liebe erfüllen, dass sich das Wesentliche wie von selbst an seine höchste Form, sein gegebenes Maß, seine Aufgabe im Wachstum des Weltenbaums erinnert. Dies ist der erste und heiligste Dienst, den

wir dem Leben zu erweisen haben." Sie schritt den Kreis der Adepten ab, berührte Wangen, strich über Köpfe, legte Hände auf Schultern und blickte tief in die staunenden Augen. Ihre Berührungen überschritten keine Grenze, hatten nichts Anzügliches oder Übergriffiges. Es war vielmehr, als wäre eine junge Mutter, deren Wesen einzig aus Liebe besteht, endlich wieder ihren Kindern begegnet.
„Ich bin Amari. Die Bezeichnung *Meisterin* lassen wir hier im Tempel der Liebenden beiseite. Eure Namen kenne ich schon. Bruce hat euch gut beschrieben." Sie lächelte ruhig und wandte sich der Gruppe zu. „Euer Vertrauen ist noch nicht in die Urform seiner Kraft eingetreten. Doch das wird sich ändern in den kommenden Wochen, denn: Vertrauen ist Liebe, die sich selbst begegnet. Es erwarten euch glückliche Tage."

Als Paul wenig später sein Zimmer betrat – Amari zog sich nach der Begrüßung, erschöpft von den Strapazen der Anreise bald zurück –, wurde er schon von Devi erwartet. Der Tempelhüter war ihm in den vielen vergangenen Wochen zu einem treuen Begleiter geworden, dem er den Zutritt zu seinem Zimmer jederzeit gewährte. Devi seinerseits schien stets zu spüren, wann ihm Pauls Raum offenstand oder er dem Adepten Zeit in Einkehr und Ruhe lassen musste.
An diesem Abend schien es Paul jedoch, dass Devi ihn, ganz gegen sein übliches Verhalten, voll Ungeduld erwartete.
„Was ist mit dir? So kenne ich dich nicht."
„Paul", die Anspannung war ihm ins Gesicht geschrieben, „die Hohe Meisterin wünscht dich zu sehen. Das ist außer-

gewöhnlich und bislang in vielen Zyklen nur äußerst selten geschehen. Die Hohe Meisterin ist stets zur Stelle, wenn etwas der Klärung bedarf, eine Bitte an sie ergeht oder jemand Not leidet. Sie verfolgt die Entwicklung der Adepten und tauscht sich mit den Meistern aus. Doch sie ruft niemals einen der Adepten vor der Zeit zu sich."

„Ist das nun etwas Gutes oder habe ich einen Fehler begangen? Muss ich mich darauf vorbereiten, das Octagon zu verlassen?" Paul war ernsthaft alarmiert, denn um nichts hätte er den Zyklus an diesem Punkt unterbrechen wollen.

„Das kann ich dir leider nicht beantworten. Bislang ist es noch keinem der Adepten, die ich betreuen durfte, passiert. Und auch die anderen Diener wussten es nicht einzuschätzen. Die Dienerin der letzten Adeptin, der es vor vielen Jahren widerfahren ist, hat sich schon lange aufgrund ihres hohen Alters aus dem Octagon verabschiedet." Er hielt Paul einen seiner Pullover hin. „Komm jetzt. Sie wartet."

Nachdem Devi seinen Schützling in die Kammer unter dem Octagon geführt hatte, zog er sich leise zurück.

Paul fand, ohne es zu wissen, den Raum so vor wie Lena, als diese vor vielen Wochen hierhergebracht worden war.

Die Öllampe verstreute ihr spärliches Flammenlicht, dessen Flackern vage Schatten auf die groben Steinwände ringsum warf.

Nach einigen Augenblicken wurde die Tür geöffnet und eine schlanke, weibliche Gestalt betrat die Kammer. Sie war in ein hellblaues, fließend langes Gewand gekleidet. Ein Tuch um-

hüllte ihren Kopf und außer der aufrechten Haltung und Hoheit, die von ihr ausging, konnte Paul nur ihre dunklen Augen erkennen, die ihn wach und ernst anblickten.
Er war überzeugt, ihr noch nie zuvor im Tempel begegnet zu sein, und doch streifte ein Gedanke sein Bewusstsein, als würde er sich an etwas erinnern. Aber wie ein Duft, der vorüberzieht, ehe man ihn benennen kann, verflog das Bild zu rasch. Beim Anblick der bescheidenen Frau fragte er sich zudem einmal mehr, wie sie zu all den Informationen über die Fortschritte der Adepten kommen mochte.
Mit einer kurzen Geste wies die Hohe Meisterin auf die beiden Stühle in der Mitte und setzte sich ihm gegenüber.
Paul wartete, unsicher, ob er einen Gruß äußern oder einfach stillhalten sollte. Noch bevor er einatmen konnte, um eine Frage zu stellen, erhob die Gestalt, die nun auf beeindruckende Art Weisheit und Macht verströmte, ihre Hand und wies ihn zu schweigen an.
Paul folgte wie von selbst und harrte der Dinge. Die Stille im Raum nahm an Intensität zu, während Paul in den direkten Blick der Hohen Meisterin eintauchte und sich darin, behutsam bis zum Urgrund ihrer Seele fallend, verlor.
„Paul Stenson", sein Name schien mehr aus seinem Inneren zu kommen, denn von dem weiblichen Wesen ihm gegenüber. Dennoch war er überzeugt, sie hätte mit einer seltsam durchdringenden Stimme zu ihm gesprochen. „Die kommenden Tage sind von besonderer Bedeutung für dich. Gib dich den Lehren der Meister ganz hin. Sie werden dich in deine eigene Meisterschaft führen. Du sollst einer der Unseren werden."

Nichts hätte Paul in diesem Moment mehr erstaunen können als diese Ankündigung der Hohen Meisterin. Er wusste nichts zu antworten und saß ihr nur mit offenem Mund gegenüber. Ohne weitere Worte erhob sie sich daraufhin, ging langsam zur Tür, drehte sich noch einmal um, nickte ihm zu und verschwand.

Paul glaubte aus einem Traum zu erwachen.

So schnell die Szenerie an ihm vorübergezogen war, so sehr fühlte er die Worte der Hohen Meisterin wie ein Geschenk in sich nachhallen. Damit hätte er niemals gerechnet und er verwehrte sich im selben Moment, über alle weiteren oder möglichen Konsequenzen nachzudenken.

Berührt und mit stolzer Freude stieg er an der Seite von Devi, der vor der Tür auf ihn gewartet hatte, die Stufen aus dem Kellergeschoss nach oben. Zu gern hätte er ihm von dem Geschehen berichtet, doch spürte er instinktiv, es für sich behalten zu müssen.

Devi seinerseits stellte an Pauls Ausstrahlung erleichtert fest, dass dieser mit Freude erfüllt war und somit das Octagon wohl nicht frühzeitig verlassen musste. Über alles andere konnte er nur rätseln, beließ es aber auch dabei und begleitete den Mann, den er längst als Freund empfand, bis zu seinem Zimmer.

48

Voll Freude und neuem Elan folgte Paul am nächsten Morgen den anderen Adepten in den Tempel der Liebenden.

Lena bemerkte seine Veränderung gleich und blickte ihn fragend an. Paul gab nur ein verschmitztes Lächeln zur Antwort und hob lässig die Schultern.

Zwar war ihm am Abend, entgegen seinem Vorsatz, noch vieles durch den Kopf gegangen, doch hatte die Müdigkeit bald die Oberhand gewonnen. So war er inmitten seiner gebetsmühlenartigen Vorstellungen über alle möglichen Zukunftsszenarien, inneren Gesprächen mit Carl und der tiefen Gewissheit, am Ende des Zyklus doch wieder nach Köln zurückkehren zu müssen, in einen traumlosen Schlaf gefallen.

Erholt und mit wachen Sinnen beschritt er nun den Spiralpfad und bestaunte ebenso wie am Tag zuvor die üppige Vegetation. Bewässerung, Klima und Entlüftung mussten einem bewährten System folgen, um das starke Wachstum zu begünstigen, die Mauern trocken und das Erdreich feucht zu halten.

Amari empfing die Gruppe auf dem Erdkreis inmitten der sattgrünen Pflanzenwelt mit weit geöffneten Armen.

Ihre rote Mähne war in einem lockeren Zopf zusammengefasst. Sie strahlte Kraft und zugleich Gelassenheit aus.

Nachdem die Gruppe sich im Kreis versammelt hatte, blickte sie rundum und versicherte sich der Aufmerksamkeit aller. Danach legte sie ihre Handflächen in der Mitte zwischen dem ersten Rippenbogen und dem Herzen übereinander. Mit einem

Blick wies sie die Adepten an, es ihr gleichzutun.
„Lenkt eure ungeteilte Aufmerksamkeit auf diese Stelle. Spürt die Berührung eurer Hände durch den Stoff auf der Haut und verweilt dort mit dem Bewusstsein. Atmet ruhig und gleichmäßig. Und entspannt eure Schultern – sie wandern gern mit den Armen in die Höhe." Sie lächelte und mit ihrer rauchigen Stimme zog sie, wie auch am Vortag, jeden Einzelnen in ihren Bann.
„Die Mitte eures Wesens ruht hier im Sonnengeflecht unter dem Brustbein nahe am Herzen. Mittlerweile müsstet ihr bereits die Wärme spüren, die sich von dort ausbreitet und zu pulsieren beginnt. Behaltet eure Aufmerksamkeit bei und bergt die Sonne im Inneren weiterhin in euren Händen. Allein durch diese Hinwendung öffnet sich das Tor zur Liebe. Denn Zuwendung ist in sich bereits Liebe. Je ungeteilter der Strahl eurer Aufmerksamkeit sich einem Menschen oder gleich welchem Wesen zuwendet, desto stärker wird der Strom der Liebe, die seelische Energie, die jedem Menschen zur Verfügung steht, zu fließen beginnen. Und dieser Fluss strömt aus eurer Mitte. Er kann blockiert werden, wenn sich zum Beispiel einer eurer Wesensanteile durch zu große Gefühle von Angst, Gier oder Zorn verschließt. Doch das werdet ihr am Ende des Zyklus hinter euch gelassen haben. Im Ausgleich der inneren Kräfte strömt der Fluss aus eurer Mitte wie von selbst. Das ist ein physikalischer Vorgang, den ihr in den kommenden Tagen erlernen werdet."
Paul empfand einmal mehr Skepsis gegenüber allzu esoterisch klingenden Erklärungen. Wiewohl ihm auch bewusst war, dass

sich viele der innerpsychischen Prozesse nur schwer und oft nicht anders in Worte fassen ließen.
Plötzlich tauchte das Bild der Hohen Meisterin, wie sie am Vorabend ihm gegenübergesessen war, vor seinem geistigen Auge auf. *Gib dich den Lehren ganz hin.* Mittlerweile hatte er nach den zwei Monaten im Octagon schon viele Situationen erlebt, in denen innere Stimme, Fantasie und konkrete Erinnerungsbilder sich zu einem vermengten. Auch diesmal konnte er keinen Unterschied empfinden und beschloss einmal mehr, seine Vorbehalte zu überwinden und der Stimme wie auch Amari zu folgen.
Über diesen Gedanken war die Aufmerksamkeit weit von seiner Mitte abgeschweift. Umso überraschter stellte er fest, wie deutlich die Energie zwischen Händen und Brustbein mittlerweile zu spüren war.
„Verteilt euch nun bitte in unserem Garten. Sucht euch einen Platz, irgendwo bei einem der Gewächse, Bäume oder Sträucher. Dann versenkt euch wieder in diese Übung, und wenn ihr so weit seid, öffnet eure Handflächen wie ein Tor und lasst den Fluss von Energie direkt auf die Pflanze vor euch übergehen. Stellt euch vor, wie es aus euch strömt, gebt diesem Strom eine Farbe in eurer Fantasie, seht ihn förmlich vor euch. Und nehmt eure Partner mit. Das Wachstum der Pflanzen wird noch stärker gefördert, wenn ihr zu zweit seid und jeweils eine weibliche und eine männliche Energie sich ihrer annehmen."
„Unsere Partner?", war die hohe Stimme von Nairi zu hören, die sich sonst eher zurückhielt und selten Fragen stellte.
„Ja doch", erwiderte Amari leichthin, „ihr habt doch längst

eure Partner gefunden. Ihr wisst es nur vielleicht noch nicht. Das ist eine Eigenheit der Shaligram Shilas, die euch hierhergeführt haben. Sie werden immer nur als Paare weitergereicht und finden so stets ihren Weg zu den Menschen, die sie schließlich wieder zusammenführen. Vergesst nicht, wir sind im Tempel der Liebenden."
Paul sah zu Lena und traf ihren Blick. Mit einem Lächeln kam sie auf ihn zu, nahm ihn an der Hand und sagte schelmisch: „Ich glaube, wir sind auf der weiblichen Seite, nicht wahr? Ich führe dich."

Das enorme Wachstum der Pflanzen im Garten der Liebenden war demnach auf diese ungeteilte Zuwendung der Meister und Paare zurückzuführen. Paul erinnerte sich an Legenden über einen sagenumwobenen Ort in Schottland, an dem scheinbar auf ähnliche Art und Weise beeindruckende Erfolge bei der Pflege und Zucht von Pflanzen erzielt wurden. *Vielleicht hatte es sich bei den Betreibern dieser Gärten ja um frühe Adepten des Octagons gehandelt*, ging es ihm durch den Kopf. Obwohl ihm keinerlei wissenschaftliche Erklärung bekannt war, worauf dieses Phänomen zurückzuführen wäre, sprach die Größe der Sonnenblume, vor der Lena und er Stellung bezogen hatten, Bände. Der Stamm war mehrere Zentimeter dick und ragte anderthalb Meter über ihre Köpfe auf. Zur Blüte hin hatte er sich in mehrere Äste geteilt und sieben kopfgroße Blütenteller neigten sich freundlich zu ihnen herab.
Paul stand nahe an Lenas Seite und vollzog gemeinsam mit ihr die Übung, wie Amari sie angewiesen hatte. Nach kurzer Zeit

fühlte es sich tatsächlich an, als würde zwischen Menschen und Pflanzen eine reale Verbindung bestehen, und ein steter Strom von Energie strömte aus der Mitte der beiden in die Blume ein. Das Gefühl war ebenso aufregend wie beruhigend und schien die inneren Kräfte ganz von selbst auszugleichen. Paul warf einen Blick auf Lena und sah, wie ein Sonnenstrahl von draußen zwischen den Schatten eine feine Lichtlinie auf ihr Gesicht malte. So strahlend schön und bezaubernd hatte er sie bislang noch nie erlebt.

49

Für den Abend hatten die beiden nach dem Essen ein Treffen in der Bibliothek vereinbart.

Helles Mondlicht hatte sich bereits über die Bergwelt gelegt und die Flanken des Namenlosen hoben sich in bläulichen Konturen vom tiefschwarzen Nachthimmel ab.

Devi hatte die beiden mit Tee versorgt, einige Kerzen entzündet und sich danach diskret zurückgezogen. Es war still im Saal und die alten Bände verströmten einen zarten Geruch von Leder und Pergament.

Einträchtig saßen sie eine Weile auf den Sesseln vor der Fensterfront und nippten am heißen Getränk.

Paul hatte in den vergangenen Stunden die Gedanken zu seiner Zukunft, den Lehren und Erlebnissen im Octagon allerdings nicht beruhigen können. Die Ankündigung der Hohen Meisterin hatte letztlich eine Lawine von Fragen ausgelöst. Er dachte an Carl und die Praxis, zweifelte an der wissenschaftlichen Relevanz der Lehren und an seinem Urteilsvermögen. Zu gern hätte er mit Lena darüber gesprochen. Doch er wollte sie nicht verunsichern. In den letzten Tagen schienen sich ihre Gefühle auch ihm gegenüber stabilisiert zu haben und er wollte nicht Gefahr laufen, die eben gewonnene Nähe aufs Neue zu verlieren.

Er nahm sich vor, nur Unverfängliches zur Sprache zu bringen.

„Weißt du, worauf ich mittlerweile besonders Lust hätte?"

„Äh, nein", antwortete Lena mit einem verschmitzten Seitenblick und war gespannt, was nun folgen würde.

„Auf einen Besuch in meinem Kölner Lieblingscafé und einen großen, heißen Milchkaffee."
„So", erwiderte Lena, „ich hatte schon gedacht, da kommt was ganz anderes jetzt."
Paul sah sie an und lächelte zweideutig. „Danach sehn ich mich ehrlich gesagt auch." *Das war nun alles andere als unverfänglich,* dachte er.
„Welches Café?"
„Bitte?"
„Wie heißt das Café in Köln?"
„Du lenkst ab."
„Du hast damit angefangen", antwortete sie schnippisch und lächelte kokett zurück. „Also?"
„Jansen. Es heißt Café Jansen", fand Paul wieder zu seinem Vorhaben zurück.
„Schön dort?"
„In den Wochen, nachdem wir uns auf Schloss Goldegg begegnet waren, bin ich oft dort gewesen. Es ist im Wiener Stil eingerichtet und hat mich an dich erinnert. Deshalb vor allem."
Lena schwieg und blickte Paul von der Seite lange an. Zweifellos hatte er in den Monaten vor dem Octagon viel mehr Zeit damit verbracht, an sie zu denken als umgekehrt. Was aber vor allem dem Aufwand geschuldet war, den sie betreiben musste, um gerade noch heil der unseligen Beziehung mit dem Arzt zu entfliehen.
„Du hast mir nie von deiner Begegnung mit der Hohen Meisterin erzählt." Pauls Gedanken kreisten nach wie vor um deren

Ankündigung. Er drehte seinen Stuhl etwas zu Lena, um ihr Gesicht besser sehen zu können.
„Da gibt es nicht viel zu erzählen." Lena überlegte. „Es war irgendwie, wie soll ich sagen, magisch. Sie hat nichts gesagt. Hat nur meine Hände genommen, sie gehalten, mich lange angeblickt und danach ist sie wieder verschwunden. Muss etwas Ähnliches gewesen sein, wie wir es heute mit den Pflanzen versucht haben. Nur viel stärker." Sie nahm einen Schluck des heißen Buttertees und ergänzte: „Danach war es so, als wäre meine damalige Verzweiflung wie weggeblasen. Sie muss wohl noch über einige andere Fähigkeiten verfügen. Ich kann mir nicht vorstellen, dass ein *Strom von Liebesenergie* allein ausreicht, um jemandem, noch dazu in so kurzer Zeit, aus einer schweren Krise zu helfen."
„Wer weiß", antwortete Paul und dachte weiter an die Ankündigung der Hohen Meisterin, „vielleicht setzen unsere Therapieformen ja am falschen Punkt an. Ich werde auf alle Fälle nach der Rückkehr einige meiner Methoden gründlich überdenken müssen." Er erwog, ob er Lena nun doch von seinem Erlebnis in der Kammer unter dem Octagon erzählen sollte, beließ es aber schließlich dabei, das Geheimnis zu wahren. Er wollte in niemandes Augen und besonders nicht in Lenas eine Sonderstellung einnehmen. Zudem konnte er ja nicht wissen, ob nicht auch anderen Adepten diese Zukunft in Aussicht gestellt worden war, oder ob die Worte der Hohen Meisterin überhaupt so zu verstehen waren.
„Paul", Lena schien etwas von seiner Zerstreuung zu spüren, „nun muss ich dich fragen: Geht es dir gut? Ist alles in Ordnung?"

„Ja, schon“, sein Blick schweifte ab, „ich muss nur viel nachdenken und frage mich immer öfter, wie das Leben und meine Arbeit nach dem Octagon weitergehen wird.“ Er blieb so nah an der Wahrheit wie möglich. Lena überlegte und verstand, dass Paul die Methoden und Lehren des Octagons auch in beruflicher Hinsicht beschäftigen mussten.
„Darüber mache ich mir keine Sorgen. Das wird sich zeigen, ganz bestimmt. Wir müssen nur Vertrauen haben. Wie hat Meisterin Amari gestern gesagt: *Vertrauen ist Liebe, die sich selbst begegnet.* Irgendwie glaube ich, dass die Lehren im Tempel der Liebenden für uns beide sehr wichtig sind.“
Paul blickte wieder zu ihr und empfand etwas wie stille Bewunderung. Sie war tatsächlich wieder im Reinen mit sich und ihre Wesenskräfte schienen bereits um vieles ausgereifter als seine eigenen.
„Komm“, sagte sie schon etwas müde, „lass uns schlafen gehen. Wir müssen morgen wieder früh aufstehen und Sonnenblumen lieben. Und was unsere Lust betrifft:“, fügte sie zärtlich hinzu, „Wer weiß, vielleicht treffen wir uns ja mal zufällig in deinem Lieblingscafé und sehen dann, was passiert.“ Damit nahm sie liebevoll seine Hand, zog ihn hoch und ließ sich von ihm bis zu ihrem Zimmer begleiten.
„Gut so?“, fragte sie, bevor sie sich zur Nacht verabschiedeten.
„Gut so“, antwortete Paul, der seinerseits mit all den Gedanken und Gefühlen in seinem Inneren vollauf beschäftigt war und zu gar nichts anderem mehr bereit gewesen wäre.

50

Amaris Anweisungen nahmen die Gruppe am nächsten Lehrtag sofort in Beschlag.

„Lasst an diesem Morgen zuallererst Revue passieren, was euch in den vergangenen Wochen an inneren Bewegungen und Entwicklungen widerfahren ist." Die Adepten waren bereits zu früher Morgenstunde in den Tempel der Liebenden gerufen worden und so saßen sie etwas verschlafen auf den Strohballen und rieben sich die Augen.

„Ich habe euch so früh zu mir geholt, um eure Müdigkeit zu nutzen. Kurz nach dem Aufwachen stehen wir noch stärker mit unserem Unterbewusstsein und den inneren Kräften in Verbindung. Ich möchte, dass ihr weniger mit euren Köpfen denkt und mehr mit eurem Herzen: Erkenntnis erwächst aus Liebe." Scheinbar zufällig fiel ihr Blick auf Paul. „Manchen von euch wird das guttun." Paul sah zu Boden und bemerkte Amaris Blick erst gar nicht. Ihr Auftreten zog einen so schnell in seinen Bann, dass er seit ihren ersten Worten an diesem Morgen bemüht war, Urteilsvermögen und Klarheit zu erlangen. Nun jedoch schien Amari genau das bemerkt zu haben.

„Folge den Lehren, Paul." Amari sprach ihn, die Worte der Hohen Meisterin wiederholend, mit ihrer durchdringenden Sanftheit direkt an. Paul hob erstaunt den Kopf und stellte sich einmal mehr die Frage, wie die Meister sich untereinander austauschten und zudem scheinbar mühelos und jederzeit Gedanken und Gefühle ihrer Schützlinge lesen konnten.

„Alle Meister, Paul, haben den Octagon-Zyklus vollendet. Im

achten Tempel wirst du die Antwort auf diese Frage finden. Für jetzt gilt: Gib dich hin."

Paul blickte sie mit offenem Mund an und kam sich vor wie ein Schuljunge.

Im selben Moment schienen seine Zweifel wie fortgeweht.

„Der Tempel der Liebenden ist der weiblichen Seite zugeordnet", fuhr Amari fort. „Erinnert euch zuerst an deren Wesenskraft, danach erweckt den Narren, den Krieger und auch das Männliche in euch. Schließt eure Körper und Herzen jedoch abschließend vor allem an die Offenheit und Demut der Dienerin an. Verstreut euch einzeln im Garten. Ich gebe euch so lange Zeit, wie es braucht, bis ihr euch wieder im Kreis eingefunden habt."

Während die anderen Adepten sich erhoben und ihren Spaziergang durch den Dschungel antraten, überlegte Paul, ob er die Zeit nutzen sollte, um die Meisterin unter vier Augen zu sprechen. Auch wenn das im Octagon eine unübliche Praxis war, unternahm er den Versuch.

„Darf ich Sie etwas fragen?"

Amari hatte sich eben darangemacht, einer Holzkiste, die etwas abseits stand, eine von mehreren langstieligen Pflanzen mit dicken Knollen am Wurzelwerk zu entnehmen.

„Wenn du mir währenddessen zur Hand gehst?" Sie lächelte ihn offen an und hielt ihm die Pflanze entgegen. „Hol dir eine Gartenschere dort hinter den Ballen und trenne die Knollen vom Stängel. Wie du mich ansiehst, kennst du das Gewächs nicht, obwohl du es beinah jeden Abend in unseren Speisen und Getränken zu dir nimmst." Paul sah sie fragend an. „Das

ist Ingwer, mein Lieber." Sie nickte lächelnd Richtung Ballen. „Hol die Schere." Mit der Pflanze in der Hand machte er sich auf, stoppte jedoch nach wenigen Schritten.
„Sind Sie von meinem Zusammentreffen mit der Hohen Meisterin unterrichtet?"
„Gewiss doch, Paul. Die anwesenden Meister versammeln sich jeden Abend, um miteinander zu essen, zu entspannen und sich auszutauschen. Die Hohe Meisterin leistet uns oft Gesellschaft. Sie ist sehr unterhaltsam und gesprächig." Amari wies abermals in Richtung der Ballen. Paul holte eine der Scheren hervor und wunderte sich nebenbei darüber, was Amari über ihre Meisterin sagte.
„Am besten auf einen der Ballen auflegen, an der Wurzelnaht abtrennen und dann zu mir bringen." Paul wollte eine weitere Frage stellen, doch sie hob nur leicht den Kopf und ihr Blick reichte aus, um Paul zur Arbeit zu bewegen.
„Dich beschäftigt die Ankündigung der Hohen Meisterin und wohin dein Weg in der Zukunft führen soll, nicht wahr?"
Paul sah zu ihr und nickte, während er vorsichtig das Gewächs bearbeitete.
„Aber darum geht es in Wahrheit nicht allein oder täusche ich mich? Da ist etwas anderes, das dir Sorgen bereitet."
„Sie täuschen sich nicht. Aber ich kann es nicht genau benennen."
„Dafür kann ich es." Sie lächelte wieder und ihre blauen Augen blitzten verschlagen auf. Paul wartete gespannt.
„Du bist Psychologe, soviel ich gehört habe, nicht wahr?"
„Eigentlich Psychotherapeut."

„Eben. Und damit tust du mehr oder weniger das Gleiche wie wir Meister hier im Octagon, nur mit anderen Methoden und wechselndem Erfolg. Du fühlst dich der westlichen Wissenschaft verpflichtet und damit auch deinen Wissenschaftskollegen und all den gängigen Praktiken eurer empirischen und rationalen Weltsicht. Und jetzt befürchtest du, falls du nach Hause zurückkehren solltest, dich zum Narren zu machen mit all den spirituellen Zugängen, die du hier erlernst. Liege ich richtig?"
Paul nickte abermals, erstaunt darüber, wie selbstverständlich Amari den Punkt getroffen hatte.
„Und da ist noch etwas", ergänzte er ernst.
„Ich weiß, Paul. Sollte es tatsächlich dazu kommen, dass die Hohe Meisterin dich auserwählt, würde es dein ganzes Leben auf den Kopf stellen."
„So ist es, ja."
„Dass dich das beschäftigt, kann ich dir gut nachfühlen. Mir ist es vor vielen Jahren nicht anders ergangen." Ihr Blick verlor sich für einen kurzen Moment. „Wie also lautet die Frage?"
Er sah sie verdutzt an, außerstande sein eigentliches Anliegen in Worte zu fassen.
„Sie lautet", fuhr Amari fort, „wer sitzt auf dem Thron?" Und nach einer kurzen Pause ergänzte sie: „Hat Therese euch nicht gewarnt, dass diese Frage euch bis zum Ende des Zyklus beschäftigen wird?"
„Aber was ist die Antwort?"
„Die Lehre erscheint, sobald der Schüler bereit ist. Nicht einen Tag früher, nicht einen Tag später", antwortete sie leichthin, nahm ihm die Reste der Stängel aus der Hand und schlug

auf verspielte Weise den Ton eines Feldwebels an: „Und jetzt setz dich hierhin und liebe diese Ingwerknolle“, und lachend ergänzte sie: „Sie schmeckt dann noch um einiges herzhafter!“ Amaris Lachen war so ansteckend, dass Paul lauthals mitlachte und darüber für eine Weile vergaß, auf seine offenen Fragen keine einzige Antwort erhalten zu haben.

Das herzhafte Lachen der beiden war bis in den hintersten Winkel des Gartentempels zu hören und schien für die anderen Adepten Signalwirkung zu haben.

Wenig später saßen alle vergnügt im Kreis und richteten ihre Blicke auf Amari.

„Wie ich sehe, sind eure Kräfte nun wach und an euren roten Wangen kann ich ablesen, dass die Wärme und hohe Luftfeuchtigkeit hier im *Garten der Liebe* euren Kreislauf angeregt hat. Gut so. Mit dem Herzschlag gerät auch eure Energie in Wallung und die brauchen wir jetzt.“ Sie blickte in die gespannten Gesichter und fuhr dann mit Bedacht fort. „Seht euch unter den anderen Adepten um und findet denjenigen, mit dem ihr bislang am wenigsten Kontakt oder sogar Differenzen hattet. Besser noch: Er oder sie weckt eure versteckten Ängste. Sobald eure Blicke sich dann begegnen, steht auf und stellt euch nebeneinander.“

Es brauchte einen Augenblick, bis die Gruppe Amaris Anweisung verdaut hatte. Allein schon die Auswahl würde ein offenes Bekenntnis bedeuten und das jeweilige Gegenüber möglicherweise kränken.

Paul sah sich in der Gruppe um. Sein Blick traf schnell auf

den von Khaled, mit dem es ihm bislang nicht gelungen war, auch nur ein Wort zu wechseln. Er hatte den jungen Ägypter, der einer Familie von Hochschulprofessoren entstammte und in Kairo als regimekritischer Journalist tätig war, oft als allzu aufbrausend und herrisch erlebt. Die harten, kehligen Laute des Arabischen, in das Khaled anlässlich solcher Situationen gefallen war, lösten in Paul zusätzlich unbestimmte Ängste aus.

Khaled erging es seinerseits mit Paul nicht anders. Der hellhäutige, deutsche Therapeut schien für ihn vieles von dem zu verkörpern, was er an Europäern verabscheute. Sein devotes, beinah schon unterwürfiges Verhalten und auch die scheinbar wohlgemeinten Analysen der Verhaltensweisen anderer Adepten, die er an den Abenden immer wieder mit seiner gedämpften Stimme von sich gab, empfand er durchwegs als verlogen und eigennützig.

Paul war nicht überrascht als Khaled sich im selben Moment erhob und neben ihn stellte.

Auch die anderen Adepten hatten schnell die ihnen fremden Übungspartner gefunden und innerhalb weniger Augenblicke war die Atmosphäre von Unsicherheiten und Ängsten erfüllt.

„Liebe ist eine Handlung“, wiederholte Amari die Worte, mit denen sie tags zuvor ihren Unterricht eröffnet hatte. „Sie geht von unserer Mitte als lebendiger Strom von Energie aus. Sie wohnt in unseren Augen, wenn wir das geliebte Wesen betrachten. Sie spiegelt sich in den sanften, runden Formen unserer Gliedmaßen oder Körperhaltungen und sie nimmt unseren Geist ein, der frei von allen Zweifeln das Geliebte bejaht.“

Sie ließ einige Augenblicke verstreichen, um zu sehen, welche

Reaktionen sich bei den Adepten zeigten, denen offensichtlich langsam dämmerte, worin die nächste Aufgabe bestehen würde. „Nun also geht mit dem euch noch fremden Übungspartner in den Garten, nehmt die Klappstühle, die ich bereitgestellt habe und setzt euch auf einer der kleinen, freien Stellen einander gegenüber. Lasst eure Augen den Partner mit sanftem Blick betrachten. Neigt euch ihm zu. Bleibt weich und offen in den Bewegungen. Beschäftigt eure Gedanken mit allem, was ihr am anderen an Wertvollem, Besonderem und Liebenswertem erkennen oder erinnern könnt. Über all dem eröffnet den Strom der Energie aus eurer Mitte, wie ihr es bereits gelernt habt, und gebt euch dem anderen hin. Es ist euch allerdings nicht erlaubt zu sprechen. Sprache trübt, was im Wesentlichen so klar ist." Die Adepten hatten wohl verstanden, doch machten sie nur zögerliche Anstalten, den Kreis zu verlassen. „Noch etwas gebe ich euch zu bedenken: Ihr habt euren Übungspartner nicht zufällig gewählt. Was ihr am anderen ablehnt, spiegelt eure eigene Schwäche. Es handelt sich dabei um eben jene Wesenskraft, die ihr auch an euch selbst immer noch ablehnt und die sich darum auch nicht entfalten darf. Das bedingt zudem all eure Zweifel, denn darin seid ihr geteilter Meinung mit euch selbst." Bei diesen Worten blickte sie direkt zu Paul, als würden sie die Antwort beinhalten, die er zuvor von ihr erbeten hatte. Bevor er jedoch einen klaren Gedanken fassen konnte, fuhr Amari fort: „Was immer uns im Leben an scheinbar negativen Verhaltensweisen von anderen Menschen widerfährt, enthält im Wesentlichen nur, was wir selbst zu sein wünschen und noch nicht sein dürfen, weil es von alten

Ängsten und Schmerzen besetzt ist. Es trifft uns dort, wo wir lange zuvor bereits verletzt wurden. Für den Augenblick ist es nicht so bedeutsam, das alles bis ins Detail nachvollziehen zu können. Am Ende des Zyklus wird jeder von euch ohnehin all seine Wesenskräfte erschlossen und damit seine Wunden weitestgehend geheilt haben." Sie blickte in die Runde und versuchte zu erspüren, ob der Samen, den sie gesät hatte, auf fruchtbare Erde gefallen war. Nachdem sie an den Gesichtern die regen Gedanken der Adepten ablesen konnte, sagte sie zufrieden: „Jetzt macht euch auf den Weg, vergesst eure Zweifel und Fragen und vollzieht in gegenseitiger Achtung die Handlung der Liebenden."

Noch am Abend saßen Khaled und Paul vor den Fenstern des Gemeinschaftsraums beim Essen zusammen und erzählten einander aus ihren Leben.

Die Übung des Tages hatte erstaunliche Wirkungen gezeigt. Nach anfänglichen Widerständen und peinlichen Momenten, die rundum im Garten hörbar durch Lachen überbrückt worden waren, hatte sich, nach der Öffnung der Herzströme, sehr schnell spürbare Harmonie zwischen den fremden Partnern eingestellt.

Paul war plötzlich beeindruckt von Khaleds klaren, offenen Augen und dem markanten Schnitt des Gesichts gewesen. Als er ihm so gegenüber gesessen war und sich bemüht hatte, den Strom von Energie zu übermitteln, waren anstelle der Vorbehalte und kritischen Gedanken bald Wohlwollen und Bewunderung für den Mut getreten, mit dem Khaled so oft seine

Meinung geäußert hatte. Paul war bewusst geworden, wie oft es ihm in der Vergangenheit tatsächlich schwergefallen war, mit aufrichtiger Stärke eine klare Position zu beziehen und dabei auch das Risiko möglicher Ablehnung in Kauf zu nehmen. Was er an sich vermisst oder verhindert hatte, hatte er an anderen verurteilt. So war es anfangs auch mit Lena gewesen, deren direkte Art und mutige Klarheit ihn verunsichert hatten. Oder auch mit seiner Kollegin Suzan, der Physiotherapeutin aus der Praxisgemeinschaft, der es immer wieder gelungen war, seine wunden Punkte zu treffen.
Diese und viele andere Erinnerungen waren ihm, während er mit Khaled in stiller Übereinkunft die Übung vollzogen hatte, durch den Kopf gegangen.
Sobald er zu weit abgeschweift war, hatte er sich jedoch folgsam an Amaris Vorgaben erinnert und sich wieder auf die Suche danach begeben, was er an Liebenswertem und Besonderem bei Khaled finden konnte, und hatte seine Aufmerksamkeit erneut auf den Energiestrom gelenkt. Mehr und mehr war auch der Einfluss seines Gegenübers spürbar geworden. Aus dem anfänglichen Hitzeempfinden, das sich gleichzeitig mit einem Kribbeln in Fingern und Beinen gezeigt hatte, war mit Fortschreiten der Übung ein waches und vertrauensvolles Wohlgefühl gewachsen. Dieses Gefühl hielt auch jetzt am Abend noch an.
Die beiden Männer unterhielten sich blendend, erzählten von den Szenen der letzten Wochen, in denen sie einander nicht hatten ausstehen können, und erkannten sich mehr und mehr im anderen wieder.

Rundum waren viele der Adepten mit ihren Partnern des Tages in Gespräche vertieft.
Pauls Blick fiel zwischendurch auf Lena, die mit Nairi zusammensaß, der sie bis zum heutigen Tag wenig Achtung entgegenbringen konnte. Die zierliche Chinesin aus Peking, die als Dolmetscherin in einem Staatsbüro der Regierung arbeitete, war ihr um vieles zu ängstlich in die Verhaltensnormen ihrer Kultur verstrickt erschienen. Einzelnen Worten nach, die Paul aufschnappen konnte, sprachen die beiden Frauen jetzt jedoch sehr angeregt und sogar auf Deutsch miteinander. Lena genoss die Unterhaltung ganz offensichtlich und es sah aus, als hätte sie eine neue Freundin gefunden.
Erst zu später Stunde kamen die Gespräche zu einem Ende und die Gruppe löste sich langsam unter freundschaftlichen Umarmungen auf.
Lena nahm Paul beim Weg über die Treppe noch an der Hand und verabschiedete sich von ihm mit einem Kuss.
Paul war glücklich und blickte ihr nach, bis sie in ihrem Zimmer verschwunden war.

VIII
VII
VI
IV
Wasser der Seele
V
II
III
I

51

Am folgenden Morgen warteten die Adepten vergeblich auf Amari.

Sie hatten sich zur üblichen Zeit im Lehrtempel versammelt und saßen nun auf den Strohballen im Kreis.

Draußen um die Mauern des Octagons tobte ein wahrer Sturm. Regen peitschte auf die hohen Glasfronten, die irgendwo hinten im Garten den Lehrsaal vor dem Unwetter schützten. Das Licht züngelnder Blitze durchfuhr in unregelmäßigen Abständen den Raum. Die Tempelhüter hatten zuvor erzählt, dass so starke Gewitter im Frühsommer keine Seltenheit sind.

Nach einer längeren Wartezeit erhoben sich einzelne Adepten nun wieder, um durch den Garten zu spazieren oder das Gewitter hinter den Fenstern zu betrachten. Andere führten leise Gespräche miteinander oder befassten sich, den angrenzenden Pflanzen zugewandt, mit den Übungen der letzten Tage.

Paul war aufgefallen, dass ein Stapel von Holzkisten hinter einigen Ballen umgefallen war und deren Inhalt am Boden verstreut dalag. Es schien fast, als hätte Amari überstürzt aufbrechen müssen und nicht mal die Zeit gefunden, ihren geliebten Tempelgarten in der üblichen Ordnung zu hinterlassen.

Paul hoffte, dass sich die Erkrankung ihres Kindes nicht wider Erwarten verschlechtert hatte und sich Amari nun durch das bedrohliche Unwetter kämpfen musste.

In seine Gedanken vertieft, überhörte er zuerst das keuchende Husten, das nur wenige Meter von ihm entfernt plötzlich hinter dem dichten Pflanzenvorhang zu vernehmen war. Die

Lautstärke des Hustens und auch die tiefe Bassstimme, die es hervorbrachte, waren ihm völlig fremd. Er konnte sie keinem anderen aus der Gruppe zuordnen. Auch die Adepten, die im Kreis verblieben waren, horchten nun auf und staunten über die tierhaften, röchelnden Laute, die sich unter das Husten gemischt hatten.
In diesem Augenblick brach ein Hüne von Mann durch den grünen Vorhang. Bekleidet mit einem triefnassen Ölmantel samt Kapuze und zwei alten Koffern aus Leder und Holz in Händen betrat er den Erdkreis.
Er ließ die Koffer fallen und versuchte, wieder zu Atem zu kommen. Nachdem sich sein Husten gelegt hatte, streifte er die nasse Bekleidung ab, warf sie auf die Koffer, richtete sich zu voller Größe auf und äußerte im tiefsten Basston: „Ich dachte schon, ich schaffe es nicht mehr. Was für ein, wie sagt man, Sauwetter?“
Paul nickte, noch immer mit offenem Mund ob des Anblicks, den der Ankömmling bot. Lange, graue Haare fielen ihm über die Schultern und das markante Gesicht umrahmte geradezu stechende graublaue Augen. Seine Sprache war von einem slawischen Akzent gefärbt. „Wo sind die anderen? Da fehlen doch welche“, fragte er weiter.
„Im Garten. Irgendwo“, antwortete Paul eingeschüchtert, während er mit einer Geste in den Dschungel wies.
Der Mann beugte sich zu ihm und durchbohrte ihn förmlich mit seinem Blick. „Du hast die Begegnung mit dem König aber bitter nötig, was?“
„Wie?“, gab Paul nun restlos verunsichert von sich.

„Alle herhören: Hier spielt die Musik!“, rief der Hüne mit mächtiger Stimme in den Raum und fügte, nun wieder zu Paul gebeugt und ihm dabei auf die Schulter klopfend, hinzu: „Aber er wird dich erlösen, der König in dir.“ Paul sah ihn nur mit offenem Mund an und wusste nichts zu erwidern.
Kurz darauf waren alle Adepten wieder im Kreis versammelt. Staunend und mit unverhohlener Neugier starrten sie den Mann an.
„Die Nachricht der Hohen Meisterin hat mich erst heute Nacht erreicht. Amari musste zu ihren Kindern. Eines davon ist an Lungenentzündung erkrankt. Hat sich wohl bei einem anderen angesteckt. Aber halb so wild. Ein paar von den Tempelhütern haben sie begleitet und die wissen, was zu tun ist. Sind also in guten Händen, Amari und ihre Kinder. Ja.“ Er blickte kurz in die Runde und fuhr dann fort: „Zum Glück war ich gewissermaßen gleich ums Eck, nur ein Tal weiter. Dachte, ich hätte noch ein paar Tage Zeit, bevor ihr in meinen Tempel gekommen wärt. Aber so bin ich gleich heute Morgen aufgebrochen und jetzt direkt von draußen hierher. Also: Seid willkommen in meinem Kreis. Ich bin Ryszard, Meister im Tempel des Königs.“ Während der letzten Worte hatte er zu lächeln begonnen und in einer großen Geste seine Arme ausgebreitet, als wolle er alle Adepten zur Begrüßung auf einmal umarmen. „Bevor wir aber morgen dort beginnen können, werde ich jetzt noch eine weitere Übung anweisen, die den Tempel der Liebenden beschließt und zugleich den besten Übergang in den Königsanteil bildet. Nach dem, was ihr bis jetzt von Amari gelernt habt, braucht ihr mich dafür auch später gar nicht.“ Er hielt

inne und überlegte, als müsste er sich erst erinnern. Dann fuhr er sich durch die Haare, richtete sich wieder zu voller Größe auf und blickte die Adepten auffordernd an. Nachdem sich alle erhoben hatten und ebenso aufrecht dastanden, legte er wie Amari tags zuvor seine Hände über dem Sonnengeflecht zusammen.

In gebetsartigem Ton gab er mit seiner tiefen Stimme von sich: „Erweckt den Strom der Liebenden, öffnet eure Herzen und sendet die Energie aus euch heraus zu euch selbst zurück. Lasst die Energie der Liebe euch umhüllen, euch durchdringen und erfüllen. Ja", er setzte ab. „Ich glaube so ging das. Ist nicht mein Fachgebiet, versteht ihr? Aber: Botschaft angekommen?" Die Adepten nickten reihum und Ryszard schien damit zufrieden. Er blickte zu Boden, griff nach seinem Mantel, nahm die Koffer hoch und sagte, bevor er den Kreis verließ: „Geht nun. Verteilt euch. Übt. Wir sehen uns morgen."

Etwas verwundert blieb die Gruppe im Kreis zurück.

Da sich die Adepten jedoch mittlerweile daran gewöhnt hatten, die Anweisungen der Meister zu respektieren, suchten alle bald einen Platz im Gewächshaus auf, an dem sie in Stille für sich üben konnten.

Paul war erst noch allein zurückgeblieben und sah auf die am Boden verstreuten Setzlinge und Knollen. Während er sie einsammelte, in die flachen Kisten verstaute und diese fein säuberlich aufstapelte, waren seine Gedanken bei Meisterin Amari. Er hoffte, sie würde bald und unbeschadet ihre Familie erreichen.

Nachdem die Ordnung, so dachte er, in ihrem Sinn wieder hergestellt war, sah er sich um.
Was für eine Erscheinung, ging es ihm beim Gedanken an Ryszard durch den Kopf. *Der König wird dich erlösen.* Was auch immer das bedeuten mochte, so hoffte er doch, dass sich diese Ankündigung bald bewahrheiten würde, vor allem jetzt, da Amari fort war und keine weitere Chance auf ein Gespräch mit ihr bestand.
Führt den Strom der Liebe zu euch selbst zurück. Lasst euch davon umhüllen, durchdringen und erfüllen.
Paul sah in Richtung der Fensterfront. Die Worte kreisten in seinem Inneren, während er mit langsamen Schritten durchs Dickicht darauf zuging. Dicht vor den Glasscheiben blieb er stehen und konnte deutlich die Kälte auf seinem Gesicht spüren, die sie abstrahlten. Einige Meter neben sich, hinter einer Ansammlung von Sonnenblumen, sah er die Schemen anderer Adepten, schenkte ihnen jedoch keine weitere Aufmerksamkeit.
Er legte die Hände übereinander auf das Brustbein und konzentrierte sich auf den Strom der Energie. Schnell wurde ihm warm und leicht zumute. Er entspannte seine Schultern, atmete ruhig und stellte sich vor, dass die Energie, die aus seiner Mitte kam, in Schleifen zu ihm zurückströmte und von überall um ihn herum durch seine Poren in ihn eindrang. Als hätte er so einen uralten, natürlichen Kreislauf geschlossen, wurde das Pulsen der Energie, die sich selbst auflud, noch deutlicher und intensiver.
Sein Körper fühlte sich an, als würde er schweben und wäre bereit, sich in ferne Länder und Traumorte tragen zu lassen.

Gerade noch rechtzeitig, schien es ihm beinah, rief er sich in die Gegenwart zurück und öffnete die Augen.
Weit hinter dem Gewitter hatte die tiefschwarze Wolkenfront einen Spalt geöffnet, durch den nun ein klarer Sonnenstrahl fiel. Eine Flanke des Namenlosen war in helles Licht getaucht. In scharfen Konturen strahlte das symmetrische Dreieck wie ein Signal durch die dichten Fäden der Regenfront. Paul hielt still und beobachtete die Szenerie. Er erinnerte sich an sein Zimmer in Kathmandu und an den Augenblick, in dem ein Sonnenstrahl durch die Vorhänge genau auf seinen Shila gefallen war.
Wie im Film liefen nun auch andere Erlebnisse aus den vergangenen Monaten vor seinem inneren Auge ab. Die vielen Zufälle und magischen Momente reihten sich in ununterbrochener Abfolge aneinander.
Er schüttelte, einmal mehr erstaunt, den Kopf und spürte immer noch die Reste von Abwehr gegen so viel Mystisches in sich. Nach der Fülle von Ereignissen konnte er sich aber auch nicht mehr gegen die Überzeugung wehren, dass menschliche Entwicklung und das Schicksal anderen Gesetzen gehorchten, als seine Wissenschaft bislang zu erfassen bereit war. Vor dem Eintritt ins Octagon waren ihm Berichte über solche Erfahrungen ebenso suspekt gewesen wie spirituelle Übungen mit Lichtkörpern oder Energieströmen. Sie rochen einfach stets nach Esoterik und selbst ernannten Heilsbringern.

Pauls Erinnerung ging nun weiter zurück und streifte seinen Tagtraum im Kölner Dom vor wenigen Monaten.

Er dachte an die Religionen der Welt, an all deren Trugbilder und Märchengestalten und sah sich nun doch selbst einer deutlich spürbaren, geradezu greifbaren neuen Wirklichkeit gegenüber, die sein Wesen weit über seine bislang gemachten Erfahrungen hinaus bereicherte und entwickelte.
Aus all den unterschiedlichen Wesenskräften, die im Octagon gelehrt wurden, konnte er zwar noch immer keinen einheitlichen Schluss über das System ziehen, gelangte aber zur Überzeugung, dass offene Hingabe der einzige Weg wäre, um es schließlich ganz zu erfassen.
Er warf einen letzten Blick auf das leuchtende Dreieck, schloss die Augen und einmal mehr bahnte sich eine kleine Träne der Erlösung ihren Weg über seine Wange.
In Kürze würde er den Tempel der Liebenden verlassen, fühlte aber auch, dass er ihn bereits in sich trug und in sein weiteres Leben mitnehmen würde.

52

Ryszard erschien am folgenden Morgen schon früher im Gemeinschaftsraum als die anderen Meister zuvor und setzte sich mit einer Schale Obst und Tee zu ihnen an den Tisch. Er wirkte müde und war nicht sehr gesprächig, blickte aber immer wieder mit freundlichen Augen in die Runde, während er sein Obst löffelte. Entgegen seinem Auftritt am gestrigen Tag erschien er jetzt kleiner und nach wenigen Minuten führten die Adepten ihre morgendlichen Gespräche fort, als wäre er gar nicht anwesend.
Paul entging nicht, dass Ryszard, jedes Mal, wenn er zu ihm hinsah, die Gruppe mit unauffälligen Seitenblicken beobachtete. Er vermutete, dass Ryszard wenig Zeit mit den anderen Meistern geblieben war und es vorzog, sich selbst einen Eindruck über die Adepten zu verschaffen. Sein zurückhaltendes Auftreten schien also Methode zu haben.
Wenig später, nachdem alle in der Gruppe ihr Frühstück beendet hatten, erhob er sich, stellte Schale und Tasse auf eine Ablage, winkte der Gruppe, ihm zu folgen, und ging über die Treppen ins Untergeschoss zum südlich gelegenen Teil des Octagons voran.
Die Tür in den neuen Lehrsaal war deutlich größer als die Zugänge in die anderen inneren Tempel.
Ryszard wartete, bis alle Adepten sich um das Tor versammelt hatten, griff dann in eine Tasche, die er bei sich trug, und holte eine Reihe schwarzer Bänder hervor.
„Verbindet euch damit die Augen. Ich führe euch ins Innere

des Saales, verteile euch dort und gebe später das Zeichen, die Augenbinden wieder abzunehmen. Aber schummelt nicht. Der Moment, in dem ihr euch zum ersten Mal im Tempel des Königs umblickt, kann sehr aufschlussreich sein und euch im wahrsten Sinn des Wortes einen Spiegel vorhalten."

Die Adepten griffen nach den Augenbinden und halfen einander, sie am Hinterknopf zu verknoten.

Auf das Hören, Tasten und Riechen reduziert und vor dem Hintergrund ihrer mitunter schockierenden Erlebnisse in den Lehrsälen der männlichen Kraft beschlich sie leichtes Unbehagen. Das laute Knarren des mächtigen Tores, das im dahinterliegenden Raum ein hallendes Echo verursachte, verstärkte dies noch.

„Fasst euch an den Händen und lasst euch führen." Ryszard half, wo vereinzelt Hände nicht zueinanderfanden und nahm schließlich Lena, die zufälligerweise direkt am Tor stand, bei der Hand, um die Adepten so in den Saal zu führen.

Wie eine Kindergartengruppe aufgereiht tapsten sie daraufhin über den glatten, völlig ebenen Boden. Ihre Schritte hallten ebenso wider, wie ein neuerliches Husten von Ryszard, der sich bei seiner Anreise am Vortag durch Regen und Kälte wohl eine Erkältung zugezogen haben musste.

Als alle im Saal waren, stoppte er den Zug und schloss das Tor hinter ihnen. Das Knarren hallte nun noch lauter und vermittelte den Eindruck, man würde sich in einem riesigen Thronsaal befinden.

Paul dachte an den Tempel der Dienerin und dass dieser dem hiesigen Tempel des Königs direkt gegenüberliegen müsste.

Er war gespannt, was sich ihm zeigen mochte, nachdem er die Augenbinde würde abgenommen haben.
Ryszard nahm die einzelnen Adepten nun bei den Schultern und stellte sie an ihren Platz im Raum.
„Sammelt euch nun, fokussiert euch und wendet die Aufmerksamkeit eurem Inneren zu. Gleich gebe ich das Zeichen, die Bänder abzunehmen. Der erste Augenblick danach wird, wie gesagt, für uns alle voll neuer Erkenntnisse sein. Verfolgt die Reaktionen eurer Gefühle und Regungen im Körper. Es wird euch zeigen, wie stark oder schwach die Wesenskraft des Königs in eurem Inneren bis hierher entwickelt ist. Und es wird auch mir Aufschluss darüber geben, wie viel an Arbeit vor uns liegt. Löst jetzt die Bänder."
Mit Bedacht griffen die Adepten nun zu den Augenbinden und nahmen sie ab.
Manche erstarrten, einzelne gaben erschrockene Laute von sich, andere lachten laut auf und wieder andere schauten sich einfach nur gespannt und interessiert um.
Sie befanden sich im Inneren eines Quaders, der an allen Wänden, an Boden und Decke aus bläulich schimmernden, riesigen Spiegeln bestand. Jeder Adept wurde somit von allen Seiten unendlich gespiegelt und die Gruppe als Ganzes bildete ein Heer von Menschen, ein Volk, das in alle Richtungen bis zum Horizont gleich einer Armee aufgereiht dastand.
Ryszard hatte die Adepten in Reih und Glied parallel zu den Wänden aufgestellt und selbst im Zentrum des Raumes Stellung bezogen. Nun beobachtete er aufmerksam ihre Reaktionen.
Paul fühlte sich im ersten Moment wie erschlagen.

Sich selbst gegenüberstehend mit der Armada der Adepten an seiner Seite und im Rücken war sein erster Impuls, sich abzuwenden. Die einheitlich dunkelblaue Bekleidung, die von den Dienern schon seit dem Tempel des Weiblichen täglich bereitgelegt worden war, ließ das Heer noch eindrucksvoller erscheinen.

Blickte Paul jedoch nach unten, wurde ihm schwindlig und nach oben hin erstreckte sich der Raum in ein unendlich übervölkertes Firmament. Er fühlte sich augenblicklich klein und nichts schien ihm so fern wie die erhabene Macht und Stärke eines Königs.

„Betrachtet euer Spiegelbild.“ Ryszards mächtige Stimme hallte im Raum wider und hatte einen seltsam bedrohlichen Ton angenommen. „Es liegt noch viel Arbeit vor uns“, tönte er weiter. „Das Ziel ist einfach beschrieben: Am Ende eurer Tage im inneren Tempel des Königs werdet ihr erlernt haben, euer Selbst ebenso zu führen wie ein ganzes Volk. Es braucht einen starken König in unserem Inneren, um die acht Wesenskräfte, den Pfad unseres Schicksals entlang, mit Umsicht zu führen. Auch euren Stimmen werde ich einiges abverlangen, denn wir führen andere mit Augen und Stimme. Nur eine Stimme, die dem Innersten *entspricht*, gibt den eigenen Ohren die Wahrheit über sich selbst wieder.“ Er setzte ab, um seinen Worten durch die plötzliche Stille Nachdruck zu verleihen. „Für den Moment“, hob er erneut an, „betrachtet euer Spiegelbild so lange, bis ihr gelernt habt, euer Äußeres im Inneren zu tragen. Bis ihr euch vollends akzeptiert habt als die, die ihr seid. Denn Außen und Innen sind eins.“

Die Blicke der Gruppe hingen noch immer an seinen Lippen. Erst langsam wurde ihnen das Ausmaß der zu bewältigenden Aufgabe bewusst. Kaum einer hatte mit seinem Erscheinungsbild, seinem Körper und Aussehen Frieden geschlossen. Instinktiv blickten sie kurz darauf in den Spiegeln auf all die Körperstellen, die sie an sich nicht leiden konnten. Ein aufmerksamer Beobachter hätte an jedem Einzelnen benennen können, was sie alles auszusetzen hatten. Bei den einen war es die lange Nase, der dicke Bauch, das schüttere Haar, bei anderen die Form der Brüste, der Oberschenkel oder Falten um Augen, Mund oder am Hals. Die Liste hätte sich beliebig fortsetzen lassen. Rundum waren tiefe Seufzer zu hören. „Das ist erst mal die übliche Reaktion“, kam ihnen Ryszard zu Hilfe, dem ihre Zweifel und Selbstkritik nicht entgangen waren. „Doch es ist halb so schwer, wie ihr jetzt glaubt. Es ist wie bei allem, das wir lang betrachten oder dem wir täglich begegnen: Wir gewöhnen uns schnell daran. Und aus den Übungen im Tempel der Liebenden wisst ihr, dass selbst ein Feind zu einem Geliebten werden kann. Also: Betrachtet euch selbst. Das ist die Übung des Tages. Wir werden unseren Spiegelsaal heute erst wieder verlassen, wenn ihr euch selbst zum Vertrauten geworden seid, zum Objekt eurer Liebe.“ Damit ging er langsam in Richtung des Eingangs. „Noch ein Tipp“, setzte er schelmisch und geheimnisvoll nach, „es hilft, wenn ihr euch dabei zu voller Größe aufrichtet.“ Danach setzte er sich, mit dem Rücken an die Spiegel gelehnt, die das Tor verdeckten, lässig auf den Boden.
Es war still im Saal.

Langsam wanderten die Blicke zu den Spiegelbildern zurück. Jeder bemühte sich, aufrecht dazustehen, und tatsächlich bewirkte die Haltungsänderung nach kurzer Zeit einen beträchtlichen Unterschied. Die Zweifelsfalten in den Gesichtern wirkten ausgeglichener und zumindest waren alle Augen der Beschäftigung mit sich selbst zugewandt.
Paul war erstaunt, wie schwer ihm diese Übung fiel. Er hätte eigentlich erwartet, sich ohne Scheu betrachten zu können. Es gab kaum etwas, das er an seinem Äußeren auszusetzen hatte oder nicht zumindest akzeptieren konnte. Doch nun empfand er genau diese Eigenschaft als eitel und die Tatsache, sich vor anderen so lange im Spiegel betrachten zu sollen, als abstoßend. Es waren also doch versteckte Scham und einmal mehr Selbstzweifel im Spiel.
Lena stand ihrem Spiegelbild lange wie teilnahmslos gegenüber. Während sie so in ihr eigenes Gesicht blickte, stieg plötzlich unerwartet starke Trauer in ihr hoch. Stille Tränen begannen über ihr Gesicht zu laufen und die teilnahmslose Haltung wurde mehr und mehr zu einer erdrückenden Starre. Erst da wurde ihr mit einem Schlag bewusst, dass sie es in den vergangenen Monaten seit dem traumatischen Erlebnis vermieden hatte, überhaupt in Spiegel zu sehen. Sie hatte auf erschreckende Weise jeden Bezug zu ihrem Körper verloren und ihr Äußeres, das so lange einen großen Teil ihres Selbstwerts bestimmt hatte, war ihr zur farblosen Larve geworden.
Tapfer stand sie da und rührte sich nicht vom Fleck. Sie erlaubte sich nicht einmal, die Tränen wegzuwischen, denn das hätte die Aufmerksamkeit der anderen auf sie gelenkt. Nach

einer Weile, in der sie sich ebenso bemüht hatte, ihren Körper ganz aufzurichten, versiegte der Tränenstrom langsam. Ihre Augen waren gerötet, sie zitterte am ganzen Körper, bewertete dies aber als deutlichen Fortschritt gegenüber der Starre zuvor. Überrascht empfand sie nach und nach sogar ein Gefühl von Zuneigung, das zart, wie der erste Spross einer Pflanze, aus dem inneren Reich ihrer verbrannten Erde zu wachsen begann.
Ryszard hatte Lena aus der Distanz beobachtet. Mit seiner den Adepten noch unbekannten Gabe eines außerordentlichen Einfühlungsvermögens hatte er jedes von Lenas Gefühlen beinah wie am eigenen Leib verspürt. Geübt, den Strom der Liebe, ähnlich einer Intensität, zu der sonst nur die Hohe Meisterin in der Lage war, anschwellen zu lassen, hüllte er sie in einen steten Fluss von Hingabe ein.
Erst als es Lena sichtlich besser ging, empfand er in diesem Fall seine Arbeit fürs Erste als getan und wandte seine Gabe anderen aus der Gruppe zu.
Stunden verstrichen.
Manche der Adepten hatten sich mittlerweile auf den Boden gesetzt, andere lagen seitlich vor den Spiegeln oder gingen, immer noch mit der Betrachtung des eigenen Spiegelbildes beschäftigt, auf und ab.
Ryszard fuhr mit seiner unsichtbaren Arbeit fort, strich mit seiner Gabe von einem zum anderen, hüllte den einen ein, füllte einem anderen das Herz und streifte mit seinem Bewusstsein über Gedanken und Zweifel, bis er schließlich den Augenblick gekommen sah, die Lehre des heutigen Tages zu beschließen. Er erhob sich und verteilte wieder die Augenbinden an alle.

„Es ist leichter, als die Augen nur zu schließen. Bindet sie um und stellt euch dann noch einmal zum Abschluss der heutigen Lektion in voller Größe und ganz aufrecht hin.“
Nur sehr langsam gelang es den Adepten nun, ihre Augen von den Spiegeln zu lösen. Manche, denen es leichter fiel, kamen den anderen entgegen und verbanden ihnen die Augen. Auch Ryszard schritt so viele wie möglich ab und half dabei.
Nachdem schließlich alle mit den schwarzen Bändern über den Augen aufrecht im Raum standen, erhob er wieder seine tiefe Stimme: „Lenkt nun euren Blick einmal mehr auf euer Inneres. Innensicht und Außensicht sind oft uneins. Wir sehen allzu oft nur die Vorstellung von Dingen und Menschen, nicht aber deren wahres Selbst. Wir interpretieren, projizieren, lassen Vergangenes unsere Sicht auf die Gegenwart trüben und sind blind dabei. Der König in euch sieht sich selbst, wie er sein Volk, die in seine Obhut gegebenen, geliebten Menschen, sieht. Er steht aufrecht in seiner ganzen Größe und Würde und betrachtet offenen Auges seine Schwäche mit ebenso großer Achtung wie seine Stärke.“ Er hielt kurz inne, atmete tief ein und lange aus. „Lasst nun den Strom eurer Liebe wieder wachsen und verbindet euer Äußeres, dem ihr viele Stunden lang ohne Unterbrechung begegnet seid, mit eurer Innensicht. Lasst die beiden verschmelzen und zu einem werden. Kehrt ein in die innere Einigkeit des Königs, der selbst im Zweifel aus geeintem Herz sein Schwert zu ent-scheiden vermag.“
Wieder wurde es still im Saal.
Nur der Atem der Adepten war zu hören, die sich bemühten, die inneren Prozesse und Vorgaben von Ryszard zu vollziehen.

Mit schier endloser Geduld ließ er ihnen alle Zeit dafür, die es brauchte.
Und wie Regen, der an einem warmen Sommerabend den Staub aus den Straßen der Stadt fortschwemmt, ergoss sich langsam das innere Wasser der Seele über die Orte und Plätze der Schmerzen und spülte die alten Zweifel fort.

53

Pauls Reisebuch war durch den Lauf der Wochen mit Notizen beinahe schon vollgeschrieben. Auch an diesem Abend fand er noch Zeit, sich in seinem Zimmer an den Tisch zu setzen, um die Lehren und Erlebnisse des Tages zu Papier zu bringen.

Die letzten Stunden im Tempel des Königs hatten zu einem spürbaren Wandel in seinem Inneren geführt. Während der langen Betrachtung seines Äußeren wurde ihm mehr und mehr bewusst, dass er nur scheinbar zu sich gestanden und sich immer schon etwas vorgemacht hatte. Denn auch wenn sein Ebenbild den westlichen Normen guten Aussehens nahekam, so stand er doch in keinerlei Beziehung dazu.

Die Unsicherheit und Scheu vor Menschen hatte er zumeist nur im Schutz seiner Therapeutenpraxis überwinden können. Oft war er an den Abenden dann vor seinem Badezimmerspiegel gestanden und hatte erstaunt das Gesicht darin betrachtet, dem er sein Innenleben gar nicht hatte zuordnen können. *Viel anders,* dachte er nun, *wird sich ein Mensch, der seinem eigenen Aussehen gar nichts abgewinnen kann, auch nicht fühlen.*

An diesem Vormittag im Tempel des Königs waren ihm dann plötzlich Details an seinem Gesicht und Körper aufgefallen, die er erstmalig als unansehnlich empfand. Aus der Betrachtung des eigenen Körpers war also zuerst sogar neue Verunsicherung entstanden. Er hatte jedoch auch schnell begriffen, dass diese Unsicherheit immerhin eine Form von Beziehung darstellte und besser war als teilnahmslose Distanz sich selbst gegenüber.

Diese Spaltung seines Wesens in Innen und Außen war ihm noch nie so deutlich geworden. Umso dankbarer war er gewesen, als sich im Lauf des Tages eine neue Beziehung zu seinem Aussehen aufgebaut hatte.
Die aufrechte Haltung hatte zu diesem Wandel einiges beigetragen. Nach einer Weile war wie von selbst ein Gefühl der Hoheit entstanden. Er hatte ohne weiteres Zutun den Überblick auf die Wirren der eigenen Innenwelt gewonnen.
Die letzte Übung des Tages hatte Paul dann schließlich auf unerwartete Weise sogar mit sich geeint. Es war ihm, als wäre er zum ersten Mal tatsächlich in seinem Körper angekommen.
Selbst wenn er in einzelnen Momenten gedanklich immer noch Zweifel hegte, so ruhten diese nun auf einem festen Fundament.
Er blickte hoch und sah in die Wolkenfront, die das Tal noch immer bedeckte. Der Regen hatte seit dem Vortag kaum nachgelassen.
Über die Scheiben der Fenster liefen unzählige Tropfen und zogen kleine Bahnen auf ihrem Weg zur Erde.
Die Tränen schienen nun ausgespült und auf der anderen Seite der Welt ihren Lauf zu nehmen.

Lena hatte den Beginn des Tages im Königstempel, da ihre Trauer sich wieder so haltlos den Weg gebahnt hatte, als herben Rückschlag empfunden.
In den vielen folgenden Stunden gelang es ihr nur mit Mühe, sich wieder davon zu erholen.
Auch wenn ihr bald schon, ohne dass sie sich erklären konnte,

woher, neue Kraft zugeflossen war, hatte der Schrecken, den sie bei der Betrachtung ihres Spiegelbildes durchleben musste, seine Spuren hinterlassen. Wie in einem Horrorfilm sprang ihr schließlich anfangs das eigene Ebenbild, einer maskenhaften Fratze gleich, entgegen.

Nun, da sie einmal mehr eingerollt auf dem Bett in ihrem Zimmer lag, schmerzte ihr ganzer Körper und fühlte sich wie taub an.

Nachdem sie die letzten Stunden im Lehrsaal nach langer Bemühung endlich zu einem vertrauten Körpergefühl zurückgefunden hatte, holten sie jetzt die alten Ängste wieder ein. Die Erlebnisse des Vormittags vermischten sich mit den Erinnerungen an jene Augenblicke der Vergewaltigung, in denen sie das Geschehen – es wie teilnahmslos aus einer schwebenden Distanz betrachtend – über sich hatte ergehen lassen.

Nein, das wollte sie nicht sein!

Das wehrlose Opfer eines schwachen Königs, der zum gewalttätigen Tyrannen geworden war!

Das wollte sie nicht ein Leben lang mit sich herumtragen müssen!

In ihrem Inneren regte sich neue Kampfkraft.

Sie öffnete ihre Finger zu Stacheln, richtete sich auf und trat selbstbewusst vor den Spiegel in ihrem Zimmer. Als ob sie ihr Spiegelbild nicht den ganzen Tag über schon zur Genüge betrachtet hätte, widerstand sie einmal mehr dem Drang, sich abzuwenden. Auch die Tränen, die immer noch in ihrem Kanal auf der Lauer lagen, rang sie nun aufs Neue nieder.

Sie erinnerte sich an ihren Auftritt im Kriegertempel, in dem sie als Erste den Schlagstock erhoben hatte.

Sie dachte an die Stunden im Tempel des Weiblichen, in dem sie mit so viel Selbstverständlichkeit ihren geliebten Paul über das Wasser geführt hatte.
Sie sah das Tor vor sich, das sie tief in ihrem Inneren aufgetan hatte, um sich in der Sanftmut und Demut eine neue Kraft zu erschließen.
Und schließlich spürte sie, wie sich ein Schwur in ihr formte und an die Oberfläche drang: „Ich werde diesen Schmerz tragen und meine Schwäche achten lernen. Ich werde die Lehren des Königstempels in mich aufnehmen, die Prüfung bestehen und mich in Würde und Stärke in eine neue Hoheit erheben“, sprach sie sich laut ins eigene Gesicht und stellte verwundert fest, dass ihr noch im selben Augenblick schien, als hätte es nun wieder an Schönheit gewonnen.
Im Anblick ihrer klaren Augen streifte ein Gedanke die Tränen, die eben noch aus ihr herauswollten.
Und tief in ihrem Inneren fühlte sie plötzlich, dass es nun gut war. Dass der Strom der Schmerzen mit einem Mal zu versiegen begann und zurückfloss in das grenzenlose Wasser der Seele, das ihn so mühelos in sich aufnahm.
Und an dessen Ufer sie sich nun sitzen sah – an Pauls Seite mit Blick auf einen neuen Horizont.

54

„Achte auf einen großen Ohren-Schulter-Abstand. Nimm dein Kinn hoch und schau die Gruppe auf Augenhöhe an. Die Arme ausgebreitet wie Flügel und die Finger bis zu den Spitzen weit geöffnet." Ryszard war ganz in seinem Element und wiederholte geduldig und immer noch eindringlich die Anweisungen, die er nun schon den ganzen Vormittag erteilt hatte. Einen Adepten nach dem anderen hatte er allein vor der Gruppe stehen und die Haltungen eines Königs einnehmen lassen. Im Lauf der Übungen hatte er seine Worte für jeden angepasst und andere Leitsätze oder ergänzende Erklärungen gefunden.

„Und nun sprich mir nach: Ich bin die Königin meiner Welt! Ich führe und herrsche! Ich bin außen wie innen ein Turm von Stärke!" Sein Basston hallte im Saal und Lena, die eben als Vorletzte an der Reihe war, tat ihr Bestes, um dem ins Unendliche gespiegelten Volk der Adepten die Stirn zu bieten. Mit ihrer hellen Stimme und im Nachhall der Ereignisse des Vortages wiederholte sie etwas verunsichert die vorgegebenen Sätze.

„Deine Augen flattern. Du kannst niemanden führen, wenn dein Blick nicht stark ist." Ryszard stellte sich in die Mitte der Gruppe. „Schau mich an. Hier." Er wies auf seine Augen. „Sieh hierher und behalte mich im Blick. Versuch es noch einmal."

Lena setzte erneut an und nach einigen Versuchen gelang es ihr, den Blick auf ihn fixiert zu halten. Auch der Ton ihrer Stimme war nun etwas tiefer geworden. „Gut so. Doch es geht noch besser: Die Stimme ist keine heiße Luft, auf der Schallwellen transportiert werden. Die Stimme ist ein fester Stoff, der sich wie ein Mantel um die Zuhörer legt. Er kann wärmen und schützen, er kann aber auch zur Rüstung werden, mit der deine Krieger in die Schlacht ziehen. Webe diesen Mantel, sende deinen Stoff zu uns und wiederhole die Sätze so lange, bis du spürst, dass sie wahr geworden sind."

Lena schlug sich tapfer. Mit jeder weiteren Wiederholung gelang es ihr, sich ein kleines Stück mehr an Kraft und Sicherheit zu erobern. Ryszard schien zufrieden und nachdem Lena bei der siebten oder achten Wiederholung angelangt war, hatten Ausstrahlung und Klang der Stimme ein Volumen angenommen, das alle Adepten staunen ließ. Nun wären sie bereit gewesen, ihr in jede Schlacht zu folgen. Lena spürte selbst, welche Macht plötzlich von ihr ausging, und strahlte, als sie von Ryszard das Zeichen erhielt, sich wieder auf ihren Platz unter den anderen einzureihen.

Nun war nur noch Paul übrig.

Er hatte sich bereits gewundert, warum ihn Ryszard, der die Reihenfolge bestimmt und mit Bedacht einen nach dem anderen ausgewählt hatte, erst als Letzten vor die Gruppe treten ließ. Ohne sich jedoch weitere Gedanken zu machen – es konnte sich ja auch um einen Zufall handeln – ging Paul nun an die gegenüberliegende Seite des Saales und drehte sich zur Gruppe um. Sein Blick traf den von Ryszard, der ihn gelassen ansah und keine Anstalten machte, eine Anweisung zu geben.

Paul wartete geduldig, doch als Ryszard auch noch nach Minuten kein Wort geäußert hatte, begann Paul mit seinen Blicken über die anderen Adepten zu streifen.

Er fühlte sich unerwartet wohl in seiner Haut. Die Blicke der Gruppe verunsicherten ihn nicht. Das Gegenteil war der Fall. Er sah zu Lena, die ihn mit ihren großen Augen, stolz lächelnd und mit etwas wie Bewunderung anblickte. Marcello nickte ihm zu und senkte leicht den Kopf. In Khaleds Zügen spiegelte sich Erstaunen. Nadja sah ihn mit offenem Mund an und auch die Haltungen der anderen Adepten drückten Überraschung und Achtung aus.

Paul stand, ohne es beabsichtigt zu haben, völlig aufrecht da und hielt dem Blick jedes Einzelnen stand. Etwas musste von ihm ausgehen, das ihn selbst ebenso überraschte wie die anderen.

Wann immer er bislang in seinem Leben einer Gruppe von Menschen gegenübergestanden war, hatte sein Herz bis zum Hals geschlagen, er hatte am ganzen Leib gezittert und mit Schweiß und Nervosität zu kämpfen gehabt.

Nun fühlte er sich nicht nur überraschend wohl: Die unerwartete Ruhe in ihm war sogar zu einem Gefühl von kompakter Stärke angewachsen.

Er breitete seine Arme wie weit geöffnete Flügel aus und hob das Kinn.

In diesem Moment trat Ryszard behutsam einige Schritte nach vorne, senkte ein Knie zu Boden und wies die anderen Adepten mit einem Blick an, es ihm gleichzutun.

Paul sah sich mit einem Mal einem Heer von vor ihm knienden Rittern gegenüber, die ihm Respekt erwiesen.

„Führe uns, König.“ Die Worte kamen von Ryszard, der nun demütig seinen Kopf senkte.

„Erhebt euch“, hörte Paul sich mit tiefer, fester Stimme sagen, während ein anderer Teil seines Bewusstseins nur noch staunte. Die Worte flossen ihm wie in einem Schauspiel zu, dem er sich nun mit dem heiligen Ernst eines Kindes hingab. „Erhebt euch“, wiederholte er und die Adepten und auch Ryszard folgten ihm. „Ich bin nicht der Erste unter euch und auch nicht der Letzte. Ich bin einer von vielen. Ich stamme aus eurer Mitte und stehe im Dienst. Ich bin Diener und König zugleich. Ich stehe über euch, um euch zu führen, und unter euch, um jeden Einzelnen, einer irdenen Schale gleich, dem Leben zu erhalten. Wenn wir kämpfen, dann wie ein Mann und eine Frau, die ihre Kinder schützen für die Zukunft der Völker. Wenn wir fallen, dann in das ewige Wasser der Weltenseele, und wenn wir uns erheben, dann auf den Flügeln aller bisherigen und künftigen Götter. Wir führen nicht. Wir sind nur Gefäße und Werkzeuge, die dem Leben dienen, das sich, durch die uns verliehene Macht, verwirklicht.“

Paul setzte ab, ließ seine Arme sinken und blickte in die Runde. Noch immer empfand er das Spiel wie die Szene eines alten Königsdramas. Zugleich jedoch waren ihm die eben gesprochenen Sätze völlig neu und aus irgendeinem Winkel seines Wesens zugeflossen, der nicht seinem Bewusstsein unterlag. Er hatte einfach gesprochen, ohne zu denken.

„Wie ein Spiel, Paul, nicht wahr?“ Ryszard fühlte einmal mehr, was in Paul vor sich ging. „Und zugleich Realität und tiefe Wahrheit. Aber ist das nicht immer so im Leben? Ist nicht alles stets nur ein Entwurf, der sich flüchtig zur Wirklichkeit erhebt und ebenso schnell wieder zu Geschichte wird? Aber genug der Philosophie. Gut gebrüllt, Löwe. Komm zurück in die Gruppe, dem ist nichts hinzuzufügen." Er winkte Paul zu sich und wandte sich, bevor er die Einheit beschloss, noch einmal an alle: „Wie auch in anderen Tempeln zuvor besteht eure Aufgabe nun darin, die Hoheit und Macht des Königs in euch über mehrere Tage zu kultivieren und seine Kräfte in euren Alltag zu integrieren. In den Vormittagsstunden werden wir uns weiterhin treffen und daran arbeiten. Die übrige Zeit der Tage verbringt ihr dann in der männlichen Energie des Königs." Verspielt nahm er die Haltung eines Höflings ein und verneigte sich mit einer schwungvollen Bewegung seines Armes tief vor der Gruppe. „Gehabt euch wohl, Eure Majestäten", sagte er verschmitzt lächelnd. „Bitte um Erlaubnis, mich zurückziehen zu dürfen."

Die Tage im Octagon neigten sich nun langsam dem Ende zu. Immer öfter drehten sich die Gespräche im Gemeinschaftsraum um Themen wie die Rückkehr nach Kathmandu, den Wiedereintritt in den Lebensalltag und die Frage, in welche Richtung sich das Leben der Einzelnen in Zukunft wohl bewegen würde. Besonders unter dem Eindruck des Machtgefühls, das mit der Wesenskraft des Königs einherging, konnten sich viele gar nicht vorstellen, ihr altes Leben wieder aufzunehmen.
Täglich kamen sie weiterhin mit Ryszard zusammen, um in den Übungen ihre innere Hoheit ebenso zu festigen wie Entscheidungskraft und Stärke. Es wurde philosophiert, gelacht oder über die Macht und deren Ausgleich durch die Wesenskraft der Dienerin diskutiert.

Pauls Tage waren vom Nachhall seines Auftritts im Spiegelsaal bestimmt. Er empfand Aussöhnung mit seinen Inneren und es fühlte sich an, als hätte er sein wahres Selbst entdeckt. In seinem Zimmer am Tisch sitzend schrieb er Notizen in sein Reisetagebuch, das mittlerweile mehr und mehr zu einem kleinen Ratgeber über die Lehren des Octagons herangewachsen war.
Dabei dachte er seit Langem wieder an Jasmin Reuter, seine engagierte Verlegerin aus Köln. Nach den über zwei Monaten ohne Kontakt zu ihr hoffte er, dass sie nicht schon jedes Interesse an ihm verloren oder im Gegenteil Interpol eingeschaltet hatte, um ihn aufzuspüren – schließlich war ihr alles zuzutrauen.
Beim Gedanken an sie musste er lächeln und nahm sich vor, gleich welches Angebot ihm die Hohe Meisterin vielleicht unterbreiten würde, es gründlich zu überdenken und erst nach der Rückkehr in seine Heimatstadt eine Entscheidung zu treffen. Den Weg zurück ins Octagon würde er mit ihrer Unterstützung wohl gewiss wiederfinden.
Gespannt blickte er nun auf den noch vor ihm liegenden achten Tempel. Welche neuen Lehren ihn dort erwarten und wohin auch immer ihn seine eigene Meisterschaft führen mochte: Er war nun bereit, sein Schwert zu ent-scheiden und eine neue Lebensphase in Angriff zu nehmen.
In der letzten Stunde im Tempel des Königs richtete Ryszard noch einmal das Wort an alle: „Dies waren eure letzten Lehrschritte im Irdischen.“ Seine mächtige Stimme hatte einen feierlichen Ton angenommen. „Was euch im achten Tempel

begegnen wird, geht über all dies hinaus und reicht in die Weiten der Götter im Himmel. Ruft euch in der heutigen Nacht noch einmal alle Stationen eurer bisherigen Reise durchs Octagon in Erinnerung und macht euch bereit für den ersten und zugleich letzten Weg.“ Er setzte kurz ab und beschloss seinen Unterricht mit einer neuerlichen, doch ganz aufrichtigen Verneigung.
Danach sagte er nur noch: „Ich danke euch. Neue Könige braucht die Welt. Ihr habt meiner Lehre alle Ehre erwiesen.“

VIII
VI
VII
IV
Wasser der Seele
V
II
III
I

55

Bereits sehr früh am Morgen klopfte es an Pauls Tür. Die Sonne hatte kaum noch ihre ersten Strahlen über die Berggipfel ins Zimmer geworfen und so meinte er zuerst, sich getäuscht zu haben. Nachdem sich das Klopfen jedoch wiederholt hatte, rappelte er sich schließlich hoch und stapfte zur Tür.

Devi stand mit einem säuberlich gefalteten, magentafarbenen Stoffstapel und einem kleinen Paket in Händen davor.

„Das ist dein Gewand für die letzten Tage im Octagon, Meister Paul.“ Paul stutzte.

„Alles in Ordnung?“ fragte Devi.

„Du hast mich Meister genannt“, erwiderte Paul mit fragendem Blick.

„Das war nur so dahergesagt, denk dir nichts.“ Er lächelte verschlagen und Paul war sich nicht sicher, ob hinter Devis scheinbarer Beiläufigkeit nicht doch mehr steckte.

„Die Farbe der Kleidung“, fuhr Devi fort, „soll den jeweils nächsten Entwicklungsschritt unterstützen. Aber das ist dir bestimmt schon klar geworden. Hier also nun die helle Purpurfarbe für die Lehren im Tempel von Meisterin Indira. Heute steht der Gruppe jedoch noch etwas anderes bevor. Dafür habe ich dir auch ein kleines Lunchpaket vorbereitet. Zieh das hier an und darüber einen warmen Pullover, Hose und Jacke. Zur Sicherheit werde ich dir neben der Verpflegung auch noch ein paar andere Kleidungsstücke in den Rucksack packen. Es kann empfindlich kalt werden da oben.“

Wenig später standen die Adepten in voller Bergmontur vor dem Octagon und warteten auf die Meisterin.
Ein lauter Pfiff ertönte und verhallte im Echo der nächsten Bergwände. Sie sahen sich suchend um und nach wenigen Augenblicken wies Marcello auf ein Felsplateau, das sich einige Hundert Meter entfernt über dem Tal erhob. Eine Frauengestalt mit wehenden silbernen Haaren und hoch erhobenen Armen stand darauf. Es konnte sich nur um Indira handeln. Deutlich winkte sie der Gruppe zu und Paul entdeckte als Erster den schmalen Pfad, der in ihre Richtung über eine weitläufige Geröllhalde und durch spitze Felsformationen führte.
Die Erinnerung an seinen Absturz schoss ihm durch den Kopf. Hätte ihn damals die alte Nepalesin nicht gerettet, wäre er bestimmt nicht mehr am Leben. Bei diesem Gedanken erschien plötzlich die dunkle Kammer im Untergeschoss vor seinem geistigen Auge und er wandte sich unvermittelt dem Octagon in seinem Rücken zu. Wie ein heller Schimmer zog das Bild durch sein Bewusstsein, ohne dass er es diesem Moment jedoch hätte zuordnen können.
Er drehte sich wieder dem Pfad zu, schüttelte sein mulmiges Gefühl ab und schritt nun, trotz der bedrohlichen Erfahrung mit Geröllhalden, mutig voran.
Nach einer guten halben Stunde war die Gruppe bei der Meisterin angekommen.
„Ganz beachtlich eure Konstitution nach so vielen Tagen in den inneren Tempeln. Aber teilt euch die Kräfte für heute gut ein. Wir haben einen langen Aufstieg vor uns.“ Indira trug eine natürliche Aura um sich, die alle in der Gruppe staunen ließ.

Ihre Stimme hatte zudem hier in der freien, dünnen Bergluft einen Ton angenommen, der mehr an den rauschenden Klang eines Sturms erinnerte, denn an einen menschlichen Laut.
„Wie ihr seht“, sie wies in den wolkenlosen Himmel, „hab ich für klares Wetter gesorgt. Es wird also nicht zu beschwerlich werden.“ Sie hatte bei dieser Bemerkung nicht gelächelt und ging nun festen Schrittes auf den nächsten Hang zu. Dabei fiel das Sonnenlicht in ihre wehenden Haare und brachte deren silbernen Schein förmlich zum Leuchten. Die Adepten blickten ihr nach und kaum einer hegte Zweifel daran, dass sie tatsächlich auch für das gute Wetter verantwortlich war.
„Mit mir tretet ihr in den inneren Tempel der Magierin ein“, rief sie, ohne sich umzudrehen, den Adepten nach hinten zu, „also wundert euch nicht. Und vor allem nicht zu lange, sonst erreichen wir unser Ziel nie.“ Sie lachte auf und den Adepten blieb keine Zeit zu weiteren Überlegungen, denn Indira war beinahe schon hinter dem nächsten Felsen verschwunden.

Nur mit Mühe hatte die Gruppe sie schließlich einholen können und mit ihr Schritt zu halten erwies sich in Folge als nicht minder kräfteraubend.
Der Weg führte mitunter steil nach oben und mit jedem Meter wurde deutlicher, dass sie in Richtung des Namenlosen Berges unterwegs waren. Immer wieder gaben Felsen und Pfad den Blick auf die weiße Pyramide frei. Zweifelsohne lag der Gipfel jedoch viel zu hoch, um ihn innerhalb eines Tages zu erreichen, und keiner der Adepten trug einen Schlafsack oder gar Biwak bei sich. Ihr Ziel musste also um einiges tiefer liegen.

Trotzdem rangen sie seit Langem wieder mit dem geringen Sauerstoffgehalt der Atemluft.
Indira hatte, je höher sie stiegen, ihr Tempo der wachsenden Anforderung angepasst und so legten sie nach über drei Stunden den Weg nur noch in langsamen, bedächtigen Schritten zurück.
Nach einer letzten Anhöhe eröffnete sich schließlich der Blick auf ein kleines Tal, das beschaulich in matten Brauntönen und frei von Schnee direkt am Fuß des Namenlosen lag. Nicht allzu weit entfernt konnte man jetzt inmitten der Ebene auch ein ungewöhnliches Gebäude erkennen. Mit überraschten Gesichtern blickten die Adepten, die nacheinander in einer Reihe angekommen waren, auf eine gerade mal zehn Meter hohe Zikkurat – eine Stufenpyramide, die auch als „Himmelshügel" bezeichnet wurde.
Paul glaubte sich zu erinnern, diese architektonische Form von Tempelanlagen aus Mesopotamien zu kennen, die er vor langen Jahren, als er seinen Freund Erik auf einer Studienreise begleiten durfte, gemeinsam mit ihm besucht hatte. Einmal mehr war er erstaunt darüber, wie häufig man in völlig unterschiedlichen Teilen der Welt auf beinah identische Bauwerke stieß.
Beim näheren Hinsehen stach auf dieser Zikkurat das kleine Rondeau ins Auge, das auf ihrer Spitze einen großen Holzrahmen umschloss. Inmitten dieses Rahmens hing eine beidseitig gewölbte Metallscheibe, die genau parallel zur nördlichen Flanke des Namenlosen ausgerichtet war.
Der geringe Sauerstoff hatte bei vielen aus der Gruppe bereits zum bekannten euphorischen Zustand geführt. Auf den

letzten Schritten durch die Ebene zur Zikkurat herrschte darum durchweg ausgelassene Stimmung.
Indira schien den Höhenrausch der Gruppe zu begrüßen, war selbst jedoch bei völlig klarem Bewusstsein geblieben.
Als sie angekommen waren, gönnte sie den Adepten erst einmal eine Ruhepause und ermunterte sie, etwas zu sich zu nehmen. Sie achtete jedoch darauf, nicht zu viel Zeit darüber verstreichen zu lassen, um den veränderten Geisteszustand der Gruppe noch nutzen zu können.
„Der Himmelshügel hat, wie ihr sehen könnt, vier Ebenen", begann sie nach wenigen Minuten. „Über die schmale Treppe auf der Nordseite gelangt ihr zu den Ebenen bis nach oben. Teilt euch nun in vier Gruppen auf und stellt euch jeweils einzeln auf eine der vier Eckpunkte der Pyramide. Ich überlasse euch die Wahl, wer auf welche Ebene und an welcher Seite zu stehen kommt. Aber seid vorsichtig: Der Schwindel kann euch schnell einholen und zu Fall bringen."
Die Adepten erhoben sich und bestiegen die Zikkurat wie angewiesen. Paul und Lena schien es, neben Nadja und Pjotr, wie zufällig immer noch eine Stufe höher zu führen und so kamen sie schließlich auf der obersten Ebene am Rand des Rondeaus zu stehen. Sie sahen einander an und wären sich in diesem Moment ohne erklärlichen Anlass am liebsten in die Arme gefallen. Im selben Augenblick jedoch trat die Meisterin direkt neben ihnen in den Kreis und griff zu einem unter der Scheibe befestigen beinahe zwei Meter langen Holzschlegel. Es musste sich bei dem mannshohen Metallkörper also um eine Art überdimensionalen Gong handeln.

Indira blickte nun um sich und nach unten zu den anderen Ebenen. Sie neigte ihren Kopf wie in Zeitlupe und die so verlangsamte Bewegung verströmte eine nahezu hypnotische Kraft. Nur mit Blicken zog sie den Fokus der Adepten auf sich und eröffnete ihren Unterricht.

„Seht euch nun dem Namenlosen heiligen Berg gegenüber."

Die Adepten nahmen das als Anweisung und wandten sich der gewaltigen dreieckigen Front vor sich zu. „Steht aufrecht in der Hoheit des Königs, vergesst jedoch nicht die Demut der Dienerin. Löst euch in der Freiheit des Narren und fasst euch das Herz des Kriegers. Eröffnet aus der weiblichen und männlichen Kraft eurer Mitte den Strom der Liebenden. Nun breitet eure Arme seitlich des Körpers auf Höhe des Beckens aus, bis zwischen offenen Handflächen und Stirn ein Dreieck entstanden ist, das die Flanke der Front vor euch spiegelt."

Die Gruppe befolgte ihre Anweisungen und nach wenigen Augenblicken bot die Zikkurat mit ihren auf den Ebenen symmetrisch verteilten Adepten, die wie Priester die älteste aller Gebetshaltungen einnahmen, den Anblick einer religiösen Kultstätte.

Zudem stand hoch über der Szenerie die Sonne im Zenit. Ihre Strahlen, von Berghängen reflektiert und durch die dünne Luft wie in Spektralfarben gefächert, erzeugten ein seltsam flirrendes, mystisches Licht.

„Religio", erhob Indira ihre rauschende Stimme und tönte über die Flügel der Zikkurat, „bedeutet Rückbindung. In Kürze werdet ihr wieder mit der reinen Energie der Weltenseele verbunden sein. Wir sind vor unserer Geburt ein Teil von ihr und kehren nach unserem Tod in sie zurück. Wir bestehen aus ihr, wie auch alles andere, das sich im Überall als feste Form zeigt. Sie umhüllt uns. Sie durchdringt uns. Sie verbindet uns mit allem, was ist. Lasst Klang und Sonnenlicht eure Körper ergreifen und ihre Schwingung in euch eindringen. Dies ist der Ursprung und Stoff aller Religion und Magie dieser Welt."

Als sie ihre Ansprache beendet hatte, holte sie mit dem Schlegel weit aus und schlug mit der von Leder umwirkten Kopfseite auf die Mitte des Klangkörpers. Ein mächtiger Ton löste sich aus dem Metall und füllte Tal und Menschen mit seiner vibrierenden Wucht. Er hallte von den Berghängen wider und es schien, als würde er sich mit der Luft und allen festen Körpern verbinden und ein einziges, gewaltiges Feld aus Schwingung bilden.

Die Adepten fühlten in ihren Eingeweiden, in Herz und Hirn etwas noch nie Dagewesenes. Es war, als würde sich alles Feste auflösen, um selbst zu etwas Unsichtbarem, zu reiner Energie zu werden.

Als der Ton beinahe verklungen war, erhob die Meisterin erneut ihre Stimme.

„Und nun lenkt diese Energie auf das Zentrum eurer Handflächen und in eurem Kopf unter den Scheitel. Stellt euch vor, dass sie zwischen diesen drei Eckpunkten mit euren Herzen inmitten des Dreiecks fließt. Diese Übung wird euch den inneren Tempel der Magierin erschließen."

Wieder schlug sie auf den Klangkörper und auf den Schwingen des abermals gewaltigen Tons vollzogen die Adepten die Übung.

Paul verbat sich jede Art von Widerstand und gab sich den Prozessen und Zuständen hin. Vor seinem geistigen Auge begannen nun Bilder abzulaufen, die einem schnell geschnittenen Film über Heiligtümer und Religionen dieser Welt glichen. Er sah Buddha in einem Tempel meditieren, Jesus auf dem Berg predigen, Mohammed den Koran empfangen und Rabbiner und andere Heilige beim Gebet. Die Mutter Gottes erschien ihm strahlend auf Wolken in einem Lichtkranz und etwas Tieferes, Älteres, noch Größeres: Er sah die Erde selbst als weibliche Gestalt, die das Leben gebiert. Daneben schweifte sein Blick über Moscheen und Kirchenbauten, Klagemauer und Ölberg, Pyramiden und Gebetssäle überall auf dem Planeten. Schlagartig wurde ihm bewusst, dass die eine, selbe Energie, die nun in ihm freigesetzt wurde, auch all diese Erscheinungen hervorgebracht hatte. Dass sie sich in unendlich viele Formen ergoss und in Lichtgestalten und Fantasiegebilden ebenso ihren Ausdruck fand wie in jedem Kind, das irgendwo seit Anbeginn der Menschenzeit das Licht der Welt erblickte.
Er schwebte, war unsichtbar und doch zugleich mit allen Sinnen fest im Hier und Jetzt verankert.
Nachdem Indira viele Male den Klangkörper in Schwingung versetzt hatte, ließ sie nun den letzten Ton verklingen.
Am Ende einer langen Stille erwachten die Adepten schließlich einer nach dem anderen wie aus einem Traum. Es schien, als hätten alle die Zeit in dieser Art Trance verbracht. Nun blickten sie an sich herab, schauten einander an oder zu Indira, die ganz gelassen auf der Spitze der Zikkurat an einem Holzbalken des Rondeaus lehnte.

Ein sanftes Lächeln spielte um ihre Züge.

Paul konnte in einer nun aufkommenden, sanften Brise seit Langem wieder den zarten Duft von Veilchen riechen, der wie von irgendwo weither an ihm vorüberzog.

56

Im Unterschied zu den Mühen des Vormittags fühlte sich der Abstieg fast wie ein Spaziergang an.
Die hohe Energie der Zikkurat-Übung hatte die Adepten förmlich aufgeladen. Sie unterhielten sich ausgelassen über ihre Fantasien und Visionen während der Trance.
Indira schritt zügig voran und verlangsamte umsichtig das Tempo, sobald ein schwieriges Wegstück zu bewältigen war. Sie strahlte Zufriedenheit aus, hüllte sich sonst aber in Schweigen.
Als die Gruppe das Octagon schließlich erreichte, fielen gerade die letzten Sonnenstrahlen auf die rötlichen Mauern der schon zur Heimat gewordenen Tempelschule.
Bevor die Adepten sich auf ihre Zimmer verteilten, zog Indira mit ruhiger Stimme noch einmal deren Fokus auf sich.
„Der morgige Tag dient der Energie, um in eurem Inneren weiter zu wirken. Sie muss sich ausdehnen und die höhere Schwingung eurer Zellen noch stärker etablieren. Darum verbringt die Zeit in Schweigsamkeit und Ruhe. Schlaft ausgiebig, lest oder liebt einander – was besonders hilfreich wäre. Nichts beflügelt und bindet den Strom des Lebens stärker in uns." Sie blickte in die Runde der nun schon deutlich erschöpften Gesichter und fuhr lächelnd fort. „Nun, das hat Zeit bis morgen. Übermorgen dann treffen wir uns zum üblichen Lehrbeginn vor dem Tempel der Magierin." Sie hielt kurz inne und ihr Blick schweifte an den Adepten vorbei wie in eine ferne Zukunft. „Bald schon werden die Ersten uns verlassen.

Beginnt also, euch voneinander zu verabschieden. Nur einige werden im Leben wieder aufeinandertreffen. Für heute wünsche ich euch eine gute Nacht und mögen eure Träume fortan der Quelle entspringen."

Als Indira im Octagon verschwunden war, blickten die Adepten erst einmal müde um sich. Die Meisterin hatte ausgesprochen, was viele aus der Gruppe so deutlich noch nicht wahrhaben wollten. Besonders, dass sie einander unweigerlich aus den Augen verlieren würden, löste Traurigkeit aus.
Zutiefst erschöpft von den Strapazen des Tages vereinbarten sie trotzdem noch, einander später im Gemeinschaftsraum zu treffen.
Auf dem Weg nach oben verstreute die Gruppe sich langsam. Paul und Lena gingen Hand in Hand, umarmten einander kurz und machten sich dann getrennt, doch lächelnd, zu ihren Zimmern auf.
Nachdem Paul sich der warmen Kleidung entledigt und sie einfach über den Sessel geworfen hatte, ließ er sich aufs Bett fallen und streckte seine schweren Glieder von sich. Er atmete tief durch und nach wenigen Minuten fielen ihm die Augen zu.

Er schreckte hoch. Etwas hatte ihn aus tiefem Schlaf gerissen. Vor den Fenstern stand der Mond am Himmel, doch konnte Paul aus seinem Stand ablesen, dass höchstens drei Stunden vergangen waren. Er fühlte sich geladen und unruhig. Mit wirren Bildern im Kopf rieb er sich die Augen und ging zum Notizbuch, das auf seinem üblichen Platz am Tisch bereitlag. Er blätterte

über Skizzen und einzelne Zeilen durch die Seiten und wurde das Gefühl nicht los, etwas Wichtiges übersehen zu haben. Sein Blick fiel durch die Scheiben auf das nächtliche Bergmassiv. Er dachte an die Zikkurat, wie sie ihm beim ersten Blick auf das Tal erschienen war: Als wäre sie nur die Spitze einer viel größeren Tempelanlage, eines unter den in Jahrtausenden bewegten Steinen versunkenen Königreichs.
Paul griff zum Stapel frischer Bekleidung, den Devi für ihn bereitgelegt hatte, zog sich an, nahm sein Buch, einen Stift und machte sich auf den Weg zur Bibliothek.

Die Tempeldiener hatten Feuer in den beiden gegenüberliegenden Kaminen des Büchersaals entzündet. Die knisternden Flammen verströmten behagliche Wärme und warfen ihr beschauliches Flackern über die Regalfronten.
Paul ging zielstrebig auf den hinteren Bereich mit den alten, großformatigen Bänden zu. Vor Wochen war er hier auf die ursprünglichen Skizzen und Schriften über das Octagon gestoßen. Nun jedoch suchte er die angrenzenden Reihen nach etwas anderem ab. Er bildete sich ein, bei seiner damaligen Suche nach etwaigen Übersetzungen des in Sanskrit gehaltenen Textes auf Buchrücken gestoßen zu sein, deren Titel sich auf das sagenumwobene Königreich Shangri-La bezogen.
Mehrmals schritt er die Reihen ab und stieg über die Bücherleiter bis ganz nach oben, um auch dort zu suchen. Als er jedoch nach über einer Stunde zu keinem Ergebnis gekommen war, brach er seine Bemühung enttäuscht ab. Er wandte sich wieder den alten Büchern mit dem Octagonsymbol auf dem

Rücken zu und griff wahllos nach einem der vielen Bände dieser Reihe. Im Glauben, er hätte auch diesen schon längst durchgeblättert, machte er sich eher lustlos daran, die Seiten im Schein einer Leselampe noch einmal durchzusehen. Er klappte den schweren, ledernen Einband auf und erblickte eine purpurrote Handschrift, in der auf vergilbtem Pergament *Shangri-La* geschrieben stand.

Verblüfft blätterte er durch das ins Englische übersetzte Buch und stieß mit jeder weiteren Seite auf ein Indiz mehr, dass es sich bei der Zikkurat tatsächlich um die Überreste der Tempelanlage des versunkenen utopischen Reichs und beim Octagon um dessen Schule handeln musste. Dem Alter der Übersetzung nach war der Autor des Werkes einer der frühen Adepten oder Meister gewesen. Dieser hatte sich offenbar die Mühe gemacht, aus den vielen anderen Octagon-Bänden eine Zusammenfassung in die Weltsprache zu übertragen.

Es war den Adepten nicht erlaubt, die Bücher auf ihre Zimmer mitzunehmen, und deshalb richtete Paul sich auf eine lange Nacht ein. Da er nicht wusste, wie viele Tage in der Schule ihm noch bleiben würden, wollte er alles in Erfahrung bringen, was ihm später nützlich sein könnte. Gewiss würde er nichts weitergeben, wozu er nicht die ausdrückliche Erlaubnis der Hohen Meisterin eingeholt hätte. Er nahm sich vor, sie bei der nächsten Gelegenheit, die sich bot, danach zu fragen. Und selbst sollte ihm verboten werden, etwas von seinem Wissen und all den Erfahrungen zu verbreiten, würde er seine Notizen doch als geheimen Schatz ein Leben lang hüten. Er schlug die erste Seite auf und begann zu lesen.

„Hier bist du also, meine süßer Paul", erklang Lenas sanfte Stimme. „Ich habe dich überall gesucht." Erst als er seinen Namen hörte, bemerkte Paul, dass Lena die Bibliothek betreten hatte, so sehr war er in seine Studien versunken.
„Ich konnte nicht schlafen", gab er die erstbeste Antwort, die ihm einfiel.
„Niemand schläft. Wir waren doch alle im Gemeinschaftsraum verabredet. Doch du warst als Einziger nicht da. Ich habe gedacht, du würdest bestimmt gleich auftauchen und dann", sie kam auf ihn zu, „haben wir gegessen, etwas getrunken, etwas mehr getrunken und irgendwann habe ich es ohne dich nicht mehr ausgehalten und mich auf die Suche gemacht. Auf deinem Zimmer warst du auch nicht und nun finde ich dich hier, mein süßer, eifriger Paul."
Lena hatte sich hinter ihn gestellt, ihre Arme um seine Schultern geschlungen und schmiegte nun ihre Wange an seine. Paul nahm das milde, süßlich nach Vanille und Rosenholz duftende Parfüm wahr, das sie aufgetragen hatte. Ihr heißer Atem, der über Ohr und Wange bis zu seinen Lippen strömte, roch zusätzlich auf zarte, erregende Weise nach Rotwein.
An Lesen war nun nicht mehr zu denken.
Paul wandte sich zu ihr und küsste sie zärtlich auf die Lippen. Sie erwiderte seinen Kuss mit solcher Hingabe, dass ihm beinah schwindlig wurde. Ohne den Kuss zu lösen, kam sie um den Stuhl herum und setzte sich rittlings auf seinen Schoß. Paul gab sich nun ebenso seiner Leidenschaft hin und begann der wilden Sprache ihrer Zunge mit gleicher Intensität zu antworten.
„Weißt du", hauchte sie ihm Minuten später verspielt ins Ohr,

„ich habe den Verdacht, mein wahrer Wesenskern ist die Liebhaberin. Lach nicht, das ist die Wahrheit." Sie blickte ihm tief in die Augen. „Und du, du bist das einzige Objekt meiner Begierde." Bevor Paul noch etwas erwidern konnte, erhob sie sich, wischte mit der Hand die Stapel der Bücher beiseite und legte sich vor ihm mit geöffneten Schenkeln auf den Tisch. „Ich will dich, Paul. Jetzt. Hier. Und ganz." Sie fasste seine Hände und zog ihn von seinem Stuhl hoch. Dann schlang sie ihre langen Beine um seine Hüften und drückte ihn langsam an sich heran. Eine seiner Hände führte sie zu ihren Lippen, um einzelne Finger zu liebkosen und in sich aufzunehmen, die andere zu ihrem Schoß. Während sie selbst ihm in den Schritt fasste und ihn zu massieren begann, öffnete sie gekonnt das Band seiner Hose und streifte sie nach unten. Das Vorspiel, in dem sie sich immer heftiger an ihm rieb, war nur von kurzer Dauer.

Paul und Lena verbrachten die Nacht und auch den folgenden Tag miteinander. Dem Auftakt in der Bibliothek folgten unzählige weitere Stunden, in denen die beiden auf Lenas Zimmer in nie geahnter Innigkeit miteinander verschmolzen.
Ihre Energien schraubten sich in schwindelerregende Höhen und ergossen sich in Explosionen geballter, inniger Liebe.
In den Pausen zwischen den Liebesspielen erhoben sie sich nur kurz und machten sich zum Gemeinschaftsraum auf, um kleine Happen zu essen oder gierig vor Durst Wasser zu trinken.
Die übrige Zeit verbrachten sie eng umschlungen mit kurzen, traumlosen Schlafphasen oder in zärtlichen Umarmungen voll stiller Einigkeit.

Erst am späten Abend fielen sie schließlich in einen tiefen, der Ohnmacht nahen Schlaf.

Während des ganzen Tages hatte Paul keinen Gedanken an Shangri-La verschwendet. Erst im Traum betrat er mit Lena an der Hand das versunkene Utopia und erkundete Leben und Wissen seiner erleuchteten Bewohner.
Als er am nächsten Morgen mit der Geliebten im Arm glücklich erwachte, war jedoch nichts davon in seinem Bewusstsein haften geblieben.
Dass er seine Studien so bald wie möglich fortsetzen sollte, wurde mit einem Schlag zur festen Überzeugung, als er zutiefst verwundert den großen Band mit der Übersetzung des Mythos auf dem Tisch in seinem Zimmer vorfand.

57

Indira erwartete die Adepten vor dem Tor zum Lehrsaal. Sie hatte ein weißes, fließendes Gewand angelegt und ihr silbergraues Haar fiel lang über den Rücken. Die Gruppe war um sie herum verteilt und deren einheitlich magentafarbene Kleidung bot ein Bild großer Eintracht.

Sie wirkten glücklich, aber auch in gespannte Erwartung gehüllt.

Lena stand an Pauls Seite, ohne dass sie einander berührten. Sie hatten, wie auch die meisten anderen Paare unter den Adepten, entschieden, ihre Liebe nicht groß zur Schau zu stellen. Allein ein Blick auf sie hätte jedoch ausgereicht, um alle Engel des sprichwörtlichen siebten Himmels singen zu hören.

Indira lächelte, als sie die beiden ansah. Auch die Verfassung der anderen Adepten schien ihre Erwartungen zu bestätigen. Wieder stach ihre magische Stimme ins Ohr, als sie wohlwollend zu sprechen begann.

„Wie ich sehen kann, hat die Energie in euch gewirkt und die Führung eures Schicksals übernommen. Dies ist am Ende des Octagon-Zyklus die Antwort auf die Frage: *Was führt dich.*“

Sie unterbrach sich für einen Moment, um den Adepten Zeit zu geben, den Gedanken zu verarbeiten. „Der Tempel der Magierin ist der weiblichen Seite zugeordnet und befindet sich gegenüber der sie ausgleichenden Wesenskraft des Narren. Doch auch das Dienende und Königliche müssen nun besonders unser Wirken begleiten, denn alle höheren Fähigkeiten bedürfen der Leichtigkeit ebenso wie der Umsicht und Demut.

Anderenfalls läuft man Gefahr, die Macht zu missbrauchen und nur sich selbst, nicht aber das Leben zu stärken." Sie wandte sich zum Tor. „Wir betreten jetzt den Lehrsaal der Magierin. Seht euch um und bezieht dann die für euch bestimmten Positionen." Damit öffnete sie die hohen Doppelflügel und ließ die Gruppe ein.

Vor ihnen lag ein Saal, der völlig in Weiß gehalten war.

Von den Kanten, an denen die Wände aneinandergrenzten, drang helles Licht aus vertieften Fugen.

Umgeben von kaum zwei Metern ebener Grundfläche senkte sich der Boden im Quadrat ab. Am Rand stehend erkannten die Adepten, womit sie es zu tun hatten: Zu ihren Füßen lag eine nach unten gespiegelte Zikkurat, mit denselben Ausmaßen wie ihr Pendant im Tal des Namenlosen. Die über eine schmale Treppe erreichbaren vier Stufen der Pyramide mündeten an der Sohle in ein kleines quadratisches Becken. Auch hier gab es einen Gong, der in einem reich verzierten silbernen Rahmen das einzige Schmuckstück in dem sonst leeren, weißen Gebilde darstellte.

Indira hatte unten bereits Stellung bezogen und wartete nun geduldig, bis den Adepten klar wurde, welche Plätze ihnen zukamen.

Einer nach dem andern fand sich schließlich mit der verkehrten Perspektive zurecht und nahm die spiegelgleiche Position des Vortages auf der Zikkurat ein.

Wie in einem alten Anatomielehrsaal, dessen Sitzreihen sich rund um das Zentrum nach oben erstreckten, blickten die Adepten jetzt zu Indira, nach unten.

„Die Magierin steht in Verbindung mit Himmel und Erde, denn sie sind eins. Wie oben so unten. Wie außen so innen. Dafür steht die doppelte Zikkurat als Sinnbild.“ Sie wandte sich, während sie sprach, rundum den Adepten zu. „Nehmt nun die rituelle Haltung ein, wie ihr sie gestern erlernt habt. Bildet zwischen offenen Handflächen und Scheitel wieder das Dreieck mit eurem Herz in der Mitte. Wir treten in das Energiefeld der Weltseele ein, das uns miteinander und mit allem Sein verbindet. In dem Moment, in dem diese Verbindung hergestellt ist, vollzieht sich von selbst auf vielen Frequenzen der Austausch von Informationen. Wissen strömt ebenso ein wie Erlebtes oder Erfühltes. Alle höheren Fähigkeiten wie Gedankenübertragung, Einfühlung, Wirkungskraft, Hellsicht, Intuition, Heilkraft oder Prophetie stammen aus der Energie des Feldes, in dem alles enthalten ist. Je nach Gabe, Veranlagung oder Fleiß lässt sich mithilfe des Geistes die Fertigkeit erlangen, sich auf die eine oder andere Frequenz einzustellen. Die so enthaltene Information lässt sich ins Leben übersetzen und nutzbar machen. Die Wesenskraft der Magierin übt sich darin, die Verbindung mit dem Feld auch im Alltag des Lebens aufrechtzuerhalten und nutzt die daraus gewonnenen Fertigkeiten zum Wohl seelischen Fortschritts.“

Sie nahm als Erste die Körperhaltung der Magierin ein und die Adepten taten es ihr gleich.

„Unsere Aufmerksamkeit steuert die Pfade der Energie im Körper. Lenkt euren Fokus erst auf die Handflächen, dann auf das Zentrum im Kopf unter dem Scheitel. Wendet den Fokus danach eurem Schoß zu und lasst ihn, einer inneren Säule entlang, von dort aus über das Herz wieder in den Kopf steigen. Die Energie zieht wie von selbst in alles ein, dem wir uns mit der Kraft des Bewusstseins zuwenden.“

Während die Adepten sich sammelten und in die Aufmerksamkeit versenkten, bediente Indira den Gong. Der Ton war etwas höher als am Vortag, jedoch nicht minder durchdringend. Die umgekehrte Stufenpyramide mit ihren kahlen Ebenen diente zudem als hervorragender Resonanzkörper. Die magentafarben gekleideten sechzehn Adepten standen nun, verteilt auf den jeweiligen Eckpunkten der vier weißen Ebenen, wie in einem Trichter, aus dem Klang und Schwingung nach oben drang. Wieder taten Anordnung und Musik ihre überwältigende Wirkung.

„Stimmt euch nun auf den Ton des Gongs ein und singt ihn laut aus euch heraus!“, erschallte Indiras Stimme am Ende einer Klangwelle, bevor sie mit dem Schlegel ein weiteres Mal energisch auf den Metallkörper schlug.

Die Gruppe begann zu singen und nach kurzer Zeit fühlten sich alle durch den gemeinsamen Ton noch stärker miteinander verbunden. Der ganze Saal vibrierte nun in einer einheitlichen Frequenz.

Paul stand in der untersten Ebene auf derselben Seite wie Lena und verfolgte erstaunt die Veränderung in seinem Inneren. Am Tag zuvor hatte sich schnell der tranceartige Zustand eingestellt und die traumähnliche Vision ausgelöst. Nun jedoch geschah, scheinbar durch die höhere Frequenz des Tones, etwas ganz anderes: Die Energie sammelte sich immer spürbarer in seinem Kopf unter dem Scheitel – als würde sie über die innere

Säule hoch zur Spitze des Dreiecks fließen – und löste eine so helle geistige Klarheit aus, wie er sie nie zuvor empfunden hatte.

Während er weiter in den Gesang einstimmte, breiteten sich seine Arme wie von selbst aus, bis er wieder die Haltung des Königs eingenommen hatte. Da die anderen Adepten ihre Grundhaltung beibehielten, warf er einen Blick zu Indira, um ihre Zustimmung einzuholen. Sie stand jedoch gerade mit dem Rücken zu ihm. Er ließ einige Momente verstreichen und sah sie plötzlich vor seinem geistigen Auge glücklich in den Armen von Ryszard. Das Paar stand an einem hell schimmernden See und eine junge Frau, die Amari ähnlich sah, gesellte sich zu ihnen. Paul wusste mit einem Mal, dass es sich um Indiras Familie handelte. Ein Schauer lief über seinen Rücken. Er wandte sich ab und blickte eine Stufe höher. Khaled stand mit geschlossenen Augen versunken da.

Kaum hatte Paul seinen Fokus auf ihn gelenkt, sah er ihn vor sich, wie er auf Plätzen von Kairo Menschen mit Reden über Demokratie und Freiheit anfeuerte. Er blickte höher und sah Shennon, wie sie Krankheiten heilte, indem sie ihre Hände auf Köpfe und Herzen von Patienten legte, und Nairi, die in den Gedanken von Diplomaten deren Absichten las.

Paul senkte den Kopf, stoppte seinen Gesang und ließ langsam die Arme sinken. Was er in den Adepten gesehen hatte, waren deren Zukunft und höhere Gaben. Und er erkannte seine eigene: das hellsichtige Einfühlungsvermögen eines großen Menschenlehrers.

Er blickte zu Indira. Gelassen sah sie nun zu ihm her, lächelte gütig und nickte ihm zu. *Das ist es, Paul: deine Gabe, dein wahres Selbst, deine grenzenlose Liebe zu allem Menschlichen,* hörte er sie in seinem Inneren sagen. *Der Kreis hat sich geschlossen. Dein Zyklus ist vollendet.*

Paul löste den Blick von ihr und starrte verwundert ins Leere. Der letzte Ton war verklungen und tiefe Stille breitete sich im Saal aus.

Nach einer Weile ließen die Adepten sich vereinzelt auf die Stufen nieder, andere blieben stehen oder legten sich hin. Indira ließ sie mit einem stillen Lächeln gewähren.

Paul ging ein paar Schritte auf Lena zu und setzte sich neben sie. Er griff nach ihrer Hand und blickte sie an.

Was er jetzt jedoch fühlte, war nicht ihre innere Welt oder Gabe, sondern allein seine eigene große Sehnsucht, den Rest des Lebens mit ihr verbringen zu wollen.

Unsere Wünsche blenden die Seele, dachte er lächelnd. *Darin liegt der Unterschied zwischen Eingebung und Einbildung.*

Er hoffte innig, dass es nicht nur ein Wunsch war, der ihn ihre gemeinsame Zukunft sehen ließ.

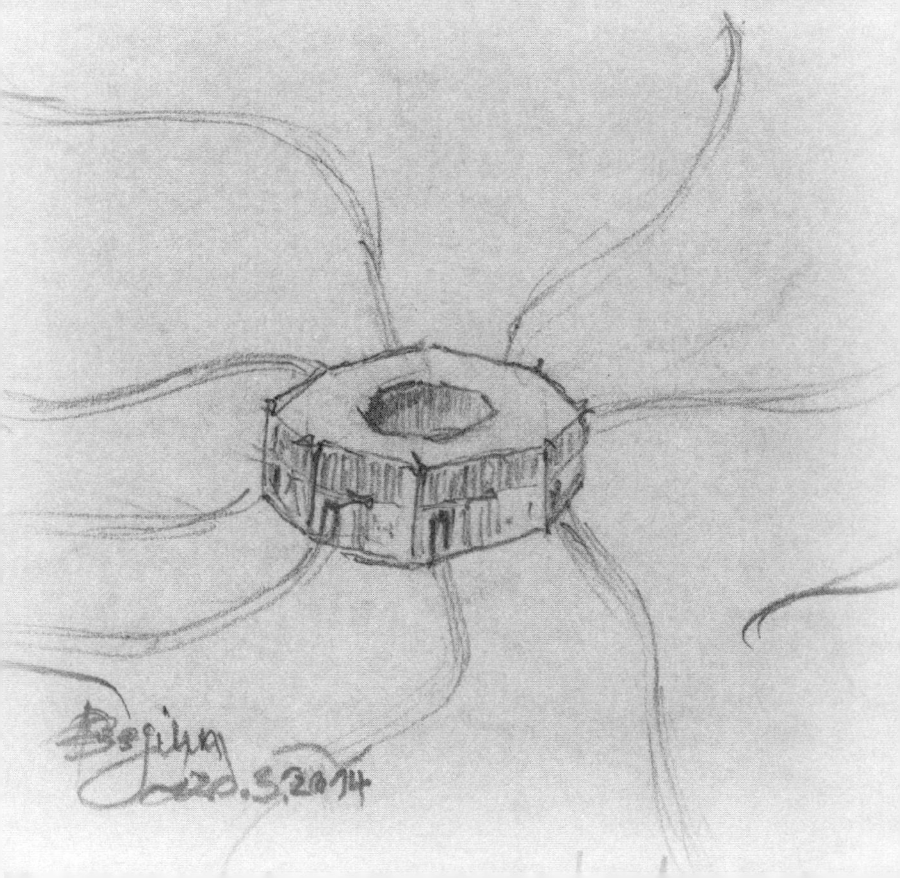
20.5.2014

TEIL 3

Wasser der Seele

58

Als die Adepten aus dem Tempel der Magierin aufbrachen, richtete Indira die Bitte an Paul, noch zu bleiben. Er tauschte einen Blick mit Lena, die ihm verständnisvoll zunickte und daraufhin den Saal ohne ihn verließ. Nachdem alle gegangen waren, sah Paul erwartungsvoll zu Indira. Sie nahm ihn an der Hand, ging mit ihm durch das Tor des Lehrsaales und verschloss es hinter sich. Danach deutete sie ihm, ihr zu folgen, und führte ihn über leere Gänge und Treppen unter das Octagon vor die Kammer, in der er schon zwei Wochen zuvor auf die Hohe Meisterin getroffen war.
Vor der schmalen Tür wandte sich Indira ihm zu, als wollte sie etwas sagen. Stattdessen umarmte sie ihn innig und hielt ihn einige Augenblicke lang fest. Dann vernahm Paul, ohne es zu wissen, das letzte Mal ihre rauchige Stimme: „Nicht viele gehen den Weg wie du. Es war mir eine Ehre, dich zu führen."
Sie sah ihm eine Weile ernst in die Augen, verneigte sich dann und verließ mit zügigen Schritten den Korridor.
Paul blickte ihr lange nach und als sie im nächsten Gang verschwunden war, überkam ihn eine unbestimmte Trauer – als ahnte er den Schmerz der vielen Abschiede voraus, die ihm nun in Kürze, nach bald drei Monaten im Octagon bevorstanden.

Hinter ihm öffnete sich die Tür zur Kammer und im Gegenlicht des flackernden Scheins erkannte er die schon vertraute schlanke Silhouette der Hohen Meisterin. Ihr Gesicht war wieder verhüllt, doch zeigten die klaren Augen diesmal ein

freundliches Lächeln. Sie bat ihn mit einer höflichen Geste einzutreten und wies auf einen der Sessel.
Paul betrat den Raum, streifte mit einem Blick über das rohe Gemäuer und setzte sich. Es war erstaunlich warm in der Kammer. Neben den beiden Stühlen war ein kleines Tischchen mit einer Kanne Tee und zwei Schalen vorbereitet. Etwas abseits stand ein Schemel, auf dem ein säuberlich gefaltetes weißes Gewand lag.
„Du willst Sex?", Paul erstarrte und traute seine Ohren nicht. „Oder nur mit Lena?"
Ein altbekanntes, krächzendes Lachen tönte aus Richtung der Tür und als Paul nun den Blick dorthin richtete, konnte er nicht glauben, was er sah: Im hellen fließenden Gewand der Hohen Meisterin stand das gebeugte Weiblein aus der Hütte vor ihm und schüttelte sich förmlich vor Lachen.
Sie hatte ihre Haltung und Ausstrahlung völlig verändert und den Schleier abgenommen. Um die klaren, dunklen Augen erkannte er nun eindeutig das beinahe durchsichtige, wettergegerbte Gesicht der alten Frau.
„Und wieder einmal hat es ihm die Sprache verschlagen, unserem Paul", krächzte sie und amüsierte sich köstlich. „So viele Wochen voll von Übungen und er weiß nichts zu sagen." Noch einmal lachte sie und ließ den schallenden Ton dann langsam verklingen. Wie in Zeitlupe richtete sie sich nun wieder zu voller Größe und Hoheit auf. Sie verhüllte abermals ihr Antlitz mit dem Schleier und fuhr mit ihrer wahren, warmen Stimme fort: „Besser so, mein lieber Paul?" Er starrte sie noch immer an und konnte sich nur langsam aus dem Staunen lösen.

„Sie haben mir damals das Leben gerettet“, sagte er schließlich leise. „Ich war so außer mir von allem, was geschehen war, ich habe mich nicht mal richtig bedankt.“
„Das war selbstverständlich“, antwortete sie schlicht, „viel wichtiger ist doch: Ich helfe dir bei deiner zweiten Geburt, nicht wahr?“
Pauls Erstaunen schlug in stille Bewunderung um und er begriff langsam die Zusammenhänge. „Finden alle Adepten erst zu Ihnen, bevor sie zum Tempel gelangen?“
„Nenn mich Sadhana“, ein deutliches Lächeln spielte nun um ihre klaren Augen, „und, ja, die Tempelhüter leisten in den Wochen vor einem neuen Zyklus bei ihren Touren durch die Bergwelt ganze Arbeit. Auf die eine oder andere Weise gelangen alle Anwärter erst zu mir. Manche werden in Rettungsbahren geliefert, wie du“, sie lachte kurz auf, „anderen wird scheinbar zufällig zu einer besseren Route geraten. Auf welchem Weg die Adepten dann jedoch zum Octagon finden, liegt wieder bei Vishnu und seinen Shaligramas oder, um in unserer Sprache zu bleiben: bei den Fügungen des Schicksals, in Händen der Weltseele.“
Während sie sprach, hatte sie sich zu ihm gesetzt und begonnen, Tee einzuschenken. Paul konnte nun ganz deutlich wieder den Geruch von Veilchen wahrnehmen, der so sanft von ihr ausging.
Sadhana reichte ihm eine Schale und nippte selbst an dem heißen Getränk. „Trink, mein Lieber, es wird dir guttun und dich wärmen. Du brauchst viel Flüssigkeit und Wärme, um die heutige Nacht zu überstehen.“

Paul sah erstaunt auf.

„Du hast heute noch eine Prüfung vor dir.“ Sie hielt kurz inne und beobachtete seine überraschten Züge. „Die meisten Adepten“, sprach sie weiter, „durchlaufen den achten Tempel der Magierin und vollenden damit ihren Zyklus. Jenen aber, deren Gaben ausreichen, um in den Kreis der Meister einzutreten, steht noch ein neunter Tempel bevor: das *Wasser der Seele* im Innersten, im Turm des Octagons.“ Sie schwieg und Paul erinnerte sich daran, als er mit Devi an dem giftigen Wasser gestanden und dieser ihm von der Gefahr berichtet hatte, die davon ausging. Auch die angeblichen Visionen, die dort meditierenden Meistern widerfuhren, fielen ihm ein.

„Sammle dich, Paul, und bedenke, wer du geworden bist. Sei ruhig, atme und betrete das Feld. Du wirst alle erlernten Fähigkeiten brauchen, um diesen Weg in die eigene Meisterschaft zu gehen und auf den letzten Meister zu treffen.“ Sie beobachtete ihn aufmerksam. „Erinnerst du dich? Ich habe damals zu dir gesagt, dass du dem letzten Meister im Schlaf schon begegnet bist. Und dass du ihm beim nächsten Mal mit klarem Verstand gegenübertreten wirst. Nun ist es soweit: Der Schlaf der heutigen Nacht wird dich erwecken.“ Sie sah auf die Sorgenfalten in Pauls Gesicht und spürte seine Zweifel. „Für den Moment aber reicht es aus, eine Weile mit mir zu schweigen, abzuwarten und Buttertee zu trinken.“ Wieder lachte sie auf.

Paul schossen unzählige Fragen durch den Kopf. Er wusste gar nicht, mit welcher er beginnen sollte. Was hatte es mit dem letzten Meister auf sich? Worin bestand die Prüfung? Wollte er das überhaupt? Sollte er sie auf das Buch über Shangri-La

ansprechen? Stand auch Lena der neunte Tempel bevor?
Sadhana neigte sich zu ihm und ergriff seine Hände.
„Alles zu seiner Zeit, Paul“, sagte sie und hatte abermals in seinen Gedanken gelesen. „Jede deiner Fragen formt sich aus der alten Furcht, die deine Wesenskräfte noch immer untergräbt und sie dem Schatten zuneigt. Diese letzte Hürde zu überwinden, wird dich das Wasser der Seele lehren.“ Sie hielt noch immer seine Hände und mit ihren Worten beruhigten sich die Wogen in seinem Inneren.
„Lenk nun deine Aufmerksamkeit, wie du es gelernt hast, ganz auf mich. Ich gehe mit dir über die Grenze.“ Daraufhin schloss sie die Augen und schwieg.
Paul folgte ihrer Kraft und kurz darauf fühlte es sich an, als würde ein himmlisches Wesen ihn mit seinem Gefieder umarmen, ihn bergen und über das Octagon in den Himmel tragen.

59

„Ziel ist es, im Laufe der Nacht das Wasser zu überqueren und auf der Goldscheibe inmitten des Wassers Platz genommen zu haben.“ Sadhana sprach mit gleichmütigem Ernst, ohne Paul anzusehen. Die beiden standen auf dem schmalen Holzsteg, der das *Wasser der Seele* rundum an den Wänden wie ein Ring umschloss. Paul blickte in den schwarzen Teich und erst langsam wurde ihm das ganze Ausmaß der Aufgabe bewusst. Er starrte die Hohe Meisterin in der Dunkelheit des Turms ungläubig an.

Nachdem sie vor wenigen Minuten ihre Verbindung in der Kammer gelöst hatte, war sie aufgestanden, hatte das weiße Gewand vom Schemel genommen, einen Umhang daraus entfaltet und ihn Paul über die Schultern gelegt. Im Anschluss war sie mit ihm zum innersten Tempel gegangen und war, nachdem sie das Tor aufgeschlossen hatte, mit eingetreten.

Erst nach einigen Augenblicken hatten sich dann im fahlen Mondlicht die achteckige Kontur der Mauern, das Glitzern der Wellen und die goldene Scheibe inmitten des Wassers herausgeschält.

Paul fühlte sich beklommen. Es roch nach bittersüßen Essenzen und er dachte an die toxischen Dämpfe, von denen Devi ihm berichtet hatte. Er blickte auf das säurehaltige Wasser, das die Haut binnen Sekunden zersetzen sollte, und hätte den Turm am liebsten wieder verlassen.

„Wir sehen uns bei Sonnenaufgang“, hörte er Sadhana sagen. Er wollte etwas erwidern, doch da war sie schon durch das

Tor verschwunden. Als sie es von außen versperrte, hallte die knirschende Drehung des Schlüssels durch den Raum.
Ihn schauderte. Er blickte bange um sich und wusste erst gar nichts mit sich anzufangen.
Nach einigen Minuten, in denen er regungslos ausgeharrt und erst langsam wieder zu einem ruhigen Atem gefunden hatte, hockte er sich, an eine der Mauern gelehnt, auf den Steg und legte die Arme um die Beine. Er zog den Umhang enger zusammen, um sich zu wärmen und seine Muskeln zu entspannen.
Mattes Mondlicht fiel über das Sandgestein der Mauern auf das wie Pech schimmernde Wasser. Er hörte vereinzelt Blasen an der Oberfläche platzen und erinnerte sich an den ersten Blick, den er an der Seite von Devi in die Untiefe geworfen hatte. Als er jetzt vorsichtig über den Rand des Stegs sah, schimmerte ihm das unheimliche Glimmen in der Tiefe sogar noch stärker entgegen. Er lehnte sich rasch wieder zurück.
Je länger er dasaß, desto unlösbarer erschien ihm die Aufgabe. Die goldene Scheibe war von allen Seiten an die zehn Meter entfernt. Er konnte weder springen noch aus dem fest verankerten Holzsteg einzelne Planken herausschlagen, um ein Floß zu bauen. Allein schon die Idee erschien ihm absurd und wohl auch gar nicht im Sinne der Übung.
Eine Übung, wiederholte sich der Gedanke in ihm.
Doch worin sollte diese bestehen? Schwerwiegende Verletzungen davonzutragen und unerträgliche Schmerzen zu durchleiden? Selbst der Gedanke, dass Sadhana wohl beinah alles würde heilen können, beruhigte ihn keineswegs. Vor allem, weil eine Säure, die schon bei der kleinsten Berührung

Hautgewebe zersetzen könnte, wohl auch nicht vor inneren Organen haltmachen würde. Eine falsche Bewegung konnte ihn also schlicht und einfach das Leben kosten.
Er wusste sich keinen Reim auf all das zu machen und beschloss erst mal, das Wasser über den Steg zu umrunden. Vielleicht ließe sich ja an einer anderen Stelle im Dunkel ein Hilfsmittel ausfindig machen.
Langsam erhob er sich, behielt jedoch mit der einen Hand Kontakt zum Gemäuer, um nicht Gefahr zu laufen, die Breite des Stegs zu überschätzen. Er wollte dem Wasser auf keinen Fall zu nahe kommen.
Vorsichtig setzte er seine Schritte auf das Holz unter seinen Füßen und schreckte beim kleinsten Knarren der versteinerten Planken auf. Immer wieder hielt er inne, tastete mit den Händen über die Wände und suchte nach Hinweisen, losen Hölzern oder versteckten Ausgängen.
Nachdem er das Wasser zweimal umrundet hatte, ließ er es bleiben und hockte sich wieder auf seinen Platz. Erst da wurde ihm der leichte Schwindel bewusst, der sich seiner bemächtigt hatte. Noch war er bei klarem Verstand, nahm jedoch an, dass mit jeder weiteren Stunde Körper und Geist zunehmend beeinträchtigt würden.
Seine Gedanken schweiften zu Lena. Er hoffte, dass sie nicht auf ihn gewartet und jemand sie bald informiert hatte.
Wie gerne wäre er jetzt in liebevoller Umarmung an ihrer Seite gelegen, mit dem zufriedenen Gefühl, durch die Monate im Octagon ein neuer Mensch geworden zu sein. Doch von allen Hochgefühlen und Fortschritten war in dieser kalten, durch

und durch bedrohlichen Umgebung nichts mehr zu spüren. Durch die offene Decke drang kalter Wind in den Turm. Eine dünne Nebelschicht lag mittlerweile über dem Wasser. Die herabfallende Kälte jagte immer wieder Schauer über Pauls Rücken.

Zu der Befürchtung, sich bei einem Sturz ins Wasser tödlich zu verätzen, kamen nun auch Fantasien über einen qualvollen Erfrierungstod. Zudem machte sich der bittere Geschmack des Versagens breit. Er fühlte sich ohnmächtig und mit schrecklichen Ängsten konfrontiert.

Am ganzen Körper zitternd rollte er sich zusammen, zog seine Beine an und kauerte nun wie ein Häufchen Elend im Dunkel an der Grenze seiner Welt.

Hier endete es. Die Meisterschaft rückte in weite Ferne, das Abenteuer im Octagon erschien ihm wie ein hohles Kinderspiel und seine vermeintlichen Fortschritte lösten sich auf in giftige Schwaden aus heißer Luft.

Wie ein Embryo eingerollt lag er da und glitt langsam in benommenen Schlaf. Hinter dem Schleier, der zunehmend sein Bewusstsein verhüllte, stieg nun wie im Traum eine leise Erinnerung hoch: Genauso hatte er bei der allerersten Übung in der Schwärze des Narrentempels gelegen, bevor Yoshi die kleine Flamme seines Streichholzes entzündet hatte. *Was führt dich?*

Mit einem Mal fühlte er in seinem Bauch auch etwas wie einen Funken. Er öffnete die Augen und starrte ins Dunkel. Sein Geist kehrte ins Bewusstsein zurück und im nächsten Moment sah er sich an der Seite von Therese dem goldenen

Thron gegenüber. *Wer sitzt auf dem Thron?* Die Antworten auf die Fragen lagen so nah. Auf die stille Demut, die ihn nun streifte, folgte eine jähe Wallung von Zorn. *Nutze die Angst,* hörte er Bruce sagen und: *Akzeptiere deinen Tod. Das ist die wahre Aufgabe von heute an.* Pauls Körperkräfte kehrten mit einem Mal zurück und er setzte sich mit einem Ruck auf. Er war nicht so weit gekommen, um nun hier erbärmlich zu scheitern. Er war dem Tod schon mehrmals gegenübergetreten und hatte es überlebt. *Der letzte Meister,* schoss es ihm durch den Kopf. Natürlich. Wie einfach. *Allein wer stirbt, kann wiedergeboren werden.* Er sah auf seine Hände und begann wie von selbst mit den fließenden, drehenden Bewegungen, die Sheela ihn gelehrt hatte, in der Luft zu tasten, als wollte er einen Faden greifen, um sich an ihm hochzuziehen. Was er jedoch zu spüren vermeinte, war das Gewicht einer schweren Spitzhacke, wie er sie im männlichen Tempel von Bharat zu führen gelernt hatte. An die Wand gestützt zog er sich gegen den Widerstand seiner kalten Glieder hoch, drehte sich und schlug mit seiner Faust voll Zorn auf das Gemäuer ein. Ein stechender Schmerz durchjagte seinen Arm an der Stelle, die Sadhana vor so vielen Wochen geheilt hatte. *Dieses Mal wirst du ihm bei klarem Verstand gegenübertreten.* Er war klar und wach wie nie. Der Schmerz hatte alle Geister in ihm geweckt und seine Körperkräfte entfacht. Er wandte sich dem Wasser mit der Goldscheibe in der Mitte zu. In einem hellen Strahl, den der Himmel eben dem Spiegel des Mondes abgerungen hatte, schimmerte die gelbe Plattform wie das verheißungsvolle Licht am Ende des Tunnels. Paul setzte einen Schritt nach vorne und blickte auf das Wasser, dessen zarte Wellen sich unter dem Dunst glitzernd kräuselten. *Die Familie der Magierin, des Königs und der Liebenden am See.* Die Erinnerungsbilder der drei Tempel durchfuhren ihn nun in schneller Abfolge. Einer inneren Explosion gleich schoss ein Strom von Energie durch sein Herz. Er breitete die Arme aus, richtete sich in seine ganze Größe auf und betrat aus eigener Kraft das mächtige, magische Feld. *Veilchen, überall Veilchen.*

In diesem Moment schloss sich das Tor zu seinem alten Leben. Er war bereit zu gehen und akzeptierte aus der Hellsicht der Magierin, die nun ein lebendiger Teil von ihm geworden war, den Tod und Fluss der Lebenszeit.

Ohne weiteres Zögern trat er an den Rand, beugte sich und setzte einen Schritt auf das Wasser. Er fühlte den nahen Tod, wie er sich mächtig aufbäumte in seinem Angstkörper. Doch nichts konnte ihn jetzt noch zurückhalten. Sein Blick reichte weiter, viel weiter: über das Leben hinaus ins Unendliche.

Nach einigen entschiedenen Schritten blieb er mitten im Wasser abrupt stehen. Plötzlich wurde er sich bewusst, was ihm gerade widerfuhr. Er hielt den Atem an. Er hatte erwartet, jeden Moment unterzugehen und einen qualvollen Tod zu sterben. Doch nichts davon geschah. Er spürte den Widerstand, den das Wasser bot, und wagte schließlich, einen Blick darauf zu werfen. Völlig entgeistert starrte er auf seine Füße, die wenige Zentimeter unter der Oberfläche auf festem Grund standen. Er bewegte seine Zehen, streifte das Wasser zur Seite, sodass einzelne freie Stellen entstanden. Es war nicht das Wasser, auf dem er stand, sondern etwas Darunterliegendes. Je länger er es betrachtete, desto deutlicher zeichnete sich nun ein riesiges Gemälde aus leuchtenden Steinen, fluoreszierenden Schemen, Kanälen und Ventilen ab. Er traute seinen Augen nicht, blieb in dem angenehm heißen Wasser stehen und überblickte das kunstvoll gearbeitete, fantasievolle Werk.

Ein Laut stieg in seinem Inneren auf, bahnte sich den Weg an die Oberfläche und drang schließlich ungehemmt als schallendes Gelächter, das den ganzen Turm erfüllte, aus seiner Kehle.

Er war einer komplexen und zugleich simplen, optischen Täuschung zum Opfer gefallen.

Als er nun jedoch um sich sah, spürte er immer noch die Nähe der Meister, die ihn gelehrt hatten, auch dem Letzten, dem Unsichtbaren aus ihren Reihen zu begegnen: dem Tod.

Er setzte sich wieder in Bewegung und mit jedem Schritt wogte eine Welle aus Freude in ihm hoch.

Als er die goldene Scheibe schließlich erreichte, ließ er sich in ihrer Mitte nieder, kreuzte die Beine und fühlte sich zum ersten Mal selbst als einer der ihren.

Erfüllt von Glück und Dankbarkeit, spürte er unter sich wohlige Wärme aufsteigen. Das heiße Wasser hatte die goldene Scheibe gewärmt und warme Luft streifte nun über seine klammen, schon steifen Glieder.

Nach wenigen Augenblicken trat er, wie ein Reisender bei seiner Heimkehr, in das mittlerweile so vertraute Haus der Trance ein. Eine letzte Vision, die alle Lehren des Octagons zusammenfügte, stieg nun in ihm auf:

Der irdene, achtseitige Tempel erhob sich in den Himmel, stellte sich, selbst zu einer goldenen Scheibe geworden, ins

Lot und zog in Pauls Körper als Rad der Persönlichkeit, als Tempel der Wesenskräfte ein. Dann begann die Scheibe sich um die Achse seines Herzens zu drehen und aus dem Schwung jener Mitte strömte das Wasser der Seele in den unendlichen Fluss des Lebens.

Paul fiel sitzend in einen tiefen Schlaf und träumte von Lena, von einer achtseitigen Schule in Köln, einem Buch und einer Schar von Menschen allen Alters, die er lehrte.

60

Als Paul schließlich erwachte, stand die Sonne schon hoch am Himmel und warf ihre ersten Strahlen auf die violetten Sandsteine des inneren Turmes. Er öffnete die Augen und sein Blick fiel auf Sadhana, die gegenüber auf dem Steg wartete und ihn mit einem Lächeln gelassen betrachtete. Sie hatte ihren Schleier abgenommen und die Züge ihres Gesichts erschienen Paul auf seltsame Weise geglättet und verjüngt.

„Ich danke dir, Paul", sagte sie ruhig und ihre Stimme trug den sanften Stolz einer Mutter. „Ich ersuche dich nun, den Tempel durch das Tor des Königs, der du geworden bist, zu verlassen. Kehre zurück in deine Heimat und nimm dort den Dienst auf. Lehre und führe. Die Zeit ist reif. Du darfst, als einer der ersten, neuen Meister, unser Wissen in der Welt verbreiten." Sie hielt kurz inne, bevor sie mit Bedacht ergänzte: „Doch hüte das Geheimnis, wo sich das Octagon befindet. Dieser Ort soll nur denen bestimmt bleiben, die von den Shaligramas über Vishnus Pfade zu uns geleitet werden. Sammle am Weg die Steine und gib sie stets in Paaren weiter. Alles Weitere geschieht von selbst." Während ihrer letzten Worte war sie über das Wasser zu Paul getreten und half ihm nun an beiden Händen auf die Beine. Seine Knie schmerzten von den langen Stunden des verschränkten Sitzens und als er aufrecht stand, musste er sich erst strecken, um wieder ins Gleichgewicht zu finden.

Sadhana tauschte den Platz mit ihm, stellte sich auf die Goldscheibe, schöpfte mit der Hand etwas Wasser aus dem Becken, benetzte einen ihrer Finger und malte ein unsichtbares Zeichen auf Pauls Stirn. „Lass dich segnen, mein Bruder“, sagte sie sanft und mit einem verschmitzten Lächeln, „denn auch wenn unser *Wasser der Seele* der raffinierteste aller Lehrtempel ist, mindert das nicht seine heilenden Kräfte. Hier, trink auch einen Schluck davon. Es wird dich erfrischen und deinen Gliedern für den Abstieg wieder Kraft verleihen.“ Damit gab sie ihm aus ihrer Handschale zu trinken, nahm dann seinen Kopf in beide Hände und legte ihre Stirn an seine.

Nach einem langen Schweigen, während die beiden sich in Stille mit dieser Berührung voneinander verabschiedeten, löste Sadhana sich behutsam von Paul, trat von der Scheibe und führte ihn zum Steg vor dem Tor.

Paul, dem die ganze Zeit die Worte gefehlt hatten, wandte sich, da er die letzte Gelegenheit nicht versäumen wollte, noch einmal an sie.

„Ich habe noch Fragen.“

Sadhana sah ihn an, wie um schon vorweg zu erfassen, was ihm am Herzen lag, und nickte schließlich.

„Was hat es mit Shangri-La auf sich?“

Sadhana überlegte und wählte ihre Worte mit Bedacht: „In der äußeren Realität hat Shangri-La vor langer Zeit zu existieren aufgehört. In den Jahrhunderten versank das einst strahlende Königreich. Doch seine Schule blieb erhalten und hat sich über die Zeit weiterentwickelt. Wer nun das Octagon in seinem Inneren erschließt und seine Kräfte in den Ausgleich bringt, der trägt Shangri-La in sich. Das Lebensrad der Wiedergeburt wird ihm nicht mehr zur Pflicht, sondern zur freien

Wahl. Man muss nicht in den Tempel kommen, um diesen Zustand zu erreichen. Auch Wiedergeburten und Lebenszyklen führen einen dorthin. Es dauert nur sehr viel länger und es bleibt dieselbe Aufgabe zu bewältigen: Die acht Wesenskräfte des Menschlichen in sich zu erwecken, sein wahres Selbst zu finden, seine Gaben zu entdecken und schließlich mit angemessenen Mitteln den Dienst aufzunehmen."
Paul verstand und nickte dankbar über die klare Antwort.
„Aber das war nicht deine letzte Frage", sagte Sadhana wissend, „Du willst auch hören, was mit Lena geschieht, nicht wahr? Ob auch sie zur letzten Prüfung gebeten wird."
Paul lächelte einmal mehr über die Selbstverständlichkeit ihrer Hellsicht.
„Nun?", fragte sie weiter.
„Ich verstehe nicht", antwortete Paul.
„Auch du kennst nun Antworten, die über die Zeit hinausreichen. Selbst wenn dich in diesem Fall dein Herz blendet. Also?" Paul löste seinen Blick von ihr und lenkte seine Aufmerksamkeit zu Lena, die sich wohl irgendwo in den Räumen des Octagons aufhielt. Als er ihre Energie zu spüren glaubte, versuchte er einen Blick in die Zukunft zu werfen.
„Ich sehe nichts", sagte er nach einer Weile etwas enttäuscht.
„Wer sitzt auf dem Thron, Paul?"
Er glaubte die Antwort darauf schon lange zu kennen, doch in diesem Moment kam ihm ein anderer Gedanke und er staunte darüber, wie klar alles plötzlich wurde.
„Die Zukunft", sagte er mit großen Augen, „und ich habe die Freiheit einen ihrer Pfade zu wählen."

„So ist es, mein Freund“, bestätigte Sadhana. „Denn welches Idol wir auch immer auf den Thron setzen, wir folgen ihm nach, erstreben es, sehnen uns danach, es selbst zu werden, und so wird – beinahe ohne unser Zutun – Zukunft daraus“, sie lächelte während sie weitersprach. „Doch um deine Frage zu beantworten und dein Herz zu erleichtern: Auch Lena wird der letzten Prüfung unterzogen. Es könnte nur noch eine Weile dauern. Man weiß nie, wie viele Anläufe es braucht, um den einen Schritt zu setzen. Und was eure gemeinsame Zukunft betrifft“, sie lächelte verheißungsvoll und genoss es offensichtlich, Paul noch einen Moment auf die Folter zu spannen, „es könnte sein, dass eure Wege sich bald wieder kreuzen.“ Und ernster ergänzte sie: „Eure Seelen haben sich im Feld schon lange wiedererkannt und wer in den vielen Leben der Wiederkehr einst einer Familie angehörte, dessen Seelenströme bleiben mit denen der anderen Mitglieder über alle Zeiten hinweg verbunden.“ Sie blickte kurz zur Seite, als würde sie sich erinnern. „Auf diese Weise kann sogar eine Mutter ihre Tochter nähren, ohne im Leben an ihrer Seite zu gehen.“ Nun lächelte sie erwartungsvoll und Paul wusste erst nicht, was es damit auf sich hatte. Plötzlich fiel ihm Arjuns Wohnung, Manisha und der gemeinsame Abend ein, an dem Ramchandra ihm die Geschichte ihrer Mutter erzählt hatte, die einst in den Bergen verschwunden war.
„Ramchandra ist deine Tochter“, begriff er auf einmal und sah sie verwundert an.
„So ist es, kluger Paul. Doch keine Sorge, wir haben über die Jahre immer wieder Kontakt. Nun ist auch dieses Geheimnis

gelüftet, das meine geliebte Tochter ebenso zu hüten weiß." Sie blickte eine Weile nun doch mit erkennbarer Wehmut zur Seite. „Trotzdem fehlt sie mir manchmal und auch ein Leben in der normalen Welt. Doch letztlich findet jeder seine Erfüllung nur in dem ihm gegebenen Dienst. Ramchandra hat ihr Glück mit ihrer Familie und ihrem Beruf gefunden. Mich hätte im Leben nichts mehr erfüllen können, als dem Octagon vorzustehen. Dies war meine Bestimmung." Ihr Blick war nun wieder bei Paul. „So wie es die deine ist, einer der nächsten Meister des Octagons in den westlichen Ländern zu werden. Du weißt nun, was dich führt. Übe dich täglich in der Gabe zu hören und zu sehen. Und deine Entscheidungen werden stets dem Leben und seinen Kindern dienen. Geh nun. Devi erwartet dich und wird dir den Weg weisen. Namaste." Sie faltete ihre Hände vor der Stirn und verbeugte sich vor ihm. Paul tat es ihr gleich, erwiderte den Gruß und sagte noch: „Ich danke dir und den Meistern für alles, was ihr für mich getan habt", und Sadhana antwortete abschließend:
„Und ich danke dir für alles, was du dem Leben davon in Zukunft zurück geben wirst."
Danach ging sie mit ihm aus dem neunten Tempel, verschloss das Tor, trat in den dunklen Gang und entfernte sich langsam, bis sie für immer aus seinem Blickfeld verschwunden war.

61

Erst jetzt bemerkte Paul die Anwesenheit von Devi, der auf der anderen Seite des Korridors bereits geduldig auf ihn gewartet hatte.

Nachdem die beiden über verwinkelte Treppen das Erdgeschoss erreicht hatten, wollte Paul wie selbstverständlich den Weg zu seinem Zimmer einschlagen.

„Paul“, hielt Devi ihn zurück, „all deine Habe liegt am Tor des Königs für dich bereit. Du kennst die Regel.“

Paul warf einen letzten Blick in die gerade leeren Gänge des Octagons. Das rötliche Gemäuer mit seinen vertrauten Räumen, den kunstvollen Lehrsälen und liebenswerten Menschen war ihm in den wenigen Monaten zur zweiten Heimat, das Zimmer im Obergeschoss zu einem Zuhause geworden.

Mit Wehmut dachte er vor allem auch an Lena und wie gerne er sich von ihr verabschiedet hätte.

Doch das war nicht Brauch im Tempel der Wesenskräfte: Wer den Zyklus vollendet hatte, dessen Weg folgte in Zukunft seiner Bestimmung außerhalb der Mauern. Er schloss die Augen, wandte sich ab und ging mit Devi zu einer kleinen, versteckten Kammer, die sich neben dem Ausgang befand.

„Ich habe alles für dich vorbereitet“, erklärte Devi, „hier sind deine Ausrüstung und die Verpflegung für den Abstieg. Das Gewand der letzten Nacht bleibt als Erinnerung bei dir. Zieh dich um und dann werde ich es für dich verstauen. Und sieh nach, ob auch alles da ist und ich nichts vergessen habe. Ich warte vor der Tür auf dich.“

Paul griff in den beinahe vollen Rucksack, entnahm ihm die warme Kleidung und wunderte sich über dessen erhebliches Gewicht. Er begann ihn zu durchsuchen: Neben dem Essenspaket fand er einige Wasserflaschen, sein Mobiltelefon, das er all die Wochen völlig vergessen hatte, die Stirnleuchte, Dokumente, Brieftasche, Kulturbeutel, das Schreibbuch, den Shila und diverse Kleidungsstücke. Ganz unten stieß er auf ein weiteres, in Stoff verpacktes Paket. Er holte es hervor, zog das schützende Tuch ab und hielt den Shangri-La-Codex in Händen. Mit Tränen in den Augen dachte er ebenso stolz wie glücklich an Sadhana und die große Verantwortung, die ihm mit diesem Geschenk übertragen wurde. *Ich werde es zu behüten wissen,* schwor er sich voll Dankbarkeit und verstaute es, sorgsam eingewickelt, wieder in seinem Rucksack.

„Folge einfach unserer Versorgungsroute“, erklärte Devi, nachdem die beiden ins Freie getreten waren. „Du kennst sie inzwischen hinreichend und weißt, wie der geheime Pass zu überwinden ist. Das Wetter ist gut und es droht keine Gefahr bis zum Tal mit den Behausungen unserer Händler. Sie werden dich den kurzen Weg zur Helikopterstation begleiten, von der aus unser Salz nach Kathmandu geliefert wird. Die Piloten sind eingeweiht und wissen, dass ab und zu ein paar *Touristen* mitfliegen. Alles in allem müsstest du am frühen Abend in der Hauptstadt angekommen sein.“
Paul sah auf den wolkenlosen Himmel und den tiefgrünen Bambushain, den er als erstes zu durchqueren hatte.
„So schnell also“, sagte er wehmütig.

„Wenn man den Weg kennt, ja“, antwortete Devi ausweichend.
Der Wind pfiff sachte um die Mauern.
Sonst war es still vor dem Octagon.
„Hier sind noch ein paar Artischockenherzen.“ Devi hatte olivgrüne Knollen aus seinem Umhang befördert. „Sie sind Aishas Lieblingsfutter und sie wird sich gewiss von dir verabschieden wollen.“ Er lächelte und sah ihm in die Augen.
Erstaunt stellte Paul fest, dass sich beim Gedanken an eine neuerliche Begegnung mit dem großen Reptil keine der alten Ängste in ihm regte.
„Meister Paul“, fuhr Devi betont langsam fort, „danke für die Zeit mit dir. Es war eine Ehre an deiner Seite zu gehen.“
„Ich danke dir, mein Freund. Im nächsten Leben sind die Rollen vielleicht vertauscht und ich werde dein Diener sein.“
„Das ist sehr unwahrscheinlich, schließlich warst du schon öfter hier als ich“, antwortete Devi mit einem Augenzwinkern und ergänzte: „Es ist Zeit. Der Pilot wartet für gewöhnlich nicht lange und der nächste Flug geht erst morgen.“ Er faltete seine Hände. „Namaste.“
„Namaste, Devi.“
Nach der kurzen Verneigung hielten sie inne und fielen einander schließlich unter Tränen in die Arme.

Mitten im grünen Dickicht des Hains nahm Paul tatsächlich wieder die hechelnden aufgescheuchten Geräusche der Hausechse wahr. Als Aisha auf den hölzernen Steg geklettert und nun auf ihn zugekrochen kam, empfand er erstaunlicherweise sofort Zuneigung für das über zwei Meter lange Reptil. Er konnte sich, trotz allem, was er erlebt und in seinem Inneren erlöst hatte, keinen Reim darauf machen, warum seine Ängste, die so tief in seiner Kindheit wurzelten, nun plötzlich wie weggeblasen schienen.

Staunend betrachtete er das kunstvolle Relief des Schuppenpanzers und fütterte Aisha mit den Artischockenherzen. Nebenbei stellte er zufrieden fest, dass ihn auch in unmittelbarer Nähe zu dem beeindruckenden Tier nicht die leiseste Furcht überkam.

Er setzte seinen Weg fort, folgte der geheimen Route über den Pass und sammelte, während er das anschließende grüne Tal durchschritt, Shaligramas. Als hätte ein guter Geist sie für ihn ausgestreut, lagen mehrere Handvoll der glatten, glänzenden Steine mit den spiralförmigen Riefen immer wieder in Sichtweite zu seinem Pfad.

Wenige Stunden später erreichte er die Helikopterstation. Nachdem die Rotorblätter ihren Dienst aufgenommen und der metallene Vogel sich in den Himmel erhoben hatte, schmolz das ehemals so bedrohliche Bergmassiv unter ihm zu einem beschaulichen Relief. Aus dieser Perspektive sah es aus, als wären zahllose gewaltige Echsen unterwegs zu einem fernen Ziel. Er lächelte still vor sich hin und trotz seiner Müdigkeit von der teils durchwachten Nacht war bis zur Ankunft am Flughafen Kathmandu nicht an Schlaf zu denken.

62

Paul passierte die Kontrollen ohne Zwischenfälle. Das Transportunternehmen hatte mit den inländischen Zollbehörden scheinbar eine Abmachung getroffen. Er betrat den Terminal und sah sich um. Durch die Glasfront der Abflughalle fiel trübes Abendlicht. Vereinzelt standen kleine Passagiergruppen zusammen. Der Flughafen machte, ganz anders als bei seiner Ankunft vor drei Monaten, einen verlassenen Eindruck. Er steuerte direkt auf den einzigen offenen Schalter zu, um einen Rückflug für den kommenden Tag zu buchen. Nach einigen Anläufen entdeckte die freundliche Nepalesin auf ihrem Bildschirm eine aktuelle Stornierung bei Qatar Airways. Paul hatte Glück und erstand den letzten freien Platz in der Maschine, die kurz vor Mittag abheben sollte.

Er setzte sich in eine der Wartereihen am Rand der mittlerweile menschenleeren Halle. Die Kunststoffschale unter ihm schien noch warm von der Hitze des Tages. Zwar war der Temperaturunterschied zwischen Berg und Tal beim Verlassen des Helikopters deutlich spürbar, doch war er zu benommen gewesen, um es zu registrieren. Erst jetzt wurde ihm in der schwülen Luft des Terminals bewusst, dass Mitte Juli längst schon der Hochsommer Einzug gehalten hatte.

Er lächelte müde vor sich hin, während der innere Beobachter amüsiert und hellwach sein verzögertes Denkvermögen betrachtete.

Augenblicklich befand er sich wieder im Octagon, streifte durch die Gänge, warf einen Blick in den Gemeinschaftsraum auf die

Adepten und fand sich mit Lena in der Bibliothek wieder. Er spürte den Stich in seinem Herzen. Sie fehlte ihm.
Und mit einem Mal stieg die schmerzhafte Befürchtung in ihm auf, sie niemals wiederzusehen. Dieser Gedanke war nicht zu ertragen.
Er blickte hilflos um sich.
Ein Streifen Abendrot zog sich im Süden durch den verhangenen Himmel. *Eure Seelen haben sich lange schon wiedererkannt, sie werden euch zueinanderführen,* hörte er Sadhanas Stimme in seiner Erinnerung. Hatte sie es so formuliert? Er wusste es nicht, doch tat die Hoffnung einfach gut. Etwas anderes hätte er in diesem Moment, an der Grenze zu einem neuen Leben in seiner alten Heimat, auch gar nicht aushalten können.

Nach Wochen betätigte er erstmals wieder sein Mobiltelefon. Nachdem es sich in das Netz der Nepal Telecom eingeloggt hatte, hörte es lange gar nicht mehr auf, die Signale der eingegangenen Anrufe und Mitteilungen abzuspulen. Paul stellte auf stumm und drückte auf die Rückruftaste bei Arjuns Nummer, der über zehnmal angerufen hatte. Nach einigen Klingelzeichen hörte er die vertraute Stimme seines Bergführers.
„Ich bin es, Paul", sagte er müde.
Es war still auf der anderen Seite. Dann überschlug sich Arjuns Stimme förmlich.
„Paul? Paul! Bist du das wirklich?"
„Ja, mein Freund", beruhigte ihn Paul. „Alles ist gut. Ich bin zurück. Sitze hier am Airport. Du hast nicht zufällig über Nacht ein Zimmer für einen gestrandeten Bergsteiger frei?"

Bevor Paul völlig erschöpft in das Notbett fiel, das Arjun und Manisha in ihrem Wohnzimmer für ihn bereitet hatten, genoss er noch die liebevolle Gastfreundschaft des vertrauten Paares. Beim Wiedersehen waren die beiden Männer einander so herzlich in die Arme gefallen, als hätten entzweite Brüder sich nach Jahren endlich wiedergefunden. Arjun hatte mehrmals beteuert, welche Vorwürfe er sich darüber gemacht hatte, Paul damals seinem Schicksal überlassen zu haben. Er hatte keinen Tag ausgelassen, für Pauls heile Rückkehr zu beten, und beinahe schon die Hoffnung aufgegeben.

Pauls Bericht über die Ereignisse danach hatten ihn schließlich beruhigt, auch wenn er sich keinen richtigen Reim auf viele seiner vagen Auskünfte hatte machen können. Paul war trotz der Müdigkeit so weit bei klarem Verstand geblieben, dass er keines der Geheimnisse verraten hatte, die er Sadhana zu hüten versprochen hatte.

Nach einem schlichten, doch umso schmackhafteren Mahl, das Manisha in aller Eile zubereitet hatte, waren Paul schließlich beinahe schon im Sitzen die Augen zugefallen. Bevor er dann mit der Bitte um Verständnis und unter mehrmaligen Dankensbekundungen in sein Zimmer zur Nacht verschwunden war, hatte er noch den schönsten Shila aus seiner Sammlung hervorgeholt und war abschließend an die beiden herangetreten.

„Ich habe die traurige Geschichte deiner Familie nicht vergessen, Arjun. Und du hast recht daran getan, den Zyklus nicht ohne deine Frau zu durchlaufen. Die Lehren greifen tief in die Struktur des Wesens ein und man stellt sich ihnen entweder allein oder als Paar – je nachdem, wo im Leben man gerade steht.“ Er hatte zu Manisha geblickt, ihre Hand genommen und behutsam den Shila hineingelegt. „Dieser hier ist für dich.“ Dann hatte er ihre Finger über dem warmen Stein geschlossen und ihre Hand in die von Arjun gelegt. „Man gibt die Steine stets in Paaren weiter. Wenn ihr dann gemeinsam seiner Spur folgt und zum Tempel gelangt, wird Vishnu den Schmerz eurer Generationen in Vergangenheit und Zukunft heilen. Alles Weitere geschieht von selbst.“

Mit einem stillen Glücksgefühl im Herzen lag er nun müde auf dem durchgelegenen Feldbett und konnte erst kein Auge zumachen. Bevor ihn endlich ein traumloser Schlaf aus der Erschöpfung erlöste, dachte er voll Sehnsucht an Lena und erinnerte sich an ihr erstes Treffen unter den Arkaden des Schlosses in Österreich.

Er sah ihr Haar im lauen Wind des Abends um die zarten Züge ihres Gesichts streifen und das Leuchten in den Augen, als sie ihm ihren zweiten Shila übergeben hatte.

Ein ganzes Leben schien ihm seit damals vergangen und er hoffte innig, das künftige an ihrer Seite verbringen zu dürfen.

EPILOG

Drei Wochen war Paul nun wieder zu Hause.
Die Sommersonne schien hell durch die Gassen der Innenstadt. Zahllose Touristen bevölkerten die Plätze und Sehenswürdigkeiten und allein schon die hohen Temperaturen hätten für ein heiteres Wochenende mit Freunden am Aachener Weiher gesprochen.
Doch Paul war nicht nach Heiterkeit zumute. Er sehnte sich mit jedem Tag mehr nach Lena.
Alle Versuche, sie ausfindig zu machen, waren bislang gescheitert. Sie war bei der Löschung ihrer Daten aus dem Netz so gründlich gewesen, dass nicht der kleinste Hinweis geblieben war, wo sie sich aufhalten mochte. Zudem konnte er nicht absehen, wie lange ihr Aufenthalt im Octagon noch angedauert oder ob sie den Heimweg überhaupt schon angetreten hatte.
Schließlich war ihm nichts anderes geblieben, als ein täglicher Besuch im Café Jansen. So saß er auch an diesem Wochenende auf der Kopie eines Thonet-Stuhles vor dem Café, hatte eine Melange bestellt und blickte in Erinnerungen und Hoffnungen schwelgend auf die beiden Türme des Kölner Doms.
Auch wenn die Chance, dass Lena hier auftauchen würde, schwindend gering war, so hatte er, wie damals vor seiner Reise, wenigstens das Gefühl, ihr im Ambiente des Cafés nahe zu sein. Jedes Mal jedoch, da ihm die Sinnlosigkeit dieses Unterfangens bewusst wurde, war er drauf und dran, die Hoffnung aufzugeben.

Über die Trauer, die sich in solchen Momenten seiner bemächtigte, konnten ihm auch die vielen glücklichen Fügungen und Neuigkeiten der letzten Tage nicht hinweghelfen.
Pauls Freund und Mentor Carl hatte ihm, bei einer Feier anlässlich seiner Rückkehr, offiziell die Praxis übertragen.
Jasmin Reuter, seine Verlegerin, war gleich nach dem ersten Anruf Feuer und Flamme. Schon beim darauffolgenden Treffen im Büro des Verlages hatte sie ihm einen Vertrag samt großzügigem Vorschuss zur Unterschrift vorgelegt. Fasziniert von dem neuen Persönlichkeitsmodell, von dem Paul ihr in groben Zügen erzählt hatte, war sie überzeugt, mit diesem Buchprojekt an Pauls großen ersten Erfolg anschließen zu können.
Auch das Team der Praxis zeigte sich begeistert von seinem Vorschlag, möglicherweise zusätzliche Kollegen in die Gemeinschaft zu integrieren, die andere, neue Bereiche abdecken könnten. Insgeheim schwebte Paul vor, im Laufe der kommenden Jahre eine Art europäisches Modell der Octagonschule aufzubauen. Basierend auf den Skizzen aus dem Kodex hatte er bereits damit begonnen, über einen dem Tempel ähnlichen Bau nachzudenken.
Das Original der Handschrift war inzwischen auf Anraten von Erik, den er ebenso nur in groben Zügen eingeweiht hatte, in einem temperierten Glasbehälter im Safe der Praxis verwahrt.
Wohin er auch ging, nahm er das Schreibbuch mit sich, das ihn über die Monate begleitet hatte. Die nach der Reise noch wenigen leeren Seiten waren mittlerweile komplett vollge-

schrieben und mit unzähligen kleinen Notizen und Querverweisen übersät.
Auch seinen Shaligram Shila trug er immer bei sich.
Nicht zuletzt in der Hoffnung, dass die magische Wirkung des Steins seine Geliebte einmal mehr zu ihm führen würde.

Nun nahm er das Shaligrama wieder aus der Tasche seiner Sommerjacke, legte es auf den Tisch vor sich und betrachtete die goldenen Riefen, die ihm gerade besonders hell zu leuchten schienen.
Er erinnerte sich an die Stunden in dem verwahrlosten kleinen Hotelzimmer in Kathmandu, als der zarte Sonnenstrahl auf die Oberfläche des Steins gefallen war und ihn an seine Aufgabe erinnert hatte.
Einmal mehr sah er die Hohe Meisterin vor sich, wie sie in den letzten gemeinsamen Augenblicken seine und Lenas Zukunft angesprochen hatte.
Und da, ganz unvermittelt, war er wieder, dieser vage Duft nach Veilchen, der ihm stets auf magische Art die Gegenwart der alten erleuchteten Frau in den Bergen verkündet hatte.
Plötzlich tauchte in seinem Blickfeld eine feingliedrige, zarte Hand auf und legte ein zweites Shaligrama neben das seine. Er wagte nicht, sich zu rühren und konnte das Zittern, das ihn jäh überkam, kaum unterdrücken. Erst nach einigen Augenblicken hob er den Kopf und blickte in Lenas strahlendes Gesicht.
In einem hellen, weit fallenden Sommerkleid stand sie da und lächelte ihn liebevoll an.
„Lange nicht gesehen, mein Schöner“, hauchte sie und Paul

konnte am Rand seines Blickfelds ein leichtes Zittern an den offenen Haaren, die ihre ebenmäßigen Züge umspielten, erkennen. Ihr Herz schien ebenso wild zu schlagen wie seines.
Noch immer konnte er seine Augen nicht von den ihren lösen und auch Lena verharrte in diesem Blick, der den beiden schien, als wäre er der erste, der einzige, jener alles umfassende Blick, der über das Leben zweier Menschen entscheidet.
„Ich habe dir damals", sagte sie schließlich zärtlich, „auf unserem Felsen über dem Octagon nicht verraten, wohin ich gezogen war und an welcher Universität man mir die neue Stelle angeboten hatte." Während sie sprach, hatte sie sich zu ihm geneigt und war ganz nahe an sein Gesicht herangekommen. Paul konnte sich kaum bewegen, während ihr Haar seine Wange streifte und er den so vertrauten, ersehnten Duft ihrer Haut einatmete.
Sie griff nach einem der freien Stühle, zog diesen näher heran und ließ sich elegant darauf fallen. Mit gespieltem Stolz verkündete sie jetzt lebhaft: „Ich arbeite an der Uniklinik als Assistenzärztin einer neuen Forschungsabteilung für alternative Heilmethoden. Ich bin nun hier zu Hause, Paul. In Köln."
Sie lachte, nahm seine Hand fest in ihre, drehte sich zu ihm und fragte schelmisch: „Glaubst du, du könntest es ab und zu einrichten, mit mir auf einen Kaffee zu gehen?"
Paul brachte, wie bei ihrem ersten Aufeinandertreffen vor bald einem Jahr, nachdem er unbeholfen von der Bühne gestolpert war, keinen Laut über seine Lippen.
Im Unterschied zu damals streifte er nun jedoch zärtlich über ihre Wange und küsste sie innig.

Wenig später saßen die beiden endlich Hand in Hand nebeneinander und blickten lächelnd in dieselbe Richtung.

Anmerkung des Autors zu Nepal

Ich habe *Octagon* in den Monaten März bis November 2014 geschrieben.
In den Morgenstunden des 25. April 2015 wurde Nepal, wie bekannt, von einem verheerenden Erdbeben erschüttert. Das Epizentrum lag 80 km nordwestlich von Kathmandu. Es hatte eine Magnitude von 7,8. Die Momenten-Magnituden-Skala, mit der Seismologen heute besonders schwere Beben klassifizieren, reicht bis zu einem maximalen Wert von 10,6. Man geht von der Annahme aus, dass bei einem Erdbeben mit solcher Stärke die Erdkruste völlig auseinanderbrechen müsste.
Während das Beben in Nepal über 10.000 Menschleben forderte, saß ich gerade an einem der ersten warmen Frühlingsmorgen des Jahres auf meiner Terrasse in Villach über dem Manuskript und war damit beschäftigt, es zu überarbeiten.
Noch war die Nachricht nicht bis zu mir vorgedrungen. Ich war, wie so oft in diesen Tagen, voll von Glücksgefühlen, Stolz und Dankbarkeit darüber, so rasch einen Verlag mit einer so wunderbaren Verlegerin gefunden zu haben.
Erst später am Tag erreichten mich die Informationen.
Das Glücksgefühl schlug jäh in Trauer um und aus Stolz und Dankbarkeit wurden Zweifel. Ich konnte tagelang nicht weiterarbeiten.
Nun ist dieser Roman in Demut und tiefem Mitgefühl Nepal und seinen Menschen gewidmet.

Ein Herzort der spirituellen Entwicklung der Menschheit wurde zu weiten Teilen verwüstet. Und es scheint wie ein weiteres Symptom in der unaufhaltsamen Zerstörung des Planeten. Und doch dürfen wir hoffen und schreiben und neue Gebete erfinden, die wirksamer sein mögen als jene zuvor.

Danksagung

Danke an Isa, meine *Lena*, für die Hilfe beim Plot und als erste Leserin – ohne dich hätten der Schriftsteller, der König, die Magierin und all die anderen in mir kein Zuhause.

Danke an Patrizia Tengg-Spendel, der *besten Numerologin der Welt,* die mich zur richtigen Zeit an meine Aufgabe erinnert hat.

Danke auch an Stefan David Zefferer, meinen *Coach* und *Systemiker ohne Grenzen,* der mit großem Einfühlungsvermögen mein Leben begleitet.

Danke an Martin Dueller, den Dramaturgen und Oberspielleiter unserer kleinen Theaterfamilie, für seine wertvollen Anmerkungen zum Fortlauf der Liebesgeschichte zwischen Paul und Lena.

Danke an Waltraud Hintermann, meine rechte Theaterhand, für alles, was sie ist, mir abnimmt und mitträgt.

Danke ebenso an Erik Jan Rippmann für seine Freundschaft, seine Gebetsfahnen und Erzählungen aus den Höhen des Annapurna.

Danke nicht zuletzt an meine Eltern, auf deren Fundament nun auch ein Octagon steht.

Danke vor allem auch an Cornelia Linder, meine großartige Verlegerin und Lektorin, die das Manuskript aus den Händen eines verirrten Postboten so behutsam und liebevoll aus der Taufe gehoben hat. Was für ein Geschenk!

Octagon – Seminare und Vorträge

Bereits seit 1996 bietet Michael Weger Seminare und Vorträge an, seit 2008 auch mit den Lehrinhalten des Octagon.
Die Fortbildungen finden in deutscher oder englischer Sprache statt und erstrecken sich – je nach Format und Bedarf – über einen Zeitraum von zwei Stunden bis zu zehn Wochen.
Sollten Sie als VeranstalterIn, UnternehmerIn oder Privatperson Interesse daran haben, wenden Sie sich bitte direkt über seine Homepage/Kontakt an den Autor.

www.michaelweger.com

Mein ältester beruflicher Wunsch ist das Erzählen von Geschichten, die ebenso spannend und berührend wie hilfreich und heilsam sein sollen.

© Isabella Weitz

Michael Weger

Geboren 1966 in Klagenfurt (A); lebt in Villach mit seiner Lebensgefährtin Isabella Weitz und seinem Sohn Luca.
Schriftsteller, Schauspieler, Trainer Human Resources.
Intendant der Neuebuehnevillach und des Theaterfestivals Spectrum.
Professor für Schauspiel am Kärntner Landeskonservatorium.
Autor von Sachbüchern mit dem Kernthema Emotionen, darunter die Bestseller „Gefühle heilen“ sowie „Gefühle zeigen und gewinnen“;
Trainertätigkeit für Bildungseinrichtungen und in Wirtschaftsunternehmen seit 1996; Entwicklung und Patent von EP-Emotionales Programmieren / Emotion Power™; Partner im Institut für Thanatologie.

Verlagshinweise

OCTAGON – Am Ufer der Seele

auch erhältlich als **E-Book** und

Hörbuch (MP3-CD)

Ungekürzte Lesung mit
Michael Weger.

ISBN 978-3-931560-62-1

In Vorbereitung für 2016/17:

SHARE – Die Teile der Liebe

Roman

Nur wenige Jahre in der Zukunft. Ökologische und soziale Krisen haben die Staaten der Welt weiter erschüttert. Doch auf einer Insel namens Share ist unbemerkt von der Öffentlichkeit eine eigene Kultur, eine Kolonie des Glücks, entstanden.
Neue Lehren erwarten die wenigen ausgewählten Neuankömmlinge. Das Miteinander der dort lebenden Menschen wird von erstaunlichen Fertigkeiten bestimmt. Sie sind intuitiv und empathisch hoch entwickelt und vermögen mittels einfacher Techniken nicht nur ihre Gefühle zu regulieren, sondern sich auch zu jeder Zeit an das Energiefeld der Weltseele anzubinden.
Mit dem Eintreffen einer jungen Journalistin beginnt jedoch eine Zeit der Gefahr. Die beseelte Gemeinschaft droht auseinander zu brechen...

Empfehlungen

Silke Naun-Bates: **Mein Weg in die Freiheit**
Nach einem Unfall wurden der Autorin im Alter von acht Jahren beide Beine zur Erhaltung ihres Lebens amputiert. Allen war damals klar: sie gehört ab jetzt in die Schublade »körperbehindertes Neutrum«. Heute blickt sie dankbar zurück auf die Begrenztheit jener Überzeugungen, denn diese verführten sie dazu, das Gegenteil zu beweisen. In ihrer autobiografischen Erzählung erfahren wir, wie sie zu der strahlenden Frau heranreifte, die sie heute ist: berufstätige Mutter, Frau, Geliebte, glücklich und frei.
Hardcover, ISBN 978-3-931560-45-4

Patrick Kammerer / SEOM: **Feel Go(o)d**
Das bezaubernde Wortspiel seines ersten Buches passt wunderbar zu ihm: Patrick Kammerer, der unter dem Künstlernamen SEOM als Musiker erfolgreich sein Publikum begeistert. Mit „Feel Go(o)d" tritt er nun erstmals als Autor auf und präsentiert sein Buch voller Liebe und Hingabe. Er ist ein Mensch der neuen Zeit und schreibt in der ihm eigenen Sprache seines Herzens. Damit berührt er die Leser unmittelbar, öffnet neue Sichtweisen und trifft immer genau den richtigen Punkt.
Hardcover, ISBN 978-3-931560-57-7

Dietrich Wild: **Der Tigerbericht** (Hörbuch)
Eine poetisch-musikalische Reise in die Wüste Sinai - übermittelt von Shunryu Suzuki-roshi, aufgeschrieben und erzählt von Dietrich Wild, mit optimal abgestimmter Musik von Al Gromer Khan.
„Wenn du vollkommen still wirst, hörst du alles!"
Doppel-CD, Spieldauer: 108 Min.,
ISBN 978-3-931560-18-8

Besuchen Sie unsere Homepage,
dort finden Sie weitere Bücher, Hörbücher und CDs.
Wir freuen uns auf Sie!

www.sheema-verlag.de

KONTAKT

Sheema Medien Verlag
Bücher. Aus Liebe.

Hirnsbergerstr. 52
D - 83093 Antwort

Tel.: 08053 - 7992952
Fax: 08053 - 7992953

E-Mail: info@sheema.de
http://www.sheema-verlag.de

SHEEMA

MÖGEN ALLE WESEN GLÜCKLICH SEIN

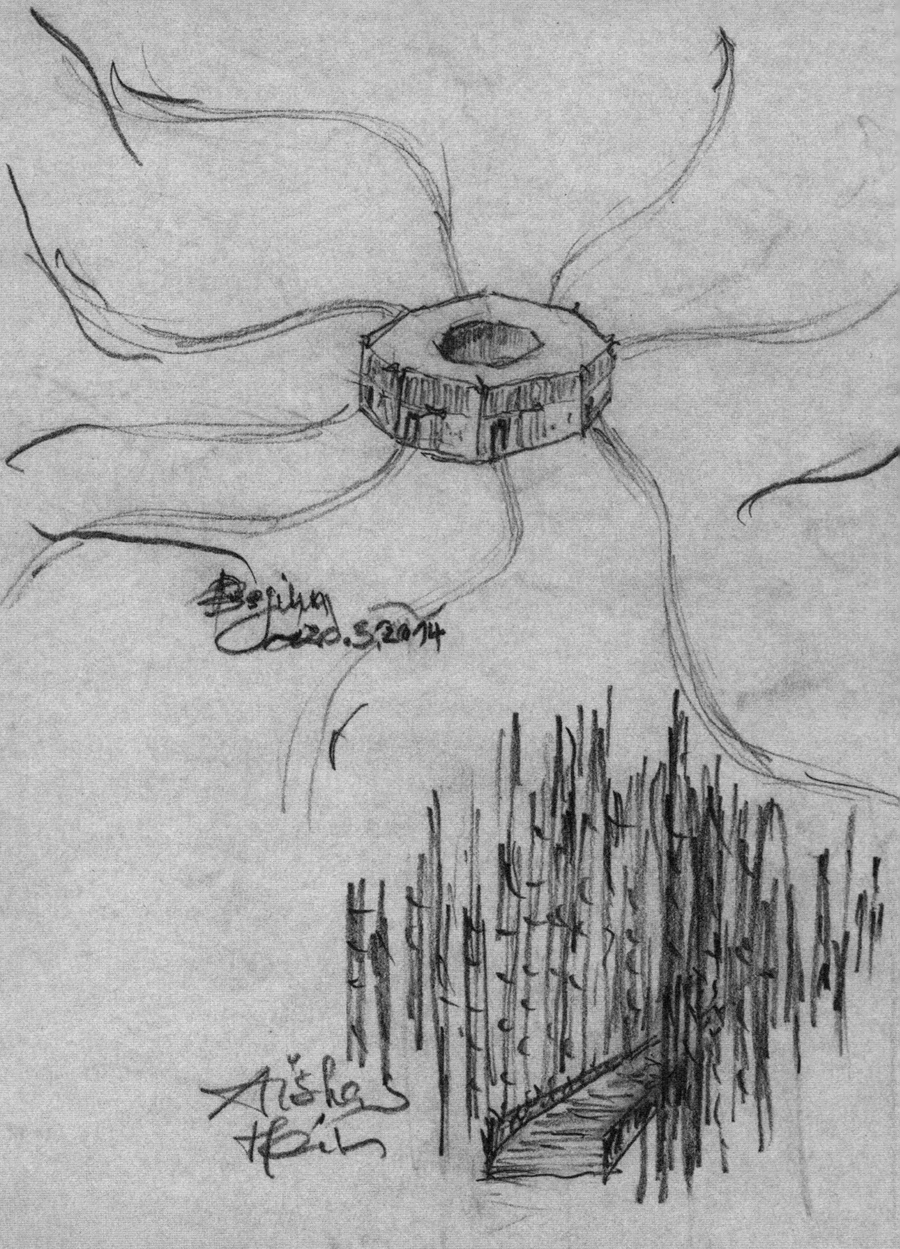
20.5.2014